FANTASY

Buch

Nach der Flucht aus der Festung Roq de Rançon zieht eine seltsame Gruppe durch die Wüste Mul'abarta: Der vermeintliche Gaukler Rudel, Sohn des Herrschers von Surayon, seine Tochter Elisande, die ihn hasst, Julianne de Rance, die von einem Dschinn mit einem rätselhaften Auftrag in die Wüste geschickt wurde, der von den Erlöser-Rittern schwer misshandelte Redmond und schließlich Marron, der junge Knappe, der nun die Tochter des Königs in sich trägt. Letztere ist ein seltsames, tödliches Halbwesen, das ihm, wenn es freigesetzt wird, übermenschliche Kräfte verleiht und ein Tor zu anderen Dimensionen öffnen kann. Zusammen mit dem Scharai Jemel, der sich ihnen anschließt, reitet die Gruppe dem ersten Ziel entgegen, der Oase Bar'ath Tazore, wo sie Gerüchte über einen neuen Propheten hören. Er predigt das Wort des einen wahren Gottes und vollbringt Wunder. Die Flüchtlinge, und vor allem Marron, ahnen noch nicht, welche Bedeutung seine Prophezeiung für ihr Schicksal haben wird.

Autor

Chaz Brenchley, 1959 in Oxford geboren, hat sich mit Thrillern und Horrorromanen den Ruf eines der besten britischen Autoren in der Unterhaltungsliteratur erworben. Er lebt in Newcastle.

Bereits erschienen:

DIE KREUZFAHRER: 1. Die Tochter des Königs. Roman (24153), 2. Der Kreis des Verderbens. Roman (24154), 3. Der Zug durch die Wüste. Roman (24155)

Demnächst erscheint:

DIE KREUZFAHRER: 4. Der Schatten des Königs. Roman (24156)

Weitere Bände sind in Vorbereitung.

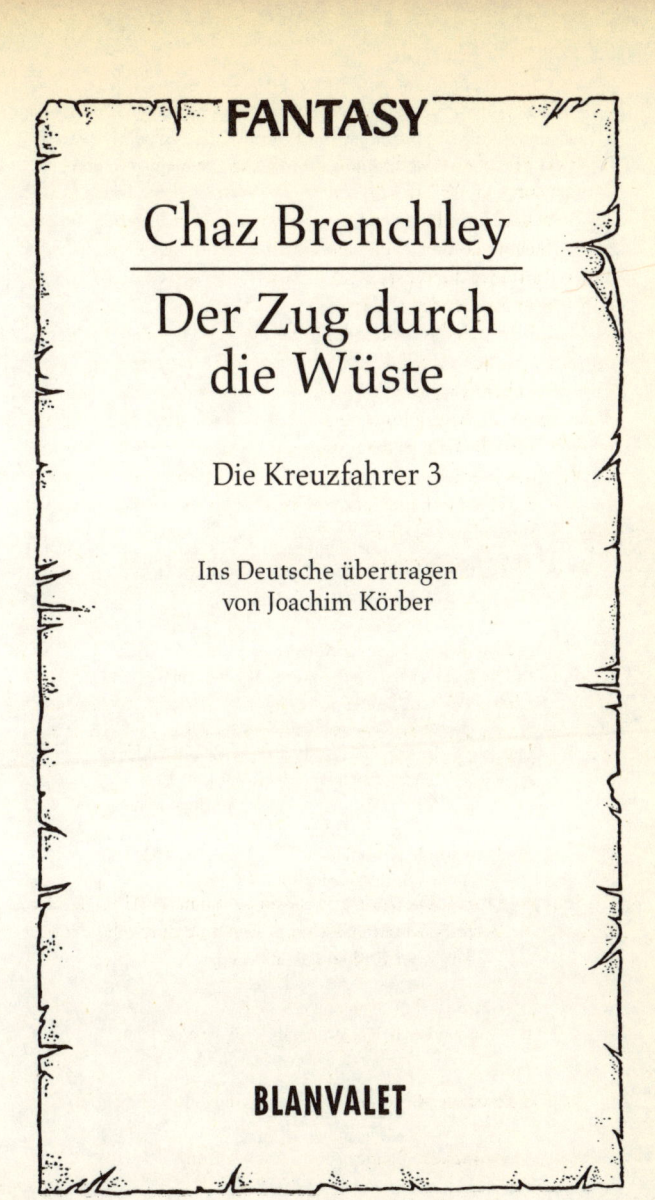

FANTASY

Chaz Brenchley

Der Zug durch die Wüste

Die Kreuzfahrer 3

Ins Deutsche übertragen
von Joachim Körber

BLANVALET

Die englische Originalausgabe erschien unter dem Titel
»The Second Book of Outremer. Feast of the King's Shadow« (Part 1)
bei Orbit, a division of Little, Brown and Company, London

Umwelthinweis:
Alle bedruckten Materialien dieses Taschenbuches
sind chlorfrei und umweltschonend.

Blanvalet Taschenbücher erscheinen im Goldmann Verlag,
einem Unternehmen der Verlagsgruppe Random House GmbH.

Deutsche Erstveröffentlichung 6/2002
Copyright © der Originalausgabe 2000 by Chaz Brenchley
Copyright © der deutschsprachigen Ausgabe 2002
by Wilhelm Goldmann Verlag, München,
in der Verlagsgruppe Random House GmbH
Dieses Werk wurde vermittelt durch die Literarische Agentur
Thomas Schlück GmbH, 30827 Garbsen.
Umschlaggestaltung: Design Team München
Umschlagillustration: Agt. Schlück/Krasní
Satz: deutsch-türkischer fotosatz, Berlin
Druck: Elsnerdruck, Berlin
Titelnummer: 24155
Redaktion: Waltraud Horbas
V. B. · Herstellung: Peter Papenbrok
Printed in Germany
ISBN 3-442-24155-3
www.blanvalet-verlag.de

1 3 5 7 9 10 8 6 4 2

*Große Herzen sind wie große Häuser
und haben extra Zimmer
für gute Freunde.
Dieses Buch ist für Richard und Jane.*

Qul'a'uuzu bi Rabbin Naas,
Malikin Naas,
`Ilaahin Naas,
Minsharril waswaasil khan Naas,
`Allazii yuwas wisu fii suduurin Naasi,
Minal Jinnati wan Naas.

                Al-Qur'aan, 114, Naas, 1–6

Er war am frühen Morgen von Westen gekommen und gelaufen, so wie er die ganze Nacht gelaufen war, um ihnen dicht auf den Fersen zu bleiben. Vier Pferde und einer zu Fuß, das würde einfach sein – hatte er gedacht –, selbst in diesem weichen Landstrich, selbst in der Dunkelheit. Dennoch hatte er alles getan, um diese Spur zu verwischen, falls jemand folgte.

Sein Name sei Jemel, hatte er gesagt, die Frauen kannten ihn. Er hatte geschworen, sie wohlbehalten nach Rhabat zu bringen. Dann waren die Reiter erschienen und hatten sie in die andere Richtung gebracht, zur Burg zurück. Da war er ihnen gefolgt – und konnte nicht sagen, warum – und folgte ihnen wieder in jener Nacht, als sie das Tor aufgebrochen hatten und herausgeprescht gekommen waren, eine aus vieren und einem bestehende Gruppe. Er hatte versucht, wenigstens mit dem einen Schritt zu halten, demjenigen zu Fuß, dem Läufer; aber der war sogar schneller als die Pferde gelaufen, und das konnte Jemel nicht. So war er ihnen einfach nur gefolgt, so schnell er eben konnte.

Und in einem Bachbett, wo sie ausruhten und ihre Pferde tränkten, hatte er sie gefunden. Sie saßen nicht auf ihren Reittieren und hatten als Gruppe auf ihn gewartet, doch das waren sie nicht; nicht einmal vier plus einer, der Läufer abgeschieden von den Reitern, obwohl das auf jeden Fall stimmte. Es hatte überall Spannungen gegeben. Das machte es leichter.

Der alte Mann, der verkrüppelte Mann, hatte ihn gefragt, was er wollte. Er sagte, er sei durch einen Schwur an die Frauen gebunden, dass er sie nach Rhabat bringen würde. Der bärtige Mann hatte kurz aufgelacht, aber nichts gesagt.

»Aber da wir den Weg kennen, brauchen sie deine Führung nun nicht mehr.«

»Vielleicht braucht ihr meine Hilfe«, sagte er. »Ich habe eure Spuren verwischt, was ihr nicht konntet. Ohne mich wärt ihr längst gefangen genommen worden.«

»Wenn wir dich nicht wollen«, erwiderte der bärtige Mann, »warum möchtest du trotzdem mitkommen?«

Sein Blick war wie aus eigenem Antrieb zur Seite geschweift, unbeirrt zu dem jungen Mann der Gruppe, der sich von den Pferden fernhielt; der sich in Schweigen hüllte, den Kopf gesenkt hielt, dem mit den umwölkten und abgewandten Augen.

Aber es war zu spät, sie vor Jemel zu verbergen. Er hatte sie gesehen, er wusste Bescheid.

»Euer Weg ist mein Weg«, sagte er nur so milde, wie er es herausbrachte. Und dann, da das nicht genug gewesen zu sein schien: »Wir können einander nützlich sein. Ihr braucht noch ein Schwert und einen, der sich in der Wüste auskennt; ich wäre dumm, wenn ich allein reisen würde, ausgerechnet hier, wo eure Soldaten hinter meinem Rücken wie die Bienen ausschwärmen oder wo ein einzelner Mann allein an einem Bienenstich sterben kann …«

»Genug davon.« Der bärtige Mann erneut, brutal direkt. »Sag mir die Wahrheit, Junge. Du möchtest seinetwegen mitkommen, nicht?« Mit einem Kopfnicken in Richtung des Schweigsamen. »Wegen dem, was er ist.«

»Er gehört nicht euch.«

»Wahrlich nicht. Ich will ihn nicht und wollte ihn auch nie. Aber im Augenblick sind wir aneinander gebunden, daher denke ich … ja, wir werden ihn mit nach Rhabat nehmen. Warum auch nicht? Wenigstens dürfte es interessant werden. Aber du wirst entschuldigen, wenn ich mich weigere, dir zu folgen. Ich nehme an, ich kenne den Weg dorthin mindestens ebenso gut wie du, wahrscheinlich sogar noch besser.«

»Ich finde, Jemel sollte mitkommen«, konterte eine der Frauen unverzüglich. Nicht diejenige, die er vor dem `ifrit gerettet hatte, die andere, die seine Sprache sprach und wenigstens ein Fünkchen Anstand gezeigt hatte, indem sie ihr Gesicht verschleierte, als er aufgetaucht war, auch wenn sie den Schleier ziemlich schnell wieder vergessen hatte. Die andere hatte ihn nur mit ihrem unverhüllten Gesicht abschätzend angesehen.

»Gütiger Himmel, Mädchen, dann finde ich eben auch, dass er mitkommen soll. Warum auch nicht?« Abermals, als wäre das alles ein bitterer Witz. »Er ist die perfekte Ergänzung für unsere Gruppe. Wir haben schon einen entflohenen Häftling, der wegen Ketzerei angeklagt und so gefoltert wurde, dass er sich kaum noch bewegen kann und selbst beim Reiten auf die Stärke eines anderen Mannes angewiesen ist; wir haben eine entlaufene Baroness, die nach Rhabat will, weil ein Dschinn es ihr gesagt hat, und ihre Gefährtin, die nur mitkommt, um ihrem Vater eins auszuwischen.«

»Der Dschinn hat mich auch geschickt«, widersprach das Mädchen. »Und ich werde so oder so gehen, um bei Julianne zu sein.«

»Natürlich: das Mädchen, das aus Loyalität, Gehorsam und Liebe mitkommt und so ihrem Vater eins auswischen kann. Der Vater selbst kommt mit, um einen Krieg zu verhindern, sofern es in seiner Macht steht; und dieser Vater hat in seinem Gepäck, als Läufer an seinem Steigbügel, eben die Waffe, mit der er diesen Krieg gewinnen kann. Und das ist ein Junge von der einen Seite, der von einem Geist von der anderen Seite besessen ist; was immer er auch tun wird, er wird zum Verräter an sich selbst werden. Ein anderer Knabe hat uns gerade noch gefehlt, obendrein noch einer, der diesen Krieg mehr als alles andere in seinem Leben herbeisehnt, habe ich nicht Recht?«

Nein, damit hatte er nicht Recht gehabt, damit kam er zu spät. Vor einem Monat noch, ja, da ganz gewiss; aber nun nicht mehr.

Nun wollte Jemel vor allem eines, nämlich Rache. Aber davon hatte er nichts gesagt, und daher hatte der bärtige Mann genickt und war sich seines eigenen zynischen Urteils sicher gewesen.

»Dann komm mit uns, Jemel«, hatte er gesagt, »und herzlich willkommen. Wir sind eine Gruppe von Toren; da ist immer noch genug Platz für eine weitere Torheit.«

Teil Eins

Der Weg nach Rhabat

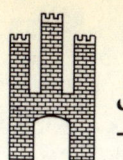

Sandtänzer

Auf diese Entfernung, dachte sie, sahen sie wie Tänzer aus, schemenhafte Gestalten, die kreisten und stampften und seltsame Spuren im Sand hinterließen. Schwarze Silhouetten, unscharf in der flimmernden Hitze, so als würden sie flackern und wackeln und für so kurze Augenblicke, dass das Auge gar nicht mitzählen konnte, einfach verschwinden.

Auf diese Entfernung konnte sie die Schwerter nicht erkennen, die Brennpunkt und einziger Sinn und Zweck dieses Tanzes waren.

Sie waren wochenlang unterwegs, doch dies war der erste Sand, den sie zu Gesicht bekommen hatten; und selbst der war, wie man ihr gesagt hatte, nicht der wahre Sand, die wandernde Trockenheit des Wüstenmeeres, *mul'abarta*, oder schlicht und einfach nur *der Sand*, wie Jemel sich ausdrückte: nur ein vom Winde verwehter Vorbote dessen, was sie einige Tagesreisen weiter im Süden erwartete.

»Sieh dir das an, Julianne«, hatte Elisande gesagt, hatte mit dem Stiefel nach der Spur getreten und den Sand zur Seite gescharrt, damit man die glasige Lava darunter sehen konnte. »Das ist eine Staubdecke, mehr nicht. Wir könnten mit einem Ochsenkarren darüber fahren, Kamele wären gar nicht nötig. Der Sand bedeckt hier einfach nur die Oberfläche. Du musst abwarten, bis du darin watest, bis du darin schwimmst, bis du glaubst, dass du darin einsinken könntest, ohne jemals auf Grund zu stoßen …«

Nun gut, dann würde sie eben warten; und keine Angst haben, auch wenn sie glaubte, ihre Freundin wollte, dass sie Angst hatte. *Wohin du gehst, da kann ich auch hingehen*, und Elisande war schon mehr als einmal so gewesen. Vor ihnen lagen genügend Dinge, vor denen man Angst haben konnte, das wusste Julianne, und sie würde sich fürchten, wenn Furcht geboten war – aber nicht vor dieser Reise, oh nein. Nur vor dem, was am Ende dieser Reise lag, was sie überhaupt erst veranlasst hatte, in diese Richtung zu reisen …

Sie reisten aus Gründen der Tarnung, der Sicherheit mit einer Karawane, ganz gewiss nicht der Schnelligkeit wegen. *Wenn mein Vater auf Schnelligkeit angewiesen ist*, dachte Julianne, *wenn seine Sicherheit davon abhängt, dass wir ihn möglichst rasch erreichen, dann habe ich keinen Vater mehr*. Sie war sich nicht ganz sicher, was Elisandes Ochsenkarren betraf. Bevor sie den Sand erreichten, hatten sie tiefe Spurrinnen im Lavabett gesehen, die von Rädern hineingefräst worden sein mussten; aber die Pferde hatten sie überwunden und hätten ganz bestimmt auch schnell über dieses Gelände reiten können, diese Halbwüste. Tatsächlich hatten andere Gruppen das vorgeführt, indem sie die Kamelkarawane johlend und mit knallenden Peitschen überholt hatten.

Aber Rudel war der Herr über ihre kleine Gruppe, das hatte selbst Elisande akzeptieren müssen; und als sie bei einem Brunnen am Rande der Lavaebene auf diese Karawane von Stammesmitgliedern aus dem Norden getroffen waren, hatte er mit Silber und Edelsteinen aus ihrem kleinen Schatz das Recht für sie erkauft, dass sie am Ende der Karawane mitreisen, an den Lagerfeuern der Männer ausruhen und das Essen mit ihnen teilen durften.

»Der Wind verbreitet Neuigkeiten«, hatte er gesagt, als Elisande – wer sonst als Elisande – ihn herausgefordert hatte, »und alle Winde wehen von hier aus nach Süden. Das weißt du auch, Tochter. Eile wäre vielleicht angezeigt – aber wichtiger ist unser

Bedürfnis nach Geheimhaltung. Was wir bei uns führen, das müssen wir verbergen, so lange es geht.«

Und damit war sein Blick unausweichlich auf Marron gefallen, auf den Jungen, der ein Stück von ihrem Lagerfeuer und von ihnen selbst entfernt saß; und nicht einmal Elisande hatte diesem Argument noch etwas entgegenzusetzen gehabt.

Nach einigen Tagen im Tross der Karawane befand Julianne, dass es vielleicht nicht seine klügste Entscheidung gewesen war. Sicher, die anderen konnten sich bei jeder Rast bis zu einem gewissen Grad in der bunt zusammengewürfelten Menge verbergen und ihre Herkunft mit derben Kleidungsstücken aus dem Fundus ihrer neuen Gefährten verschleiern; aber die hohe Qualität ihrer Pferde ließ sich nicht verbergen, ebenso wenig wie Marrons Andersartigkeit.

Ein Junge, der sich stets abseits hielt, ein Junge, der zu Fuß ging, während seine Gefährten auf edlen Tieren ritten, mehr noch, ein Junge, der sich keinem Tier der Karawane nähern konnte, ohne dass dieses Tier zurückwich oder scheute oder vor Angst schrie ...

Nein, so ein Junge würde in jeder Gesellschaft auffallen. Je größer die Zahl, desto isolierter wirkte er in ihrer Mitte. Vielleicht wäre es ja doch besser, schnell und in kleiner Gruppe zu reisen und den Gerüchten freien Lauf zu lassen, *eine Gruppe von Reitern auf edlen Tieren, und ein Knabe, der läuft und niemals ermüdet ...*

Natürlich hätten sie ein Reittier für Jemel gebraucht, etwas Besseres als das struppige Pony, das er jetzt ritt; es gab andere Tiere bei der Karawane, die sie für ihn hätten kaufen können. Es wäre besser gewesen, das Geld dafür auszugeben und vorauszupreschen ...

Aber die Entscheidung, ob nun gut oder schlecht, war angenommen worden. Jetzt war es zu spät, sie rückgängig zu machen. Ihr unmittelbares Ziel, die Oase von Bar'ath Tazore, lag nur eine Tagesreise entfernt an diesem Pfad. Dort hörte der Pfad auch auf, dort würden sich ihr Weg und der der Karawane trennen und sie würden alleine weiterziehen. Sie würden unter den fragenden Blicken selbst dieser Leute ziehen, die scheinbar keine Neugier kannten, und unter Gemurmel, das nicht einmal Rudel oder Jemel verstehen konnten; aber mit etwas Glück würden sie fortan auf keine menschliche Gesellschaft mehr treffen und den Gerüchten davonreiten.

Nicht, dass Julianne mit so viel Glück gerechnet hätte, aber darauf hoffen konnte sie. Tatsächlich gab es nichts anderes, das sie tun konnte.

Im Augenblick, da Männer und Frauen und Tiere unter der Sonne im Zenit rasteten, schirmte sie sitzend die Augen vor der gleißenden Helligkeit ab und sah zwei Schatten, zwei Strichmännchen, die tanzten und sich drehten.

Marron und Jemel. Zwei Knaben, von denen keiner das Bedürfnis nach Ruhe zu spüren schien. Jemel empfand nur Geringschätzung für diese mittägliche Trägheit und versprach noch weitaus heißere Tage, bis sie Rhabat erreichten; Marron hingegen –

Marron, dachte sie, war mittlerweile eiskalt im Geiste und wurde von keiner äußerlichen Wärme berührt; oder aber sein Blut bestand aus Feuer, und weder Sonne noch Lagerfeuer konnte es weiter erhitzen. Wo immer die Wahrheit liegen mochte, er war unermüdlich.

Und aus diesem Grund übten sich die beiden Knaben im Kampf, während alle anderen dösten. Eigentlich waren sie Männer, überlegte Julianne, junge Männer, die geliebt und getötet hatten und die Last von beidem auf ewig mit sich herumtragen mussten; sie aber sah in Jemels Zorn und Marrons stummer Pein nur Knaben. Sie war etwa ein Jahr jünger und hatte nie einen Bruder gehabt, aber manchmal fühlte sie sich, als wäre sie die ältere Schwester der beiden.

Und manchmal nicht. Wie eben jetzt, als sie sie im Schwertkampf sah und selbst auf diese Entfernung der heftigen Attacken wegen zusammenzuckte: Vielleicht war es ein Spiel, aber kein Spiel in dem Sinne, wie sie das Wort verstand. Spiele sollten nicht tödlich sein.

Abseits der alten, ausgefahrenen Spur lag der Sand höher und stieg in Terrassen an, die weich aussahen, es aber nicht waren. Die Zeit und sein eigenes Gewicht hatten den Sand fest zusammengepresst; gelegentliche Regenfälle und die grelle Sonne danach hatten ihn förmlich gebacken – offenbar guter Boden, um zu reisen. Aber nicht so gut zum Sitzen geeignet; der Boden war so heiß, dass man sich verbrennen konnte, wenn man ihn mit der bloßen Hand berührte. Julianne räkelte sich unbehaglich und sehnte sich nach Schatten.

Und bekam ihn einen Moment, als eine Silhouette auf sie fiel; sie schaute auf und erblickte Elisande.

»Julianne. Was machst du?«

»Ausruhen.«

»Du siehst nicht gerade sehr ruhig aus.«

Julianne seufzte, während ihre Freundin sich an ihrer Seite niederließ. »Eigentlich nicht. Ich habe sie beobachtet«, sagte sie mit einem Kopfnicken. »Sie sind nicht gerade ein beruhigender Anblick. Ich mache mir um alle beide Sorgen.«

Elisande verzog das Gesicht zu einer teilnahmsvollen Miene. »Das geht uns allen so. Ich rede mir immer wieder ein, dass es gut ist, wenn sie zusammen sind, dass sie einander gegenseitig Trost spenden können; aber ich weiß es nicht …«

»Nein.« Das Gegenteil mochte zutreffend sein; Julianne vermochte das ebenso wenig zu sagen wie Elisande. Jemel war ein verbitterter Zeitgenosse, und Julianne glaubte, dass er bei Marron nicht wirklich Trost fand. Ehrfurcht und Angst, dessen war sie gewiss; aber es musste noch mehr im Spiel sein, dass ein Knabe dem anderen wie ein treuer Hund hinterherlief, doch wenn sie ganz ehrlich zu sich selbst war, dann glaubte sie, dass keiner von ihnen viel Trost darin fand.

»Versuchen die zwei da draußen, sich gegenseitig umzubringen?«, fragte Elisande, nachdem sie eine Weile zugesehen hatte.

Julianne kicherte mit trockenem Mund, aber nicht nur wegen der Hitze. »Die doch nicht«, sagte sie. »Jemel würde nie und nimmer versuchen, dem wandelnden Geist ein Leid zuzufügen, selbst wenn er dazu imstande wäre; und Marron – nun, Marron will nichts mehr töten, niemals wieder.« Es hatte in der Vergangenheit dieses Jungen zu viele Tote gegeben, dachte sie; mehr als sie selbst gesehen hatte, davon war sie überzeugt, auch wenn der Junge nicht darüber sprechen wollte. Wie er überhaupt nicht mehr über irgendetwas sprach, nicht freiwillig. Vielleicht lag es daran, dass er Jemels Gesellschaft akzeptierte, die aller anderen aber mied: Er verbrachte seine Zeit mit dem einzigen Mitglied ihrer Gruppe, mit dem er kaum sechs Worte wechseln konnte. Vielleicht.

»Trotzdem«, sagte Elisande. »Beim Üben kann es zu Unfällen kommen, auch mit geschützten Waffen; gerade Marron sollte das wissen.« *Dadurch ist er ja erst zum wandelnden Geist geworden.* »Jemand sollte ihnen Einhalt gebieten –«

Und schon stand sie auf, um dieser Jemand zu sein, aber Julianne packte sie am Ärmel und zog sie wieder nach unten.

»Lass sie. Marron wird nicht zulassen, dass ein Unfall geschieht. Vorgeblich soll Jemel ihm beibringen, wie man mit einem Krummsäbel umgeht – aber in Wahrheit bekommt Jemel den Unterricht. Marron ist der Meister, selbst dann, wenn er die Waffe gar nicht kennt. Er ist schneller, kräftiger und viel vorsichtiger.«

»Das nennst du vorsichtig?«

»Bleib sitzen und schau zu. Wirst schon sehen.«

Selbst auf diese Entfernung und obwohl Licht und Hitzeflimmern ihren Augen Streiche spielten, hatte sie es gesehen; und mit etwas Geduld – was für Elisande allerdings ungewöhnlich wäre – würde sie es auch sehen.

»Na gut. Er wird Jemel nicht wehtun und nicht zulassen, dass Jemel ihm wehtut. Trotzdem sollte ihnen jemand Einhalt gebieten. Ich weiß nicht mehr, was für Marrons Körper gilt, nachdem er die Tochter in sich aufgenommen hat –, aber Jemel kann nicht den ganzen Tag reiten, wenn er nur einen Schluck Wasser zu sich genommen und um die Mittagszeit eine Stunde gekämpft hat.«

»Doch, das kann er. Er ist ein Junge. Lass sie in Ruhe, Elisande. Wenn du versuchst, sie daran zu hindern, werden sie noch eine Stunde weiterkämpfen, nur um es dir zu zeigen.«

Elisande schnaubte. »Aber denk dran, ich werde ihn nicht aufheben, wenn er von seinem Pony fällt. Und das wird er früher oder später. Von dem, was er isst, würde nicht einmal eine Schlange satt werden.«

Das galt auch für Marron, doch das war wieder eine völlig andere Angelegenheit. »Jemel trauert immer noch wegen dem Tod seines Freundes.«

»Wahrscheinlich eher Hass. Und ich bin diejenige, die ihn getötet hat …«

»Nein. D'Escrivery hat ihn getötet.« Das hatten sie behutsam in Erfahrung gebracht, und zwar weitgehend dadurch, dass sie Jemel jede Nacht am Lagerfeuer ermutigt hatten, sich seinen Zorn von der Seele zu reden.

»Aber mit meinem Messer habe ich ihm die Bewegungsfreiheit verschafft, es zu tun. Das ist meine Bürde, Julianne, lass sie mich tragen.«

»So lange du nicht versuchst, sie mit Jemel zu teilen.«

»Das werde ich nicht«, obschon man ihr ansah, dass es sie belastete, zu schweigen; wie sehr, das konnte nur Elisande selbst wissen. »Jemel bringt Marron auch bei, Catari zu sprechen, hast du das gewusst?«

»Nein …« Demnach war es also nicht das wechselseitige und

erzwungene Schweigen, das die beiden Knaben verband. »Aber das ist gut.«

»Stimmt. Und dabei fällt mir ein, ich soll dich ja auch unterrichten. Sag mir, was du siehst, Julianne.«

Ich sehe Ärger und Gefahren und Ungewissheit – aber das alles konnte sie noch nicht in Catari ausdrücken, doch der Unterricht war wenigstens ein Zeitvertreib. Auch wenn die Hitze wie eine erstickende Decke über ihrem Kopf lag und ihren Geist bis an die Grenze der Dummheit lähmte. Sie holte tief Luft – und selbst diese Luft war heiß, dörrte ihre Kehle und ihre Lungen aus und nützte ihr gar nichts –, dann suchte sie nach den Worten, die sie kaum aussprechen oder verstehen konnte, Worte in einer Sprache, in der sie nicht denken konnte.

Und stellte fest, dass das eine Beruhigung war, eine Linderung der konstanten Nervosität. Wenn sie nicht denken konnte, dann konnte sie sich auch keine Sorgen machen.

Sie unterhielten sich auch beim Reiten, Seite an Seite und mit ein wenig Abstand zu der Karawane, damit sie nicht deren Staub oder Geruch einatmen mussten; aber sie unterhielten sich nur in Catari. Elisande bestand darauf. Es waren mühselige Gespräche, die meist schnell in erschöpftem Schweigen mündeten. Unter der enormen Last der Sonne war es fast möglich, im Sattel zu schlafen, in einem Halbschlaf zu dämmern und die Gefilde des Traumes zu streifen, ehe man ruckartig wieder hochschreckte und sich einen Moment mit wilden Blicken umsah, bis einem wieder klar wurde, was und wer und wo man war; bis man langsam wieder im Sattel in sich zusammensank und langsam, langsam abermals den Halt verlor …

Als sie zur Lagerstelle für diese Nacht kamen, glaubte Julianne eine Zeit lang fälschlicherweise, sie hätten einen Tag gutgemacht und seien bereits in Bar'ath Tazore angekommen.

Was auch sonst? So stellte sie sich eine Oase aus tausend Märchen ihrer Kindheit vor: Sterne funkelten auf einer weiten Schwärze, die langsam den Himmel überzog, als der Weg gerade unerwartet zu einer Talsohle hin abfiel, wo man gerade noch etwas Grünes erkennen konnte, ehe der letzte Rest des Lichts entschwand. Und dann das Funkeln von Feuerstellen unten, das dem Funkeln oben am Himmel entsprach; und zwei Dutzend Stammesangehörige stimmten ein Lied an, um diejenigen unten auf sich aufmerksam zu machen, um kundzutun, dass sie friedfertiges Volk waren, und keine Banditen, die wegen Diebstahl und Gemetzel gekommen waren; und dann Willkommensrufe von links und rechts, als der Weg sie in das Tal hinabführte, das Glänzen dunklen Wassers voraus, ein Tümpel, knietief für Männer und Tiere gleichermaßen; was anderes konnte dies sein als eine Oase...?

Elisande lachte sie aus. »Oh, Julianne, dies ist eine glückliche Fügung, mehr nicht. Das ist Lavagelände, weißt du nicht mehr? Der Boden kann den Regen nicht aufnehmen, aber irgendwo muss er hin; aus diesem Grund fließt er in jede Mulde oder Vertiefung, die er finden kann. Hier haben wir nicht nur eine Mulde, die Öffnung ist tief und kann eine Menge Wasser aufnehmen. Und das Wasser liegt im Schatten der Schlucht, wo die Sonne es nicht binnen eines Tages austrocknen kann. Was jetzt noch übrig ist, mag dir wie ein Schatz vorkommen, ist aber wenig im Vergleich zu dem, was einst hier war, und jedes Maul voll, das dein Pferd trinkt, verringert den Vorrat weiter. In vierzehn Tagen wird nichts mehr übrig sein, alles Grün hier wird absterben bis zum nächsten Regenguss; alle, die hierher kommen, werden ihre Kamele mit den verdorrten Resten füttern und sich dann nach etwas anderem umsehen. Nein, meine Teuerste, dies ist keine Oase. Warte bis morgen.«

So würde sie eben abwarten, aber vorläufig war sie froh über das, was sie heute Abend hatte: Wasser zum Trinken und Waschen, obwohl die Tiere zuerst hineingewatet waren und getrunken hatten, um sich Staub und Kot von den Pfoten und Hufen und Fellen zu waschen. Und vielleicht selbst etwas Wasser beigesteuert hatten, ehe sie fertig waren. Julianne war das alles gleich; es schmeckte besser, weitaus besser als das warme und abgestandene Gesöff aus einem fragwürdigen Ziegenschlauch.

In dieser Nacht saßen die sechs, wie in jeder Nacht, um ihr eigenes Lagerfeuer, das mit getrocknetem Dung aus dem Vorrat der Karawane unterhalten wurde. Wie in jeder Nacht brachte eine Frau ihnen etwas zu essen. Ihr Kopftuch war mit silbernen Ringen geschmückt, Armreife klirrten an ihren Armen; sie hielt das Gesicht so tief, dass Julianne nie sicher sein konnte, ob es jede Nacht dieselbe Frau war oder ob die Pflicht reihum weitergegeben wurde.

Heute Abend schienen sie ein Festmahl zu bekommen: einen Teller gekochtes Fleisch und Gemüse, einen ganzen Korb Fladenbrot. Rudel griff nach einem saftigen Rippenstück, biss ab und kaute, kaute und schluckte; spuckte Knorpel in die Flammen und sagte: »Nun gut. Alles ist relativ. Dies ist immer noch besser als Soleier.«

Jemel runzelte die Stirn. »Das ist gutes Essen.«

»Warum isst du es dann nicht?«, herrschte Elisande ihn an. Da sie als Antwort nichts außer einem Achselzucken bekam, runzelte sie einen Moment verdrossen die Stirn und fuhr dann fort: »Und du, Marron. Hier ...«

Sie legte zwei Brotscheiben um eine großzügig bemessene Portion Fleisch und Gemüse, drückte sie dem Jungen in die Hand und nahm sich selbst erst etwas, als sie sah, wie beide zaghaft aßen.

Julianne verbarg ein Lächeln hinter plötzlicher Aktivität und suchte die zartesten Stücke, die sie finden konnte, für den alten Redmond aus. Seine gebrochenen Hände heilten allmählich, waren aber so schwer beschädigt, dass es ihm unmöglich war, solche Aufgaben ohne Schmerzen auszuführen.

Er dankte ihr freundlich; sie nahm sich selbst etwas, dann setzte sie sich neben ihn, um zu essen, da er von ihren Begleitern der gelassenste war.

Das Fleisch war knorpelig; es war Sand im Gemüse und im Brot ebenfalls. Sie machte sich daran zu schaffen, bis ihr vom Kauen der Kiefer wehtat und ihre Lippen rau von den Sandkörnern waren. Es fiel ihr schwer, dankbar zu sein – und sich daran zu erinnern, dass sie schon weniger und schlechter gegessen hatten, oder daran zu denken, dass sie auf dem Weg, der vor ihnen lag, noch Schlimmeres erwarten mochte. Aber manchmal – wenn sie es versuchte – konnte sie diesem Abenteuer dennoch ein wenig Freude abgewinnen, wenn sie sich überlegte, wie sehr die verhätschelte und privilegierte Tochter des Schattens des Königs in Ungnade gefallen war.

Nein, nicht gefallen, vielmehr gesprungen. Gesprungen und wissentlich aus ihrer sicheren und behaglichen Existenz geflohen, weil ein Dschinn ihr gesagt hatte, dass das Leben ihres Vaters in Gefahr sei ...

Neuerdings war sie freilich darüber hinaus noch die Baroness Julianne von und zu Karlheim; in kommenden Tagen hätte sie Gräfin von Elessi sein sollen und war zudem vor jemandem weggelaufen, der mehr als Sicherheit und Behaglichkeit bot –, aber diese spezielle Erinnerung hatte nichts Freudiges an sich. Sie wandte den Blick ruckartig vom Feuer ab, wo sie sein Gesicht so leicht in den Flammen sehen konnte.

Und starrte stattdessen auf den Boden vor dem Feuer und sah ein Flackern im Sand, das nicht nur das Flackern des Feuers widerspiegelte. Sie kniff die Augen zusammen und bückte sich etwas nach vorne und sah eine schwarze Linie wie über den Sand gemalt: Sie war dicker als ein Haar, feiner als ein Draht und zog Juliannes Blick wie einen Haken an. Die Linie war da, und dann war sie verschwunden; einen Moment dachte Julianne: *Dschinn* ...

Aber dann sah sie eine neue Linie, dann zwei gleichzeitig, und dann verlor sie beide aus den Augen, als sie versuchte, beide im

Blick zu behalten; aber es hatte immer nur einen Dschinn gegeben, und der hatte nie versucht, solche Spielchen mit ihr zu spielen. Er war erschienen, hatte gesagt und getan, was er sagen und tun wollte, und war wieder verschwunden.

Daher: Nein, nicht der Dschinn; aber –

»Was *ist* das nur, seht Ihr es auch?«

Zu ihrer Überraschung lachte Redmond, wenn auch mit einem rauen und wissenden Unterton, der ihr ganz und gar nicht gefiel. »Die Insekten? Die Scharai nennen sie Sandtänzer. Versuch mal, eines zu fangen.«

Sie bildete mit der hohlen Hand einen Köcher und griff zu; machte die Hand auf und stellte fest, dass sie leer war. Sie probierte es noch einmal und schaffte es wieder nicht; dann versuchte sie, eines zwischen beiden Handflächen zu fassen zu bekommen, doch auch das gelang ihr nicht.

»Du könntest die ganze Nacht hier sitzen«, sagte Redmond, der ihr durch eine Berührung an der Schulter Einhalt gebot, »und würdest doch keines zu fassen bekommen. Die Scharai sagen, die Insekten wandern zwischen zwei Welten, dieser und einer anderen, darum nennen sie sie Sandtänzer. Aber das ist nur einer der Gründe.«

»Ich verstehe nicht«, sagte sie.

»Nein. Sei dankbar dafür.«

Sie schluckte ihren Zorn hinunter und sagte: »Nun gut, ich werde es versuchen. Da Ihr es sagt. Aber welches ist der andere Grund?«

»Sie sind Zerstörer«, sagte Redmond. »Wenn du hier im Sand einen Käfer sehen würdest, würden sie ihn töten. Wenn du hier einen Ameisenhaufen sehen würdest, würden sie ihn vollständig vernichten.«

Die Hitze des Tages schwand rapide; nach einer Stunde in der Dunkelheit rückten alle näher an das Feuer. Natürlich abgesehen von Marron, der weder Hitze noch Kälte zu spüren schien, und abgesehen von Jemel, der so empfand, oder es wenigstens behauptete, als wären die Nächte so warm wie die Tage kühl. Falls er noch einen Grund hatte, diese Distanz zu wahren – falls er, zum Beispiel, den Ort und die Leute, von wo sie kamen, so sehr hasste, dass es ihn alle Anstrengung kostete, ihre kleine Gruppe nicht ebenfalls zu hassen und er lieber nicht riskierte, ihren Kehlen mit dem Messer zu nahe zu kommen –, so sagte er es jedenfalls nicht; auch nicht, ob er einen triftigen Grund hatte, sich immerzu in Marrons Nähe aufzuhalten.

Julianne dachte sich, dass sie selbst mehr als genügend Gründe hätte, sich von Marron fern zu halten, und dennoch konnte sie es nicht. Als Knabe bei den Erlösern hatte er sie mit seiner Naivität bezaubert, und auch ein wenig mit seiner Schönheit und seinem ständigen Erröten; als Geschöpf aus einem Alptraum, das mit einem Blinzeln oder einer Geste seines blutenden Arms abschlachten und töten konnte, hatte er ihr Todesangst eingeflößt. Sie versuchte manchmal wissentlich, sich an diese Todesangst zu erinnern, seine roten Augen und seine unerschöpfliche, übermenschliche Energie als Mahnmal dafür zu sehen, dass er nicht mehr war, was er einmal gewesen war. Sie wünschte sich, sie würde ebenso auf ihn reagieren wie ihre Stute Merissa oder jedes andere Tier, indem sie scheute und sich aufbäumte; aber es schien, als könnte sie das nicht. Sie schaute ihn nach wie vor an und sah den Knaben, der er gewesen war ... in vielerlei Hinsicht auch noch der Knabe, der er heute war, nur mit einer grauenhaften Bürde belastet.

Und dabei war sie nicht einmal eine Scharai, sie war nicht damit aufgewachsen, in den Schatten der Nacht ständig nach dem wandelnden Geist Ausschau zu halten, während hundert Geschichten in ihrem Kopf widerhallten. Man hätte es Jemel nicht verdenken können, wenn er noch in jener Nacht oder am darauf folgenden Morgen beschlossen hätte, in die andere Richtung zu fliehen, so viel Distanz wie möglich zwischen sich und Marron zu bringen; aber er war ein Scharai, und aus diesem Grund hatte er das nicht getan.

Aber natürlich hatte er auch nicht diesen roten Faden gesehen, der tötete, den bösen Willen des wandelnden Geistes; von Marron hatte er nur die Augen und die Energie und die fleischliche Hülle gesehen, die Hort dieser Energie war; sein Schweigen und seine Zurückgezogenheit. Julianne glaubte, dass auch er in erster Linie einen Knaben sah. Und Jungs halten zusammen, dachte sie, gegen Mädchen oder gegen Autorität, gegen die Welt selbst ...

Als die Flammen zu einem Glühen inmitten weißer Asche niedergebrannt waren und die Kälte sie im Rücken bedrängte, während der Tag ihnen schwer auf den Knochen lag, wickelten sie sich in Decken ein und legten sich in Zweiergruppen um das Feuer herum nieder: Rudel und Redmond, die älteren Männer, Julianne und Elisande, die beiden Mädchen, die Knaben Marron und Jemel.

Nur brauchte Marron so wenig Schlaf wie Essen, und Jemel ebenfalls. Julianne hatte sich mittlerweile daran gewöhnt, dass sie ihre Umrisse noch vor den Sternen sah, wenn sie selbst die Augen zumachte; und sie wusste, die beiden würden am Morgen vor ihr auf den Beinen sein. Heute Nacht hoffte sie, dass ihre langen Nächte von Gesprächen erfüllt wären, dass der Sprachunterricht als Ausrede genügen mochte, sie zu lehren, einander an ihren Sorgen und Nöten teilhaben zu lassen; doch dann dachte sie, was die beiden einander möglicherweise zu sagen hatten, wenn sie als Ebenbürtige miteinander reden konnten, und wünschte sich doch, sie würden es unterlassen.

Und an noch etwas hatte sich Julianne gewöhnt: Elisande war ebenfalls wachsam und rastlos. Wach bleiben mochte sie aus vielerlei Gründen, glaubte Julianne, aber wachsam war sie nur wegen Marron.

Inmitten dieser Schar fiel es einem Mädchen verdammt schwer, selbst etwas Schlaf zu bekommen ...

Aber sie schlief dennoch und erwachte wieder und verfolgte die Morgenrituale der anderen.

Jemel – der sich an seine Scharaikleidung und seine Scharaibräuche klammerte – entfernte sich ein paar Schritte und kniete nieder und betete in Richtung der aufgehenden Sonne: allein, sagte er, da die Stammesangehörigen, mit denen sie ritten, falsche Worte sprachen und ihre Rituale verfälscht waren. Elisande behauptete, der Stolz der Scharai sei der Grund, Jemel würde sich für etwas Besseres halten; Julianne hielt es für einen weiteren Ausdruck seiner Wut.

Marron machte ein enormes Aufheben darum, dass er überhaupt keine Gebete sprach. Er war kein Bruder der Erlöser mehr, kein Knappe eines frommen Herrn und ganz und gar nicht sicher, was aus ihm geworden sei; aus diesem Grund saß er abseits und machte gar nichts, bis Elisande ihm Brot brachte und neben ihm stehen blieb, bis er es gegessen hatte.

Rudel hatte seine Gauklerkleidung abgelegt und trug unauffällige Kleidung, wie die anderen auch, übte aber dennoch jeden Morgen eine halbe Stunde sein Jonglieren.

Redmond hatte zu große Schmerzen in Händen und Füßen, um aktiv etwas zu tun. Er blieb am Feuer sitzen und wärmte sich die Knochen für den bevorstehenden Tag, wie er sagte; aber er behielt sie alle im Auge und verhinderte mit weisen Worten, dass es zwischen Leuten aus ihrer Gruppe zum Streit kommen konnte.

Elisande kümmerte sich um ihrer aller Frühstück, allerdings kümmerte sie sich um Marron ganz besonders aufmerksam, was ihr bei Rudel, ihrem Vater, sichtlich schwer fiel. Wahrscheinlich waren sie die beiden, die Redmonds Bemühungen, Frieden zu stiften, auf die härteste Probe stellten.

Damit blieb es Julianne überlassen, sich um die Pferde zu kümmern, eine Aufgabe, die sie bereitwillig übernahm, heute Morgen ganz besonders. Inzwischen waren sie alle Freunde, und Merissa war schon immer etwas Besonderes gewesen, eine eigensinnige und zu Zeiten schwierige Gefährtin, aber auch eine Vertraute, als sie beide in Marasson jung waren, und manchmal höher in ihrer Gunst als alle Menschen aus Juliannes Bekanntenkreis. Julianne wurde das Herz zunehmend schwerer, da der Tag, an dem es hieß, Abschied zu nehmen, immer näher rückte. Sie konnte nichts tun, um das zu verhindern; sie konnten keine Pferde mit in die wahre Wüste nehmen und hätten sie auch nicht am Leben erhalten können, wenn sie es versucht hätten; bald schon würden andere Hände dem Tier, hoffentlich ebenso behutsam und zärtlich, Sattel und Zaumzeug anlegen. Julianne hatte in den zurückliegenden Wochen zu viele Abschiede erleben müssen; sie war nicht sicher, ob sie noch einen ertragen konnte.

Sie war auch nicht sicher, ob es wirklich nur der Verlust Merissas war, der ihr solchen Kummer bereitete, aber sie war fest entschlossen, es zu glauben. Andernfalls würde sie sich vielleicht jede Nacht in den Schlaf weinen, und das alles wegen einem Paar grüner Augen, blondem Haar und einem einnehmenden Lächeln …

Und so holte sie auch dieses Mal alle Pferde, die sich an dem Grünzeug am Ufer gütlich taten, und versuchte, sich nicht mit dem Gedanken daran zu quälen, dass es das letzte Mal sein könnte. Sie streichelte ihnen die weichen Nüstern, kraulte sie an den Ohren und versprach ihnen für diesen Abend mehr und besseres Futter. Mit Merissa verbrachte sie etwas mehr Zeit und raunte ihr Geheimnisse ins Ohr, die nur die Stute wusste und nicht weitererzählen konnte. Dann legte sie ihnen einem nach dem anderen Sattel und Zaumzeug an, schaute sich nach ihren menschlichen Begleitern um und rief ihnen leise zu, dass die Reittiere bereit wären. Die Karawane hatte sich bereits in Bewegung gesetzt und bildete im ersten Sonnenschein eine Reihe auf dem schattigen Weg. Julianne hätte noch eine Stunde Ruhe und dann einen gestreckten Galopp bevorzugt, um die Karawane wieder einzuholen, aber in dieser Hinsicht war und blieb Rudel eisern, sie durften nichts tun, um die Aufmerksamkeit auf sich zu lenken.

Jedenfalls nicht mehr als sich vermeiden ließ. Nichts, dachte Julianne, würde das schweigsame Stammesvolk am Ende der Reise am Klatschen und Tratschen hindern können. Es wäre am besten für sie, wenn sie sich so kurz wie möglich in Bar'ath Tazore aufhielten, noch heute Abend oder morgen ihre Pferde gegen Kamele eintauschten und sich auf den Weg begaben, ehe Gerüchte die Runde machen konnten.

Und so folgte nun ein weiterer ermüdender Tag langsamen Reitens, ermüdend für sie selbst wie auch für Merissa: das Pferd war so unruhig wie Julianne, es tänzelte und zuckte und schüttelte den Kopf. Auch das Tier sehnte sich nach einer schnelleren Gangart und einem kühlenden Windhauch, dachte Julianne. Den freilich würden sie in dieser sengenden Ebene niemals finden; wenn einmal ein Wind aufkam, so brachte er nur noch mehr Hitze mit sich. Aber die Sommer in Marasson waren schlimmer, vielleicht nicht ganz so extrem heiß, aber stickiger und weitaus kräftezehrender, und auch da hatten sie Spaß an einem Galopp gehabt.

Dass sie dieser Karawane folgten, das war einfach langweilig und verzehrte alle Geduldsreserven. Je höher die Sonne stieg, desto spärlicher wurden die Gespräche. Julianne bedeckte den Kopf mit einem Stück Stoff, um die Augen vor dem fahlen Gleißen des Himmels zu schützen, und sah starr zwischen Merissas Ohren hindurch. Marron war wie immer ein flimmerndes Pünktchen etwas abseits. Jemel ritt so nahe bei ihm wie er es wagte, was alles andere als nahe war; Rudel und Redmond ritten voraus, Elisande folgte an Juliannes Seite. Julianne machte sich reihum um alle Sorgen: um Marron wegen der Bürde, die er trug, oder die Kreatur, zu der er geworden war – das Ding, das sein Blut infizierte, hatte beide ununterscheidbar gemacht; um Jemel wegen der Trauer über seinen Verlust und seiner Wut, die nicht besänftigt werden konnte; um Redmond wegen seiner schwachen körperlichen Verfassung und der Grausamkeiten, die ihm die Inquisitoren der Erlöser angetan hatten; um Rudel und Elisande wegen der Kluft zwischen den beiden, die sie immer noch nicht verstand, über die sie nicht sprechen wollten, die aber Vater und Tochter nicht so sehr entzweien sollte.

Dazwischen machte sie sich Sorgen um ihren eigenen Vater, den zu finden und retten sie diese weite Reise unternahm, wie jedenfalls der Dschinn behauptete, wenn sie auch keine Ahnung hatte, wie sie das anstellen sollte. Das hatte der Dschinn ihr nicht gesagt; manchmal, recht oft, zweifelte sie an sich selbst und ihren Fähigkeiten.

Und wenn sie sich wegen all dem keine Sorgen machte, wenn sie hin und wieder Zeit und Muße fand, über ihre eigene Zukunft nachzudenken, dann sah sie auch da nichts anderes als Kummer und Sorgen und einen Verlust, der mindestens ebenso groß war wie der von Jemel. Oder noch größer, diesen Gedanken gestattete sie sich manchmal, denn es war durch ihre eigene Entscheidung so gekommen. Sie war mit voller Absicht vor dem Mann weggelaufen, den sie geheiratet hatte, dem einen jungen Mann, dem sie sich mit Freuden den Rest ihrer Tage hingegeben hätte; sie dachte, dass er sie jetzt niemals wieder zurücknehmen würde.

Und doch: trotz Langeweile und Unbehagen und den Schmerzen in den Knochen, trotz Angst und Sorgen und den Schmerzen in ihrem Herzen – dennoch war sie glücklich. Möglicherweise glücklicher als vorher, dachte sie.

Früher, in Marasson, war Glücklichsein stets mit Einschränkungen versehen gewesen: Sie war glücklich, *aber* ihr Vater weilte, wie fast immer, in Outremer; sie war glücklich, *aber* sie hatte Angst vor großen Höhen und wagte nicht, welche zu erklimmen; sie war glücklich, aber sie sollte mit einem unbekannten Adligen in einer entlegenen Provinz verheiratet werden.

Und nun war alles auf den Kopf gestellt. Ihr Vater befand sich in Rhabat, in den Händen der Scharai, in Gefahr; aber sie war glücklich. Sie hatte vor vielen Dingen Angst und fürchtete aus mannigfaltigen Gründen um die unterschiedlichsten Leute; aber sie war glücklich. Sie war mit ihrem Adligen verheiratet und hatte sich auf eine verzweifelte, gefährliche Art in ihren Gemahl verliebt, war aber ihres Vaters wegen vor ihm geflohen, für den sie eine weitaus komplexere, aber längst nicht so allumfassende Liebe empfand – und dennoch war sie glücklich, so bizarr und beinahe verräterisch es schien.

Sie führte zum hundertsten Mal an diesem Tag ihr eigensinniges Tier in die Reihe zurück und versuchte, ihre eigenen Motive zu verstehen. Möglicherweise war es die Freiheit, die sie so sehr schätzte: ungehindert – und noch besser, unverschleiert; diese Menschen verschleierten die Gesichter ihrer Frauen nicht – unter freiem Himmel zu reiten, in eine Decke eingewickelt unter den Sternen zu schlafen, unbewacht, abgesehen von ihrer eigenen Wachsamkeit und der ihrer Gefährten. Ihre eigenen Entscheidungen zu treffen, oder wenigstens das gleiche Stimmrecht wie alle in der Gruppe zu haben. Vielleicht. Vielleicht war es auch die Aussicht, zu handeln, die Möglichkeit, das zu tun, was sie für richtig oder notwendig hielt, mehr als nur eine leise Stimme zu sein, die ihrem Herrn ins Ohr flüsterte. Sie hatte Angst davor, Fehler zu machen, Angst davor, zu scheitern, aber dennoch war es wahrscheinlich besser, es zu versuchen und zu scheitern, als gar keine Möglichkeit zu haben, es zu versuchen.

Vielleicht.

Vielleicht war es auch nur die schlichte Tatsache, dass sie mit dieser speziellen Schar in ein Abenteuer mit ungewissem Ausgang ritt, mit diesen rätselhaften und geheimnisvollen Menschen, ihren Freunden. Wenn sie denn Freunde waren. Die anderen behielten immer noch mehr für sich als sie ihr mitteilten. Aber das war nur recht und billig; bei ihr verhielt es sich nicht anders. Einzig Elisande gestand sie flüsternd, was sie tief in ihrem Herzen wirklich empfand, und nicht einmal ihr alles. Manches verschwieg sie, aber das andere Mädchen hatte gewiss schon genug gesehen, um auch das zu vermuten.

Die Sonne erklomm ihren höchsten Stand und wanderte weiter, während sie unter ihr dahinzogen. Zum ersten Mal seit vielen Tagen legte die Karawane trotz der Hitze keine Pause ein. Es gab keinen Platz dafür, die endlose Ebene bot weder Hoffnung auf Schatten noch auf Wasser, abgesehen von dem wenigen, das sie in unter den Bäuchen der Tiere festgebundenen Schläuchen bei sich trugen; aber, dachte Julianne, heute gab es noch einen anderen Grund dafür. Selbst diese nomadischen Stämme schienen die Straße satt zu haben, schienen mit doppelter Eile vorwärtszustürmen, wo das Ziel so nahe war, um auch nur eine Stunde früher dort zu sein …

Trotz alledem wusste Julianne die Zeichen gar nicht zu deuten, als sie schließlich auftauchten, sie war nur verwirrt. Der Himmel war grün, und sie dachte, das würde Sturm bedeuten. Eine andere Möglichkeit sah sie nicht. Wenn der Himmel in Marasson gelb wie Haferbrei und zäh und schwer wie Haferbrei war, dann suchten selbst die Tiere Schutz vor der bevorstehenden Flut.

Von dieser Schwere war hier nichts zu sehen: Der Himmel vor ihnen war grün, aber leuchtend, gleich der feinen, schimmernden Glasur auf einem teuren Topf. Ganz gewiss konnte das kein Regen sein. Sie hatte gehört, dass es selbst in der wahren Wüste regnete, aber nicht aus so einem Himmel. Freilich gab es andere

Arten von Stürmen; auch davon hatte sie gehört. Ein Staubsturm, ein Sandsturm mochte aus der Ferne irgendwie so aussehen, wenn ein Regenschauer wie Haferbrei aussah.

Grün und schimmernd wie Wasser, während sie durch eine Hitze ritten, die die Luft über dem Sand tanzen ließ; und Elisande an ihrer Seite hatte weder Augen für die Straße noch für den Himmel darüber, sondern beobachtete sie und lächelte, lächelte erwartungsvoll ...

Schließlich platzte die Seifenblase, Julianne ging ein Licht auf, und sie erstickte fast unter dem plötzlichen Ansturm der Einsicht.

»Das ist sie, nicht? Es ist die Oase, die das macht ...«
»Bar'ath Tazore«, bestätigte Elisande grinsend. »Wiese des Himmels, so wird sie genannt; aber aus der Ferne kann jede Oase so aussehen. Die Scharai sagen, es sei die großmütige Gunst ihrer Götter, die sie zu Wasser und gutem Weideland führt.«
»Tatsächlich?«
»Das jedenfalls erzählen sie ihren Kindern. Vielleicht glauben die meisten es sogar selbst. Wenn du die Gedankengänge eines Scharai lesen kannst, dann musst du sie mir erklären. Ich habe einmal mit einem Mann gesprochen, der sagte, dass das Trugbild nur etwas mit Licht und Spiegelung und der Hitze zu tun hat, aber den habe ich auch nicht verstanden.«
»Du hast ihn nicht verstanden. Einfach ...«
»Ja, ja, ich kann dir seine Diagramme aufzeichnen, dann kannst du mir die auch erklären. Er war ebenfalls ein Scharai. Aber nun pass auf, das wird dir gefallen.«

Ob es ihr gefiel? Sie war nicht ganz sicher, das schien nicht ganz das passende Wort zu sein. Elisande hatte ihren Spaß daran, dessen war sich Julianne ganz sicher – aber Elisande hatte mehr Augen für sie als für die Straße oder den Himmel.

Sie konnte ihn kaum wahrgenommen haben, diesen Augenblick, da die Luft waberte, sich wie ein Vorhang zusammenzog, die lange Reihe der Karawane weiter vorne verbarg und sogar die vergleichsweise nahen Gestalten von Rudel und Redmond zu einer einzigen flimmernden Silhouette verschmolz; aber selbst Elisande konnte, auch wenn sie nicht hinsah, kaum den Augenblick verpassen, da die verhüllende Luft sich in einen Spiegel verwandelte. Ganz kurz erblickte Julianne ein verschwommenes, wildes Ebenbild von sich, das vielleicht eine Armeslänge über der Straße schwebte, allerdings eine eigene Straße für sich zu haben schien, auf der es reiten konnte.

Was immer Merissa mit ihren großen, weit auseinander stehenden Augen wahrnahm, die den halben Horizont mit einem einzigen Blick absuchen konnten, es musste etwas anderes sein als sie selbst. Das Pferd schnaubte, als wäre wirklich eine Barriere im Sand errichtet worden, etwas Solideres als der Unfug, den Juliannes Augen ihr weismachen wollten; aber das Tier scheute und erschrak nicht, was ganz sicher der Fall gewesen wäre, wenn es geglaubt hätte, dass da ein Himmelspferd herabgeritten kam, um Schnauze an Schnauze auf sie zu treffen.

Merissa ging steten Schrittes weiter, um dieses andere Pferd Nase an Nase zu treffen. Erst als sie es berührte, zerbrach das Bild und verschwand wie eine Spiegelung im Wasser, die durch einen Stein zunichte gemacht wurde.

Dann hob sich der Vorhang, die Luft wurde wieder klar, und Julianne konnte meilenweit sehen – und alles, was sie meilenweit sehen konnte, war Grün. Der Himmel war wieder blau, wie er es den ganzen Tag hätte sein sollen; aber wo sie den ganzen Tag über den weißgelben Sand und seltsame schwarze Lavaformationen gesehen hatten, und sonst nichts, was den Blick oder die Gedanken auf sich lenken konnte, gab es nun Bäume und einfache Häuser und abermals Bäume. Es gab Wiesen und urbar gemachtes Land und Bäume; und zwischen den Häusern gingen Menschen dahin, Menschen und Tiere gingen hierhin und dorthin auf den schmalen Gassen und breiten Straßen, und alle breiten Straßen wurden von Bäumen gesäumt.

Julianne riskierte einen furchtsamen Blick zurück, ob Magie im Spiel sein konnte; hinter sich sah sie die endlose Wüste des Tages, ein Panorama mit Sand und vereinzelten Felsen, die umgehend in der Hitze flimmerten.

Hier gab es kein Flimmern und die Hitze war auch nicht so schlimm, dachte sie, auch wenn sie sich noch am Rande von Bar'ath Tazore befanden, ein gutes Stück von jedem Schatten entfernt.

»Elisande? Was ist dort passiert? Ist das so eine Art von Schutz, der diesen Ort vor allen bewahrt, die ihm Böses antun wollen?« Sie meinte eine Art von priesterlicher Magie – aber wenn so etwas hier am Walten war, dann hätte es sie eher aufhalten als durchlassen sollen. Sie war überzeugt, dass diese kleine Gruppe durchaus das Böse in ihrem Schatten beförderte.

»Nein, keineswegs«, sagte Elisande kichernd. »Es ist die Fata Morgana, Liebes, mehr nicht. Die Hand Gottes oder die Hand eines Rätsels, von dem manche Menschen glauben, sie hätten es gelöst. Wenn es sich nicht um Magie der Wüste handelt, so wie die Dschinni. *Ich* weiß es nicht. Für mich ist es der Zauber der Wüste – und du bekommst schon etwas davon zu Gesicht, noch ehe wir die eigentliche Wüste erreicht haben. Das eben war eine Fata Morgana, und dies, Julianne, ist eine Oase. Vergiss diese Pfütze, wo wir gestern Nacht Rast gemacht haben …«

Julianne hatte sie schon vergessen und sog die kühle Schönheit mit ihren wunden, trockenen Augen auf, ohne Unterlass, ohne Unterlass.

Die Oase lag in einer breiten Senke unter ihnen, allerdings hatte Julianne gar nicht bemerkt, dass sie eine Anhöhe erklommen hatten, um sie zu erreichen; das konnte immerhin teilweise erklären, wie die Oase bislang verborgen geblieben war, aber nur teilweise. Ganz gewiss erklärte es, weshalb Julianne ein so großes Areal auf einen Blick in sich aufnehmen konnte, sogar den großen See in der Mitte, einem funkelnden Juwel auf einem grünen Tuche gleich. Die Bäume waren Dattelpalmen, und es mussten Tausende sein, dass sie so einen Baldachin bilden konnten. Auf der anderen Seite des Wassers konnte sie die Dächer eines enormen Gebäudes sehen, das über dieses Blätterdach hinausragte; sie hätte es gern genauer in Augenschein genommen, bezweifelte aber, dass sie die Möglichkeit dazu bekommen würde.

Die Karawane, der sie bislang gefolgt waren, hatte sich schon wieder in Bewegung gesetzt, aber Rudel hielt sein Reittier eisern zurück und durchtrennte damit dieses bequeme Band. Ein Vogelschwarm, der plötzlich auftauchte, lenkte Juliannes Aufmerksamkeit auf sich – immerhin waren es die ersten Vögel, die sie seit Wochen zu Gesicht bekam: sie stoben von den Baumwipfeln empor, kreisten kreischend über ihrem Kopf und verschwanden wieder in ihrer Deckung. Julianne drehte den Kopf und erblickte Marron, der wie stets abseits stand. Der alte Mann hatte Recht mit seinem Innehalten, er musste es nicht einmal erklären; sie konnten es nicht riskieren, den tödlichen Knaben in das emsige Getümmel da unten mitzunehmen.

Zwischen der Straße und den Bäumen, um den Rand der Senke herum, lag ein breites Band aus Fels und Kies, das gutes Reiten ermöglichte. Rudel führte sie mit einer Geste dorthin, als wollte er die Oase umrunden und wieder in die Wüste hinausreiten. Das war unmöglich, wenn sie weiterziehen wollten, aber Julianne vermutete, dass er sich diese Möglichkeit wenigstens offen halten wollte, falls sich die Lage hier verschlechterte: eine hastige Flucht durch das Hitzeflimmern und weg von hier, um nachzudenken, sich zurückzuziehen oder eine neue Route zu planen. Sie konnten in das wilde Land zurückkehren oder nach Westen gehen und da einen Weg zurück nach Outremer suchen. Elessi meiden – *bitte?* –, aber vielleicht nach Tallis oder Klein Arvon und damit nach Süden, vielleicht sogar bis zum legendären Surayon, der Heimat von Rudel und Elisande ...

Nicht, dass sich die Lage hier verschlechtern würde. Warum auch? Reisende, die Pferde gegen Kamele tauschten, konnten in dieser Oase nichts Ungewöhnliches sein; im Gegenteil, gerade die erhielten sie am Leben. Jeder Handelsposten an der Grenze ist auf Durchreisende angewiesen, und der wichtigste Posten hier mussten Handelskarawanen von Outremer nach Rhabat und wieder zurück sein. Sie hatte gehört, dass Rhabat Verbindungen zu Stämmen und Völkern viel weiter östlich unterhielt, mit seltsameren Reichen, die noch seltsamere Güter zum Handeln besaßen; sie wusste, dass Seide und Elfenbein auf diesem Weg an die Höfe von Outremer und Marasson gelangten.

Daher sollte es keinen Grund für Rudels Vorsicht geben, aber sie war ihr dennoch lieb. Nachdem sie so lange in der Burg auf dem Roq eingesperrt gewesen war, verzweifelt entfliehen wollte und an jeder Ecke aufgehalten wurde, bevorzugte sie freie Flächen ohne Mauern. Redmond wenigstens, dachte sie, dürfte ebenso empfinden.

Wer immer in dem Palast wohnen mochte, den sie gesehen hatte, wer immer Bar'ath Tazore regierte, bevorzugte Mauern aus Palmen um sein Anwesen herum. Sein Volk bearbeitete das Land in dem Kreis aus Bäumen und bewässerte den Boden mit einem komplexen System aus Kanälen, die das Wasser irgendwie von dem See in der Mitte emportransportieren mussten.

Vor langer Zeit, dachte Julianne, als die Lava der Ebene kochender Fels gewesen war, musste sie in diese Senke geflossen sein und keinen Abfluss gefunden haben. Beim Abkühlen hatte sie das ganze Umland getötet, aber diese Stelle hier verschont und so ein fruchtbares, aber isoliertes winziges Königreich geschaffen, das nur auf seinen König wartete.

Schließlich kamen sie an eine Stelle, wo die Bäume krank zu sein schienen, da ihre großen Blätter braun waren und herunterhingen. Die Lehmwälle der Kanäle waren entzwei, die Kanäle selbst trocken; auf dem Land ringsum wuchs nichts.

Zwischen den Kanälen stand eine einfache Hütte, eine von vielen, die sie passiert hatten. Alle anderen waren bewohnt gewesen, Leute hatten sich mit ihrem Getreide beschäftigt, sich um ihre Ziegen gekümmert oder unter den Türen ihrer Häuser Mahlzeiten zubereitet, und alle hatten innegehalten und die Reiter im Schatten der Bäume beobachtet. Hier jedoch war die Tür der Hütte aus den Angeln gerissen und sie konnten schwarze Schatten im Inneren sehen, keine Spur von Leben.

Rudel rief nach hinten: »Halt«, und führte sein Pferd zwischen den Bäumen hindurch. Er ritt zu der Hütte und rief wieder: »Hallo, da drinnen!«

Als er keine Antwort bekam, stieg er von seinem Pferd herunter und ging ins Innere.

Einen Augenblick später stand er wieder unter der Tür und winkte ihnen zu.

Die Hütte war so verlassen wie das Stück Land, auf dem sie stand. Das kam Julianne so seltsam vor wie den anderen; wo urbares Land so selten und kostbar war, hätte selbst Tod oder Entehrung einfach Platz für eine andere Familie schaffen müssen, die es für sich beanspruchte.

Aber die Hütte stand da und schien niemandem zu gehören. »Wir nehmen sie«, sagte Rudel gleichmütig. »Es gibt kein Gras für die Pferde, aber für heute Nacht haben wir genügend Hafer. Wasser können wir holen. Die Mädchen können in der Hütte schlafen, während wir Männer abwechselnd davor Wache halten. Marron muss hier bleiben, und Redmond ebenfalls; der Markt ist so weit entfernt, dass du nicht zu Fuß hingehen kannst, alter Freund. Aber wir anderen – wenn die Mädchen sich verschleiern, dann können wir alle hingehen und das Leben kosten, uns Klatsch und Tratsch anhören und hoffen, dass wir nicht das Thema sind.«

»Ich bleibe bei Marron«, erwiderte Jemel, wie nicht anders zu erwarten gewesen war.

»Nein. Bitte, Jemel, wir brauchen dich vielleicht. Unter den Händlern werden auch Scharai sein, die werden dich gerecht behandeln, aber mich in dieser Kleidung ganz sicher nicht«, mit einer Geste auf die neutrale Kluft, die er trug, »und hier möchte ich meinen richtigen Namen lieber nicht nennen.«

»Ich bleibe bei Marron«, wieder Jemels Worte, aber diesmal von Elisande gesprochen. Vielleicht wollte sie einfach nur höflich sein und dem jungen Scharai helfen, der Bitte ihres Vaters zu entsprechen; aber Julianne hielt es für wahrscheinlicher, dass sie es bevorzugte, nicht mit ihrem Vater zu gehen.

Jemel zögerte erst, doch dann nickte er widerstrebend.

So war es denn eine Dreiergruppe, die die Hütte und die Pferde und die Freunde zurückließ, um das Herz von Bar'ath Tazore zu finden. Der Überrest eines Weges, von der Sonne gebackener Lehm mit einem Überzug aus verwehtem Sand, verlief neben dem trockenen Wasserlauf; dieser führte sie im Handumdrehen zu einer weiteren Palmenreihe, und dahinter fand eine plötzliche Veränderung statt, die sie fast glauben ließ, sie würden eine andere Welt betreten. Hier erfüllten Vogelgezwitscher und das Blöken von Ziegen die Luft, und der Geruch von Feuchtigkeit und Wachstum war allgegenwärtig; in den Bewässerungskanälen floss klares Wasser; beiderseits des schmalen Weges spross grünes Getreide.

Auch auf diesem Stück Land stand eine Hütte, allerdings wohl gepflegt und von emsigem Leben erfüllt; Kinder standen mit großen Augen an der Mauer. Ein Mann richtete sich im Getreide auf; seine bis hoch zu den Knien lehmverschmierten Beine waren zu sehen, bis sein Gewand darüber fiel. Auch an den

Händen hatte er Lehm, daher hielt er sie verlegen an der Seite, während er näher kam.

»Wonach sucht Ihr, Fremde?« Er sprach natürlich Catari, aber aus Höflichkeit langsam, daher verstand Julianne seine Worte mit nur geringer Verzögerung.

»Den besten Weg vorwärts«, sagte Rudel gelassen. »Ich bedaure, dass wir Euer Land betreten haben, aber wir sind neu hier eingetroffen und wissen nicht, wo wir uns bewegen dürfen und wo nicht.«

»Das Land gehört dem Sultan«, lautete die rasche und verbessernde Antwort, »nicht mir. Alles Land hier gehört dem Sultan. Ihr könnt gehen, wo immer es Euch beliebt. Aber der Rastplatz für Reisende liegt auf der anderen Seite der Oase.«

»Tatsächlich? Aha. Das wusste ich nicht.« Julianne schien es wahrscheinlich, dass er log, sie dachte, er müsste schon einmal hier gewesen sein; aber er machte es so ausgezeichnet, dass es selbst ihr schwer fiel, ihm nicht zu glauben.

»Dort werdet Ihr willkommen sein. Nehmt die Straße am See vorbei, die jeder Euch zeigen wird ...«

»Wir haben einen weiten Weg hinter uns und unsere Tiere sind müde. Wir haben ihnen Ruhe gewährt und ich denke, wir sollten sie heute nicht noch einmal bewegen. Es sei denn, der Sultan hätte Einwände gegen unseren derzeitigen Aufenthaltsort ...?«

»Der Sultan stellt Wasser und ein Dach für alle Reisenden zur Verfügung«, *am angemessenen Ort*, wollte er damit sagen, *wo man sie im Auge behalten kann*. Julianne verstand ihn nur zu gut. Der Sultan hätte bestimmt Einwände dagegen, dass sie ihr Lager dort aufschlugen, wo sie es getan hatten, sollte er davon hören; und sie war hinreichend sicher, dass er es hören würde, bestimmt würde jeden Moment ein Kind mit der Neuigkeit zum Palast laufen. »Wo habt Ihr Euren Rastplatz gefunden?«

»Oh, gleich da, hinter den Bäumen«, sagte Rudel mit einer ausholenden Armbewegung zu ihm. »Dort stand eine Hütte, die unbewohnt zu sein schien und unserem Weibsvolk Schatten und ein Dach über dem Kopf spenden konnte; und Platz genug für Männer und Pferde, wenn es Euch nichts ausmachen würde, dass wir bei Euch ein wenig Wasser holen ...?«

Doch der Mann wich plötzlich mit hastigen kleinen Schritten zurück und zertrampelte dabei die Pflanzen in ihren ordentlichen Reihen. Als er fünf oder sechs Schritte entfernt war, hob er die Hände zu einer abwehrenden Geste. »Bleibt weg! Bleibt weg von mir und meinem ...!«

»Wohlan, wenn Ihr es wünscht. Aber wir brauchen dennoch Wasser. Was ist los, haben wir heiligen Boden betreten?«

»Verseuchten Boden, verpesteten Boden! Berührt nichts und niemanden, Ihr seid verdorben ...«

Er drehte sich um, scheuchte seine gaffende Familie in die sichere Hütte und ließ die Tür nur einen Spalt weit offen, so dass sie mit argwöhnischen Blicken verfolgen konnte, was die Fremden machten.

»Nun denn. Wenn wir verdorben sind, wird uns der Sultan gewiss nicht in seiner Karawanserei haben wollen; was auch nicht weiter schlimm ist, denke ich. Wir können Marron weder zurücklassen noch ihn mit in Gesellschaft nehmen. Aber wenn dieses Land wirklich eine Krankheit beherbergt ... Jemel? Was meinst du?«

»Ich habe keine Anzeichen dafür gesehen. Es wächst nichts, aber es gibt auch kein Wasser. Selbst die Palmen dürsten.«

»Mmmm. Ich glaube, wir werden auf dem Marktplatz Fragen stellen; aber keiner sagt ein Wort über leere Hütten, bis wir etwas Genaueres wissen. Es muss einen Grund geben, weshalb die Hütte aufgegeben wurde und man das Land und die Bäume sterben ließ. Niemand vergeudet gutes Land, wo es so selten ist ...«

Sie mussten das Feld eines weiteren Mannes überqueren, bis sie einen breiteren Weg fanden, eine Wagenspur in einem schattigen Korridor. Dieser führte wiederum zu einer breiten Straße, die so schnurgerade wie eine Speiche zwischen Feldern und Häusern hindurch direkt zu dem See führte, der das Juwel von Bar'ath Tazore darstellte.

Je näher sie dem Wasser kamen, desto dichter wurde der Verkehr rings um sie herum. Niemand stellte ihnen jetzt noch Fragen, und keiner schien sie eines zweiten Blickes zu würdigen; ganz sicher gab es interessantere Leute für die alten Männer, die unter Türen hockten, oder die Kinder, die in den schmalen Gässchen spielten. Männer in prunkvoller Kleidung auf Pferden oder Kamelen, die fluchten und sich mit Peitschen knallend einen Weg durch das Getümmel bahnten; Diener in einfachen Gewändern erledigten Botengänge oder trugen Säcke oder tropfende Wasserschläuche. Es gab schwarze Männer mit exotischer Kleidung, die Julianne an die Sklaven erinnerten, die sie von Tallis aus in der Sänfte getragen hatten, allerdings waren die hier ganz gewiss frei; es gab Männer hier, die frei oder versklavt sein mochten und ähnliche Sänften trugen, hinter deren Vorhängen vielleicht Mädchen wie sie selbst verborgen saßen. Andere Frauen gingen zu Fuß, genau wie Julianne, manche in schwarzen Kutten, die nur die Augen erkennen ließen, andere mit hauchdünnen Gazeschleiern und in Seide, die sich aufreizend und offenherzig wie eine schemenhafte zweite Haut an den Körper schmiegte.

Manche Reiter waren Scharai in Stammeskleidung, die Jemel Blicke aus ihren dunklen Augen zuwarfen, sich aber gleich wieder abwandten und ihm keine Aufmerksamkeit mehr schenkten, sei es wegen seiner Stammeszugehörigkeit oder wegen seiner Gefährten, oder wegen beidem. Jedes Mal, wenn das passierte, erstarrte Jemel und griff mit der Hand nach dem Griff des Krummsäbels; aber dann sah er jedes Mal starr geradeaus und ging weiter.

Einmal kamen sie an einem großen Haus mit Innenhof vorbei;

Julianne schaute auf das offene Tor und erstarrte selbst einen Moment, ehe sie weitereilte. Sie zupfte Rudel am Ärmel und flüsterte: »Ihr mögt mich für verrückt halten, aber ich könnte schwören, dass ich Erlöser da drinnen gesehen habe, Erlöserritter …« Zumindest jedenfalls große junge Männer mit hellem Haar und sonnengebräunter Haut, die weiße Kutten mit schwarzen Überwurfmänteln trugen, und was anderes hätten sie schon sein können …?

»Outremer treibt Handel mit den Scharai, Kind«, murmelte er, und sie dachte, dass er sie beinahe auslachte. »Wie sonst würden die Lords des Königreichs zu Seide und Salz und Gewürzen kommen? Sie treffen sich häufig auf neutralem Boden, an Orten wie diesem. Manche Lords sind ganz unverhohlen, andere diskret; viele kommen selbst oder schicken ihre Stellvertreter. Sie lassen Vorsicht walten, wenn sie selbst herkommen, und bringen meist eine Eskorte von Rittern mit. Nicht die Brüder, denen ist nicht gestattet, sich in so unmittelbare Nähe von Ketzerei zu begeben; und auch niemand aus Elessi, denke ich, falls das deine Befürchtung ist.«

Es war tatsächlich ihre größte Angst, gesehen und erkannt zu werden; vielleicht sogar gesucht, selbst hier. Sie war beruhigt, aber nicht voll und ganz. Er fügte hinzu: »Die Lords kommen, aber nicht ihre Frauen, Julianne; halt eine Hand vor den Schleier und schirme deine Augen ab.« Das lieferte ihr die Ausrede, die sie brauchte; fortan ging sie dichter in Rudels Schatten, hielt den Kopf gesenkt und wünschte sich, er hätte ihrem Beispiel folgen können. Er kam aus einem entlegenen Land, aber sein Gesicht und sein Bart waren in vielen Verkleidungen in ganz Outremer gesehen worden; ihr graute vor einem zufälligen Zusammentreffen, nach dem die Kunde von ihrem Verbleib nach Elessi gelangen konnte, und sie dachte, dass der Gott oder das Schicksal oder vielleicht sogar dieser verdammte Dschinn gemein genug sein könnten, es so weit kommen zu lassen. Vielleicht sogar, es einzufädeln ...

Der große See von Bar'ath Tazore musste vermutlich natürlichen Ursprungs gewesen sein, aber er war durch Menschenhand unermüdlich bearbeitet worden, so dass er nun ein breites, langes Rechteck bildete. In der Mitte war er unergründlich und dunkel wie ein Mythos, aber an den Rändern seicht und im Schatten der allgegenwärtigen Palmen gelegen. In regelmäßigen Abständen führten Stufen zum Wasser hinab; die Wasserträger füllten dort ihre Schläuche, während nackte Kinder plantschten und kreischten und Männer in züchtigen Lendenschurzen sich in rituellen Waschungen ergingen. Weiter draußen zerrissen die Schreie kleiner brauner Vögel die Luft, die mit den Schnäbeln in das Wasser eintauchten, im Flug tranken und dann wieder in die Höhe schossen, kreisten und auf unsichtbare Insekten herabstießen.

Diesseits des Sees lag auf der gesamten Länge ein lärmender Marktplatz. Bunte Baldachine schirmten ganze Reihen von Verkaufsständen von der Sonne ab; andere Händler boten ihre Waren auf Teppichen oder dem bloßen Sand feil. Julianne sah Säcke mit Mais und Getreide, Tische mit noch blutendem Fleisch oder hoch aufgetürmtem Gemüse von seltsamer Form und Farbe; sie sah Juwelen und Elfenbeinschnitzereien, Seide und Ballen schlichterer Stoffe; in einer entlegenen Ecke erblickte sie fast nackte Menschen, die trostlos herumhockten oder standen und warteten, bis sie wie alle anderen Waren verkauft wurden.

Am meisten aber hielt sie nach wie vor in der Menge nach Gesichtern Ausschau, suchte nach hellen Augen oder braun gebrannter Haut, nach einer Spur von Outremer; und daher war sie es auch, die als Erste die kleine Gruppe von Männern sah, die sich am Stamm einer Palme versammelt hatten; Männer in Gewändern, wie die Scharai sie trugen, aber diese Gewänder waren schwarz und nicht mitternachtsblau. Die Männer waren wortkarg und wachsam; sie bemerkte den durchdringenden Blick eines Mannes und erschauderte.

Zwei aus ihrer Mitte kauerten zu Füßen der anderen und schienen ein einfaches Spiel mit Steinen zu spielen; Julianne sah einen Moment verwirrt zu. Beide legten ihre Steine mit der linken Hand ab, doch diese linken Hände hatten etwas Sonderbares an sich. Sie brauchte noch einen Moment, bis sie dahinter kam: Jedem Mann fehlte der kleine Finger dieser Hand.

Wieder zupfte sie Rudel am Ärmel.

»Diese Männer dort – was sind sie?«

Er schaute in die Richtung, in die sie mit dem Kopf genickt hatte, sah die Männer und wandte sich hastig wieder ab; Jemel war ein wenig langsamer, doch auch er blickte sich erschrocken und nervös um, als er ihnen hastig folgte.

»Wer sind sie?«, fragte Julianne wieder.

Rudel erwiderte nichts; Jemel sagte es ihr in seiner Sprache, und obwohl Julianne die Worte verstand, war sie danach auch nicht klüger.

»Das sind Sandtänzer. Hüte dich vor ihnen …«

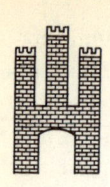

Die Reisgabe

Selbst in seinen einsamsten, seinen ängstlichsten und deprimiertesten Augenblicken hatte sich Marron nie so alleine gefühlt wie neuerdings.

Stets flüsterten zwei Geisterstimmen hinter seinem Rücken gegen den Wind der Wüste, den Wind seines Laufens: Aldo und Sieur Anton, Freund und Herr, Knabe und Mann. Beide hatten einen Platz in seinem Herzen erobert, sein Leben und sein Bett mit ihm geteilt; und nun war Aldo tot – und obendrein durch Marrons eigene Hand gefallen, buchstäblich durch seine Hand, die er hochgerissen hatte, durch die blutende Wunde an seinem Arm –, und Sieur Anton war verraten worden. Marron floh sowohl vor den Toten wie vor den Lebenden und konnte keinem entkommen.

Und obschon er in Gesellschaft floh, fast in Gesellschaft von Freunden, konnte er keinem zu nahe kommen. Ritten sie, so scheuten ihre Tiere vor seiner Nähe zurück; gingen oder saßen oder lagen sie, dann fehlte ihnen diese Ausrede, und dennoch mieden sie ihn. Sie wollten es nicht und machten es nicht absichtlich, aber es war so. Er sah es in den ängstlichen Blicken vor dem Lächeln; er hörte es in ihren markigen, gepressten Stimmen, wenn sie mit ihm redeten, wie fest entschlossen sie waren, sich herzlich und freundschaftlich anzuhören.

Nur Jemel war anders, und möglicherweise Elisande – aber Marron selbst empfand beiden gegenüber Zurückhaltung, wenn auch aus unterschiedlichen Gründen.

Und so fühlte er sich selbst in Gesellschaft unerträglich allein; fühlte sich wie in einer anderen Welt, fast isoliert von denen, die sich rings um ihn herum bewegten, ein Schatten, wohingegen sie solide waren, es sei denn, es verhielte sich umgekehrt.

In gewisser Weise stimmte das natürlich; er ging mit einem Fuß in einer anderen Welt. Ein seltsamer Mitbewohner pulsierte in seinem Blut. Er wagte nicht, die Kreatur zu wecken, aber wenn er lief, dann steigerte deren Kraft seine eigene, wenn er übte, führte ihre Schnelligkeit seinen Arm – und stets, stets sah er auch ein klein wenig durch ihre Augen, oder aber sie infizierte seine eigenen. Er sah die Welt durch einen roten Nebel, dennoch aber sah er bei Tag und Nacht viel klarer und deutlicher als jemals zuvor.

Allmählich gewöhnte er sich sogar an diesen Nebel, genau wie an seine scheinbar unerschöpfliche Kraft, die tollkühne Geschwindigkeit und die Unempfindlichkeit gegenüber körperlichen Schmerzen. Seine Seele litt unsägliche Qualen, aber sein Körper nicht mehr. Doch diese Gaben waren allesamt geliehen, nicht auf Dauer in seinem Besitz; vielleicht als gerechten Lohn dafür, dass er einen Passagier in seinem Blut beförderte. Wenn er etwas ansah, konnte er seine wahre Farbe sehen, so sehr hatten seine Augen sich angepasst. Manchmal vergaß er den roten Schleier fast, so sehr hatte er sich mittlerweile schon an ihn gewöhnt.

Was er jedoch nie vergessen konnte, das war, wie andere Menschen ihn sahen, wenn sie ihn betrachteten. Sie sahen seine unnatürlich roten Augen, und seine Gefährten hatten auch nach Wochen noch nicht gelernt, das Unbehagen zu verbergen, das sie bei diesem Anblick empfanden.

So wie jetzt, als Elisande zu ihm unter die langsam absterbenden Palmen kam, wo er die vielen Meilen zurückschaute, die sie hinter sich gebracht hatten, wo er nach Norden und Westen sah, zu der Burg, wo er Aldo tot und Sieur Anton verschmäht zurückgelassen hatte, zusammen mit seiner Liebe und seinen Pflichten.

Er drehte den Kopf nicht um, er konzentrierte nicht einmal willentlich seine Gedanken auf sie, und doch wusste er, dass sie kam. Möglicherweise schon bevor sie selbst es wusste; auf jeden Fall in dem Moment, als sie sich in seine Richtung in Bewegung setzte. Sein Gehör war jetzt noch ausgeprägter als sein Sehvermögen. Nur sein Verstand war von Trauer umwölkt; er war voller Zweifel und Unsicherheiten und wusste nicht einmal mehr genau, warum er hier war oder wo und warum alles angefangen hatte, welcher seiner Schritte ihn letztendlich auf den unvermeidlichen Pfad der Zerstörung geführt hatte ...

Denn zerstört fühlte er sich trotz seiner neu erlangten Kräfte. Er war immer noch Marron; und Marron hatte alles verloren, was ihm lieb und teuer war, und war nun in einem Körper gefangen, den er nicht selbst besitzen konnte, und befand sich auf einem Weg, dem er nicht folgen, von dem er aber auch nicht abweichen konnte.

Er wäre vielleicht dennoch weggegangen, auch wenn er nicht wusste, wohin er hätte gehen sollen; wären Jemel und Elisande nicht gewesen, wäre er vielleicht schon vor Tagen oder Wochen auf und davon.

Jemel war, was selten genug vorkam, einmal weggegangen, das machte alles leichter und alles schwerer; ohne die Wachsamkeit des Jungen kam nun Elisande mit ihrer eigenen.

Und auch mit Sachen als Ausrede, mit einem Wasserschlauch und Brot, mit Schüssel und Tuch.

»Marron, hier. Ein langer, trockener Tag für dich, ich habe dir Wasser gebracht ...«

Er versuchte, ihr zu danken, weil er sich daran erinnerte und weil es sich so gehörte, konnte es aber nicht. Ihm wurde klar, dass sie Recht hatte, seine Kehle war zu trocken, um zu sprechen; er nahm den Schlauch, trank und versuchte es noch einmal.

»Danke, Elisande.«

Sie zuckte verlegen die Schultern. »Du bist dumm, du vergisst es, wenn dich nicht jemand daran erinnert; und dieser Jemel ist nicht da, also ... Wirst du etwas essen? Wenn ich dir sage, dass du es tun sollst?«

Er dachte einen Moment darüber nach, doch dann schüttelte er den Kopf. »Nein. Das brauche ich nicht.«

»Du meinst, du hast keinen Hunger. Das ist nicht dasselbe. Du hast auch keinen Durst gehabt, oder? Aber du hast Wasser gebraucht. Und du brauchst etwas zu essen. Du bist immer mager gewesen, aber jetzt bist du nur noch Haut und Knochen ...«

»Ich esse, wenn Jemel isst«, was bei Einbruch der Dämmerung bedeutete, und auch dann nur sehr wenig. Einst hatte er gern gegessen, aber heute war es nur noch eine lästige Pflicht, kauen und schlucken ohne Geschmack.

»Der ist genauso schlimm wie du. Das ist eine Verschwörung von Jungs. Ich werde euren Trotz schon irgendwann brechen, wenn ihr euch nicht vorher selbst umbringt. Wenn du mehr essen würdest, würde er es auch – und das muss er, auch wenn du es nicht musst. Um seinetwillen könntest du dir die Mühe machen, Marron. Nun denn«, womit sie den Wasserschlauch wieder an sich nahm, Wasser in die Schüssel goss und das Tuch befeuchtete, »dann lass mich wenigstens deinen Arm baden und ansehen. Ich weiß, dass Jemel das nicht macht.«

»Das hat keinen Sinn, er verändert sich nicht.« Nicht einmal Redmond oder Rudel konnten nun noch etwas ändern; beide hatten es einzeln und gemeinsam versucht, auch wenn sie die ganze Zeit gesagt hatten, dass es hoffnungslos sei. Elisande hatte es auch immer wieder versucht.

»Ich weiß«, sagte sie seufzend, »aber zeig ihn mir trotzdem.«

Marron fand, dass seine Verletzung jetzt wie eine zerklüftete Hügelkette aussah, wenn Hügel jemals so zerrissen sein konnten: Wülste und Vertiefungen von Narbengewebe überzogen die glatte Haut seines Unterarms, der aufgeschlitzt und zerfetzt und halb geheilt gewesen war, ehe er wieder aufgerissen wurde.

Bis er abemals aufgerissen wurde, aber diesmal würde es keine Heilung mehr geben. Wie eine Schlucht inmitten von Bergketten, so klaffte ein Streifen rohen Fleisches in dem Narbengewebe, frisch und feucht glänzend. Die Wunde blutete nicht, sie konnte nicht wehtun, aber sie heilte auch nicht. Sie war mit neuen Ledernähten geschlossen worden, um sie wenigstens etwas vor Schmutz und Ansteckung zu schützen; diese Stiche hatten auch nicht wehgetan, aber sie halfen auch nichts. Das hatte Marron zu Rudel gesagt, er und Jemel hatten es beide gesagt; der ältere Mann hatte gegrunzt und gesagt: »Ich weiß«, und die Wunde trotzdem genäht.

Jeden Abend brachte Elisande Wasser, um die Wunde zu waschen, und auch das war überflüssig, aber er ließ es geduldig über sich ergehen. Wegen ihrem tief empfundenen Bedauern, das so deutlich und frei von den dunkleren Empfindungen der anderen war: Juliannes Angst vor ihm, Rudels Misstrauen, Redmonds Fast-Neid. Marron war nicht sicher, was Jemel empfand; er wusste nur, dass es noch dunkler war, und gierig.

Kühles Wasser rann über seinen Arm und wusch die kleinen Sand- und Staubkörnchen weg, die sich in der Wunde abgelagert hatten. Das hätte beruhigend sein können, hätte man ihn mit einem derart kleinen und unbedeutenden Dienst beruhigen können. Kalte Finger hielten sein Handgelenk fest; dunkle und stechende Augen sondierten mit heißen Blicken sein Gesicht, zögerten, wurden abgelenkt. Sie war beinahe froh, dachte Marron, dass sie etwas anderes Interessantes gefunden hatte.

»Was ist das?« Sie streckte die andere Hand aus, mit der sie noch das Tuch hielt; er spürte die Berührung an seinem Hals.

»Ich weiß nicht. Was?«

»Da ist ein Bluterguss ...«

»Oh. Ja. Ein Kind hat einen Stein geworfen, ich habe ihn nicht gesehen ...« Er hatte sich schon abgewendet gehabt, als er der kleinen Ziegenherde des Stammes zu nahe gekommen war. Die Tiere waren panisch auseinander gelaufen, genau wie die Kinder, die sie hüteten. Eines hatte eine Schleuder gehabt; er hatte das Summen des Steins in der Luft gehört, aber zu spät begriffen, was es war, so dass er nur noch den Kopf drehen konnte, wodurch er im Nacken und nicht an der Schläfe getroffen wurde. Es hatte nicht wehgetan.

»Du solltest vorsichtig sein«, sagte Elisande nervös. »Wenn es aufgeplatzt wäre ...«

Wenn es aufgeplatzt wäre, dann wäre die Tochter zusammen mit seinem Blut aus ihm herausgeströmt, ein roter, in seinem Zorn tödlicher Nebel; aber er war nicht wütend gewesen, daher wäre dem Kind nichts passiert. Wozu also das Aufhebens?«

Das alles erläuterte er höchst geduldig. Aber Elisande war immer noch zappelig. »Wäre die Wunde hinterher geheilt?«

»Ich glaube schon, ja.« Wenn er seinen Arm wieder aufgeschlitzt hätte, um die Tochter aufzunehmen. Die offene Wunde an seinem Arm war das Tor der Tochter, damit sie hinein und hinaus konnte, für diesen Zweck war sie geschaffen und heilte nicht. Die Tochter mochte durch jeden Riss in seinem Körper entkommen, durch jedes Fenster zur Welt, aber es war nicht nötig, sie auf demselben Weg wieder hereinzulassen.

Das Tuch wurde fallen gelassen und lag feucht auf Marrons Schulter; nun hatte Elisande ihm die Hand in den Nacken gelegt.

»Du bist ein interessanter Gefährte«, murmelte sie und versuchte, spöttisch zu klingen, was ihr aber nicht einmal annähernd gelang; ihre Stimme verriet sie, »aber – oh, ich vermisse Marron ...«

»Ich bin immer noch Marron«, aber wenn sie ihm das schon nicht glaubte, dann die anderen erst recht nicht.

»Du siehst aus wie Marron«, gab sie zu, und er konnte spüren, welche Mühe sie sich gab, unbeschwert zu bleiben, nicht völlig zusammenzubrechen. »Und manchmal redest du auch wie Marron, wenn ich dich überhaupt zum Reden bringen kann. Aber du sagst nicht mehr die richtigen Worte. Der alte Marron schlief nach einem Glas Wein ein, du aber nicht, du scheinst überhaupt kaum noch zu schlafen; und der alte Marron hätte mich das niemals tun lassen«, womit sie ihm mit den Fingern ganz bewusst sinnlich über das Haar strich, »ohne dass ihm das Blut in den Kopf gestiegen wäre und er sich zu Tode geschämt hätte. Jetzt sitzt du einfach nur hier, schaust mich an und reagierst überhaupt nicht mehr ...«

Das stimmte nicht, nur sah man seine Reaktionen nicht mehr seinem Gesicht an. »Etwas anderes hatte jetzt das Kommando über mein Blut, Elisande.«

»Ich weiß. Ich weiß. Und – oh, Marron, es tut mir so Leid ...«

Das wusste er, sie hatte es ihm immer wieder versichert. Sie wusste, dass es in keinem Sinne ihre Schuld war. Er hätte sich selbst die Schuld geben können – oder sie hätte ihm garstig und heimtückisch die Schuld geben können –, aber es war auch nicht seine freie Entscheidung gewesen, er hatte nicht die geringste Ahnung gehabt, was er tat.

Und so waren sie hier gestrandet, es gab kein Weiterkommen mehr; und so standen sie wie stets stumm nebeneinander, bis sie schniefte und den Kopf in den Nacken legte und die Schüssel nahm und ihn wieder alleine ließ.

Aber den noch halb vollen Wasserschlauch ließ sie bei ihm. Langsam und nachdenklich führte er ihn zum Mund und trank wieder daraus.

Als die anderen vom Marktplatz zurückkamen, trug Julianne einen Käfig mit schwarzen Hühnern und einen Beutel mit weiteren Einkäufen, während Rudel und Jemel sich mit Säcken mit frischen und getrockneten Lebensmitteln abmühten, so viel sie eben auf einem Ausflug tragen konnten. Und sie brachten

Neuigkeiten mit, warscheinlich so viele, wie sie auf einem Ausflug in Erfahrung bringen konnten, aber womöglich mehr als jeder Einzelne von ihnen hören wollte.

»Krankheit und Wunder«, sagte Rudel resigniert und sank zu Boden, als hätte ihn die Last der Geschichte ausgelaugt, die er erfahren hatte. »Über nichts anderes wollen sie reden. Redmond, alter Freund, versuch du, ob du den Sinn all dessen erkennen kannst, ich kann es nämlich nicht. Die Leute wurden krank und stumm, sagen sie, Dutzende, die mit einer schrecklichen Krankheit niederkamen. Die Alten und Schwachen drehten die Gesichter zur Wand und starben, und es sieht so aus, als würden die Gesunden ihnen folgen. Niemand konnte ein Heilmittel finden. Bis ein heiliger Mann aus Outremer kam, sagen sie, ein wandernder Priester mit der mumifizierten Hand eines Heiligen in seinem Besitz. Er predigte hier auf dem Marktplatz von dem Gott, und ich glaube, der Sultan hätte ihn fortgeschickt oder zum Schweigen gebracht, es wäre nicht das erste Mal; aber dieser alte Mann berührte die Kranken mit der Hand seines Heiligen, worauf sie wieder gesund wurden. Andere kamen mit anderen Krankheiten zu ihm, von Geburt an Lahme und Blinde, und auch die hat er geheilt. Er brach vor vierzehn Tagen von hier auf und nahm in seinem Gefolge alle mit, die er mit seiner Hand berührt hatte. Sie folgten ihm wie Sklaven, wird behauptet, mit ihrem gesamten Hausstand. Wir müssen diesen Zirkus auf der Straße verpasst haben. Hast du je etwas Derartiges gehört?«

Redmond holte einmal tief Luft und sagte: »Nein. Wenn ein Mann an einem anderen Ort, in einer anderen Zeit geheilt worden wäre, dann hätte ich an die Tochter gedacht«, wie er, vermutete Marron, oft an sich dachte und was die Tochter für ihn hätte tun können: *Wenn einer von uns dieses Ding tragen musste*, so gingen die Gedanken des alten Mannes unablässig, argwöhnte Marron, *dann hätte ich es sein sollen* ... »Aber so, wie es aussieht, hier und jetzt – nein, da habe ich keine Antworten für dich.«

»Nicht. Auch gut. Der Sultan hat alle, die dem Wundertäter folgten, für vogelfrei erklären lassen; er sagt, es sei Teufelswerk, um die Gläubigen vom rechten Weg abzubringen. Er könnte Recht haben, das kann ich nicht sagen. Diese Leute achten auf ihre Gesundheit, beten und meiden die Häuser der Kranken. Sie wollen von ihren Priestern geläutert werden, ihre Priester aber haben so viel Angst wie sie selbst. Aus diesem Grund können wir hier ungestört ausruhen, auch wenn unsere Nachbarn vermutlich unsere Schatten anspucken werden.«

»Werden sie ihr Wasser mit uns teilen?«, fragte Elisande praktisch wie immer, und ebenso unbeholfen wie in jeder Unterhaltung mit ihrem Vater. »Ihre Spucke können wir schließlich nicht trinken.«

»Ich glaube, wir können eine gewisse Menge Wasser nehmen; sie würden sich nicht der Gefahr aussetzen, uns daran zu hindern. Wenn wir unsererseits dadurch ihrer Meinung nach ihr Wasser verunreinigen – wohlan, das ist ihr Problem, nicht unseres.«

»Wenn sie nicht gerade die Hunde von der Kette lassen, um uns zu vertreiben«, warf Julianne ein.

»Was denn, um die Tiere anschließend zu töten, weil sie fürchten, ihre Bisse könnten die Verderbnis zurückbringen? Das bezweifle ich. Nein, man wird uns meiden, aber nichts Schlimmeres. Und Jemel und ich bezweifeln, dass es hier wirklich eine Krankheit gibt, mit der wir uns anstecken könnten. Ich glaube, ihr könnt in dieser Hütte unbesorgt ruhen, wenn auch nicht gerade bequem.«

Jemel regte sich, sagte aber nichts; sie alle wussten, was er gesagt hätte: dass die Hütte eine luxuriöse Unterkunft war im Vergleich zu dem, was sie in der Wüste erwartete. Mehr als die Hälfte der Gruppe hatte die Wüste schon bereist und wusste, dass das der Wahrheit entsprach. Julianne würde es noch herausfinden, und Marron war es einerlei.

Marron wahrte seine übliche Distanz zu der Gruppe, hörte zu, sagte aber nichts und zeigte sich wenig beunruhigt von dem Gespräch über Krankheiten. Selbst wenn es stimmte, konnte ihm die Krankheit nichts anhaben; das würde die Tochter nicht zulassen. Und selbst wenn, wäre es ihm einerlei gewesen. Sein Leben war nicht mehr sein eigenes. Er hatte Sieur Anton Treue geschworen und diesen Schwur wenig später gebrochen, war nunmehr von Magie besessen, und daher schien es ihm kein großer Verlust zu sein, wenn er starb. Zwei, vielleicht drei seiner Gefährten würden um ihn trauern, dachte er. Mehr nicht, niemand sonst auf der Welt. Rudel wäre mit Sicherheit erleichtert, und vielleicht sollte das die ganze Welt sein.

Elisande zündete vor der Tür der Hütte ein Feuer an, holte Töpfe aus ihrem Gepäck, ließ Julianne die Hühner rupfen und schickte Jemel Wasser holen. Er ging ohne Widerworte und warf nur einen kurzen Blick auf Marron. Als er fort war, warf ihm Elisande ihrerseits einen vielsagenden Blick zu. Marron machte eine Geste, *na gut, ich werde essen. Für ihn*, oder für sie.

Vielleicht lag es nur an ihm oder Jemel, dass sie so ein Aufhebens um die Zubereitung des Essens machte, das Geflügel zerlegte, Gemüse schnitt und in Juliannes Tasche nach Salz und Gewürzen kramte; vielleicht wollte sie auch nur ihrem Vater vorführen, was sie alles konnte, oder aber sie hatte das Wüstenessen einfach satt.

Was immer der Grund sein mochte, sie bereitete einen leckeren Eintopf zu, den sie in Holzschüsseln servierte, als die Sonne unterging, und dazu gab es frisches Brot, das am Rand des Lagerfeuers gebacken worden war. Marron saß bei Jemel und aß, und der junge Scharai aß Bissen für Bissen soviel wie er. Das war Pflicht; aber etwas mehr als das – vielleicht nur ein unerwartet wiedergefundener Appetit, doch Marron selbst fand, dass es noch mehr sein musste – veranlasste ihn, nochmals aufzustehen und mit seiner Schüssel und der von Jemel zum Lagerfeuer zu gehen und Nachschlag zu holen. Elisande schenkte ihm ein glückliches Lächeln, durch das das Essen noch besser schmeckte. Jemel lächelte nicht, nahm aber die zweite Schüssel, doch ehe er aß, stieß er mit dem Rand seiner Schale behutsam an den von Marrons Schale ... vielleicht als Geste der Dankbarkeit, aber andererseits vielleicht auch wieder etwas mehr.

Marron verhielt sich auch sonst nicht wie üblich, er murmelte diesmal nicht den Namen seines toten Liebsten wie einen Segen oder Schwur oder ein eingehaltenes Versprechen über dem Essen. Das war, fand Marron, ein Fortschritt, ganz eindeutig ein Schritt hin zu einem Frieden mit sich selbst. Er dachte sich, dass Elisande sich freuen würde, das zu hören, aber niemand würde es ihr sagen.

Er fand, dass der Eintopf köstlich schmeckte, als er einen Hühnerknochen fein säuberlich abnagte, ehe er ihn ins Feuer warf. Jemel, der neben ihm saß, folgte seinem Beispiel; sie sahen einander in die Augen, und diesmal lächelte Jemel tatsächlich flüchtig.

Rudel war fest entschlossen, dass sie am nächsten Tag weiterziehen sollten. Sie mussten noch einmal zum Marktplatz gehen, sagte er, um notwendige Vorräte einzukaufen; sie mussten die Pferde auf den Viehmarkt auf der anderen Seite der Oase schaffen, um sie zu verkaufen und Kamele zu finden, die stark genug waren, die *Mul'abarta* zu durchqueren. Sechs Reittiere und zwei zunächst als Packtiere, aber auch als Reserve, falls einem der anderen etwas Schlimmes zustoßen sollte. Und es stand ganz außer Frage, dass ihnen in der Wüste etwas Schlimmes zustoßen würde, sagte er. Sie durften nicht hoffen, dass sie sie ohne einen Verlust durchqueren könnten; wenn sie nicht mehr als ein oder zwei Kamele verloren, dann konnten sie sich glücklich schätzen.

Jemel zappelte und gab ein leises, kehliges Geräusch von sich.

Marron schaute zu ihm hinüber und dachte, der Scharai würde wieder von seinem eigenen Verlust anfangen, seinem Liebhaber und Partner Jazra, der auf der Mauer des Roq ums Leben gekommen war.

Der durch Sieur Antons Hand gestorben war, während Marron selbst nur wenige Schritte entfernt gestanden hatte; und er war mit Elisandes Messer im Leib gestorben, auch das, und obschon das Schwert des Ritters ihm den tödlichen Hieb versetzt hatte, trug auch die kleine Klinge Schuld daran, ebenso wie die Hand, die sie geworfen hatte.

Natürlich hatte niemand Jemel davon auch je nur ein Wort gesagt; niemand hatte je davon gesprochen, jedenfalls nicht direkt. Keiner war töricht genug, diese spezielle Wut zu entfesseln. Aber Jemel musste wenigstens einen Teil der Geschichte kennen, er musste Marron an der Seite seines Herrn auf der Mauer kämpfen gesehen haben; vielleicht hatte er den Ritter, der Jazra getötet hatte, ja sogar schon identifizieren können.

Aber man sah keine mürrische Verstimmung in seinen Augen, keine finsteren Rachegedanken, die ihm deutlich ins Gesicht geschrieben waren; er sah Marron voll leidenschaftlicher Entschlossenheit an. Einen Moment rückte er mit der Hand von seinem Körper ab und berührte die von Marron, Knöchel an Knöchel, was sich wie ein Versprechen anfühlte, wie ein vor Zeugen ausgesprochener Schwur: *Was auch immer wir in der Wüste verlieren werden, wandelnder Geist, dich werde ich ganz bestimmt nicht verlieren.*

Oder täuschte sich Marron? Er war davon ausgegangen, dass die Botschaft ihm als wandelndem Geist galt, jener Gestalt der Mythen und Magie, und nicht ihm als Jungen aus Fleisch und Blut und Reisegefährten. Doch als Jemel plötzlich ruckartig den Kopf abwandte, war er nicht mehr so sicher.

Aber das führte nur zu einer weiteren Frage, zu einem weiteren Zweifel, der unaufgelöst im Wirrwarr lag, der in seinem Kopf herrschte. Marron gewöhnte sich daran. Seit seiner Ankunft im Heiligen Land waren ihm seine Gewissheiten abhanden gekommen oder genommen worden, derweil seine Verwirrung unablässig zugenommen hatte. Nun glaubte er an nichts mehr, vertraute niemandem: nicht seiner eigenen Stärke, nicht seiner Willenskraft, nicht den Schwüren und Absichten all derer, mit denen er unterwegs war, nicht dem Gott seines eigenen Volkes und nicht dem Gott der Scharai. Wäre es ihm möglich gewesen, hätte er am Boden unter seinen Füßen und dem Himmel über sich gezweifelt, am Sonnenaufgang und dem Spiegel des Mondes.

Aber selbst im undurchdringlichen Dunkel, das den Kreis des Lagerfeuers umgab, und obwohl die Pferde scharrten und das Murmeln von Stimmen und die Rufe ferner Vögel zu hören waren, musste er auf seine Augen und Ohren vertrauen. Eine Änderung der Geräusche der Nacht machte ihn wachsam; er hob den Kopf und sah nach Osten und Westen, nach Norden und Süden.

»Was ist los, Marron?«, fragte Redmond, dem es als Erstem auffiel.

»Männer. Sie bewegen sich lautlos, zwei von jeder Spitze der Windrose …«

Rudel fluchte, stand langsam auf und legte eine Hand an das Messer in seinem Gürtel. »Wenn sie sich lautlos bewegen, wie kannst du sie dann hören?«

»Ihre Knochen ächzen. Aber ich kann sie auch sehen.« Scharlachrote Schatten im Dunst des Sternenhimmels; der rote Nebel vor seinen Augen schien nachts intensiver zu leuchten, genau wie seine Augen. »Soll ich auf sie zeigen?«

»Nein, lass das lieber. Ich bin sicher, sie werden sich zu erkennen geben. Lass deine Waffe in der Scheide, Jemel. Wir wollen keinen Kampf, wenn wir es vermeiden können.« Rudel verschränkte übertrieben deutlich die Arme.

Inzwischen waren alle aufgestanden, Julianne bückte sich und half Redmond auf die Füße; unweigerlich war es Elisande, die sich murmelnd zu Wort meldete: »Sagtest du nicht, wir würden hier ungestört bleiben?«

»Das dachte ich auch. Ich habe mich geirrt. Sei jetzt still.«

Sie warteten mit zunehmender Nervosität, bis schließlich: »Einer kommt näher«, murmelte Marron. »Von Westen ...«

Zwischen den Palmen näherte sich eine Gestalt: ein hoch gewachsener Mann mit Turban und wehendem Burnus, dessen Schwert am Gürtel hing und der die Arme zu einer Geste des Friedens ausgebreitet hatte, noch ehe der Lichtschein des Lagerfeuers auf ihn fiel. Marron senkte den Kopf, damit das Licht nicht den Passagier verriet, den er in sich trug.

»Seid gegrüßt«, sagte der Mann leise. »Ich bin Raben ib'Taraffi und genieße die Ehre, der Kammerherr im Palast des Sultans zu sein. Der Sultan hat den ausdrücklichen Wunsch geäußert, dass Ihr heute Abend den Reis mit ihm teilen möget.«

Das war ein Befehl, der kaum als Einladung getarnt wurde; Rudel nickte bedächtig. »Dein Herr ist zu großzügig. Ist es Brauch, seine Gastfreundschaft allen Reisenden anzubieten, die hier an seinem Wasserloch Rast machen? Oder seinen eigenen Kammerherrn zu schicken, um diesem Brauch Geltung zu verschaffen?«

»Nein, keineswegs. Würdet Ihr jetzt mitkommen? Ihr müsst Euch keine Sorgen wegen des Gepäcks oder der Tiere machen; meine Männer werden sich um alles kümmern.«

Daraufhin traten seine Männer bewaffnet und stumm aus dem Schatten und bildeten fast einen Kreis um sie herum. Der Kammerherr machte eine elegante, ausholende Armbewegung. *Würdet Ihr bitte vorangehen?*

Rudel sagte: »Kein Licht? Einer von uns ist alt, andere könnten in der Dunkelheit nervös werden, noch dazu an einem Ort, der ihnen fremd ist ...«

»Ich denke doch, Euch wird er nicht ganz so fremd sein. Vielleicht habt Ihr auch nur unsere Sitten und Bräuche vergessen? Wir tragen keine Fackeln in Bar'ath Tazore. Das ist ein Befehl des Sultans; wir dürfen den Sternen keine Konkurrenz machen. Sie spenden uns Licht genug. Das sollten auch Eure Freunde feststellen, sobald das Feuer ihre Augen nicht mehr blendet. Bis dahin mögen die mit jüngeren Augen hilfreich zur Hand gehen …?«

Marron brauchte keine Fackel, um zu sehen, denn die Sterne leuchteten in heller Pracht. Tatsächlich schien keiner aus der Gruppe irgendwelche Schwierigkeiten zu haben; und Rudel, dachte er, hatte gar nichts über die Sitten und Gebräuche anderer vergessen. Marron glaubte, dass der ältere Mann versucht hatte, ein Täuschungsmanöver anzuwenden oder etwas bekannt zu machen, indem er so tat, als wären sie alle Fremde hier. In dem Fall allerdings war er kläglich gescheitert. Julianne war möglicherweise nervös, wie er gesagt hatte, aber sie lenkte sich damit ab, Redmond zu helfen, und Marron stand es nicht zu, Spekulationen darüber anzustellen, wer von den beiden dem anderen eine größere Hilfe war.

Der Kammerherr ging mit zwei seiner Männer voraus, zwei weitere folgten am Ende der Gruppe. Offiziell konnten sie eine Ehrengarde sein, und Marron zog es vor, das zu glauben.

Jemel schritt wachsam an seiner Seite dahin. Marron murmelte: »Wir haben schon gegessen; die Einladung des Sultans kommt etwas zu spät. Müssen wir noch einmal essen?« Wenn ja, würde es Elisande bei ihrem Kreuzzug helfen, sie beide zur Nahrungsaufnahme zu bewegen, dachte er.

Zu seinem Erstaunen kicherte Jemel. »Ein wenig, ja. Den Reis zu teilen ist ein Brauch der Scharai, er bedeutet mehr als das. Wir können mit unseren Scheichs oder unseren Herren schmausen, aber vor dem Schlafengehen kehren wir in unsere Zelte zurück und essen Reis mit unseren Nächsten. Wenn man Reis mit einem Fremden isst, so bedeutet das, dass man seinen Schutz und seine

Gastfreundschaft für diese Nacht annimmt. Der Sultan will uns damit sagen, dass wir in den Mauern seines Palastes schlafen müssen.«

Nun, das bedeutete zumindest in einer Hinsicht eine größere Bequemlichkeit, andererseits aber auch Anlass zu größerer Sorge. Julianne würde sich über ein Bett freuen, dachte er, und Redmond ebenfalls.

Falls die Gastfreundschaft des Sultans nicht gleichbedeutend war mit den Kerkern des Sultans oder Schlimmerem. Es dürfte schwer fallen, seine Augen zu verbergen, selbst wenn es in dem Palast so dunkel wie auf den Straßen sein sollte. Er sagte: »Wer ist er denn nun, dieser Sultan? Was weißt du von ihm?«

»Das solltest du Rudel fragen, ich weiß nur wenig. Nur, dass seine Familie den Scharai entstammt, allerdings ist mir nicht bekannt, welchem Stamm; aber sie kamen vor vielen Generationen an diesen Ort und ließen sich nieder. Und bauten Häuser und kassierten Steuern von den Händlern, und Palmen haben sie gepflanzt, heute nennt man ihn den Dattelkönig ...« Womit der Sultan kein Scharai mehr war, das konnte man der Verachtung in der Stimme deutlich anhören. Marron wusste nicht, ob die Tatsache, dass der Sultan sesshaft geworden war, Häuser gebaut, Steuern erhoben oder Palmen gepflanzt hatte das schlimmste Vergehen war. Er hoffte nur, dass Jemel seine Verachtung zügeln würde, ehe man ihn hören konnte.

Er wollte noch mehr wissen, was für ein Mensch der Sultan war, wie er widerwillige Gäste möglicherweise behandeln würde, ob er ihre Reise verzögern oder verbieten konnte. Jemel hatte Recht, er sollte Rudel fragen; der Mann war augenscheinlich schon einmal hier gewesen, allerdings hatte man gleichermaßen gemerkt, dass er nicht damit gerechnet hatte, wiedererkannt zu werden.

Rudel ging fast im Sternenschatten ihrer Wachen und folgte dem Kammerherrn praktisch dicht auf den Fersen. Auch damit, vermutete Marron, wollte er etwas deutlich machen. Es war nicht der geeignete Zeitpunkt, ihm Fragen zu stellen. Elisande wusste vielleicht mehr als Jemel, aber Elisande lungerte herum, trottete hinter Julianne und Redmond dahin und ging so langsam, dass die Wachen, die ihr folgten, im Bemühen, mit ihr Schritt zu halten, fast über die eigenen Füße stolperten. Sie waren verdrossen, schäumten innerlich vor Wut und konnten sich kaum beherrschen, sie nicht zu schubsen; normalerweise schritt sie so wacker aus, dass auch sie damit vermutlich etwas deutlich machen wollte. Das waren gefährliche Spielchen, fand Marron, nahm sich aber vor, sich nicht einzumischen.

Auf den breiten Straßen war es inzwischen still geworden; Lichter brannten in den Häusern, manchmal konnte man Gelächter oder Stimmen hören, aber abgesehen von Nachtvögeln und Fledermäusen, Insektenschwärmen und vereinzelten riesigen Faltern war alles reglos. Vielleicht wurde nach Einbruch der Dunkelheit eine Ausgangssperre verhängt; vielleicht zogen die Leute ihre hell erleuchteten Häuser auch nur den dunklen Straßen vor. Vielleicht trieben Diebe oder Schlimmeres ihr Unwesen, was eine Erklärung für die Anwesenheit der bewaffneten Wachen sein konnte.

Aber das glaubte Marron nicht. Mit seinen geschärften Sinnen konnte er keine Menschen aufspüren, die in den Schatten lauerten; falls Angst die Menschen in ihren Häusern hielt, so war es jedenfalls keine Angst vor Raub oder Überfällen. Angst vor dem Sultan schien da schon wahrscheinlicher zu sein.

Sie kamen an dem großen See vorbei, dem Herzen der Oase. Das Wasser war still und ruhig, es spiegelte die Sterne am Himmel kristallklar, wurde lediglich von nächtlichen Fliegenschwärmen umwölkt und hin und wieder einmal aufgewühlt, wenn ein großer Fisch nach oben geschwommen kam, um nach etwas an der

Oberfläche zu schnappen. Der Marktplatz am Ufer war menschenleer: leere Verkaufsstände und heruntergeklappte Baldachine, nicht einmal ein paar zerquetschte Blätter oder Nussschalen waren auf dem Kopfsteinpflaster zurückgeblieben, keine Ölschlieren oder Weinlachen. Diese peinliche Sauberkeit kam Marron unnatürlich vor. Er erinnerte sich an die Märkte seiner Kindheit, wo sich noch lange nach Einbruch der Dunkelheit Leute herumtrieben und erst am darauf folgenden Tag gefegt oder geschrubbt wurde. Auf dem Boden waren stets einige Überreste für die Bettler liegen geblieben.

Aber hier gab es auch keine Bettler. Auch das war seltsam. Er fragte sich wieder, was für ein Mensch der Sultan sein musste, dass er mit so strenger Hand über sein Reich herrschte.

Vom See aus führten alle Straßen aufwärts. Sie gingen eine weitere breite Prachtstraße hinauf, die von den allgegenwärtigen Palmen gesäumt wurde. Auf beiden Seiten standen große Häuser, aber es war der Palast vor ihnen, der nun alle Blicke auf sich zog.

Eine hohe, kahle Mauer riegelte das andere Ende der Straße ab. Marron konnte nur ein schmales Tor sehen, und das wurde bewacht. Hinter der Mauer, im Anschluss an eine Baumreihe, brannten Lichter in zahlreichen Fenstern. Es schien mehrere Gebäude in dem Komplex zu geben, die teils zwei oder drei Stockwerke hoch waren und steile Dächer hatten.

Der Kammerherr führte sie zu dem Tor, die Wachen öffneten es ohne ein Wort und traten beiseite, um alle eintreten zu lassen.

Sie kamen von einer trockenen, kühlen, hell erleuchteten Wüstennacht in einen Garten. Dichtes, feuchtes Blattwerk streifte Marrons Arm; über ihnen verdeckte ein Geflecht niedriger Zweige den Himmel. Verschiedenste Düfte schwängerten die Atmosphäre, zirpende Schreie von Insekten zerrissen die Luft, der Gesang von Vögeln milderte deren Wirkung aber ab.

Der Pfad unter Marrons Stiefeln war ein wenig rutschig vom Schlamm. Er fragte sich nebenbei, ob dies Magie war, ob er durch dieses trügerische Tor eine andere Welt betreten hatte. Rudel vor ihm stolperte ein wenig, da das Licht fehlte; Jemel ergriff Marrons Arm, seinen unversehrten rechten Arm, mit einer hauchzarten Berührung.

»Was ist das für ein Ort?«, fragte er mit einem zischelnden Flüstern. »Ich kann gar nichts sehen ...«

»Es ist nur ein Garten«, murmelte Marron. »Die Bäume verdecken die Sterne, das ist alles. Da vorne ist Licht ...«

Da war tatsächlich Licht, allerdings führte der Weg auf verschlungenen Pfaden dorthin. Der Kammerherr und seine Wachen kannten eindeutig jede Biegung, und Marron selbst konnte hinreichend gut sehen, aber seine Gefährten waren so gut wie blind und tasteten sich schlurfend voran. Julianne hielt sich hinten an seiner Kutte fest, mit dem anderen Arm hatte sie Redmond untergehakt, so dass Marron mithin ein Führer für drei war, bis sie das Licht erreicht hatten.

Einen Augenblick glaubte Marron, auch das könnte Magie sein, ein im Wasser gefangener Mond; aber es war Menschenwerk, nicht mehr und nicht weniger. Eine milchige, makellose Kugel aus Glas war auf einem Stab über einem Teich befestigt; in dieser Kugel brannte eine Öllampe, und das Wasser funkelte im Licht dieser Lampe.

Hinter der Kugel befand sich eine ummauerte Terrasse, und hinter dieser Terrasse wartete der Palast.

Sie warteten auf die zaudernde Elisande und ihr Gefolge von Wachen. Ein Knabe, der einen Eimer und eine Schöpfkelle trug, ging an ihnen vorbei. Marron sah zu, wie er Wasser schöpfte und mit einer geübten Handbewegung auf das Blattwerk spritzte. Also war dies alles doch keine Magie, nur Reichtum. Enormer Reichtum, der wissentlich darauf verwendet wurde, innerhalb der

Mauern des Sultanspalastes eine andere Welt zu erschaffen. Und abermals: Was für ein Mensch ...?

Elisande, die mit abgerissenen Farnwedeln spielte, gesellte sich endlich zu ihnen. Der Kammerherr machte eine behutsame Geste: *Können wir weitergehen?* Sie erwiderte mit einer trägen Handbewegung, *aber nur zu gerne*, und ließ die Farnwedel, die sie eingesammelt hatte, auf die Terrasse fallen.

Als der Kammerherr sie weiterführte, sah Marron, wie sofort ein anderer Knabe herbeigeeilt kam und sämtliche zerrissenen Farnwedel, die sie gepflückt und fallen gelassen hatte, wieder aufhob.

Der Palast hatte viele Fenster, aber sie waren hoch und schmal und mit verschnörkelten schmiedeeisernen Gittern versehen. Türen schien es keine zu geben. Marron erinnerte sich an das schmale, bewachte Tor der Außenmauer und dachte: *Dieser Sultan ist ein vorsichtiger Mann und stammt aus einer vorsichtigen Familie.* Und das höchstwahrscheinlich mit gutem Grund; Bar'ath Tazore war ein unermesslich kostbares Juwel und musste gewiss viele neidische Blicke auf sich gezogen haben. Sogar die Natur dieses Ortes selbst machte ihn verwundbar. Nicht Wasser allein hatte den Ort so reich gemacht, sondern auch seine Situation, ein Kreuzweg zweier Kulturen. Ohne die ständigen Karawanen, die vielen vorbeiziehenden Händler mit ihren Waren, wäre die Oase so gut wie wertlos; jeder Mann, der hierher kam, stellte eine potenzielle Gefahr dar.

Aus diesem Grund waren sie wahrscheinlich hierher befohlen worden, damit sie begutachtet werden konnten. Allerdings konnte sich Marron nicht erklären, warum eine so kleine Gruppe von Männern und Mädchen als Risiko eingestuft werden sollte. Selbst wenn Rudel erkannt worden wäre und bekannt war, schien es übertrieben. Er mochte ja durchaus ein fahrender Fürst sein, aber seinem eigenen Bekunden zufolge kam er aus einem friedlichen Reich. Sein eigenes Volk mochte das nicht akzeptieren, aber die Scharai ganz sicher ...

Demnach stellte also nicht Rudel die Gefahr dar. Marron ermahnte sich noch einmal, den Kopf gesenkt zu halten und zu hoffen.

Ein Innenhof wurde von sämtlichen Gebäuden des Komplexes begrenzt; hier befanden sich alle Türen, so dass ihre Wachen einander ständig im Blickfeld hatten. Eine wurde geöffnet, als der Kammerherr näher kam. Die Männer, die mit ihm gingen, blieben zurück und stellten sich an den Seiten auf. Er trat ein, Rudel folgte ihm. Jemel drängte Marron mit sanftem Druck seiner Finger weiter: Nun war es an ihm, als Führer zu fungieren, da Marron den Blick fest auf den Boden gerichtet hielt. Jemel schien es zu wissen.

Der Sultan mochte keine Fackeln auf seinen dunklen Straßen dulden, aber die Flure seines Palastes waren hell erleuchtet. Selbst der Fußboden blendete, ein grandioses Mosaik aus vielen bunten Steinsplittern, das glitzerte und fast zu funkeln schien, wenn der Burnus des Kammerherrn darüber streifte. Marron machte sich ganz kurz Gedanken über den Zustand seiner Stiefel und ob er Schlammspuren hinterlassen würde. Doch dann überlegte er sich, dass er wesentlich triftigere Gründe hatte, sich Sorgen zu machen. Dann fiel ihm der Knabe im Garten wieder ein, dessen Aufgabe offenbar darin bestand, unverzüglich aufzuräumen und sauber zu machen. Ganz bestimmt gab es noch mehr wie ihn im Haus. Wenn er sich umdrehte, würde er vielleicht schon einen mit Lappen und Wasser auf den Knien bei der Arbeit sehen ...

Er drehte sich nicht um. Sah nirgendwo hin, außer nach unten, verließ sich auf Rudels Fersen und Jemels Hand, die dafür sorgen würden, dass er nicht vom Weg abkam.

Er atmete durch die Nase und benutzte Düfte als Ersatz für das, was seinen Augen fehlte. Die Luft in dem Garten war feucht und exotisch gewesen und schwanger von zu vielen Aromen; hier drinnen war sie angenehmer, trockener und würziger und nicht so überladen. Jemand hatte Weihrauch verbrannt, jemand hatte abgeschnittene Blumen und Zweige nach drinnen gebracht. Näher, frischer, war jemand nervös: Marron konnte Schweiß unter einem duftenden Körperbad riechen, das vermutlich dazu dienen sollte, den Schweißgeruch zu maskieren. Nicht Julianne. Sie war auch nervös, ging aber hinter ihm, und er ging auf diesen Lufthauch, diese Information zu. Außerdem, wann hatte sie zum letzten Mal die Möglichkeit gehabt, in parfümiertem Wasser zu baden?

Es musste der Kammerherr sein, ib' Taraffi, dem in so unmittelbarer Nähe seines Herrn und Meisters der kalte Schweiß ausbrach; und wieder fragte sich Marron, was für ein Herr so viel Angst in seinem höchsten Diener erzeugen konnte, in diesem reifen und kultivierten und eleganten Mann …?

Marrons Gehör arbeitete ebenfalls auf Hochtouren, sondierte und horchte. Er hörte die fernen Geräusche von vielen Menschen, Wachen und Diener und Sklaven, die ihren mannigfaltigen Pflichten nachgingen. In größerer Nähe vernahm er eine seltsame Musik, Trommel und Flöte, aber die Flöte wimmerte fast wie eine menschliche Stimme unter dem unerträglichen Gewicht von Kummer und Sorgen.

Die Schritte, die Marron folgten, verlangsamten sich, die Füße wurden gedreht; Jemel drängte Marron mit der Hand am Ellbogen, seinem Beispiel zu folgen.

Der Boden hier war blau und weiß gefliest, ein komplexes Muster. Es fiel schwer, nicht den Kopf zu heben, nicht zu sehen, wie weit sich dieser Boden auf beiden Seiten erstreckte. Alle anderen Sinne verrieten ihm, wie geräumig dieser Saal war, den sie betreten hatten, aber er wollte es dennoch mit eigenen Augen sehen, um ganz sicher zu sein.

Und nicht nur geräumig, sondern auch hoch; ein Händeklatschen sang wie eine Glocke. Die Musik verstummte, hastige Schritte bloßer Füße erzeugten ein Flüstern, das lange brauchte, um wieder zu verstummen. Die Geräusche ihrer eigenen Stiefel hallten wie Trommelschläge ohne erkennbaren Rhythmus.

Marron konnte auch hier Schweiß riechen, den Schweiß der unvermittelt unterbrochenen Tänzerinnen; aber mehr noch, auch wieder den Geruch von Angstschweiß. Etwa zwei Dutzend Leute hielten sich in diesem enormen Saal auf, und die meisten davon hatten Angst.

Dafür gab es vielleicht einen Grund: Er konnte auch Blut riechen. Und gebratenes Fleisch und kaltes Fleisch, Brot und Früchte und Kräutergetränke; aber das Blut war erst vor kurzem vergossen worden, und er glaubte nicht, dass es von einem Tier stammte. Er spürte, wie die Tochter auf den Geruch reagierte und sich in seinem eigenen Blut regte, und da war er ganz sicher.

Der Kammerherr brachte sie zu einem mit Teppichen überhangenen Podest. Es war so hoch, dass die Mädchen Mühe gehabt hätten, hinaufzusteigen, allerdings wurden sie nicht aufgefordert, hinaufzusteigen. Stattdessen wurden sie zwei Schritte davor in einer Reihe aufgestellt, damit man sie gut in Augenschein nehmen konnte.

Auf dem Podium befanden sich Männer, und auf beiden Seiten ebenfalls; ein Stück weit entfernt standen Männer und Frauen gemischt, das verriet Marrons Nase ihm – oder besser gesagt, die Tochter, die seine Nase benutzte. Das waren die Musiker und Tänzer, die seltsamerweise keine Angst hatten. Alle Angst konzentrierte sich mehr in Marrons Nähe, unter den Gewändern und Parfums dieses prunkvollen Hofes.

Ib' Taraffi ließ sich auf die Knie nieder; Rudel blieb trotzig stehen, und die anderen ebenfalls.

»Exzellenz, ich brachte –«

»Das sehe ich.« Die Stimme, die ihn unterbrach, war hoch und kühl; Marron erschauerte, als er sie hörte. »Ein Scharai« – Jemel erstarrte; nun war es Marron, der ihn am Ärmel festhielt, um ihn zu warnen: *Beherrsche dich, zügle deinen Stolz an diesem Ort* – »und eine ganze Hand voll der Patric. Eine seltsame Schar, wo doch keiner von ihnen Waren zum Handeln hat. Nicht einmal anständige Kleidung, wie es scheint – natürlich abgesehen von dem Scharaiknaben, und der ist ein Saren. Rudel, wie geht es Eurem Vater?«

»Recht gut, Exzellenz, danke der Nachfrage. Als ich ihn zuletzt gesehen habe, ging es ihm hinreichend gut. Für einen Mann, dem das Alter den Schädel aufgeweicht hat, wie ich hörte.«

Der Sultan antwortete mit einem Lächeln – einem dünnen Lächeln, vermutete Marron, schaute aber nicht auf, um sich zu vergewissern, ein dünnes Lächeln von einem gefährlichen Mann. »Habe ich das gesagt? Wohlan, wohlan. Er ist der Herrscher über ein weiches Land, vielleicht kann er es sich ja leisten. Manche können das nicht.«

»Es sind für niemanden weiche Zeiten, Exzellenz.«

»Nein. Vielleicht nicht. Als wir Euch das letzte Mal gesehen haben, Rudel, habt Ihr andere Kleidung in anderer Gesellschaft getragen und mir ohne Einladung die Ehre eines Besuchs erwiesen. Heute hat es den Anschein, als würdet Ihr es vorziehen, in einer Verkleidung durch mein Reich zu ziehen, an verseuchten Orten zu lagern und mich daran zu hindern, Eure Freunde kennen zu lernen. Welches Vergehen habe ich mir zuschulden kommen lassen, dass ich das verdient habe?«

»Das Vergehen ist ganz meinerseits und ich bitte um Entschuldigung dafür. Unsere Mission ist geheim und dringend; ich habe beschlossen, auf Eure Gastfreundschaft zu verzichten, weil ich fürchtete, die Bequemlichkeit Eures Palastes und die Freude Eurer Gesellschaft könnten uns aufhalten. Ihr habt unsere Absichten vereitelt. Ich wünschte, ich könnte das bedauern, aber ...«

»Schau an. Das Silber im Bart ist neu; das Silber auf der Zunge jedoch, wie ich sehe, so glatt wie eh und je. Wir werden uns unterhalten, und ich hoffe, Ihr gebt mir keinen Grund, Euch über diese eine Nacht hinaus aufzuhalten. Aber zuvor müsst Ihr mir die Namen Eurer Gefährten verraten. Ich bin höchst interessiert.«

»Eine Pflicht kann ein Privileg sein, Exzellenz – aber kennt Ihr Redmond nicht mehr? Auch er ist schon dieses Weges gekommen und konnte Eure Gastfreundschaft genießen.«

»Wahrlich, doch wenn ich mich recht erinnere, war sein Gesundheitszustand damals besser. Bitte um Vergebung, Redmond, meine Augen waren von der Schönheit Eurer Dienerin abgelenkt.«

»Ich denke, mehr vom Schatten meines Alters, Exzellenz«, sagte Redmond mit einem leisen Kichern. »Obschon sie hinter ihrem Schleier wahrlich eine Schönheit ist, jedoch keineswegs meine Dienerin. Dieses Kind ist Julianne de Rance, die Tochter des Schattens des Königs.«

»Herrin, es ist mir eine Freude, Euch hier willkommen zu heißen. Natürlich kenne ich Euren Vater, doch hätte ich mir nie träumen lassen, dass einmal die Anwesenheit seiner Tochter mein bescheidenes Haus ehren würde.«

»Exzellenz, Ihr seid die Höflichkeit in Person, dabei müsst Ihr doch ganz genau wissen, dass die Freude ganz meinerseits ist. Von einem harten Bett in dieses großzügige Haus gebeten zu werden, das ist eine ganz und gar unerwartete Güte.« Ihre Stimme klang gepresst, aber ihre Worte entsprachen ganz genau diesem vorsichtigen, neutralen, sinnlosen Gebaren; Marron hoffte, sie würde die Zustimmung der anderen und auch seine spüren können. »Auch bin ich nicht die einzige Tochter, die Ihr heute Abend begrüßen solltet. Hier ist Elisande, Rudels eigenes Kind.«

Das, fand Marron, war gemein, aber der Trick funktionierte.

Weitere wortreiche Willkommensgrüße, die mit spröder Stimme übermittelt wurden; daraufhin weitere demütige Worte der Erwiderung, deren Tonfall nur eine Andeutung von Elisandes sonst spitzer Zunge vermittelten.

»Vater und Tochter gemeinsam unterwegs, wie bezaubernd. Und natürlich sind die Surayonnaise berühmt für ihre Freundschaft mit den Scharai.«

»Das ist wohl wahr.« Abermals Rudels Stimme. »Dies ist Jemel, von den Saren, wie Ihr bereits festgestellt hattet; er ist unser Führer und Gefährte.«

»Ein Führer, tatsächlich? Früher habt Ihr keinen Führer gebraucht, Rudel.«

»Die Zeiten ändern sich; der weise Mann sucht sich Unterstützung, wo er sie finden kann.«

»So ist es. Jemel von welcher Familie?«

»Ich habe jetzt keine Familie mehr, Exzellenz«, antwortete Jemel knapp.

»Ah. Natürlich, du bist ein Saren. Damit bleibt nur noch der schüchterne Knabe an deiner Seite übrig …?«

Wieder ergriff Rudel das Wort. »Sein Name ist Marron. Er war einst ein Erlöserbruder, ist aber vor ihnen geflohen. Jetzt reist er unter meinem Schutz.«

»Und steht unter meinem, solange er sich in diesem Haus aufhält. Aber ich werde keinen Gast hier dulden, der mir nicht einmal direkt in die Augen gesehen hat …«

Rascheln von Seidengewändern, eine massige Gestalt bewegte sich am Rand von Marrons Gesichtsfeld, stieg behände von dem Podest, blieb vor ihm stehen. Keine Fluchtmöglichkeit. Eine große, feiste Hand wurde gehoben, schwere Ringe an jedem Finger; diese kräftigen Finger unter Marrons Kinn hoben seinen Kopf hoch und duldeten keinen Widerstand. Auch diese Finger rochen nach Blut; Marron wollte den Kopf abwenden, ließ es aber sein.

Ein dickes Gesicht mit sorgfältig geschnittenem Bart unter einem mit Juwelen besetzten Turban; alles an diesem Mann strafte seine zarte Stimme Lügen. Seine dunklen Augen wurden einen Moment groß, als er in die von Marron sah, dann atmete er langsam aus und trat zurück.

»Ja. Ich verstehe, wieso dieser Knabe vor den Erlösern geflohen ist. Wir müssen uns darüber unterhalten, Rudel, und auch über Eure Mission. Aber vorher: Redmond ist erschöpft und hat Schmerzen, Ihr seid alle schmutzig und solltet auch ausruhen. Aber dennoch bestehe ich darauf, dass Ihr den Reis mit mir teilt, das ist mein Brauch, von dem ich für keine Freundschaft abweichen werde, sei sie alt oder neu. Wie sollen wir dieses Dilemma lösen? Auf eine Weise, die für keinen der Beteiligten zufrieden stellend ist, aber wohlan, so ist es eben in der Welt. Wie auch immer ich entscheide, ich muss mich verleugnen und Euch beleidigen. So lasst uns denn für eine Stunde scheiden, zu lange für mich und zu kurz für Euch; meine Ärzte sollen sich um Redmond kümmern und meine Sklaven um Euch alle. Wascht Euch, badet, wenn Ihr es wünscht, nehmt jeden Komfort in Anspruch, den mein armseliges Haus bieten kann. Aber dann kommt zurück, ich flehe Euch an, und wir werden ein wenig essen und uns ein wenig länger unterhalten.«

Marron dachte, Rudel könnte Einwände erheben, zumindest um der Mädchen willen, wenn schon nicht seinetwegen, denn der Sultan hatte eindeutig die Absicht, die ganze Nacht mit ihm zu sprechen. Aber sie hatten wirklich keine andere Wahl, daher verbeugte sich Rudel nur in stummem Einverständnis, während barfüßige Diener in blütenweißen Gewändern sie zu sich winkten. Einer nahm Redmonds Arm an Stelle von Julianne; keiner wagte zu widersprechen.

Obwohl Marron sich nunmehr unverhohlen umschaute, die verzierten Wände des Palastes in sich aufnahm, die Schalen mit

Schnittblumen und die Grünpflanzen in ihren Töpfen, konnte er nicht sehen, wohin Redmond gebracht wurde, er bemerkte nur, dass sich der alte Mann auf einmal nicht mehr in ihrer Mitte befand. Alle anderen wurden in eine Suite zusammenhängender Zimmer geführt, die luxuriös mit Diwanen und Tischen und Betten möbliert waren. Aus einer Tür am anderen Ende quoll Dampf.

Julianne ließ sich mit einem Stöhnen fallen und streckte sich der Länge nach auf einem Bett aus; Elisande berührte sie lachend an der Schulter.

»Geh weg, lass mich schlafen ...«

»Nein, Herzblatt, noch nicht. Du hast den Mann gehört. Steh auf und lass mich dir helfen, dieses kratzige Zeug auszuziehen. Schau, da ist ein Hammam, um warm und sauber zu sein; und hier, siehst du, kommt ein Mädchen mit frischer Kleidung, damit wir uns danach umziehen können. *Nach* dem Bad ...«

Marron dachte einen Moment, sie würde Julianne hier und jetzt ausziehen, aber eine Prozession von Sklaven war ihnen gefolgt. Mit Elisandes Hilfe hatten zwei Frauen das andere Mädchen gleich wieder auf die Füße gezogen und führten sie beide in den Dampf hinein.

Einer der männlichen Diener machte eine Handbewegung und forderte die Männer der Gruppe auf, ihm zu folgen. Rudel lachte kurz auf.

»Nein, wir gönnen den Damen ihre Privatsphäre, danke. Wenn du uns Schüsseln mit Wasser bringen könntest, werden wir uns hier waschen. Und mit Vergnügen die Kleidung wechseln ...«

Marron brannten zu viele Fragen auf den Nägeln, aber es waren so viele Sklaven des Sultans anwesend, dass er das Risiko, belauscht zu werden, nicht eingehen wollte. Aber eine dieser Fragen sollte er ungehindert stellen können; er teilte sich eine große Kupferschüssel mit heißem Wasser mit Jemel, und während sie mit dem Wasser plantschten, zischte er: »Warum hat er uns Patric genannt, was bedeutet das?«

»Das ist das Scharaiwort für euer Volk. Ich glaube, es kommt daher, dass ihr euren Gott Vater nennt, ist das richtig?«

Richtig, und zwar wenn sie, wie immer, in der alten Sprache beteten; und von »Pater« zu »Patric« war es nur ein kleiner Schritt. Marron grunzte und tastete um sich, um ein Handtuch zu finden. Ein älterer Mann reichte ihm eines – ein Mann mit blauen Augen unter dem Turban und einer Haut, die unter der alten Bräune einmal hell gewesen sein musste.

»Ich habe seit vielen Jahren nicht mehr zu dem Gott gebetet«, murmelte der Mann, »es ist uns verboten und der Sultan ist jetzt mein Vater. Aber es stimmt, sie nennen uns aus diesem Grund Patric. Soll ich einen Arzt rufen, Junge, damit er sich diese Verletzung an Eurem Arm ansieht?«

Marron blinzelte, um ganz sicher zu gehen, dass der Mann seine Augen gesehen hatte. Als außer geduldigem Warten auf eine Antwort keine Reaktion erfolgte, sagte er: »Nein. Habt Dank, aber es tut nicht weh.« *Außer in meiner Seele, aber das kann kein Arzt heilen ...*

Der Mann verbeugte sich und trat zurück; Marron ermahnte sich noch einmal, keine Fragen zu stellen, deren Antwort wichtig sein konnte, wenn die Sklaven des Sultans gleichzeitig auch die Kinder des Sultans waren. Gute Kinder überbrachten ihren Vätern stets Neuigkeiten, und keine Sprache, die er kannte, konnte hier unbekannt sein.

Als sie sich gewaschen hatten, zogen sie glatte Gewänder an, die sich nach den rauen Kutten, die sie vorher getragen hatten, geschmeidig auf der Haut anfühlten. Für Jemel, der jede andere Kleidung hätte ablehnen müssen, wurde ein neuer Scharaiburnus gebracht, den er nach Art seines Stammes binden konnte.

Ihre alten Kleidungsstücke wurden weggebracht; die ausdruckslosen Gesichter der Männer, die sie ihnen abnahmen, deuteten darauf hin, dass die Fetzen vermutlich in einem Ofen landen würden. Marron versuchte, Bedauern deswegen zu empfinden, konnte es aber nicht. Er besaß wenig genug und noch weniger, woran ihm wirklich etwas gelegen war, das Schwert Dard und ein gutes Messer, mehr nicht, und er hoffte, dass er keines davon je wieder benutzen musste –, aber er würde nur zu gerne sehen, wie sein Besitz noch weiter dezimiert wurde, wenn das bedeutete, dass er diese Kleidungsstücke nie wieder tragen musste. Auch wenn es bedeutete, dass sie gefährlich in des Sultans Schuld standen; was einem gegeben wird, das kann auch wieder genommen werden, und ein nackter Mann ist schon ein halber Gefangener, aber Marron würde mit Freuden nackt und dankbar einhergehen, wenn er sich dafür nie wieder verstecken musste, weder seine weiße Haut noch seine brennenden Augen.

Während sie auf die Mädchen warteten, saßen sie auf Diwanen und tranken aus Bechern mit eisgekühltem Fruchtsaft. Da es keine Frage war, sondern eine nüchterne Feststellung, und die anwesenden Sklaven es ohnehin bereits wissen mussten, Marron aber dachte, dass seine Gefährten es wissen sollten, sagte er: »Der Sultan hat Blut an den Händen.«

»Zeig mir einen Herrscher dieser Tage, der das nicht hat«, entgegnete Rudel.

»Ich meine frisches Blut, ich meine, dass er heute getötet hat. Persönlich, nicht sein Henker; und mit den eigenen Händen, glaube ich, ohne eine Waffe. Er hat sich die Finger mit Rosenwasser geschrubbt, aber ich konnte es trotzdem riechen. Und alle Lords seines Hofes haben Angst vor ihm, aber seine Sklaven nicht …«

»Ah. Ja. Der Sultan ist ein einzigartiger Mann und übt eine einzigartige Herrschaft über seine Untergebenen aus. Es ist kein

Geheimnis«, mit einem Nicken wegen Marrons Vorsicht, »dass er keinen Henker beschäftigt. Wenn er glaubt, dass ein Todesurteil geboten ist, kümmert er sich persönlich darum und erledigt es dort, wo die Wirkung am größten ist. Wenn einer seiner Lords ihm zuwider gehandelt hat, dann durfte ganz sicher der gesamte Hof zusehen, wie der Mann stirbt; aber ich glaube nicht, dass er einen Sklaven töten würde.«

»Was ist mit den Leuten außerhalb des Palastes?«, fragte Jemel. »Sie sind keine Scharai, aber man sagt, dass sie von deren Geblüt abstammen oder es jedenfalls behaupten. Und doch sind sie bei Sonnenuntergang alle in ihren Häusern, die Türen sind geschlossen, der Marktplatz menschenleer ... Wo sind die Lagerfeuer, die Lieder, die Geschichten? Wo sind die jungen Männer, die tanzen?«

»Das weiß ich nicht«, gab Rudel zu. »Sie haben getanzt, als ich zum letzten Mal hier war, doch das ist zugegeben schon lange her. Vielleicht findet der Sultan keinen Gefallen mehr daran. Sein Volk gehorcht ihm bedingungslos selbst in den kleinsten Dingen, andernfalls verstößt er die Leute.«

»Und wird er uns auch verstoßen?«, wollte Julianne wissen, als sie und Elisande in üppige Seidengewänder gekleidet herauskamen.

»Das weiß ich nicht, meine Herrin«, sagte Rudel, der aufstand, sich vor ihr verbeugte und sie damit liebevoll auf den Arm nahm. Seiner Tochter schenkte er wie gewöhnlich keine Beachtung. »Er könnte uns verbieten, weiterzureisen, wenn er der Meinung ist, dass das eine Gefahr für ihn darstellen würde.«

»Und er besitzt die Befugnis, das durchzusetzen?«

»In Bar'ath Tazore ist er der Herrscher; aber das hast du ja schon gesehen. Außerhalb seiner Grenzen, nein, da besitzt er überhaupt keine Befugnis. Aber auf sein Wort hin wird uns hier niemand Kamele, Lebensmittel oder Wasser für die Reise geben. Er könnte uns auch die Freiheit nehmen und wird es vielleicht sogar tun; er könnte uns einsperren oder töten lassen und müsste keinem Rechenschaft ablegen. Die Macht gibt ihm die Befugnis, die ihm von Rechts wegen fehlt.«

»Also wie sollten wir mit ihm reden?«

»Wahrheitsgemäß, würde ich vorschlagen. Er weiß wahrscheinlich ohnehin mehr, als man denken sollte; die halbe Welt reist durch sein kleines Reich und bringt Neuigkeiten mit. Er mag vielleicht den unwissenden Tyrannen spielen, aber das ist er nicht. Er weiß über deine Hochzeit Bescheid, Julianne, und über deine Flucht; er wird Gerüchte über jene Nacht und den Weg unserer Gruppe gehört haben. Er hat vielleicht sogar damit gerechnet, dass die Tochter diesen Weg einschlagen würde, wenn auch nicht mit einem Wirt wie Marron. Und er wird in der vergangenen Stunde nicht untätig gewesen sein. Dass er uns Zeit gegeben hat, um uns auszuruhen, ist nichts weiter als ein Vorwand. Und wenn er bisher nicht gewusst hat, dass der wandelnde Geist sich in diesem Gebiet aufhält, dann weiß er es jetzt. Brieftauben werden nach Rhabat und anderswo hinfliegen; jetzt haben wir keine Chance mehr, unangemeldet dort aufzutauchen. Wahrscheinlich wird er auch den Rat seiner Lords einholen, den seiner Astrologen ganz bestimmt. Also seid auf der Hut und sagt so wenig wie möglich, aber lügt ihn nicht an. Wenn er eine direkte Frage stellt, beantwortet sie. Und stellt selbst keine Fragen, ein kluger Mann kann aus den Fragen, die ihm gestellt werden, eine Menge lernen.«

»Ich wusste es«, murmelte Julianne Elisande zu. »Es wird wieder sein wie im Gespräch mit dem Dschinn.« Und dann wieder direkt zu Rudel: »Soll ich ihm von dem Dschinn erzählen?«

»Ich glaube, das musst du sogar. Anders wäre deine Reise nur schwer zu erklären, und selbst der Sultan könnte von einem Dschinn beeindruckt sein. Wir werden sehen. Bist du bereit, ihm unter die Augen zu treten?«

»Nein.« Aber sie stand dennoch auf und strich überflüssigerweise die feine Seide ihres Kleides glatt, ehe sie nach Elisandes Hand griff. »Wenn es denn sein muss, dann soll es gleich sein. Reis und kühle Getränke und Gespräche, wie könnte man einen Abend besser verbringen ...?«

»Esst nur mit der rechten Hand«, murmelte Redmond noch als letzten Rat, ehe sie auf dem Flur standen, wo die Dienerschaft bereits wartete, »und sprecht erst über wichtige Fragen, wenn das Mahl vorbei ist ...«

Als Jemel davon gesprochen hatte, Reis mit der Familie zu teilen, hatte Marron geglaubt, er würde das wortwörtlich meinen, eine Schale gekochten Reis und nicht mehr.

Als er nun Jemels Gesicht betrachtete, da war er ganz sicher. Das war der Brauch der Scharai, der durch Jahrhunderte währende Achtung diktiert wurde, der die Seele der Nomaden ansprach.

Den Reis mit dem Sultan von Bar'ath Tazore zu teilen, das schien offenbar etwas vollkommen anderes zu sein: ein edler Brauch, der, Jemels Miene nach zu schließen, verdorben wurde, ein wunderschönes Behältnis, das zerbrochen worden war.

Der Reis des Sultans war ein kostbarer Berg, eine übervolle und dampfende Schüssel aus Gold und Edelsteinen. Der Reis war mit Safran gekocht und mit grünen Peperoni und Gewürzknospen gewürzt worden, er enthielt darüber hinaus sautierte Gemüse und bunte Streifen von geräuchertem Fleisch und Fisch, die alle in Butter glasiert worden zu sein schienen. Um die große Schale herum standen ein Kreis kleinerer Schalen mit hart gekochten Eiern, gesalzenen Limonen und eingelegtem Gemüse in Essig oder Öl.

Dies war auf dem Podium, dem Diwan, wie sie hier dazu sagten, am anderen Ende der großen Kammer, wo der Sultan Hof hielt. Beim ersten Mal waren sie davor gestanden und begutachtet worden; diesmal hatte der Herrscher selbst sie hinaufgewunken, damit sie es sich Seite an Seite mit Seiner Exzellenz und den

Lords seines kleinen Staates bequem machen konnten. Sklaven hatten aromatisiertes Wasser gebracht und in große Kupferschalen eingeschenkt, damit die Gäste sich die Hände waschen konnten. Sie hatten Handtücher bereitgehalten, sie hatten die Riesenplatte und alle zugehörigen Schüsseln hereingetragen und alles in der Mitte des Kreises der Speisenden aufgestellt. Marrons Gedanken waren von den weißen Gewändern abgelenkt worden, die sie trugen, da sie ihn zu sehr an die Kleidung der Scharaiknaben erinnerten, die im Roq auf dem Scheiterhaufen verbrannt worden waren, an deren weiße Tuniken und die weißen Büßergewänder, wie er selbst eines getragen und mit dem Blut anderer Männer getränkt hatte …

Marron sponn diesen Gedanken weiter, sah Jemel ins Gesicht, erblickte wieder dieselbe Abscheu und verstand sie; daher war er wie alle aus der Gruppe von dem überrascht, was der junge Mann als Nächstes tat. Vielleicht war er sogar überraschter als die anderen, wiewohl er seine meiste Zeit mit den Scharai verbracht hatte, oder die Scharai mit ihm.

»Exzellenz«, sagte Jemel und sah finster drein, während er mit einer Faust den Saum seines Burnus umklammerte, »wollt Ihr meinen Schwur hören?«

Es schien, als wäre auch der Sultan überrascht, was man daran sah, wie seine Hand über einer Kristallschale mit kandierten Früchten verharrte. Er blinzelte mit seinen großen, trügerischen Augen und lächelte wie über einen errungenen Sieg, und keinen unbedeutenden.

»Wenn es dein Wunsch ist«, sagte er, »dann muss ich es wohl tun; es ist meine Bürde, die Schwüre junger Männer mit mir herumzutragen. Zusammen mit den Seelen meines eigenen Volkes. Aber erst, wenn wir gegessen haben, mein Junge, ich flehe dich an.«

»Einen Schwur sollte man mit leerem Bauch leisten«, knurrte Jemel. »Ein wohlgenährter Mann besitzt so wenig Tugend.«

»Aber du hast noch keinen Reis mit mir gegessen; bis dahin gibt es keine Verpflichtung zwischen uns beiden.«

Jemels Finger zuckten, und da bekam Marron einen Moment Angst um ihn. Er glaubte, der andere Junge könnte etwas Außerordentliches und Dummes tun, zum Beispiel ein einziges Reiskorn auf die Zunge legen und damit seinen Gastgeber in dem Moment vor den Kopf stoßen, in dem er seinen Schutz einforderte.

Aber die guten Manieren der Scharai retteten den Tag. Jemel verbeugte sich und verbarg damit das Gesicht, als er die Herrschaft des Sultans anerkannte; der stets diplomatische Redmond streckte linkisch den Arm mit den verkrümmten Fingern aus und nahm eine Hand voll Reis aus der Schale, worauf Elisande heiter und erleichtert die Vorzüge des Palastes lobte.

Und so aßen sie, obwohl sie nicht hungig waren; und so sprachen sie sinnlos über unbedeutende Dinge; und dabei warteten sie die ganze Zeit nur darauf, was später kommen musste, Jemels Enthüllung und das vernichtende Urteil des Sultans über ihre Expedition.

In den Schatten spielte leise Musik. Unter ihrem Schleier und dem der lauten Stimmen murmelte Marron: »Was ist das für ein Schwur, Jemel? Und warum muss ihn der Sultan unbedingt hören?«

»Weil es Tradition ist. Er behauptet, ein Scharai zu sein, aber das ist er nicht. Aber es ist kein anderer Scheich in der Nähe, der begründete Ansprüche hätte, und dies duldet keinen Aufschub mehr. Hab Geduld, du wirst es schon noch hören.«

Marron dachte, dass Jemel ruhig seinen eigenen Rat befolgen und in dieser Sache etwas Geduld an den Tag legen könnte, vor allem konnte und sollte er mit seinen Gefährten reden, bevor er sich in irgendwelche privaten Abenteuer stürzte, die ihm gerade in den Sinn kamen. Aber hier konnte man nicht mit ihm reden;

und wenn man sein verkniffenes Gesicht und die finstere Miene richtig deutete, dann hätten Worte vermutlich ohnehin nichts ausrichten können. Er wollte sagen, was er zu sagen hatte, seinen Schwur öffentlich und vor einem Fürsten seines Volkes ablegen, zumindest aber vor jemandem, der dieser Rolle am nächsten kam. Wenn er mit Marron nicht darüber sprechen wollte, würde er schon gar nicht mit einem anderen darüber sprechen.

Und er wartete auch nicht die Artigkeiten ab, die Konventionen seiner Kultur. Das Essgeschirr wurde abgeräumt, da zappelte er, schwieg aber; Kaffee wurde in winzigen Tassen serviert und zweimal nachgefüllt, und immer noch sagte er nichts.

Aber als die Sklaven sich zurückzogen, drehte sich der Sultan abermals zu Rudel um, der an seiner rechten Seite saß, und zum ersten Mal klang so etwas wie Entschlossenheit in seiner Stimme mit, als er sagte: »Nun denn. Ihr seid weit von Eurer Heimat entfernt, mein Freund, und versucht, Euch lautlos durch mein Reich zu schleichen, doch Eure Schritte verraten Euch. Nennt mir den Grund dafür.«

»Nein!« Jemel schüttelte Marrons Hand ab, die er ihm zu spät und vergeblich auf die Schulter gelegt hatte, sprang auf die Füße und stellte sich direkt vor den Sultan in die Mitte des Kreises. »Zuerst mein Schwur! Es ist mein Recht, Exzellenz, und Eure Pflicht, ihn anzuhören ...«

Der Sultan entschuldigte sich mit einem Achselzucken bei Rudel, *vergebt mir, aber junge Männer sind anmaßend*; und ließ eine Geste zu Jemel folgen. »Es ist dein Recht und meine Pflicht. So fahr denn fort. Ist es ein Blutschwur?«

»Es ist einer.«

Einen ganz kurzen Moment schienen die Augen des Sultans zu sagen: *Was auch sonst*. Aber mit der Stimme sagte er: »Dann sollen alle bezeugen, dass ich, der Sultan von Bar'ath Tazore, und wie mein Vater vor mir Herrscher des Stammes der Buresset, der ich diesen Jemel vom Stamme der Saren in mein Haus aufgenommen und ihm in meinem Namen Schutz zugesagt habe, dass ich in Abwesenheit seines eigenen Herrschers seinen Schwur anhören werde. Sollte er scheitern oder falschen Eid ablegen, so werde ich, um der Ehre seines Stammes und meiner eigenen willen, Rache an seinem Körper nehmen.«

Jemel verneigte sich tief. Rudel hielt sich mit einer Hand die Stirn, als wüsste er, was kommen würde, und verzweifelte. Marron war nur bestürzt und betrachtete den jungen Scharai, der sich streckte und seinen Vortrag begann.

»Exzellenz, ich gehöre zu den Saren, wie Ihr gesehen und festgestellt habt. Aber hier, in Eurer Gegenwart, sage ich mich von meinem Stamm los und werde außerhalb seiner Zelte und der aller anderen leben, bis der Schwur, den ich nun leiste, erfüllt ist.«

Er löste das Seidenband, das seine Kopfbedeckung hielt, warf es zu Boden und knüpfte das Tuch stattdessen zu einem einfachen Knoten, der es hielt. Er zog den Dolch und schnitt die silbernen Enden des Seils ab, das ihm als Gürtel diente, und ließ sie fallen. Er zupfte so lange an seinem Burnus, bis er nicht mehr die spezielle Form hatte, die seinen Träger als Saren auswies. Sein Leben in der Wüste würde schwer sein ohne einen Stamm, der ihn unterstützte, das wusste Marron, aber sonst nur wenig.

»Exzellenz, als ich ein Saren war, hatte ich Blutsbrüderschaft mit Jazra, einem Mann meines Stammes, geschworen. Ihr kennt die Macht und Bedeutung solcher Schwüre. Jazra starb in der Burg Roq; er wurde erst verwundet und dann ermordet, während ich daran gehindert wurde, ihm zu Hilfe zu kommen. Ich könnte den Namen desjenigen nennen, der mich hinderte, meinen Schwur zu erfüllen; aber um unseres Volkes willen werde ich es nicht tun. Ich könnte den Namen derjenigen nennen, die ihn verwundete, die seinen Schlag parierte und seine Deckung überwand, doch abermals, um ihret- und der Geheimnisse willen, die ich noch nicht verstehe, werde ich es nicht tun. Aber ich kann und werde den Namen des Mannes nennen, der ihn getötet hat, und ich schwöre: Wenn ich die Pflicht hinter mich gebracht habe, an die ich nun gebunden bin, werde ich diesen Mann aufspüren und stellen, Schwert gegen Schwert, bis zum Tod – für Jazras Ehre und meine.«

»Der Schwur wurde gehört und bezeugt, Jemel von den Scharai. Nenne den Namen des Mannes.«

»Sein Name ist Anton d'Escrivery, ein Erlöserritter. Das habe ich erfahren und es ist gewiss.«

Das war es tatsächlich, Marron war zu dem Zeitpunkt mit Sieur Anton auf der Mauer gewesen. An Jemel konnte er sich nicht erinnern, aber er erinnerte sich an den Scharai, der Marrons Herrn um ein Haar getötet hätte. Elisande hatte ihm das Messer in die Seite gerammt und Sieur Antons Schwert hatte den Rest erledigt; Jemel musste den Namen gehört und sich während der wochenlangen Reise die Wahrheit zusammengereimt haben, auch wenn seine Gefährten sich allergrößte Mühe gegeben hatten, sie vor ihm zu verbergen.

Marron betrachtete das komplexe Muster des Teppichs, auf dem er saß, und legte selbst einen privaten, stummen Schwur ab: dass er Jemel an seiner Seite behalten würde, wenn er es konnte, und mit ihm gehen würde, wenn er es nicht konnte, und dass er so oder so – auf jedwede Weise, die in seiner Macht lag, wenn er erst einmal gelernt hatte, was diese Macht war und wie er sie nutzen konnte – dafür sorgen würde, dass auch dieser Schwur gebrochen würde.

Als er den Kopf hob, waren andere Menschen in dem Saal, auch wenn er sie wahrscheinlich als Einziger kommen gehört hatte. Sie gingen leise im Rhythmus der Musik und kamen durch eine Geheimtür am anderen Ende. Das hatte er gehört und es hatte ihn als Erstes wachsam gemacht, das Klicken des Schlosses; dann spitzte er die Ohren, um ihren Weg zu verfolgen.

Die anderen schienen nichts zu merken, nicht einmal Jemel, der sich wieder an Marrons Seite setzte und ihn mit einem störrischen, trotzigen Blick bedachte. Marron erwiderte diesen Blick nur mit allen Vorzügen seiner neuen Augen, die niemand deuten konnte. Er würde nichts über die Männer hinter seinem Rücken sagen, sofern sich keine Notwendigkeit dazu ergab. Sie mussten hinter den Säulen der Galerie entlangschleichen, wo niemand auf dem Diwan sie sehen konnte; aber wenn sie unbekannt oder nicht willkommen gewesen wären, hätte mittlerweile jemand von der Dienerschaft Alarm schlagen müssen. Marron bildete sich ein, dass der Sultan ihre Anwesenheit vielleicht mit einer unmerklichen Veränderung seines Mienenspiels zur Kenntnis genommen hatte, wenn allerdings, dann für einen derart großspurigen Mann mehr als subtil.

Er unterhielt sich wieder mit Rudel und sprach mit ihm über ihre Reise, und nun wurden die Karten auf den Tisch gelegt, die Wahrheit wurde schlicht und direkt ausgesprochen.

»Wir sind auf dem Weg nach Rhabat«, sagte Rudel, »auch wenn wir nicht alle zusammen so weit reisen können. Redmond war Gast der Erlöser und spürt immer noch die Folgen ihrer Gastfreundschaft; Ihr habt es gesehen und Eure Ärzte haben noch mehr gesehen. Ihn sähe ich gern wohlbehalten in Surayon, aber ich muss ihn auf diesem Umweg aus Outremer schaffen, um ganz sicher zu gehen. Außerdem möchte ich auf der Reise so weit es geht über diese jungen Leute wachen.«

»Wahrlich. Es ist stets ratsam, die Jugend im Auge zu behalten. Und warum reisen sie nach Rhabat?«

»Marron wegen dem, was er in sich trägt, das er weder kennt noch im Zaum halten noch anwenden kann; dort gibt es Leute, die es ihm beibringen können. Julianne, weil ein Dschinn sie dorthin geschickt hat.«

»Ein Dschinn? Welcher Dschinn könnte das sein?« Seine Stimme klang nicht völlig zweifelnd, aber die Frage war dennoch wie ein Stich ins Herz. Sie verletzte Julianne so sehr, dass sie sich zu einer Antwort veranlasst sah.

»Er sagte, sein Name sei Shaban Ra'isse Khaldor.«

»Dann müssen wir ihm wohl glauben, Lady Julianne. In solchen Dingen lügen die Dschinni nicht.« Er hörte sich fast gegen seinen Willen beeindruckt an.

»Ich hatte gehört, dass die Dschinni überhaupt nicht lügen?«

»Ja. Das habe ich auch gehört. Warum hat Dschinn Khaldor Euch nach Rhabat geschickt?«

Es schien, als hätte sie sich das Verhalten der Dschinni angeeignet, denn sie log auch nicht und verschwieg nicht einmal etwas. »Ich bin nicht sicher, was er wirklich will. Er sagte mir, dass ich gehen muss, wohin ich muss, und heiraten, wen ich muss; und er schickt mich nach Rhabat, obschon ich bereits verheiratet bin. Außerdem sagte er, dass ich meinen Vater dort finden würde und er sich in Gefahr befände, ich ihn aber retten könnte. Allerdings könnte es besser ein, ich würde es nicht tun, auch das hat er gesagt.«

So viel Informationen, so viel Ehrlichkeit: der Sultan brauchte eine Weile, über alles nachzudenken und seine Bedeutung abzuwägen. Die Männer auf dem Boden des Saals waren jetzt ganz reglos; ein Diener hatte, nachdem die Mahlzeit vorüber war, eine Weihrauchschale angezündet, deren Aroma sogar den strengen Staubgeruch der Männer vor Marron verbarg.

»In Rhabat findet eine Versammlung statt«, sagte der Sultan schließlich, Wahrheit für Wahrheit. »Das habe ich gehört. Hasan ist vor einer Woche hier durch«, *nach seiner Niederlage am Roq*, das fügte er nicht hinzu, aber es war auch nicht nötig, »und er war auf dem Weg dorthin, um sich mit den Stammesführern zu treffen. Ich selbst werde nicht hingehen, ich habe meine Verantwortung und kann nicht reisen, wie es mir beliebt«, was höchstwahrscheinlich bedeutete, dass er nicht eingeladen worden war, dachte Marron, »aber es wird dort rege Betriebsamkeit herrschen. Vielleicht das Werk Eures Vaters?«

»Schon möglich«, stimmte Julianne nichtssagend zu. »Der Schatten des Königs handelt nach eigenem Gutdünken, er unterhält sich nicht mit mir darüber.«

»Auch mit mir nicht. Er kann so geheimnisvoll wie die Dschinni sein. Warum aber einer von denen Euch von Eurem Gemahl fort und auf eine so lange und gefahrvolle Reise schickt – nun, vielleicht werden wir beide die Antwort darauf mit der Zeit erfahren. Ich für meinen Teil werde Euch nicht aufhalten, wenn solche Mächte Euch zur Eile antreiben. Ich werde sogar tun, was in meiner Macht steht, damit Ihr Eure Reise schnellstens hinter Euch bringen könnt.«

»Das ist großzügig, Exzellenz«, sagte Rudel mürrisch.

»Nein, nicht großzügig. Vernünftig, denke ich. Es könnte in meinem Interesse liegen, so eine Gruppe Reisender möglichst schnell aus meinem Land zu bekommen. Doch es könnte sein, dass einer aus der Gruppe nicht so weit reisen muss, wie er glaubt. Es gibt Leute hier, die prüfen können, was er in sich trägt, und ihn lehren, wie man richtigen Gebrauch davon macht ...«

Nun kam es hinter Marron wieder zu Bewegungen, als die Männer in die Mitte des Saales vortraten. Plötzlich sah er Nervosität in Rudels und Angst in Juliannes Gesicht; er hörte das Klirren von Stahl, als Schwerter gezückt wurden, und spürte, wie Jemel an seiner Seite erstarrte. Aber es gelang ihm, den jungen Mann zu beruhigen, indem er ihm leicht eine Hand auf das Knie legte.

Marron stand auf, verbeugte sich vor dem Sultan und drehte sich zu den Männern um, die gekommen waren, denn ganz gewiss waren sie seintwegen gekommen.

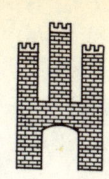

Begleitung für die Reise

Es war Elisandes felsenfeste Überzeugung, auf den Beobachtungen eines ganzen Lebens basierend, dass Männer von Natur aus pervers waren. Die einzigen Ausnahmen, die sie kannte, waren Redmond und ihr Großvater, die beide gütig, feinfühlig und weise waren. Ihr Vater hingegen stellte das Musterbeispiel für ihre Überzeugung dar: Ließ man Rudel eine einzige Entscheidung fällen, eine einzige wichtige Entscheidung, würde er ganz bestimmt die falsche treffen.

Und wenn überhaupt, dann konnten Jungs noch schlimmer sein als Männer; obwohl sie ihn erst wenige Wochen kannte, fand sie, dass Marron schlimmer war als jeder Junge, den sie bisher kennen gelernt hatte. Gab man ihm die Möglichkeit, machte er nicht nur etwas Falsches, sondern obendrein etwas Dummes. Das Dümmste, das zu tun in seiner Macht stand …

Wie eben jetzt, als sich vier schwer bewaffnete und tödliche Männer im Halbkreis in dem Saal aufgestellt hatten. Er hatte Freunde auf dem Diwan, die alles Menschenmögliche tun würden, um ihn vor Gefahren zu beschützen, von denen mindestens zwei für ihn sterben würden, sollte es nötig sein; er hatte diese schreckliche Gabe in seinem Blut, mit der er jeden Gegner besiegen konnte, die jeden Mann einschüchtern würde, der sie sah und begriff.

Und doch stand Marron auf, und sie dachte, er würde vor der Gefahr zurückweichen in den Kreis seiner Freunde.

Aber er ging in die andere Richtung, zum Rand des Diwans, und zog sein Schwert. Sie dachte, dass er damit die Wunde an seinem Arm einritzen und die Tochter freisetzen würde, nur um zu zeigen, dass er sie hatte, damit es gesehen und zur Kenntnis genommen wurde.

Er stieg von dem Diwan hinunter und ging den vier tödlichen Klingen nur mit seiner eigenen entgegen.

Dumm, *dumm* ...

Sie zuckte zusammen und wollte aufstehen, ihm folgen, aber ihr Vater hielt sie mit starkem Arm zurück, umklammerte ihr Handgelenk mit eisernem Griff, flüsterte: »Bleib sitzen!«

»Aber –«

Sie hatte noch eine Hand frei, sie konnte ein Wurfmesser aus dem Halfter unter ihrem Leibchen ziehen und vielleicht einen Mann damit niederstrecken, damit dieser dumme Junge eine bessere Chance hatte ...

Aber Julianne hielt ihren anderen Arm fest und flüsterte hektisch: »Elisande, sind das nicht Sandtänzer? Wir haben sie auf dem Markt gesehen. Ich weiß nicht, warum sie hier sind, aber Jemel sagte, wir sollten uns vor ihnen hüten ...«

Richtig, Jemel wusste am besten, was Sandtänzer darstellten, und wie tödlich sie waren; und Jemel saß nur auf der anderen Seite da und sah zu, wie sein Freund Marron, der wandelnde Geist, nach unten ging, der stummen Herausforderung entgegen.

»Ja«, sagte sie zu Julianne, »genau, das sind Sandtänzer. Siehst du die Gewänder, die verkrüppelten Hände? Sie haben auch verstümmelte Herzen. Niemand kann gegen vier von ihnen kämpfen, nicht einmal Rudel, dabei«, das kam verdrossen, »ist Rudel der beste und schlauste und listenreichste Schwertkämpfer, den ich je kennen gelernt habe. Marron braucht Hilfe, und ihr beide, Rudel und du, hindert mich daran, ihm zu Hilfe zu kommen ...«

Sie hatte Zeit für diese Worte, weil Marron in seinem langsamen und sorgfältigen Catari mit einem der vier zu sprechen schien. Oder seinem langsamen und distanzierten, denn seit dem Roq schien er immer so distanziert zu sein; aber nun durfte er nicht langsam und distanziert sein, denn sein Leben hing an einem seidenen Faden. Eine Bewegung, und dieser Faden wäre durchtrennt, sollten diese Männer ihn wirklich töten wollen.

Und das würden sie ganz bestimmt. Rote Augen hin oder her, nicht heilende Wunde hin oder her: sie hatten gewiss schon öfter überzeugende Scharlatane gesehen. Sie würden ihn töten, um ihn auf die Probe zu stellen, und wenn er starb und echt gewesen war, dann war es eben so. Die Tochter wäre hier für den Ersten, der sie zu nehmen wagte. Noch in dieser Nacht würde es einen neuen wandelnden Geist geben, einen aus ihren eigenen Reihen, den sie gesehen hatten, dessen Echtheit sie anerkannten ...

»Kind, sei still!«, flüsterte ihr Rudel wieder ins Ohr. »Hierbei kannst du dich nicht einmal einmischen.«

»Aber er hätte zurücktreten und es ihnen zeigen können, ein Tropfen Blut hätte genügt. *Weiß* er das denn nicht?«

»Er weiß es. Er hat sich für einen anderen Weg entschieden. Warum kannst du niemals Vertrauen haben?«

»Weil mein Vertrauen immer enttäuscht wird«, sagte sie verbittert und wütend. Rudel atmete hörbar ein und ließ sie los; Julianne hatte den anderen Arm schon freigegeben. Sie zog die Messer, beide, ließ sie aber nutzlos in den Ärmeln verborgen, nur als Trost für sich. Rudel hatte zur Abwechslung einmal Recht, hierbei hatte sie nichts verloren. Marron hatte seine Entscheidung getroffen und musste damit leben oder sterben.

Seine dumme, *dumme* Entscheidung ...

Marron und sein Gegner waren offenbar mit ihrem Gespräch am Ende. Jeder wich einen Schritt zurück, und nun wurden alle Klingen im Ernst gehoben. Die leise, betörende Musik stockte und verstummte, und darüber war sie froh. Dieser Tanz brauchte keine Begleitung, und Marron sollte nicht zu den Klängen einer fremden Melodie sterben.

Er hatte sein gutes Schwert bei sich, seine edle Patric-Klinge, die er Dard nannte, nicht den Krummsäbel, mit dem er gegen Jemel kämpfte. Auch darüber war sie froh. Ihr kam das irgendwie richtig vor, auch wenn sie wusste, welche gemischten Gefühle er gegenüber diesem Schwert hegte.

Stahl funkelte im Licht der zahlreichen Lampen. Stahl flüsterte, knirschte, sang auf anderem Stahl. Dies war wirklich ein Tanz, der seine eigene raue Musik erzeugte. Er besaß Anmut und Stärke und eine beunruhigende Schönheit, aber das wahre Wunder war, wie gut Marron die Schritte beherrschte, wie er alle vier Gegner zu führen schien, obschon sie erwachsene Männer waren, und er immer noch ein kleiner Junge.

Sie hatte ihn Tag für Tag mit Jemel üben sehen und doch nie bemerkt, wie schnell er sein konnte, wie sicher seines Körpers. Es musste die Tochter sein, dachte sie, die eine seltsame Kontrolle über ihn hatte. Der wandelnde Geist war nicht unverwundbar oder weit entfernt; aber schwer zu töten, ja, das war Tradition. Nun konnte sie sehen, warum.

Marron wirbelte herum, wehrte ab, stieß zu und sprang zurück, und gegen ihn wirkten die vier tödlichen Krieger hölzern, wie Marionetten an Fäden. Immer wieder hätte er einen von ihnen töten können, verzichtete aber darauf.

Julianne stieß neben ihr den Atem aus, den sie die ganze Zeit angehalten hatte, und flüsterte: »Sagst du mir, was sie sind, diese Sandtänzer?«

»Es sind Männer, die zu einer verschworenen Brüderschaft gehören«, entgegnete Elisande, ohne den Blick von dem Tanz abzuwenden, »sie haben geschworen, dem wandelnden Geist zu dienen, sollte er kommen. Als Beweis opfern sie ihrem Gott einen Finger; und sie leben außerhalb der Stämme in kleinen Gruppen zusammen. Seit Jahrhunderten schon leben sie miteinander und mit ihren Gelübden und sonst nichts. Nun ist der wandelnde Geist wiedergekommen, er steht in ihrer Mitte und sie versuchen, ihn zu töten ...«

Sie versuchten es und schafften es nicht; aber sie starben auch nicht, was sie eigentlich sollten, denn auch Marron hatte einen Schwur geleistet und würde nicht töten. So viele Eide und Schwüre hatte er gebrochen, doch an dieses jüngste, dieses geringste aller Versprechen klammerte er sich selbst im Angesicht des Todes, während sie sich nichts sehnlicher wünschte, als dass er auch das brechen, dass er stattdessen den Wert seines Lebens erkennen und sich daran klammern würde.

Es konnte auf Dauer nicht gut gehen. Eine Unachtsamkeit, ein Fehltritt, das klirrende Kreischen von Stahl, der auf Stahl abrutschte – auf das alles wartete sie und wusste, was danach kommen musste. Denn diese Männer, mit denen er kämpfte, sie waren keine Holzpuppen, keine Novizen, auch wenn sie neben ihm so aussahen. Sie waren Meister, überlegen; letztendlich konnte er sie nicht alle zurückhalten, wenn er sie nicht tötete. Das aber würde er nicht tun, und darum würden sie ihn töten, auch wenn sie so einen Sieg niemals erringen konnten. Das stand in seiner Körperhaltung geschrieben, auf seiner Haut, in seiner Entschlossenheit und Willenskraft.

Aber was geschrieben steht, das kann ausradiert oder überschrieben werden, und sie war nicht die Einzige, die im Lampenschein Männer betrachtete und Geister sah, von künftigen Sonnen geworfene Schatten.

Der Sultan regte sich und stand auf. Sein Hofstaat folgte dem Hinweis, Wachen traten an die Seite des Diwans. Er winkte sie alle zurück, trat nach vorne und ragte über dem Durcheinander auf. Elisande musste ebenfalls aufstehen, damit sie um ihn herum sehen konnte; aber Julianne hatte sich ebenfalls erhoben, und Rudel nach ihr. Nur Redmond saß noch, aber ein freundlicher Handelsfürst hatte sich über ihn gebeugt und bot ihm hilfreich einen Arm an.

Das würde er sich gewiss nicht entgehen lassen, oder? Elisande war niedergeschlagen und überzeugt, dass nur die Neugier der

Sensationsgierigen sie alle antrieb, die zu einer Hinrichtung strömten, weil sie sicher sein wollten, dass sie die besten Plätze bekamen. Sie hielt die Messer wieder fest und sehnte sich danach, sie zum Einsatz zu bringen, wie sie eines davon schon einmal benutzt hatte. Aber der Nachhall dieses einen Mals verfolgte sie immer noch in Jemels Schwur gegen Sieur Anton. Sie wagte sich nicht auszumalen, welche Rache es nach sich ziehen konnte, sollte sie das Messer im perfekten Augenblick seines Schwurs, der wandelnde Geist an der Spitze seines Krummsäbels, nach einem Sandtänzer werfen ...

Es schien, als hätte der Sultan diese Vorbehalte, andere Männer bei der Ausübung heiliger Aufgaben zu unterbrechen, nicht – aber der Sultan warf auch kein Messer. Er hatte seinen schweren Körper in einen Burnus mit dichten Stickereien gehüllt und mit einer einfachen Schärpe gebunden; soweit sie sehen konnte, hatte er kein Messer zum Werfen.

Stattdessen nahm er eine schwere Kristallvase von einem Podest an der Ecke des Diwans und warf sie.

Er hatte nicht nur kräftige Arme und Schultern, sondern auch ein gutes Augenmaß, oder es war einfach nur ein Glückstreffer: die Vase kreiste im Flug, Blumen und Wasser ergossen sich über den Kreis der kämpfenden Männer, ehe sie in der Mitte zu Boden fiel und in tausend Stücke zerschellte.

Scherben schlitterten in alle Richtungen über die Fliesen. Marron und seine Gegner waren durch den großen, fallenden Gegenstand und die glänzenden, wirbelnden Bruchstücke zum Schweigen gebracht worden. Nun sprangen sie rückwärts und tänzelten albern, um den tückischen Scherben auszuweichen.

Die beinahe formale Symmetrie des Tanzes war zerstört, plötzlich wirkten sie unsicher und verwirrt. Der Sultan klatschte zweimal in die Hände, damit sie ihm ihre Aufmerksamkeit zuwandten, und stieg leichtfüßig von dem Diwan herunter.

»Genug!«, rief er. »Ihr habt gesehen, dass Ihr ihn nicht töten könnt; ihr habt gesehen, er hätte euch jederzeit töten können. Alle, und das ohne größere Anstrengung. Ist das nicht genug?«

»Wir sind Männer«, erwiderte einer der Kämpfer, derselbe, mit dem Marron gesprochen hatte, der seine Klinge immer noch gezückt und bereit in der Hand hielt. »Männer können von anderen Männern getötet werden. Sogar Sandtänzer sterben. Er führt seine Waffe mit einem seltenen Geschick, doch das sagt noch gar nichts.«

»Und seine Augen?«

»Es gibt Kräuter und Pulver, die die Augen eines Mannes rot machen können ...«

»Nicht so, wie seine Augen rot sind, bis in die Iris. Das wisst ihr. Aber nun gut, der Gewissheit wegen, lasst ihn uns hier prüfen, unter aller Augen. Ist er ein Betrüger, dann stirbt er.«

Der Sultan bückte sich, und selbst diese Bewegung hatte eine unerwartete Anmut; er hob eine funkelnde Kristallscherbe vorsichtig zwischen Daumen und Zeigefinger auf und winkte Marron zu sich.

»Ich bedaure das, Junge, aber der Gewissheit wegen ...?«

Marron ging anmutig auf ihn zu, nahm das Schwert in die linke Hand und rollte den Ärmel dieses Arms hoch. Er war kaum außer Atem, nur seine Haut gerötet; Elisande sah, dass Blut auf der Klinge war. Also hatte nicht einmal seine Vorsicht seine Gegner vor etwas Schaden bewahren können. Soweit sie sehen konnte, war er selbst unverletzt geblieben; aus diesem Grund war das hier nötig.

Der Sultan hielt ihn am Handgelenk fest, betrachtete einen Moment die rote Wunde an Marrons Unterarm und ritzte sie dann vorsichtig mit dem scharfkantigen Stück Kristall ein.

Blut quoll heraus und die Tochter mit ihm, ein roter Dunst wie Rauch in der Luft. Je dichter der Rauch wurde, desto blasser Marron.

»Also, ist das jetzt genug?«, fragte der Sultan herrisch.

»Das ist es.« Die Sandtänzer ließen sich rasch auf die Knie fallen und legten die Waffen nieder, die Griffe zu Marron hin. Der Erste von ihnen fuhr fort: »Wandelnder Geist, wir haben eine Ewigkeit darauf gewartet, Euch zu dienen ...«

»Ich will Eure Dienste nicht«, sagte Marron distanziert und sah in die kreisende, wirbelnde Dunstwolke, die jetzt fast eine Gestalt hatte, fast ein Geschöpf mit Augen und Panzer und Klauen war. »Was wäre, wenn ich dies zuerst getan hätte, vor unserem Kampf; wenn ich sie gegen Euch gewendet hätte, was mir möglich gewesen wäre. Was dann?«

»Dann wärt Ihr gestorben. Hättet Ihr es im Wissen, was es ist, als Waffe benutzt, so hättet Ihr es entweiht und Euch entehrt; dann hätten wir Euch nichts lehren können. Und es stehen Bogenschützen oben auf der Galerie. Nicht einmal der wandelnde Geist kann es mit Bogenschützen aufnehmen.«

Elisande schaute erschrocken blinzelnd nach oben in die Schatten unter dem Kuppeldach. Ja, da standen sie, ein Mann auf jeder Seite, allerdings hatten sie die Bogen nun weggelegt, umklammerten mit den Händen das Geländer und sahen nach unten. Sie hätte es wissen müssen, sie hätte daran denken sollen, da hoch zu sehen; mit denen hätte sie vielleicht fertig werden können, falls es erforderlich gewesen wäre. Sie konnte Messer gut in die Höhe werfen ...

»Nein. Aber ich wusste, dass sie da waren.« Seine dünne Stimme lenkte Elisandes Aufmerksamkeit wieder zu ihm zurück. Nachdem die Tochter freigesetzt worden war, war er wieder ganz Marron, aber geschrumpft, mager, aller Exzesse verlustig. Keine Energie, kein Humor. Schmerzen, dachte sie, große Schmerzen, aber nicht von seinem Arm, der niemals heilte. Und seine Augen waren auch wieder natürlich, das schlichte, zärtliche Braun; sie sahen so erschöpft wie der ganze Rest von ihm aus. »Ich habe sie schon einmal als Waffe eingesetzt«, sagte er so ehrlich wie immer. »Ich habe Dutzende getötet. Wenn das ein so schreckliches Vergehen ist, so benutzt Eure Pfeile. Ich werde mich ihrem Urteil beugen.«

Und mit Freuden, dachte sie wütend. Sie glaubte, dass er den Tod willkommen heißen würde wie den Kuss eines Fremden, der einen neuen Freund verspricht. Sie wollte sich zu ihm vordrängen, doch Rudel war vor ihr, und so hielt sie sich zurück.

Ihr Vater legte Marron einen Arm um die Schultern und murmelte: »Nimm sie zurück, Junge, jetzt haben sie genug gesehen.«

Die namenlose Beinahe-Kreatur in der Luft verlor ihre Gestalt, zerfloss wieder zu Rauch; der Rauch strömte gegen den Strom des Blutes in Marrons verletzten Arm zurück; die Augen des Jungen wurden wieder rot, seine Haut rosa, und bald tropfte kein Blut mehr auf die Fliesen zu seinen Füßen.

Rudel hatte sich nicht von Marrons Seite bewegt und auch die Arme nicht von seinen Schultern genommen. Nun sagte er: »Seine Exzellenz der Sultan hat ganz Recht, du musst uns nicht den ganzen Weg bis nach Rhabat begleiten. Was du brauchst, das ist hier, bei diesen Leuten.«

Wenn du es ertragen kannst, das fügte er nicht hinzu, aber er hätte es sagen sollen; vielleicht hatte nur Elisande gehört, was nicht ausgesprochen worden war. Mit ziemlicher Sicherheit hatte nur sie – und vielleicht noch der Sultan, aber sonst niemand – noch etwas anderes gehört, aber es war mit Sicherheit da: *Wenn du es nicht kannst, wenn du unter ihren strengen Regeln stirbst, so wäre das vielleicht das Beste.*

»Was er braucht«, sagte Elisande und drängte sich ohne auf ihren verhassten Vater zu achten zu Marron durch, »ist Frieden und Ruhe.«

»Beides wird er vermutlich nicht haben«, antwortete der Sandtänzer, der Einzige, den sie bisher reden gehört oder gesehen hatte. Sein Gesicht glich einem Totenschädel, schmal, von der Wüste ausgedörrt: Sie hatte solche Männer schon früher gekannt und sie bewundert und zugleich verabscheut. Diesen hier, dachte sie, würde sie vermutlich nur verabscheuen. »Er ist der wandelnde Geist; sein Schicksal besteht nicht darin, Frieden zu finden. Ruhe ist Verschwendung, und wir verschwenden Gottes Gaben nicht. Aber der Bärtige spricht die Wahrheit. Wir gehen nicht nach Rhabat.«

»Und das solltest du auch nicht, Marron.« Das war Redmond, der auf den Arm eines Helfers gestützt zu ihnen kam. »Wenn dort eine Ratsversammlung stattfindet, würde deine Anwesenheit nur für Verwirrung sorgen.«

Marron blieb einen Moment ruhig stehen, dann ließ er den Blick seiner klaren, lodernden Augen von Elisandes Gesicht zu Jemels wandern.

»Ich gehe dorthin, wohin meine Freunde gehen«, sagte er ruhig und unumstößlich.

Das war für die meisten seiner Zuhörer ein sichtlicher Schock, fast eine Rebellion; und dafür liebte sie ihn von Herzen.

Die älteren Männer – der Sultan, die Sandtänzer, auch Rudel und Redmond – wollten alle auf ihn einreden, doch er gab nicht nach und blieb standhaft. Elisande nutzte die Gelegenheit, die seine Sturheit ihr gab, um diese schwierige Versammlung aufzulösen. Julianne schlief fast schon im Stehen ein; es war nicht schwer, ihren Arm zu nehmen und sie zur Tür zu geleiten. Auf dem Weg hatte sie günstigerweise noch Gelegenheit, mit dem Sklaven zu reden, der Redmond stützte, und anzudeuten, dass der alte Mann sein Bett dringender brauchte als eine Nacht endloser Gespräche. Und Jemel brauchte noch weniger klare Worte, bei ihm genügte ein Blick und ein Kopfnicken: *Bring ihn her, ehe sie ihn in eine Ecke drängen und dazu zwingen, ihrem Willen zu folgen, statt seinem eigenen.*

Der Scharai nickte und trat an Marrons Seite. Auf seine Hingabe konnte sie sich verlassen, war aber noch nicht sicher, ob sie

sie auch verstand; sie legte Julianne einen Arm um die Taille und drängte das große, erschöpfte Mädchen vorwärts zu ihren Quartieren.

Der Sultan war wirklich exzellent informiert gewesen: Die Suite hatte drei Schlafgemächer mit jeweils zwei Betten. Elisande war nicht sicher, ob Redmond seines in Anspruch nehmen würde. Sie dachte, dass der Sklave ihn vorher zu den Ärzten bringen würde, die vielleicht beschlossen, ihn heute Nacht in ihrer Obhut zu behalten. Seine Hände und Füße waren alle krumm und verkrüppelt geheilt – *ein Glück, dass sie überhaupt geheilt sind*, überlegte sie und dachte an Marron, unterdrückte den Gedanken aber verbittert – und bereiteten ihm unablässig Schmerzen, dessen war sie sich ganz sicher. Es musste Medikamente geben, die ihm helfen würden, zu schlafen und die Schmerzen zu unterdrücken; sie hoffte, die Ärzte würden auch weise genug sein, die anderen Schmerzen zu erkennen, die man ihm zugefügt hatte und über die er nicht sprach.

Sie führte Julianne in das hinterste Gemach neben dem Dampfbad. Jetzt quoll kein Dampf mehr heraus, man hatte das Feuer erlöschen lassen, doch sie träumte von einem weiteren Bad am Morgen. Wahrscheinlich würde es ihr letztes sein, bis sie Rhabat erreichten. Keine luxuriösen Gästeunterkünfte mehr; nur Wüste lag zwischen ihnen und dem Ziel ihrer Reise. Falls Rhabat denn tatsächlich das Ziel sein sollte, und nicht nur ein Zwischenstopp auf einer viel längeren Reise. *Geh zurück zu den Scharai, Lisan von den Toten Gewässern. Sie werden dir eine Gabe von Fragen überreichen.* Aber sie würde jetzt nicht über den Auftrag des Dschinns nachdenken, auf keinen Fall …

Stattdessen dachte sie an Rhabat und rief sich ihren letzten Aufenthalt dort ins Gedächtnis zurück – auch wenn es ihr schwer fiel, an Rhabat und nicht an das Tote Wasser zu denken –, während sie Julianne gedankenverloren auszog und in eines der Betten steckte. Sie deckte sie mit einem leichten Baumwolllaken zu, blies die Lampen aus, drehte sich sehnsüchtig zu ihrem eigenen Bett um – setzte sich aber lediglich angezogen auf das Fußende und wartete.

Glücklicherweise musste sie nicht lange warten. Sie schaute sich in dem dunklen Zimmer um und sah Sternenlicht durch ein hohes Fenster blinken; dann hörte sie Schritte und murmelnde Männerstimmen. Jugendliche Stimmen, also nicht Redmond. Jemel hatte getan, was sie gehofft hatte, er hatte Marrons Sturheit eine Ausrede geliefert, dem Palaver der Älteren zu entrinnen.

Sie ging nicht zu ihnen, das wäre sinnlos gewesen. Sie blieb nur sitzen und hörte, wie die beiden das Zimmer nebenan bezogen, und sah, wie das Licht in der Tür erlosch; saß und hielt den Atem an, lauschte der anschließenden Stille und hoffte, dass beide Jungs schlafen würden.

Dann zog sie sich so leise sie konnte aus und schlüpfte in ihr Bett. Als sie die Augen zumachte, spürte sie, wie Müdigkeit sie überwältigte.

Aber sie schlief nicht, sie konnte nicht; sie lag da, lauschte dem langsamen Rhythmus von Juliannes Atem und versuchte missfällig, ihre eigenen Atemzüge diesem Rhythmus anzupassen, als könnte ein gütiger Zauber in dem gleichmäßigen Atmen liegen und auch auf sie überspringen.

Aber es funktionierte nicht. Sie sah zur Decke, wo das Fenster ein hübsches Lichtmuster schuf; sie dachte, es müsste sich mit der Bewegung des Mondes verändern, aber es blieb konstant. Das verwirrte sie, bis sie ein anderes Muster auf dem Boden sah, das langsam über die Fliesen wanderte. Natürlich, Mondlicht würde nicht zur Decke hinaufscheinen, es musste eine andere Lichtquelle da draußen sein, niedrig montiert, so wie die Lampen im Garten.

Sie versuchte, sich darauf zu konzentrieren, wurde aber immer wieder abgelenkt. Schließlich überließ sie ihrer wahren Sorge das Feld und stand auf. Sie schaute nach Julianne, ein letztes unnötiges Hinauszögern, und ging dann barfuß und nackt, wie sie war, durch die Tür ins angrenzende Zimmer der jungen Männer.

Hier war es heller. Jemel – es musste Jemel gewesen sein – hatte fast alle Lampen in dem Gemach gelöscht, aber eine in der hintersten Kammer brennen lassen: für Rudel, sollte er vor Einbruch der Dämmerung kommen. Noch nicht: Das Licht war ein fahler Widerschein, der ihr den weiteren Weg zeigen würde, sollte sie ihn gehen wollen.

Sie ging nicht. Jemel, abermals Jemel, musste die Läden vor den Fenstern geöffnet haben. Sanftes Licht fiel herein und zeigte ihr Marrons Kopf auf einem hellen Seidenkissen, auf dem er tief und fest schlief.

Ihm galten ihre ganzen Befürchtungen, heute Nacht mehr denn je. Sie stellte sich neben ihn und schaute fast erstaunt auf ihn hinab, wie friedlich sein Gesicht war, da nun seine angeborene Schönheit unter der Belastung durchschimmerte, die seine Züge ununterbrochen verunzierte, wenn er wach war.

Sie hätte nicht sagen können, wie lange sie so gebannt dort stand, nur, dass der Bann von einem plötzlichen Funkeln an der Wand hinter dem Bett gebrochen wurde. Sie drehte sich erschrocken um – und sah, wie Jemel sich mit gezückter Klinge und zum Wurf bereitem Arm aufrichtete.

Sie ließ ihn ihr Gesicht sehen und breitete die Arme langsam aus; er nickte und ließ das Messer wieder unter dem Kissen verschwinden.

Und stand lautlos auf, schlug die Decke zurück und dachte so wenig wie sie an seine Nacktheit oder störte sich nicht daran. Das war so üblich bei den Scharai, für ihn war es ganz normal und ihr hatte man es beigebracht. Er machte eine Geste, worauf sie ihm zum Fenster folgte, auf den Sims hinauf und weiter zu einer Stelle, wo sie sich unterhalten konnten, ohne die Schlafenden zu stören oder selbst gestört zu werden.

Es war ein Innenhof, auf allen Seiten von Mauern des Palastes umschlossen, aber gleichzeitig auch ein Garten mit üppigem Wachstum und einem kleinen Teich in der Mitte, wo ebenfalls eine der leuchtenden Kugeln brannte und ihnen den Weg wies. Die duftende Luft fühlte sich kühl und feucht und angenehm auf Elisandes Haut an. Sie sah eine Tür in einer Wand, aber die war geschlossen; die Läden aller Fenster auf den Innenhof waren geschlossen, abgesehen von dem, durch das sie geklettert waren.

Jemels Augen waren so verschlossen und abweisend wie immer. Sie wollte dieser Verschlossenheit ein Ende bereiten, war fest entschlossen, es zu schaffen; heute Nacht konnte ein Anfang sein, und sie glaubte, dass sie den Schlüssel hatte. Sie betrachtete seinen schlanken Körper, sah weiße Narben auf dunkler Haut und fragte: »Wie hast du ihn dazu bekommen, so zu schlafen, hast du dir ein Elixier von den Ärzten des Sultans geben lassen?«

Jemel lächelte zurückhaltend. »Nein. Das würde nicht wirken; was in seinem Körper haust, würde es nicht zulassen. Aber nicht einmal der wandelnde Geist ist immun gegen die Fertigkeiten anderer. Er muss ausruhen, ein wenig träumen. Ich habe ihn mit dem *Sodar* hergelockt, das mein Vater mich lehrte. Weißt du, was ein *Sodar* ist?«

Elisande nickte bedächtig. Das *Sodar* war beinahe Magie, dachte sie, auch wenn alle, die es anwandten, das Gegenteil schworen. Es variierte von Stamm zu Stamm, von Familie zu Familie innerhalb eines Stammes; manchmal war es ein Lied, manchmal ein Gesang, manchmal einfaches Sprechen, aber stets auch anrührend, eine sanfte Massage im Rhythmus der Worte. Sie konnte es selbst auf eine unbeholfene Art und Weise benutzen, da niemand es ihr je richtig beigebracht hatte. Von Kindheit an hatte sie es viele Male erlebt, in der Zeit, als sie sich noch von ihrem Vater anfassen ließ; es war ihr stets wie Magie vorgekommen, dieses sanfte Entschlummern unter den Klängen einer liebevollen Stimme …

Sie dachte an Jemels Finger auf Marrons Haut, seinen murmelnden Sprechgesang, der Marrons aufgewühlten Verstand tröstete, und bemühte sich, nichts anderes als Dankbarkeit dafür zu empfinden, dass dem Scharai gelungen war, was sie nicht konnte. Nur auf das Ergebnis kam es an, sagte sie sich nachdrücklich, und das war Marrons friedlicher Schlaf; sie gab sich große Mühe, das selbst zu glauben.

»Danke, Jemel. Das war eine freundliche Geste.« *Für uns beide*, meinte sie, und er schien es zu verstehen. Jedenfalls nickte er, als akzeptiere er, dass sie das Recht hatte, ihm für ein Geschenk zu danken, das er Marron gemacht hatte.

Sie setzte sich am Rande des Teiches hin und tauchte die Hand in das fast leuchtende Wasser; Schatten regten sich und ein unsichtbarer Fisch kam emporgeschwommen und knabberte an ihren Fingern. Sie lächelte, hob den Sternen eine Hand voll Wasser entgegen und ließ es kitzelnd an ihrem Arm hinabrinnen.

Über ihr sagte Jemel: »Ich habe herausgefunden, warum es in der Stadt nach Einbruch der Dunkelheit so still ist.«

Bar'ath Tazore würde kaum jemand eine Stadt nennen, dachte sie und verbarg ihr Lächeln; abgesehen von einem Scharaiknaben, für den drei Zelte offenbar eine Metropole bildeten. Was, um alles in der Welt, hielt er von Rhabat?

»Und warum, Jemel? Und wie hast du es herausgefunden?«

»Ich habe mit den Sklaven des Sultans gesprochen. Sie sagten, dass von Abenddämmerung bis Morgengrauen eine Ausgangssperre gilt. Wegen der Krankheit, sie hat solche Angst ausgelöst. Und die Wunder, die danach kamen, auch sie waren Furcht einflößend. Die meisten Leute blieben nach Einbruch der Nacht in ihren Häusern, aber andere zogen in Banden los und erschlugen alle, denen sie die Schuld an dem Bösen gaben, oder verbrannten sie in ihren Häusern, samt ihren Familien und Dienern und allem.«

»Lass Marron das nicht wissen«, murmelte Elisande. Er reagierte noch so empfindlich wegen seines Freundes unter den Stallburschen, der in der Burg auf dem Scheiterhaufen verbrannt worden war.

»Nein. Das werde ich nicht.« Sie wechselten einen einvernehmlichen Blick; vermutlich, überlegte Elisande, waren sie die Einzigen, die das konnten.

»Aber sprich weiter. Was haben dir die Sklaven sonst noch erzählt?«

»Der Sultan hat eine Ausgangssperre verhängt, um diesem Morden ein Ende zu machen. Er sagte, sie hätten mehr mit Blutfehden als mit Krankheiten zu tun, und das stimmte. Er sagte, die Seuche sei nicht das Werk von Menschen, sondern von Dämonen; und auch die Heilungen, sagte er, seien keine Wunder, sondern Flüche. Alle, die dem heiligen Mann gefolgt waren, seien getäuscht worden und wurden verstoßen, weil sie ihr Volk verraten hätten.

Manche widersprachen dem; es gibt immer noch einige, aber sie sind weitgehend verstummt. Einer nicht, ein Patric-Priester, der seit Generationen hier leben durfte, um allen deines Volkes Beistand anzubieten, die zum Handeln hierher kommen. Er predigte gegen die Worte des Sultans: Er sagte, er könne nicht bestreiten, was er gesehen hatte. Der Sultan hat dem Mann heute Nachmittag die Augen ausgestochen, damit sie ihn nicht weiter täuschen mögen. Das hat Marron an seinen Händen gerochen.«

Julianne erschauerte; plötzlich wirkte die Nacht kälter und nicht mehr so anheimelnd.

»Du solltest wieder ins Bett gehen«, sagte Jemel zu ihrer Überraschung.

»Ja, das werde ich. Aber –« Aber der Schlaf schien so weit weg wie immer zu sein, oder noch weiter; ihr gingen noch andere Dinge durch den Kopf. »Jemel, würdest du, würdest du auch für mich das *Sodar* ableisten?«

»Das würde und werde ich«, sagte er und überraschte sie wieder, indem er ihre Hand nahm, um sie zu dem Fenster zurückzuführen. Sie strauchelte ein wenig im hohen Gras unter ihren Füßen; sie klammerte sich stützend an ihn und fand, dass sein öffentlicher Schwur ihn irgendwie sanftmütiger gemacht hatte, dass er nun freundlicher sein konnte, nachdem sie alle Zeugen geworden waren, wie er seine Rache geschworen hatte.

Zurück in das Gemach, wobei er ihr mit den Händen durch das hohe Fenster half; sie ließ sich erleichtert auf ihr Bett fallen, legte sich auf den Bauch und spürte seine kräftige Berührung auf ihrem verfilzten Haar.

Offenbar gehörte er einem Volk an, das sein *Sodar* flüsterte; er sprach in weichen Silben, ließ seine Stimme plätschern wie Wasser, während er mit den Fingern sanft ihre ganze Wirbelsäule entlangtastete. Sie konnte die Worte nicht verstehen, dazu waren sie zu fließend, ein Quecksilberchor, Fische in einem Fluss, keines vom anderen zu unterscheiden, und auch nicht vom Wasser, in dem sie schwammen; seine Hände auf ihrer Haut, und während ihre Gedanken versiegten, glaubte sie, sie würde mehr als nur seine Stimme hören.

Sie erwachte durch Gelächter und das Kitzeln kalter Finger in ihrem Nacken. Das war ganz entschieden nicht Jemel.

»Aufwachen, Schlafmütze! Die Männer möchten vor dem Frühstück baden, wie wir auch, aber sie möchten nicht mit uns zusammen baden, also müssen wir uns sputen …«

Und Julianne schlug das Laken zurück, unter dem Elisande lag, mit dem sie sich letzte Nacht ganz sicher nicht selbst zugedeckt hatte.

Gehorsam stand Elisande auf und ging zu dem Dampfbad. Julianne kreischte und warf hastig das Laken über sie.

»Herrje, Mädchen, hier gibt es keine Türen, die man schließen könnte! Oder ist dir das noch nicht aufgefallen?«

Der Verhaltenskodex von Marasson: Elisande knöpfte das Laken gehorsam um ihren Körper und schenkte ihrer Freundin ein Lächeln. Julianne trug ein weißes Kleid, eine einfache, aber schickliche Kleidung, in der Männer sie sehen konnten.

»In einer Minute ziehe ich es sowieso wieder aus, Teuerste.«

»Trotzdem. Möchtest du, dass Jemel schamrot wird?«

Das war klug, dass sie Umsicht genug hatte, nicht *Marron* zu sagen, was sie früher ganz bestimmt getan hätte. Dennoch verbarg Elisande abermals ein Lächeln. Julianne musste noch eine ganze Menge lernen, bevor sie die Wüste verließ. Elisande hoffte nur, dass der ungezwungene Umgang der Scharai mit Nacktheit ihre schwerste Lektion sein würde, aber irgendwie bezweifelte sie es.

In der Abgeschiedenheit des Dampfbads, wo sich nur Dienerinnen um sie kümmerten, war Julianne sichtlich entspannter. Es war schwer genug, durch den wallenden Dampf irgendetwas deutlich sehen zu können, aber Elisande bemerkte, dass sie auf der Marmorbank auf dem Rücken lag, ein Knie an die Brust drückte und ihre Haare dabei in feuchten Strähnen nach unten hängen ließ.

»Oh, das tut so gut ... Schrubbst du mich ab, Lisan?«

»Aber nur, wenn du mich mit meinem Namen ansprichst. Sonst nicht.«

»Elisande, Elisande, meine Liebste ... Mmm. Ja. Fester«, während Elisande ihre schweißnasse Haut mit einem rauen Handtuch bearbeitete. »Wenn wir dem Dschinn glauben sollen, wird dein Name Lisan sein; ich habe nur einmal geübt.«

»Die Dschinni sind nicht gerade für ihren Einfallsreichtum

berühmt, Julianne; ich wurde früher schon Lisan genannt. Das ist die Scharai-Version meines Namens, die sie leichter aussprechen können. Aber das sollten wir den Scharai überlassen, nicht?«

»Klar. Jemel nennt dich aber nicht Lisan.«

»Jemel spricht mich überhaupt nicht mit Namen an.« Außer vielleicht mit Freund, nach der vergangenen Nacht; aber auch darauf würde sie sich nicht verlassen.

»Nein. Er ist sehr zurückhaltend mit Namen, nicht? Du wirst mir jetzt wahrscheinlich erzählen, dass auch das Brauch der Scharai ist.«

»Ja, Überzeugung der Scharai. Namen sind mächtig, man wirft nicht unnötig damit um sich. Und Jemel ist alles andere als in seinem Element, unter Fremden; ungeachtet seiner privaten Probleme«, *seines toten Liebsten, seines Schwurs*, »hat er es einfach nicht in sich, freundlich zu sein. Es ist am besten, ihn einfach in Ruhe zu lassen.«

»Und bei Marron. Ja. Das werde ich. Aber du hast mir gesagt, die Dschinni folgen den Gepflogenheiten der Scharai; und der Dschinn hat dir den Namen gegeben. Lisan von den Toten Gewässern, das hat er gesagt …«

»Und er hat gesagt, dein Name würde berühmter sein als der deines Vaters«, konterte sie.

»Wenn ich nicht scheitere. Ich weiß. Wir werden sehen, richtig? Vielleicht scheitere ich ja, was immer ich auch tun soll. Ich habe es geschafft, zu heiraten, aber selbst damit scheine ich gescheitert zu sein«, traurig, aber mit dem Versuch, ihre wahre Traurigkeit hinter einem Scherz zu verbergen, was ihr nicht besonders gut gelang, aber Elisande wusste immerhin den Versuch zu schätzen. »Was also ist das Tote Wasser, Elisande?«

»Ein See, ein Binnenmeer bei Rhabat. Das Wasser ist so salzig, dass man es nicht trinken kann, nichts kann darin leben, es ist tot. Und wenn man den alten Geschichten glauben darf, haust etwas Böses darin. Es stinkt; ich will nichts damit zu tun haben. Dreh dich um.«

»Autsch! Nicht so grob – oh. Das wiederum ist sehr angenehm. Hör nicht auf. Also was hat der Dschinn gemeint?«

»Ich weiß nicht.«

»Sollten wir nicht versuchen, es herauszufinden? Bevor wir dorthin kommen?«

»Julianne, du kannst einen Dschinn nicht verhören. Außerdem ist er schon wieder fort.«

»Da bin ich nicht so sicher. Und die Scharai spielen auch eine Rolle in der Geschichte, also können wir die Scharai verhören ...«

»Ach ja? Welchen Stamm, welche Familie? Jemand soll mir eine Gabe von Fragen bringen, was immer das heißen mag; aber du stellst den falschen Leuten die falschen Fragen. Die Dschinni können ganz allein im Sand spielen, und sie würden dir die Kehle aufschlitzen, und mir auch, weil ich dich mitgebracht habe.«

»Und was machen wir dann? Was können wir machen?«

»Nichts. Geh nach Rhabat, übe dich in Geduld, warte ab. Geduld ist überall eine Tugend; in der Wüste, bei den Wüstenvölkern, ist sie eine Notwendigkeit.«

»Dann erzähl mir von der Wüste. Wie weit ist es von hier bis Rhabat?«

»Frag nie, wie weit etwas ist, Herzblatt. Ebenso gut könntest du fragen, wie weit es bis zum nächsten Neumond ist; niemand misst diesen Weg. Sie zählen Reisen in Tagen, nicht in Meilen.«

»Also gut, wie viele Tage sind es?«

»Ich weiß nicht.« Sie duckte sich kichernd, als Julianne einen Schwamm nach ihr warf. »Nein, hör zu. Für eine Taube, die Nachrichten befördert – und es werden Vögel mit Nachrichten unterwegs sein, darauf kannst du dich verlassen – überhaupt nicht lang, ein paar Tage, mehr nicht. Aber wir sind keine Vögel und können weder ihrem Weg folgen noch mit ihrer Geschwindigkeit reisen.

Es gibt eine langsame Straße, eine Wasserstraße, die die *Mul'abarta* streift und sich wie ein Fluss von Wasserstelle zu Wasserstelle schlängelt. Wir könnten diesen Weg einschlagen, aber das wäre nicht sicher. Dein Name und dein Gebaren würden die Aufmerksamkeit auf sich ziehen; wenn du Feinde hast, werden sie auf dieser Straße nach dir suchen. Rudel hat auf jeden Fall Feinde. Und mit Marron ist es noch schlimmer: Die Hälfte aller Scharai in der großen, weiten Wüste würden kommen, um sich den wandelnden Geist anzusehen, wenn sie wüssten, wo sie ihn finden können.«

»Was bleibt uns dann übrig?«

»Wir können schnell und risikoreich reisen, so schnurgerade wie möglich und möglichst fernab der Kamelpfade. Aber die Wüste ist gefährlich, und ihre Völker ebenfalls. Darum brauchen wir Jemel, als Schutz und Fürsprecher bei den Stämmen. Er kennt die Gebräuche in Sand und Fels besser, als wir sie je kennen lernen werden, und er ist wenigstens ein Scharai. Und nun ohne Stamm; das wird uns helfen, auch wenn es nicht seine Absicht war. Niemand kann eine Blutfehde mit einem Ausgestoßenen beginnen, aber einige werden ihm ihre Gastfreundschaft anbieten. Die Patrics – das sind wir beide, Teuerste – sind hier fast gern gesehen und werden aus verschiedenen Gründen auf verschiedenen Wegen geduldet, aber uns ist es verboten, nach Belieben durch die *Mul'abarta* zu ziehen. Auch uns aus Surayon. Rudel genießt einen gewissen Ruf, genau wie dein Vater, dennoch brauchen wir Jemel, damit er Gründe für uns vorschützt. Und vielleicht ist nicht einmal er genug.«

»Und wenn nicht?«

»Dann haben wir immer noch Marron. Glaub mir, Teuerste, Marron wird immer genügen.«

Wenn sie Marron immer hatten, wenn die Sandtänzer ihn nicht von der Gruppe trennten, wie es ganz gewiss ihre Absicht war. Rudel und Redmond würden keinen Widerstand leisten, es sei denn, der Verlust von Marron würde auch den Verlust von

Jemel bedeuten. Elisande fand das wahrscheinlich; sie dachte, wenigstens einem der älteren Männer hätte das inzwischen klar sein müssen. Sie war enttäuscht von Redmond, weil er so uneinsichtig war.

Sie ließen sich Zeit mit dem Ankleiden, während die Männer badeten, und genossen die Freude an den kühlen Seidenstoffen, den bunten Stickereien und den Dienern, die ihnen mit den kunstvollen Schleiern halfen, ein letztes Mal.

Als die Männer angezogen waren, aßen sie alle gemeinsam in der großen Kammer, wo sie eine Auswahl von Speisen und Getränken vorfanden, in deren Angesicht sich Elisande wünschte, sie wären wahrhaftig Gäste hier, für länger als nur einen Morgen. Als praktisch Veranlagte wünschte sie sich freilich auch Taschen und Körbe, um alles mitzunehmen, was sie jetzt nicht verzehren konnten.

»Wenn das Frühstück ist«, sagte Julianne, die neben ihr fröhlich Käse schnitt, »kein Wunder, dass der Sultan so wohlbeleibt ist. Mir würde so eine Mahlzeit am Tag reichen …«

»Sei still und iss«, sagte Rudel böse und warf den stummen Dienern einen Blick zu. »Iss so viel du kannst; in ein paar Tagen werden wir vermutlich auch nicht mehr als eine Mahlzeit pro Tag bekommen.«

Julianne ließ sich nicht einschüchtern und schnitt ihm eine Grimasse, was Elisande veranlasste, um ein Stück süßes Früchtebrot herum zu grinsen.

Aber sie sahen alle ein, wie klug Rudels Rat war, und stopften sich bis zum Platzen voll. Selbst die Jungs aßen tüchtig, wie Elisande mit Freuden sah, ohne dass sie sie andauernd auffordern musste. Marron sah besser aus als sie ihn je gesehen hatte, fand sie, ausgeruht und erfrischt von dem Bad, so dass es schien, als hätte er seine Last beinahe vergessen, während er leise murmelnd mit Jemel plauderte. Das würde nicht von Dauer sein, es konnte nicht von Dauer sein, aber dennoch war es ein willkommener Anblick.

Als sie fertig waren, räumten die Sklaven die Reste ihrer Mahlzeit ab; fast unmittelbar darauf erschien der Kammerherr des Sultans an der Tür.

Nach höflichen Grüßen und rituellen Fragen nach ihrem Wohlbefinden und ihrem Schlaf und allgemeiner Zufriedenheit, die sie gleichermaßen rituell beantworteten, sagte er: »Mein Herr hat mich gebeten, Euch zu den Stallungen zu bringen, sofern Euch das Freude bereiten würde. Würdet Ihr gern mitkommen?«

Natürlich würden sie mitkommen. Sie standen auf, strichen Krümel von ihrer guten Kleidung und folgten ihm. Julianne nahm pflichtschuldig ihre Stelle an Redmonds Seite ein, doch selbst der alte Mann wirkte heute Morgen kräftiger, was wohl nur den Ärzten des Sultans zugeschrieben werden konnte.

Elisande ging hinter den Jungs, als wollte sie nur vermeiden, vorn mit ihrem Vater gehen zu müssen. Sie verspürte eine enorme Verlockung, es ihrer Freundin gleichzutun und sich bei Marron unterzuhaken, ließ es aber sein; stattdessen sagte sie, vielleicht mit einem Anflug von Boshaftigkeit: »Jemel, ich muss dir für dein *Sodar* gestern Nacht danken.«

»Hast du gut geschlafen?«

»So ist es. Aber das weißt du doch, du hast schließlich gesehen ...«

Sie hatte gehofft, eine Frage aus Marron herauszukitzeln, wenigstens das, aber sie konnte ihm nur einen neugierigen Blick entlocken, allerdings könnte es sein, dass er den Scharai später danach fragen würde. Sie schenkte ihm ein strahlendes Lächeln, um sein pikiertes Interesse weiter anzuspornen, und beließ es dabei.

Ib' Taraffi führte sie durch den Palastkomplex auf einen großen, mit Flaggen geschmückten Innenhof, wo der Sultan höchstpersönlich im Schatten eines Sonnenschirms mit Fransen stand, den ein prunkvoll gekleideter schwarzer Page hielt. Er begrüßte sie überschwänglich und stellte dieselben Fragen wie sein Kammerherr, ließ dabei aber eine Reihe von einem halben Dutzend Kamelen, die vor ihm im Kreis gingen, nie aus den Augen. Es waren edle männliche Tiere mit juwelenbesetztem goldenem Zaumzeug, das freilich nicht von ihrer eigenen Pracht ablenkte; jedes wurde von einem Knaben geritten – vermutlich war keiner älter als sieben oder acht Jahre. Sie trugen identische Kleidung und hatten alle ähnliche Züge: furchtsam unter den Augen ihres Herrn und Meisters, und zugleich begierig nach seinem Blick.

»Ihr müsst meine Leidenschaft vergeben«, sagte der Sultan, »aber dies ist die Rennsaison und sie sind alle mein ganzer Stolz. Alle hier gezüchtet, in meinen Stallungen; ich kenne die Herkunft eines jeden Einzelnen.«

Und er trat den Beweis dafür an, indem er von einem zum nächsten ging, als die Reiter Halt machten, und jedes Tier mit Namen begrüßte, sich streckte, um eine hochgereckte Schnauze zu streicheln oder einen braunen Hals zu tätscheln, während die Kamele husteten oder bellten oder sich bückten, um an seiner Kleidung zu schnuppern. Er strahlte und wertete jede Reaktion eindeutig als Geste des Wiedererkennens und der Zuneigung. Elisande, die sich mit Kamelen auskannte, war davon nicht so überzeugt. Aber wenigstens spuckte ihm keines ins Gesicht oder versuchte, ihn zu beißen; und dass es sich um außergewöhnliche Tiere handelte, daran konnte kein Zweifel bestehen.

»Er hat die Kamele gezüchtet«, murmelte Julianne leise hauchend, »aber woher bekommt er die Kinder, züchtet er die auch? Sie sind winzig ...«

»Er kauft sie«, erwiderte Redmond ebenso leise. »Bauernkinder von ihren Eltern, Nomadenkinder von Plünderern. Wahrscheinlich bringt es mehr Ansehen, wenn man einen Scharaiknaben auf seinem Kamel sitzen hat, aber nicht viel. Leicht und drahtig zu sein, das ist das einzige Kriterium; man braucht keine rohe Kraft, um ein Rennkamel zu reiten.«

»Was passiert, wenn sie zu groß werden?«

»Es gibt immer Arbeit. In den Ställen, im Palast, auf den Feldern ... Der Sultan sorgt für seine Sklaven, daran musst du nicht zweifeln ... Er wird sie nicht hinauswerfen, obschon sie grandiose Zeiten wie diese vermutlich nie wieder erleben werden.«

»Sie sehen nicht grandios aus, nur regelrecht verängstigt.«

»Sie fürchten nur, sie könnten fallen oder die Kontrolle verlieren und sich vor ihm Schande machen. Glaub mir, sie haben keine Angst vor dem Sultan. Sie haben keinen Grund dazu. Wir sind diejenigen, die jetzt nervös sein sollten.«

»Warum das? Er hat gesagt, er wird uns nicht aufhalten ...«

»Er hatte eine Nacht Zeit, darüber nachzudenken, er hat die ganze Nacht mit Rudel gesprochen; und es ist bekannt, dass er manchmal launisch und sprunghaft ist. Dies ist nicht nur ein Platz für Paraden, Julianne, es ist auch ein Platz für Hinrichtungen. Frag Marron.«

Tatsächlich bebten Marrons Nasenflügel, obschon er ganz hinten in ihrer Gruppe stand, und sein Gesicht war so angespannt, dass die Wirkung des nächtlichen Schlafs schon fast wieder dahin war. Elisande wusste nicht, was ihr mehr missfiel, die Auswirkungen dieses Ortes auf den Jungen oder die von Redmonds Worten auf ihre Freundin. Es war unnötig, dachte sie, sie hierher gebracht zu haben; wenn der Sultan es gegeben sah, seinen Standpunkt auf so derbe Weise zu verdeutlichen, war er vielleicht doch nicht der feinsinnige Mann, für den sie ihn gehalten hatte. Und es war dumm von Redmond, dass er es Julianne dermaßen verdeutlicht hatte. Zweifellos nur gesunde männliche Ahnungslosigkeit, aber dieses Mädchen machte sich ohnehin schon zu viele Sorgen. Weitere Nahrung für ihre Befürchtungen konnte sie als Allerletztes gebrauchen.

Er hätte es wissen können – nein, er hätte es wissen müssen, er sah die Welt so klar und deutlich, dass er unmöglich übersehen konnte, was für Elisande so offensichtlich war. Was bedeutete, er hatte es absichtlich gesagt, um die Wirkung bewusst zu erzielen, aus eigenen Gründen ...

Julianne konnte ebenfalls ahnungslos sein, jedenfalls konnte sie die Ahnungslose ausgezeichnet spielen. Sie verzog keine Miene; tatsächlich lächelte sie sogar und sagte: »Vielleicht sollten wir uns in seine Dienste verkaufen, wenn das bedeutet, dass er uns besser behandeln würde. Was, würdest du sagen, bin ich wert, Redmond?«

»Diamanten. Unzählige Diamanten –«

»Nein«, das war Rudel, der sich einmischte. »Nicht Diamanten, alter Freund, deine Augen sind trübe und gaukeln dir die Unwahrheit vor. Diamanten sind für meine Tochter; sie besitzt das harte Herz der Wahrheit und scheut sich nicht, sie auszusprechen. Für dich Perlen, Julianne: Perlen jeder Farbe, rosa und beige und schwarz. Perlen sind nicht so aufdringlich, sie sind wunderschön, aber subtil, verkleidend, trügerisch. Eine Perle ist etwas Vielschichtiges, dessen Herz man nie sehen kann. Sag mir, gleichen alle Mädchen ihren Vätern so sehr?«

Mindestens die Hälfte dieser kleinen Ansprache war für Elisande bestimmt gewesen, auch wenn sie nicht direkt angesprochen wurde; sie wollte sofort beleidigt widersprechen, doch Julianne kam ihr zuvor und nahm ihr wie auch ihrem Vater den Wind aus den Segeln.

»Das halte ich durchaus für möglich, deine Tochter aber kennt immerhin die Farbe meines Herzens. Still jetzt, hier kommt der Sultan.«

Seltsamerweise kam der Sultan direkt zu Julianne. Er nahm ihre Hände, verbeugte sich darüber, lächelte in ihre klaren Augen herab und sagte: »Vergebt mir, dass ich mich mit einem derartigen Vergnügen beschäftige, Teuerste, aber ich denke, ausgerechnet

Ihr werdet es verstehen; soweit ich weiß, sind Euch derartige Neigungen auch nicht fremd, habe ich Recht? Ihr werdet gewiss sehen wollen, wie meine Leute an Eurer statt gehandelt haben ...«

Er hielt ihr Handgelenk fest im Griff, führte sie ein paar Schritte vorwärts und machte eine Geste mit der freien Hand; auf der anderen Seite des Stalls wurde eine von drei Dutzend Türen aufgerissen, dahinter in den Schatten konnte man Gestalten in Bewegung sehen.

Juliannes verwirrtes Stirnrunzeln verschwand binnen eines Augenblicks. Elisande entspannte ihre Muskeln mit großer Willenskraft und entfernte die Hände von ihren Messern, die sie kaum mehr als halb verborgen an der Seite trug. In den Turbulenzen der vergangenen Nacht und bei aller Unsicherheit, welcher Weg vor ihnen lag, hatte sie die Pferde vollkommen vergessen gehabt. Julianne natürlich nicht.

»Merissa!« Julianne riss sich von dem Sultan los, ein Anflug kindischen Verhaltens, dessen sie sich später zweifellos schämen würde, und rannte regelrecht über das Kopfsteinpflaster, so dass ihr Rock wallte, ihr Haar sich löste und der Schleier verrutschte.

Es war tatsächlich Merissa, aber nicht die Merissa, die sie beim letzten Mal gesehen hatten, mit struppigem und glanzlosem Fell und verfilzter, nicht richtig gebürsteter Mähne, die nach den Anstrengungen des langen Weges den Kopf hängen ließ. Dies war eine stolze, hoch erhobene Aristokratin, um die sich zwei Stallburschen kümmerten, wie sie es verdient hatte. Sonnenschein schimmerte golden auf ihren rostbraunen Flanken, und das ganze Fell glänzte frisch gebürstet. Edelsteine funkelten in der Mähne, als das Licht darauf fiel.

Der Sultan ließ Julianne einen Moment Zeit, damit sie die weichen Nüstern des Pferdes küssen, es umarmen und ihm Koseworte in die zuckenden Ohren flüstern konnte; dann kam er über den Hof zu ihr, dicht gefolgt von dem Pagen, der den Sonnenschirm trug. Elisande folgte ihm, da ihre Neugier stärker war als ihre Manieren. Sie wollte hören, was sie einander zu sagen hatten.

»Exzellenz, es ist mehr als nur gütig von Euch, dass Ihr Euch so gut um sie gekümmert habt …«

»Keineswegs. Ihr seid meine Gäste, es war meine Pflicht, mich um alle Reittiere zu kümmern, aber in diesem Fall ein Vergnügen. Ich habe nicht nur eine Schwäche für Kamele. Diese feine Dame ist eine Prinzessin, eine Zierde für meine Ställe, so wie Ihr eine Zierde für mein Haus seid.« Er streckte die Hand aus und streichelte Merissa zwischen den Augen, eine Geste, die sie sich gefallen ließ; wegen ihres so huldvollen Gebarens musste Julianne ein Grinsen unterdrücken.

»Wenn Ihr gestattet, Herrin, habe ich einen Vorschlag zu machen. Ihr wisst, Ihr könnt die Pferde nicht mit in die Wüste nehmen; lasst mich sie hier versorgen und ich gebe Euch Kamele an ihrer Stelle. Unter meiner Aufsicht werden sie behandelt werden, wie es ihnen gebührt. Meine Leute wissen besser als die Händler auf dem Markt, wie man eine Prinzessin behandelt. Diese Knaben haben Kamele für mich geritten«, fügte er mit einer derart ausdruckslosen Stimme hinzu, dass kein Zweifel daran bestehen konnte, dass er Juliannes bohrende Fragen zuvor mitgehört hatte, »bevor sie zu groß dafür wurden. Sie werden ihr dieselbe Aufmerksamkeit zuteil werden lassen wie zuvor meinen Tieren.«

Julianne errötete und rückte ihren Schleier zu spät zurecht, um es zu verbergen; dann lachte sie und sagte: »Dessen bin ich ganz gewiss. Werden sie Merissa auch reiten und nicht nur versorgen? Ich fürchte, für Rennen ist sie nicht geeignet, aber gegen einen schnellen Ausritt hat sie nichts einzuwenden; und es sind immer noch leichte Knaben, für sie werden sie nicht zu schwer sein.«

Die Jungs sahen sie an, sahen voller Hoffnung zu ihrem Herrn und Gebieter, doch der sagte nur: »Ganz bestimmt muss jemand sie ausreiten. So eine Schönheit darf nicht im Stall stehen bleiben. Würdet Ihr sie mir anvertrauen?«

»Mit Freuden, Exzellenz. Es wäre eine große Erleichterung für mich, wenn ich wüsste, dass sie in so guten Händen ist. Der Verlust des Tiers hat mich sehr bekümmert, doch es geht nicht anders. Aber wenn ich sie Euch geben darf, würde ich mich schon wesentlich wohler fühlen ...«

»Mir überlassen, nicht mir geben. Auch sie wird mein Gast sein, bis Ihr sie wieder holen könnt. Dasselbe gilt für alle Reittiere«, sagte der Sultan, machte einen großen Kreis und verneigte sich vor der gesamten Gruppe. Die Männer hatten sich leise zu Elisande gesellt, wobei sich Marron wie üblich zurückhielt, um die Tiere nicht scheu zu machen. Und wie üblich war Jemel an seiner Seite. »Ich habe freie Stallungen und untätige Burschen im Übermaß.«

Elisande sah zu Jemel und schenkte ihm um den Schleier herum ein Grinsen, weil ihr die Vorstellung gefiel, dass sein struppiges Pony den Luxus der Stallungen des Sultans genießen konnte. Er erwiderte das Lächeln, was sie als kleinen Triumph für sich verbuchte.

»Ihr seid ein Ausbund an Großzügigkeit, Exzellenz«, sagte Rudel vorsichtig, »doch ich möchte Eure Gastfreundschaft nur höchst ungern in dieser ungebührlichen Weise belasten. Wir haben keine Ahnung, wie sich die Lage in Rhabat entwickeln mag; es könnte lange Zeit dauern, bis wir zurückkehren können. Und ich glaube auch nicht, dass Renntiere ideale Gefährten für eine gefahrvolle Reise wären.«

Der Sultan schnaubte und klatschte in die Hände. Ein Knabe beeilte sich, ein Tor zu öffnen, das zu einem anderen Innenhof führte. Eine zweite Schar Kamele, von denen jedes von einem Knaben am Nasenring geführt wurde, wurden hereingeführt. Allesamt Weibchen, bemerkte Elisande, und alle ausgewachsene Tiere.

»Das ist Sildana«, murmelte der Sultan und ging zu dem ersten Tier, dessen Fell strahlend weiß war. »Sie hat drei meiner besten Rennkamele zur Welt gebracht und wird wieder zur Zucht verwendet werden, wenn Ihr sie zurückbringt. Wenn nicht – wohlan, alles kommt so, wie Gott es befiehlt. Ihr seid hier und braucht gute Reittiere; und ich muss Euch auf den Weg bringen. So machen wir es, Rudel. Hier ist Caret; sie ist die Schwester meiner größten Hoffnung in dieser Saison ...«

Und so ging es die ganze Reihe entlang weiter. Jedes Tier wurde namentlich genannt und seine Vorzüge hervorgehoben: für jeden in der Gruppe ein Reittier – ausgenommen Marron natürlich, für ihn gab es keines –, dazu zwei weitere, um Lasten oder gegebenenfalls weitere Reiter zu tragen.

»Ihr habt Nahrungsmittel in Eurem Gepäck«, fuhr der Sultan fort, als alle Kamele vorgestellt worden waren, »aber ich werde Euch noch mehr geben, dazu alles andere, was für die Reise vonnöten ist. Wenigstens frische Kleidung und ein klein wenig Geld, um die Reise einfacher zu gestalten.«

»Exzellenz, das ist weitaus mehr als wir je zu träumen gewagt hätten –«

»Ich weiß. Ihr hattet erwartet, dass ich Euch die Weiterreise verbieten würde, nicht wahr, Rudel? Und das hätte ich bei fast jedem anderen Eurer Art mit Sicherheit auch getan; ich sehe es nicht gern, wenn Patrics über meine Grenzen hinaus in die Wüste ziehen. Es gibt wenig Vertrauen zwischen unseren Völkern, und das nicht ohne Grund. Doch Sohn und Enkelin des Prinzipals von Surayon bilden eine Ausnahme, ebenso die Tochter des Schattens des Königs; und dann haben wir da noch Marron. Ich hätte das möglicherweise für jeden Einzelnen von Euch getan, angesichts der ganzen Gruppe wage ich nicht, eine andere Entscheidung zu treffen. Eure Gruppe hat ein Moment, das außerhalb meines Urteils liegt. Die Gespräche über Dschinni erfüllen mich mit Furcht, ebenso der Anblick des wandelnden Geistes.

Geht zum Konzil in Rhabat und lasst die Scheichs dort die Entscheidungen treffen, die sie treffen müssen. Ich kann Euch nicht meinen Segen mit auf den Weg geben, werde aber tun, was ich kann, um Euch die Reise zu erleichtern. Meine Sorge gilt meinem Volk hier; sie sind unruhig, seit der verfluchte Heiler hier durchgekommen ist. Ich sorge tagsüber für Frieden und sperre sie nachts ein, aber ich mag keine weiteren Störungen haben.«

»Das ist mehr als gerecht, Exzellenz«, sagte Rudel leise. »Wir nehmen Eure Geschenke gerne an und ziehen heute noch weiter; mehr verlangen wir nicht.«

»Das ist gut. Aber eines noch: Nehmt die Route der Händler. Ihr braucht dann zwar länger, aber der Weg ist einfacher; und auch die Stämme sind unruhig. Hasan möchte Krieg mit Outremer und nur Wenige erheben das Wort gegen ihn. Sie werden eine Gruppe von Patrics nicht so barmherzig behandeln wie ich, sollten sie Euch auf ihrem Land finden.«

Rudel verbeugte sich, erwiderte aber nichts; nach einem Augenblick wandte sich der Sultan an Redmond.

»Ihr, alter Mann, Ihr solltet nicht mit ihnen gehen. Das sagen meine Ärzte und sie haben Recht. Bleibt bei mir, bis Ihr genesen seid, dann werde ich Euch eine Eskorte zur Verfügung stellen, die Euch sicher zur Grenze von Surayon bringt.«

»Exzellenz, ich stimme mit Euren Ärzten und mit Euch überein. Ich werde mit Freuden nach Hause gehen, wenn ich noch eine aus unserer Gruppe überreden kann, mich zu begleiten.« Redmond drehte sich zu Julianne um und fuhr fort: »Kind, Herrin, Herzenstochter: alle anderen hier verfügen wenigstens über eine gewisse Erfahrung, was den Weg nach Rhabat angeht, oder aber dringende Angelegenheiten zwingen sie, dorthin zu reisen –«

»Das trifft auch auf Julianne zu«, warf Elisande ein, die wie stets sofort bereit war, für ihre Freundin in die Bresche zu springen, ob es nun nötig war oder nicht. »Ihr wurde eine Aufgabe auferlegt, wir haben davon erzählt«, *weißt du nicht mehr, alter Mann?* »Bis jetzt hat sie nur eine Hälfte der Anweisungen erfüllt.« *Gehe, wohin du gehen musst, und heirate, wen du heiraten musst* – und geheiratet hatte sie, weil sie es musste, weil sie dazu gezwungen worden war, und nun befand sie sich auf der Flucht vor ihrem frisch angetrauten Lord und auf der Suche nach ihrem Vater. Den sie in Rhabat finden würde, wie der Dschinn gesagt hatte. Ihrem Gesichtsausdruck konnte man entnehmen, dass sie nicht vorhatte, sich davon abbringen zu lassen.

»Darüber sollte nicht gesprochen werden«, brummte Rudel, wie stets darauf bedacht, die Fehler seiner Tochter zu betonen. Aber niemand konnte sie hören, außer dem Sultan und seinem Pagen, und der Sultan hatte alles schon gestern Nacht gehört. Elisande schaute finster drein, was nicht zur Kenntnis genommen wurde. »Julianne, ich wäre froh, wüsste ich Redmond in deiner Begleitung auf dem Weg nach Surayon, und du wärst dort mehr als willkommen. Und dein Vater könnte dich dort so mühelos finden wie an jedem anderen Ort, wenn wir ihm sagen, wo er suchen soll ...«

»Ich nehme an, das ist alles durchaus richtig«, entgegnete Julianne brüsk, »und fraglos auch alles klug und weise; aber man hat mir gesagt, dass ich zu den Scharai gehen soll, und dorthin werde ich gehen. Außerdem sagte man mir, dass er in Gefahr sein würde und ich ihn retten könnte. Wenn ich in Surayon auf ihn warten würde, könnte ich womöglich lange Zeit – und vergeudete Zeit – auf ihn warten.«

Rudel schniefte und warf Elisande wütende Blicke zu. Sie bewegte keinen Muskel, gönnte ihm nicht einmal den Ansatz eines Kopfnickens, das er interpretieren konnte als: *Nein, nicht ich, ein Glückstreffer, mehr nicht, ein grausamer Streich des Zufalls; ich habe ihr nichts gesagt.*

»Ein Mädchen sollte dorthin gehen, wohin man sie befiehlt«, sagte der Sultan unbeschwert. Es war unmöglich, zu sagen, wie er diese Bemerkung verstanden wissen wollte, ob er damit meinte, sie solle dem Dschinn oder diesen Männern gehorchen.

»Und das wird sie auch tun, Exzellenz.« Elisande hakte sich bei Julianne unter, um seine Unterstützung anzunehmen, sollte er sie ihr nun angeboten haben oder nicht. »Wir wurden beide auf diese Reise geschickt und werden sie beide bis zum bitteren Ende gehen.«

»Oder dabei umkommen.«

»Richtig, Exzellenz. Das eine oder das andere. Wir sind fest entschlossen.«

»Störrisch, würde ich sagen. Und trotzig und töricht und –«

»– und dank Eurer Großzügigkeit so gut ausgestattet, dass wir größte Chancen haben, Rhabat zu erreichen, Mädchen und alte Männer und alle zusammen«, sprach Julianne seinen Satz zu Ende. Es barg immense Risiken, einem Alleinherrscher ins Wort zu fallen; es gab Männer, die deswegen ihre Zungen verloren hatten, aber Julianne war ein Mädchen, Gast und Tochter eines mächtigen Mannes. Elisande rempelte sie nicht einmal an als verspätete Warnung, vorsichtig zu sein, sondern lächelte nur und überlegte sich, dass sie selbst es nicht besser hätte machen können, als Julianne fortfuhr: »Redmond, ich bin sicher, seine Exzellenz hat Recht, Ihr solltet hier bleiben und ausruhen und nach Hause gehen. Aber wir wissen beide genau, dass das Richtige nicht zwangsläufig auch das Notwendige ist. Wenn die Scharai ein Konzil in Rhabat abhalten und wenn die Möglichkeit besteht, dass der Stimme von Surayon bei diesem Konzil eine Wortmeldung eingeräumt wird, dann weißt du so gut wie ich, dass deine Weisheit diese Stimme lenken sollte. Der Sultan hat mich störrisch genannt, und auch damit hat er Recht. Ich werde für meinen Vater gehen. Wenn dir das Schmerzen bereitet, tut es mir Leid; aber ich hoffe, dass meine Sturheit und deine Weisheit dich überzeugen werden, mit uns zu kommen – zum Wohle aller Völker. Ich bin sicher, mit unseren Gefährten, die uns den

Weg weisen, und diesen edlen Tieren, die uns tragen, werden wir die Reise unbeschadet überstehen.«

Das war eine kluge Ansprache, präzise abgewogen, hellsichtig und politisch. Respektvoll gegenüber Redmond und indirekt auch gegenüber Rudel; und sie schien tatsächlich die beabsichtigte Wirkung zu erzielen. Redmond seufzte und verbeugte sich, während Rudel mit dem Kopf nickte.

»Ich fürchte, ich werde euch alle aufhalten«, sagte der alte Mann und ließ keinen Zweifel daran aufkommen, »doch dagegen kann man nichts machen. Wenn ich wie bisher ein Pferd reiten kann, dann kann ich auch ein Kamel reiten; und ich kann auf der Straße der Händler reisen. Es könnte stimmen, was du sagst: dass die Notwendigkeit besteht. Und die Ärzte des Sultans haben meine Schmerzen schon deutlich lindern können. So sei es denn. Du bist ein hartes Geschöpf, Julianne, aber dies sind harte Zeiten und wir müssen sie ertragen. Ich komme mit euch.«

Julianne küsste ihm dankbar die Wange – aus Dankbarkeit, als Entschuldigung, oder beides. Elisande wollte ihrem Beispiel folgen, drehte sich aber stattdessen um und folgte dem Blick des Sultans, um festzustellen, wer oder was seine Aufmerksamkeit auf sich gelenkt hatte.

Und sie sah es und begriff, dass es unausweichlich war, obschon ihr bei dem Anblick ein kalter Schauer über den Rücken lief und der Sultan bereits das Wort ergriff.

»Möglicherweise wird Eure Gruppe ein wenig größer sein als erwartet. In dieser Hinsicht habe ich keine Befehlsgewalt, sie hören nur auf ihre eigene Stimme. Aber sie werden Euch alle sicher bis nach Rhabat geleiten, sofern der wandelnde Geist diesen Weg einschlägt.«

Daraufhin drehten sich alle um. Elisande spürte Verwirrung oder Zweifel, die umgehend verflogen, als alle sahen und begriffen, was sie gesehen hatte, die Sandtänzer, die in einer Gruppe im Schatten der Palastmauer standen.

Ihr entging auch nicht die Veränderung in Marrons und Jemels Gesichtern; sie sah, wie die Tänzer mit einer behäbigen, tödlichen Anmut näher kamen und den Schatten mit sich zu bringen schienen. Da legte sie insgeheim ein Gelübde ab: In wessen Hände der Junge letztendlich auch fallen mochte, in die dieser Männer ganz gewiss nicht.

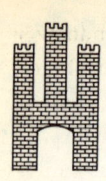

Für einen Fremden singen

Auf diese Entfernung, dachte sie, sahen sie wie Statuen aus, Monolithen, schwarze Silhouetten, die mehr Macht zu besitzen schienen, als ihre geringe Größe vermuten ließ. Im Hitzeflimmern flackerten und zuckten sie in ihrem Gesichtsfeld wie diese trügerischen Insekten, von denen sie den Namen bekommen hatten, falls die Insekten nicht nach ihnen benannt worden waren. Manchmal glaubte sie, sie wären völlig verschwunden, aber sie waren stets wieder da, ehe ihre Augen ihre Abwesenheit noch richtig registriert hatten.

Und doch wusste sie, dass sie wie Monolithen auf dem Sand standen, reglos wie Statuen, ohne einen Muskel zu bewegen. Und zwischen den Sandtänzern stand Marron als Mittelpunkt ihrer kleinen Versammlung: regloser noch als alle anderen, nur die Haut um seine Augen herum zitterte vor Anstrengung, das konnte er nicht verhindern.

Julianne wusste das alles, weil sie am ersten und zweiten Tag ganz nahe hinzugetreten war und zugesehen hatte. Es schien niemanden zu stören und sie war neugierig gewesen; auch gelangweilt, um ganz ehrlich zu sein, und begierig nach einer Ablenkung, um die Stunden des Nachmittags zu vertreiben, wenn es zu heiß zum Reiten und zu heiß zum Schlafen war.

Nach diesen ersten beiden Tagen blieb sie auf Distanz. Ihre Neugier war befriedigt und sie konnte es nicht ertragen, ihren Freund immer und immer wieder an einer Aufgabe scheitern zu sehen, die wichtig sein konnte, obschon sie ihren Wert nicht so recht begreifen mochte. Davon abgesehen war auch dies langweilig, freilich handelte es sich um eine quälende Langeweile. Sie standen die ganzen Stunden der Rast reglos da, die Sandtänzer mit Marron als Mittelpunkt ihres Halbkreises; nur der eine Mann sprach, und Marron antwortete manchmal, aber nur, um zu sagen: »Ich kann nicht. Ich versuche es, aber ich *kann nicht* ...«

Er sagte es in Catari, aber diese Worte hatte Julianne immerhin gelernt.

Diese Worte und noch einige mehr, genau wie Marron; freilich dachte sie, dass er der geistig regere Schüler war oder den besseren Lehrer hatte oder begabter war als sie, falls die Tochter ihm nicht auch hierbei einen Vorteil verschaffte, wie offenbar beim Schwertkampf. Wie auch immer, mittlerweile schien er sich fließend mit Jemel zu unterhalten, während sie immer noch nach den richtigen Worten suchte und Elisande öfter als Julianne lieb war über ihre grammatikalischen Konstruktionen lächelte.

Im Augenblick diente ihre Freundin ihr als Rückenstütze, genau wie sie Elisande auch; aber das andere Mädchen war rastlos, sie räkelte sich und zappelte, damit sie über Juliannes Schulter sehen und ebenfalls die Gruppe der reglosen Männer beobachten konnte.

»Möchtest du hingehen und zusehen?«, fragte Julianne schließlich in sorgfältigem Catari.

»Ob ich möchte? Nein. Aber dein Rücken ist so heiß, dass man sich kaum anlehnen kann, daher können wir uns auch ebenso gut bewegen; und etwas anderes gibt es nicht zu sehen ...«

Julianne verstand mehr als die Worte, sie verstand auch ihre Freundin, und zwar möglicherweise besser als Elisande selbst das wollte. Die ganze Welt war zu heiß, ihr Rücken war daran nicht schuld; aber beim Gehen würde es noch heißer sein als im Sitzen. Dennoch stand sie auf und wartete, bis Elisande ihrem Beispiel gefolgt war. Dann ergriff sie die Hand ihrer Freundin und ging gemeinsam mit ihr von der Straße weg über nachgiebigen Sand zu Marron und diesen reglosen Tänzern.

Nun, da sie aufgestanden war, konnte sie die eine Gestalt erkennen, die bisher gefehlt hatte. Da waren die reglosen Gestalten, Mann und Knabe, die Statuen hätten sein können; und da, nur eine kurze Strecke entfernt, war die kleinere, gedrungenere Gestalt eines jungen Mannes, der im kargen Schatten einer flachen Düne saß wie ein Fels. Er bewegte sich so wenig wie die anderen, also gar nicht.

Das war natürlich Jemel, der so dicht bei Marron blieb wie die Sicherheit es erlaubte. Die Mädchen beschlossen, zu ihm zu gehen und nicht direkt zu der Gruppe. Er mochte ihre Gesellschaft vielleicht nicht, aber sie seine.

Ein paar Tage nach Verlassen der Oase hatten sie das Lavafeld endlich an einem Kamm zerklüfteter Hügel hinter sich gelassen; nun befand sich Schotter unter dem festgetretenen Sand der Straße. Einen anderen Unterschied konnte Julianne zwischen dem vorherigen Abschnitt der Reise und diesem neuen nicht erkennen. Die Sonne war heißer, jedenfalls schien es so, aber die Scharaiburnusse, die sie mittlerweile alle trugen, waren kühler als ihre normale Kleidung. In Wahrheit war sie enttäuscht und ein wenig wütend; sie hatte mit einer echten Wüste gerechnet, mit hohen Dünen und wenig Wasser und nur der Andeutung eines Weges, dem man folgen konnte; kein Verkehr. Stattdessen hielten sie sich an diese wohl bereiste Route, begegneten Karawanen, die kamen und gingen, und übernachteten jede Nacht bei einer Wasserstelle. Aber so war es leichter für Redmond, und für sie vermutlich auch; ein Kamel zu reiten, das war eine unbequeme Kunst, die sie nur langsam erlernte. Ihr ganzer Körper tat weh, obschon Rudel sie in konstanten Etappen führte und das Tempo nie übersteigerte.

Abgesehen von ihrer eigenen Schwäche und Unerfahrenheit machte sie die Tatsache wütend, dass sie keinen Bedarf für die Kamele sah und sich deswegen betrogen vorkam. Sie hätte Merissa doch mitnehmen können, dachte sie, und sich damit wunde Stellen und Leiden ersparen können. Ihr kam es so vor, als wäre ihr ein rauer Weg versprochen worden, den sie bisher noch nicht gefunden hatte.

Ganz anders bei Marron und denen, die sich seiner annahmen. Die Sandtänzer beanspruchten den Jungen für sich und ihm fehlten Willenskraft oder Wissen, sich ihnen zu verweigern. Sie gingen mit ihm zu Fuß, während die anderen ritten, und in den Ruhepausen nahmen sie ihn mit sich und versuchten, ihn auf die Probe zu stellen oder ihm etwas beizubringen. Jemel wurde gezwungen, in einiger Entfernung zu verweilen; dasselbe, fand Julianne, galt für Elisande. Sie wenigstens wirkte so missfällig, beinahe so eifersüchtig wie der Scharaiknabe eindeutig auch.

So wie jetzt, da er nicht mehr tun konnte als vollkommen reglos dazusitzen und zuzusehen, und auch sie wagten sich nicht näher hin. Er begrüßte sie, ein wahres Wunder, wenn auch nur mit einem Grunzen, einem Catarigrunzen obendrein; möglicherweise wäre es unfair gewesen, mehr zu erwarten, da er so offensichtlich von der Darbietung vor seinen Augen gefesselt war.

Sie nahmen in dem kargen Schatten, den die Düne bot, an seiner Seite Platz und wandten ihre Aufmerksamkeit ebenfalls dem Spektakel zu, das ihn so sehr in seinen Bann zog.

Marron stand und die Tänzer standen um ihn herum; aber nur in einem Halbkreis oder etwas weniger, vorsichtig einige Schritte entfernt.

Marron streckte den linken Arm steif und unter Schmerzen von sich und blutete langsam in den Sand.

Vor ihm waberte das Ding, das Julianne immer noch als die Tochter bezeichnete, langsam in der Luft. Sie versuchte, ihm gefällig zu sein, dachte Julianne, das zu sein, was er wollte. Sie hätte diesen Gedanken gern als Hirngespinst abgetan, konnte es aber nicht. Gewiss war die Gestalt nicht dieselbe, die sie bei früheren Anlässen gesehen hatte, insektoid und tödlich, ein mordlüsterner Schatten; nun wirkte sie mehr wie ein Fenster oder Fernglas, dachte Julianne, die wolkige Masse war zu einem Rahmen gedehnt, der nur einen vagen Hauch Rot in sich hatte.

Morakh, der Mann, der als Anführer der Tänzer gelten konnte und dessen Namen sie erfahren hatte – wenn auch nicht von ihm –, sprach nun leise. Sie konnte nicht hören, was er sagte, nur das Murmeln seiner Stimme; Marron allerdings konnte es hören und sein Gesicht war ganz verkrampft vor Anstrengung. Die Tochter waberte wie Rauch im Wind, obschon der Tag völlig windstill war. Einen Moment lang schien sich in ihrem Herzen ein freier Raum aufzutun und ein grelles goldenes Licht, das selbst im Schein der Sonne fast greifbar wirkte, schien hindurch.

Julianne wurde von einer Erinnerung zu einer Höhle zurückgewirbelt, einer unmöglichen Helligkeit, einem dunklen Grauen, das durch ihre eigene Dummheit nach ihr gegriffen hatte. Sie wandte den Kopf ruckartig von der Erinnerung ab und sah dankbar, dass die Tänzer sie mit Bewegungen ablenkten.

Einer der Männer hatte in seinen Burnus gegriffen und etwas herausgeholt, etwas Lebendiges, etwas, das in seiner Hand zuckte und zappelte.

»Sandratte«, murmelte Elisande neben ihr. Für Julianne sah es wie eine ganz normale Ratte aus, vielleicht braun wie der Sand, aber dennoch eine Ratte; doch als das Tier zappelnd die Gliedmaßen streckte, sah sie, dass die Hinterbeine länger waren als bei einer gewöhnlichen Ratte.

Sie hörte das leise, schrille Quieken, sah sie durch die Luft fliegen; sah sie als dunkles Pünktchen, als der Mann sie sorgfältig zu dem schimmernden Licht warf, wo die Tochter – oder Marron, manchmal fiel es schwer, zwischen den beiden zu unterscheiden – einen Weg in eine andere Welt geöffnet hatten.

Aber dieser Weg schloss sich blitzartig, einen Moment bevor das wirbelnde Geschöpf ihn erreichte. Ein leises Geräusch wie von einer Implosion folgte, danach Stille; mehr Blut als nur das von Marron spritzte in den Sand.

Da schrie Marron auf, und sein ganzer Kummer war seiner Stimme anzuhören: »Wie bringe ich sie dazu, die Form zu wahren?«

»Willenskraft«, hörte sie Morakh antworten, dessen Ungeduld seinem schneidenden Tonfall deutlich anzuhören war. »Sie besitzt dich, jedenfalls teilweise. Du musst sie dazu bringen, dass sie dir dient.«

Wollte man Elisandes leisem Schnauben Glauben schenken, so zweifelte sie im selben Maße wie Julianne an Marrons Willenskraft. Zuerst hatte er voll und ganz den Erlösern gehört, dann Sieur Anton; und dann, ja, eine kurze Zeit der Tochter. Jetzt nicht mehr ganz so sehr, glaubte sie oder wollte sie glauben. Marrons Leben war komplexer geworden, wenn auch nicht aus eigenem Antrieb. Wahrscheinlich hätte er immer noch seine Seele hergegeben, wenn es denn seine Entscheidung wäre. Die Tänzer wollten ihn ganz eindeutig besitzen und glaubten auch, dass sie das Recht dazu hatten, aber es gab noch andere, die Ansprüche erhoben. Zunächst einmal Jemel; und Julianne glaubte, dass sie noch einen nennen könnte.

»Nochmals«, sagte Morakh. »Du musst lernen, sie zu beherrschen, so wie du dich selbst beherrschst.«

»Aber das hat er nie«, murmelte Elisande gequält, »er weiß nicht, wie.«

So schien es auch durchaus, während sie mit ansehen mussten, wie Marron immer und immer wieder versagte und jedes Versagen vom Tod eines kleinen Tiers begleitet wurde; und jedes tote Tier brachte ihn mehr aus der Fassung. Elisande murmelte und zappelte vergebens, Jemel war es schließlich, der tapfer in den Kreis der Männer trat und den Wasserschlauch von der Schulter nahm.

»Genug!«, rief er. »Marron, lass jetzt gut sein und trink. Bis Einbruch der Nacht liegt noch ein weiter Weg vor uns, und Rudel wird gewiss bald aufbrechen wollen …«

Morakh verstellte ihm stirnrunzelnd den Weg, um ihn aufzuhalten, aber Marron hatte bereits genickt und den Arm ausgestreckt, um die Tochter wieder in sein Blut aufzunehmen. Er schien so dankbar für die Unterbrechung zu sein wie es Julianne war. Dies hatte nichts Unterhaltendes, es übte lediglich eine brutale Faszination aus.

»Ein tapferer Junge«, sagte Elisande mit vor Bedauern triefender Stimme, als würde sie sich die Schuld geben, dass sie selbst den erforderlichen Mut nicht aufgebracht hatte. »Rudel wäre zufrieden mit ihm. Wenn Jemel das etwas bedeuten würde, was glücklicherweise nicht der Fall ist.«

Was beides stimmte. Die Tänzer beunruhigten Rudel, ihr Einfluss auf Marron beunruhigte ihn noch mehr; Jemel hatte seine eigenen Gründe für alles, was er tat, und die deckten sich nicht mit denen von Rudel.

»Komm mit«, sagte Julianne, stand auf und bot Elisande den Arm an. »Gehen wir zu diesen verfluchten Kamelen zurück. Auf dem Weg dorthin kannst du mir noch einmal erklären, wie man den ganzen Tag im Sattel sitzen und trotzdem keine Blasen bekommen kann …«

Die hageren Kamele mit ihren langen Hälsen und trügerischen, verführerischen Augen unter langen Wimpern ruhten am Wegesrand. Juliannes eigenes Tier – jedenfalls das, welches sie ritt, sie würde es nie für sich beanspruchen und wollte es auch nicht – war das weiße, Sildana, dessen edle Herkunft der Sultan als Erstes geschildert hatte. Diese Wahl war ausdrücklich seine gewesen. Schönheit sollte mit Schönheit reiten, so lauteten seine genauen Worte, ein Kompliment, dem sie sich nicht entziehen konnte. Nun war sie sicher, dass der Teufel dabei seine Hand im

Spiel gehabt hatte, dass dieses Kamel das magerste, knochigste und übellaunigste von allen war.

Sie wechselten Blicke, sie und Sildana, Versprechen kommenden Unbills. Die Männer, die im Schatten ihrer Kamele geruht hatten, erhoben sich, zuerst Rudel und dann, langsamer, Redmond.

Rudel sagte: »Wo sind die anderen? Wir sollten weiter.« Und er sagte es wie immer über seine Tochter hinweg und doch an sie gewandt, als wollte er andeuten, dass die Verzögerung irgendwie ihre Schuld und die keines anderen war.

»Jemel kommt«, sagte Elisande knapp. Marron und die Tänzer würden folgen, wenn es ihnen passte, das wurde allgemein akzeptiert. Der unausgesprochene Vorwurf wurde allgemein ignoriert; Elisande hob ihren Reitstock auf und ging zu der Reihe der Lasttiere, wo sie die langwierige Aufgabe in Angriff nahm, sie zu beladen und zum Aufstehen zu bewegen.

Obwohl sie seit Wochen zusammen reisten und sich so viele Stunden privat unterhalten hatten, hatte Julianne den Grund der Verbitterung zwischen Vater und Tochter immer noch nicht herausfinden können. Möglichkeiten hätte es viele gegeben, und die Frage hatte ihr oftmals auf der Zunge gelegen, doch sie hatte sie jedesmal unausgesprochen wieder verworfen. Sie war noch nicht daran gewöhnt, eine so enge Freundin zu haben; und überdies glaubte sie, dass es selbst in den besten Freundschaften Geheimnisse gab, die so gefährlich waren, dass man sie nicht teilen sollte. Sie hatte Angst davor, sich ebenfalls preisgeben zu müssen, von Elisande die Gegenfrage zu hören zu bekommen, was sie wirklich für Imber empfand und wie sie dazu stand, dass sie ihn verlassen hatte. Sie war nicht bereit, diese Frage zu beantworten, weil sie sich vor der Wahrheit fürchtete, die sie in sich selbst entdecken könnte, ob sie diese Wahrheit nun aussprach oder nicht; und aus diesem Grund fragte sie nicht und Elisande verriet es ihr nicht freiwillig. Sie zeigte ihr nur eines ums andere Mal, wie ein herzliches und großmütiges Mädchen kaltherzig und unerbittlich sein konnte, wenn es glaubte, dass es Grund dazu hatte. Julianne hielt das für eine nützliche Lektion, die sie später einmal vielleicht brauchen konnte, auch wenn ihr vor der Gelegenheit graute, sie anzuwenden.

Sie half Elisande trotz schmerzender Muskeln, die Lasttiere zu beladen, und hob Säcke voll Reis und Mehl mit einer Kraft, die sie vorher nicht besessen hatte, und mit einer kontrolliert geringen Anstrengung, die sie sich unter der sengenden Sonne angeeignet hatte. Jemel kam zu ihnen, ehe sie fertig waren, und half ihnen bei der Aufgabe. Fast hätte Julianne es ihm verübelt, doch inzwischen wusste sie, dass er es bei seinem eigenen Volk niemals getan hätte, da es unter seiner Würde gewesen wäre, mit Frauen zu arbeiten. Sie dachte, dass im Lauf dieser Reise sich nicht nur ihr Körper veränderte.

Als alle erdenklichen Arbeiten getan waren, Elisande im Sattel saß und Rudel seine Ungeduld deutlich zeigte, indem er auf seinem Kamel immer engere Kreise auf der Straße beschrieb und immer wieder zur Sonne schaute, übergab sie Jemel die Reihe der Lasttiere und näherte sich Sildana mit einem Widerwillen, dessen Inbrunst fast Hass gleichkam.

Das Kamelreiten erforderte wenig Geschick, und immerhin das hatte sie sich angeeignet. Sie löste die Fesseln der Vorderbeine mit einer einzigen knappen Handbewegung, sie hob den Stock und schwang sich wieder mit einer einzigen Bewegung in den Sattel, ehe das Tier seine Freiheit noch richtig registrierte. Sie schob den rechten Fuß unter den linken zu dieser vorsichtigen einbeinigen Haltung, die offenbar obligatorisch war, ob nun allerdings aus praktischen oder rein ästhetischen Erwägungen, das wusste sie immer noch nicht recht zu sagen.

Sie klopfte mit dem Stock gegen Sildanas Flanke, worauf sich das Kamel erhob, mit den Hinterbeinen zuerst, und ein lautes

Brüllen ausstieß. Julianne beugte sich nach hinten und gleich wieder nach vorn, um nicht das Gleichgewicht zu verlieren, und hoffte, dass es ihr mit einer gewissen Anmut gelang, da ihre Begleiter alle zusahen. Schon allzu bald, wusste sie – und ihre schmerzenden Muskeln und aufgeschürfte Haut erinnerten sie sogleich daran, damit sie es ja nur nicht vergaß – würde sie keinen Gedanken mehr an Anmut und Würde verschwenden: sie würde das Gewicht unablässig von einer wunden Pobacke auf die andere verlagern, sie würde die Beine öfter bewegen als ihr Reittier und auch öfter stöhnen, wenn auch hoffentlich nicht so laut.

Wenn es nicht so konstant schmerzhaft wäre, könnte man dieser Form des Reitens, die so anders war als bei Pferden, sogar ein gewisses Vergnügen abgewinnen, dessen war sie ganz sicher. Das träge Schaukeln erinnerte sie an Boote, an ihre frühesten Abenteuer mit Segeln und Rudern auf dem breiten Fluss von Marasson. Elisande erzählte zur Ermahnung Geschichten von Männern, die sich während eines langen Ritts in den Schlaf lullen ließen, von ihren Reittieren fielen und in der *Mul'abarta* verschwanden; fast konnte sie diese Geschichten glauben.

Sie schaute von Sildanas hohem Rücken herab und erblickte dunkle Gestalten, die durch den Sand trotteten, Marron und die Tänzer, die ihre übliche Position einnahmen. Nach vorn zu schauen fiel schwerer, Sildanas Kopf war dabei im Weg; aber es würde ohnehin nichts Interessantes zu sehen geben, nur die Männer auf ihren Kamelen und endlose Stunden der ewig gleichförmigen Straße. Sie hatte Elisande als Gesellschaft an ihrer Seite, die freilich kaum mit ihrem Spott an sich halten würde, sobald Julianne anfing zu zappeln. Julianne seufzte und versuchte, sich verdrossen in ihr Unbehagen zu fügen, da sie wusste, bis Sonnenuntergang würde es keine Pause mehr geben.

Die Geräusche von Füßen im Laufschritt straften diese Vermutung plötzlich und unerwartet Lügen; hinzu kamen plappernde Stimmen auf der Straße, hinter einer flachen Erhebung. Sie sah ein Getümmel von Gestalten voraus. Rudels Kamel wich zur Seite, als sie auf eine Gruppe Männer zu Fuß trafen. Elisande brachte grunzend den Stock zum Einsatz, um ihr eigenes Reittier anzutreiben, und Sildana folgte, ohne dass Julianne auch nur einen Finger heben musste.

Es waren fünf oder sechs Männer, der Kleidung nach zu urteilen Kameltreiber, und die Tatsache, dass sie ihre Tiere zurückgelassen hatten, unterstrich die Panik noch, die man ihren Gesten, ihren schrillen Stimmen und den hektischen Augen anmerkte.

Sie sprachen Catari, jedoch so schrill und schnell, dass Julianne nicht folgen konnte. Rudel versuchte, sie und gleichzeitig sein scheuendes Tier zu beruhigen, aber keines von beiden gelang ihm. Redmond stieß ein unerwartetes Brüllen aus, bis Ruhe eintrat; in das anschließende Schweigen fielen Elisandes Worte wie Tropfen der Weisheit.

»Wer ist der Erste unter euch? Soll er allein sprechen und uns wissen lassen, wo das Problem liegt.«

»Er ist tot«, antworteten drei Männer gleichzeitig. »Ein Ghûl hat ihn gefressen.«

Das konnte sie trotz des Chors mühelos verstehen. Die Worte hallten in Juliannes Kopf und beschworen Echos einer alten Erinnerung herauf: eine andere Straße, ein anderer Zwischenhalt, eine andere Begegnung, bei der ein Märchen sich als wahr entpuppte. Auch danach war der Staub blutig gewesen; außerdem hatte es diese Gruppe indirekt hierher geführt und bestimmte immer noch ihr Handeln. Möglicherweise nicht mehr lange, fürchtete sie. Wenn diesen Begegnungen eine solche Macht innewohnte, wer mochte sagen, in welche Richtung sie nun getrieben wurden, und zu welchem Zweck?

Das war natürlich Unsinn. Ein Ghûl war kein Dschinn. Und der Dschinn hatte speziell auf ihre Gruppe gewartet, nur auf sie; der Ghûl hingegen, so schien es, hatte getötet und war verschwunden, daher würde dies unter gar keinen Umständen eine

Begegnung sein, oder eine Konfrontation, auch wenn sie Zeuge davon werden würde, was wahrscheinlich nicht der Fall war. Rudel würde es verbieten ...

Doch abermals lief es ab wie schon einmal, denn Elisande kam ihrem Vater auf garstige Weise zuvor, wie sie damals Hauptmann Blaise und Juliannes Gefolge von Wachen auf dem Weg zum Roq zuvorgekommen war.

Es war garstig, und zwar wissentlich, und doch geschah es nicht aus Gemeinheit. Elisandes Gesicht war grimmig, als sie einen Dolch aus der Schärpe zog und rief: »Ein Ghûl? Reite, Julianne – mal sehen, ob du dieses Kamel zum Laufen bringen kannst ...«

Das konnte sie, allerdings hasste sie das unbeholfene Schwanken und die Unsicherheit, die ständige Angst zu fallen, die fast einer Gewissheit gleichkam. Sie schaukelte und stöhnte, klammerte sich an Zügel und Sattelknauf fest, schwang den Stock fest entschlossen in Elisandes Kielwasser und drehte sich nicht einmal um, als Rudel brüllte: »Wartet! Alle beide, wartet bis ich ...«

Es würde noch einen Moment dauern, bis er sich von seinen Belagerern befreit hatte, und Redmond würde nur langsam folgen können, da er in allem langsam war, nur im Denken nicht. Jemel hatte die Lasttiere am Zügel und würde schon deshalb aufgehalten werden.

Ihr Weg war frei, und Elisande musste gewiss innerlich jubeln, so verkniffen ihr Gesicht auch aussah. Selbst Marron und die Tänzer waren zu weit entfernt, um dieser Geschichte zu folgen oder die Art der Erzählung zu verändern, die sie allein bestimmte. Jede Gelegenheit, ihrem Vater zu trotzen, war ein Geschenk Gottes; dies war Trotz und Großtat gleichzeitig, ein schneller Ritt unter sengender Sonne, brennendes Fieber unter einem ausgebleichten Himmel. So lebten die Scharai, hatte sie einmal mit Neid als Salz auf der Zunge zu Julianne gesagt: langsame Tage und plötzliche Augenblicke, träge wie eine große Raubkatze träge ist, stets nur einen Atemzug von einem Wutausbruch entfernt. So lebten sie und so wollten sie leben, so liebten sie, beteten sie, kämpften sie. Die Welt war lebensfeindlich und langweilig und monoton, Tag für Tag, Jahr für Jahr, keine Jahreszeiten kennzeichneten das Verrinnen der Zeit. Schmerz und Angst waren ebenso Ereignisse wie Freude oder Entdeckungen; in dieser Landschaft waren sie einander ebenbürtig und wurden aus denselben Gründen willkommen geheißen. Die Beutezüge der Scharai galten mehr dem Nervenkitzel als Ehre oder Kamelen; der Tod eines Menschen aus ihren Reihen war nur eine Winzigkeit bedauerlicher als der eines Feindes. Alles war gut, hatte Elisande gesagt, wenn es nur die Monotonie unterbrach.

Auf der Straße hatten sie beide ihre Dosis Monotonie abbekommen: beschützt, gelangweilt, ohne Herausforderung. Sogar Juliannes vom Sattel wund geriebene Stellen hatten schließlich für eine Ablenkung gesorgt. Nun bekam sie ein klein wenig Gegengift, den beißenden Messinggeschmack der Todesangst. Vor ihnen lauerte ein Ghûl, ein Killer, der heute schon einmal getötet hatte. Wollte man seinem Ruf Glauben schenken – ihre Amme in Marasson hatte Geschichten von Ghûlen erzählt, und ihre Freundinnen wieder andere Geschichten, grausame Mären von Blut und Untaten und dem Sieg der Finsternis –, so würde er mit Freuden noch einmal töten, und dann noch einmal. Und nun ritten sie ihm sogar entgegen, zwei Mädchen mit Messern und sonst nichts. Ja, Julianne war von Grauen erfüllt und hielt ihre Freundin für wahnsinnig und sich selbst für genauso wahnsinnig, weil sie ihr folgte, und doch sang ihr Blut, und ihre Kehle sehnte sich danach, ebenfalls zu singen. Für diese kurze Zeit hätte sie vergnügt Scharai sein können, wenn sie ihr Leben auf diese Weise lebten.

Aber sie kamen um die Anhöhe herum, sie und Elisande, und sie waren keine Scharai; und es war kein Ghûl, der sie erwartete, keine Arbeit für ihre Klingen und keine Verwünschungen, die sie mit ihren bebenden Mündern ausstießen.

In Juliannes Fall noch mit trockenem Mund; ganz plötzlich trocken, und das hatte nichts mit dem rasenden Ritt oder der Hitze zu tun. Es hatte auch nichts mit der Angst zu tun, die durch die stille Straße vor ihnen geweckt wurde, keine Spur von einem Fabelwesen, das fauchend über seiner Beute kauerte, überhaupt keine Spur von etwas, das sich bewegte.

Es war mehr diese Stille, die sie trocken saugte, die Gewissheit, die auf Zweifel folgte. Sie hatte nicht wissentlich an der Geschichte der Kameltreiber gezweifelt, vielleicht hatte sie keine Zeit dazu gehabt. Aber Männer in Panik fliehen, schauen nicht zurück und berichten ihre Alpträume als mit eigenen Augen erblickte Wahrheit. Männer der Wüste sahen vielleicht den Angriff eines Ghûls und flohen und behaupteten, dass er ihren Anführer aufgefressen hatte, weil sie das über Ghûle wussten, weil man ihnen das über sie gesagt hatte, genau wie ihr. Es musste nicht der Wahrheit entsprechen.

Männer der Wüste wussten aber mehr als sie. Wahrheit war das, was sie selbst sah; sie war erzogen worden, nur ihren eigenen Augen zu trauen, keinen anderen, und nun sah sie nur die lange, schnurgerade Straße und nahm die schreckliche Stille wahr, so weit das Auge reichte. Jenseits von Sildanas Hals konnte sie beim Schwanken des rasenden Kamels und in dem gleißenden Sonnenlicht nichts deutlich erkennen, zumal Elisande unmittelbar vor ihr ritt; aber da vorn färbte gewiss eine verschwommene Dunkelheit den fahlen Weg, ein Schatten der Verwirrung, und es war mit Sicherheit nichts, aber auch gar nichts da, das auch nur eine Spur von Leben gezeigt hätte.

Sie kamen näher, zu nahe; immer noch bremste Elisande ihr Reittier nicht, und Julianne konnte es auch nicht. Erst als der erstickende Geruch des Todes zu ihnen emporstieg, und da waren es die Kamele, die aus eigenem Antrieb bremsten und stehen blieben, die stöhnend wenige Schritte von der Katastrophe entfernt verharrten.

Da glitt Elisande aus dem Sattel, und Julianne ebenfalls. Elisande band ihrem Tier hastig die Vorderbeine zusammen, und wieder folgte Julianne ihrem Beispiel.

Elisande ging mit langsamen Schritten weiter, und Julianne tat es ihr widerstrebend gleich.

Sie gingen in einem Durcheinander von umgeworfenen Ballen und Taschen; bunte Kleidungsstücke und ausgeschüttete Lebensmittel waren auf dem Weg verstreut. Auf beiden Seiten lagen tote Kamele in ihren Geschirren, zusammengesunken und kantig und riesig, mit unnatürlich verdrehten Köpfen in Blutlachen, wo ihnen die Kehlen aufgerissen worden waren. Der Gestank war Ekel erregend, mit jedem Atemzug sog sie den Blutgeruch ein und würgte daran; aber das war noch lange, lange nicht das Schlimmste. Fast wandte sie den Kopf ab, um sich das umliegende Gemetzel genauer anzusehen, nur um nicht weiter geradeaus schauen zu müssen, wo eine weitere Gestalt auf der Straße lag.

Diese Gestalt war einmal ein Mensch gewesen, das stand außer Frage. Aber jetzt nicht mehr. Nun waren nur noch Fetzen und Knochen übrig; Fetzen dunklen Stoffs, der vielleicht vor kurzem nicht so dunkel gewesen war, Fleischfetzen, die einmal ein lebendiges, denkendes und fühlendes Wesen gewesen waren.

Vor kurzem erst war dieses Fleisch die Mahlzeit für ein tollwütiges Ungeheuer geworden. Einen Ghûl, hatte man ihr gesagt, und sie war bereit, das auch zu glauben, wiewohl sie ihn nicht selbst gesehen hatte. Kein sterbliches Tier hätte so etwas vollbringen können, hätte eine solche Masse Fleisch verschlingen und dann immer noch weiter töten und dann so plötzlich in der Zeit verschwinden können, die diese von Angst gepackten Männer gebraucht hatten, um nicht einmal eine halbe Meile zu laufen ...

Sie streckte sich, dankbar um die Ablenkung, und ließ den Blick langsam über das umliegende Land schweifen. Zerklüftete Hügel aus Fels, Schiefer und Schatten, dazwischen weite Strecken Sand; von Sildanas Rücken hätte sie mehr sehen können, dafür schaute sie sich aber jetzt umso intensiver um und stellte fest, dass sie sich zuvor geirrt hatte, als sie glaubte, dass nichts sich bewegte oder lebte. Da waren Schatten, die sich veränderten, da waren Umrisse, Silhouetten vor dem Himmel. Löwen, Ghûle ...?

Sie erschauerte und musste die Augen zusammenkneifen und abschirmen, um ganz sicher zu sein. Nur Kamele, die sich von der Karawane gelöst hatten und geflohen waren, bevor der Killer ihrer habhaft werden konnte. Natürlich, bei so vielen Treibern mussten es viel mehr Kamele gewesen sein als das halbe Dutzend, die tot hier lagen.

Sie konnte nicht aufhören, sich umzusehen, da sie mehr Gewissheit suchte, als ihre Augen oder die Logik bieten konnten – aber vielleicht suchte sie auch nur Trost und ließ den Blick so schweifen, damit sie die Masse zerfetzten Fleisches vor ihren Füßen nicht ansehen musste –, und da hörte sie das Trappeln hastiger Reiter hinter sich; das mussten Rudel und Redmond sein, die folgten. Wahrscheinlich auch Jemel, der die Lasttiere zurückgelassen hatte. Sie hörte, wie sie ein Stück weit entfernt hielten, hörte sie absteigen, wie sie selbst und Elisande auch, da es ihnen nicht gelang, ihre Kamele zwischen die toten Artgenossen zu treiben oder sie es nicht wollten; dann hörte sie andere, leisere Geräusche. Männer, die über Sand liefen.

Da drehte sie sich rasch um und sah Marron näher kommen, der den Tänzern mühelos davonlief. Sie hatten die Schwerter gezückt, er nicht. Sie sah, wie er gegen die unsichtbare Wand prallte, vor der schon die Kamele gescheut hatten, dem Gestank von so viel Tod; sie sah, wie er ebenfalls innehielt, wie sein Blut auf das reagierte, das hier vergossen worden war und seine ganze

Haut färbte. Sie sah, wie er mit der rechten Hand den linken Arm umklammerte, als wollte er sein eigenes Blut hinter diesem ewig offenen Portal festhalten.

Die Tänzer rannten um ihn herum und gingen weiter. Julianne hatte weiterhin nur Augen für Marron, der wie gebannt dastand. Sie wartete auf das Unausweichliche, dass jemand zu ihm gehen würde; sie war nicht die Einzige, die es gesehen hatte.

Eine zierliche Gestalt lief an ihr vorbei an seine Seite, und da hätte Julianne trotz der allgegenwärtigen Verheerung ringsum fast gelächelt. Kein Tänzer und nicht Jemel; es war Elisande, die seinen Arm ergriff, ihn umdrehte, wegführte und ihm dabei leise ins Ohr flüsterte.

»Und? War es ein Ghûl?«
»O ja. Habt Ihr daran gezweifelt?«
»Ich habe bisher noch nie einen Ghûl töten sehen.«
»Ich auch nicht. Zumindest nicht, dass ich wüsste. Ein Ghûl tötet in der Gestalt, die er annimmt; es könnte eine Frau mit Messer sein. Das war hier nicht so. Aber schaut hier, die Spur, die er hinterlassen hat. Seht Ihr?«
»Seid Ihr sicher, dass das Ghûl-Spuren sind? Auf dieser Straße könnte ein Mann auf einem Esel reiten. Oder es könnte wilde Esel in den Bergen geben ...«
»Ich habe nie einen Esel gesehen, der auf zwei Beinen gegangen wäre, Rudel.«

Julianne beugte hastig den Kopf, um das plötzliche Lächeln zu verbergen. Sie hätte nie erwartet, dass Morakh Sinn für Humor besaß. Rudel bekundete schnaubend seine Torheit und sagte: »Was sollen wir tun, ihn jagen?«

»Wir werden der Fährte folgen«, antwortete Morakh mit einer subtilen Betonung, die eindeutig sagen sollte: *Wir Tänzer*, und sonst niemand. »Ich gehe nicht davon aus, dass wir den Ghûl finden werden, aber versuchen müssen wir es dennoch. Ihr solltet bleiben und mithelfen, die Straße wieder freizumachen. Begrabt das mit den Ritualen, die Euch angemessen erscheinen; die Männer werden zurückkommen und die getöteten Kamele beseitigen, den Toten selbst aber nicht anrühren. Wenn Ihr fertig seid, wartet Ihr auf unsere Rückkehr. Wir müssen beraten, wie wir von hier aus am besten weiterreisen.«

Julianne hielt es für das Beste, schnell und wachsam weiterzureiten; dafür schien ihr keine Diskussion erforderlich zu sein. Aber sie hatte ohnehin kein Mitspracherecht an den Entscheidungen, die getroffen werden würden, das wusste sie. Rudel schien ein wenig verblüfft, dass seine eigene Autorität derart missachtet wurde; ein Glück, dass Elisande es nicht mit angehört hatte. Es hatte keinen Sinn, noch mehr Öl in dieses spezielle Feuer zu gießen.

Die Treiber kehrten langsam und argwöhnisch zurück und brachten die Lasttiere der Gruppe mit. Sie waren durchaus bereit, die toten Tiere von der Straße zu ziehen, als sie von Sätteln und Zaumzeug befreit worden waren, wollten aber, wie Morakh vorhergesagt hatte, nicht einmal in die Nähe ihres toten Anführers.

Jemel holte einen Spaten mit kurzem Griff aus dem Gepäck und ging ein Stück in den Sand hinein, um so gut er konnte ein Grab zu schaufeln. Rudel war nachdenklich und geistesabwesend, Redmond zu schwach, um zu helfen, Elisande immer noch mit Marron beschäftigt, zwei ferne Gestalten auf einem Hügel; und so erbot sich Julianne freiwillig, zu helfen. Sie sammelte Steine, um einen Grabhügel zu errichten und zu verhindern, dass Aasfresser die Gebeine ausgruben. Während sie einen Haufen in der Nähe des jungen Scharai aufschichtete, sagte sie: »Erzähl mir von den Ghûlen, Jemel. Ich weiß nur, was mir meine alte Amme erzählt hat – Geschichten, um ein ungezogenes Mädchen zu erschrecken ...«

»Ghûle können einem erwachsenen Mann Angst machen«, grunzte er und schaufelte Sand. »Und das sollten sie auch. Sie sind tödlich.«

»Das sind die Dschinni auch, aber –« *Aber ich bin einem Dschinn begegnet und war mehr wütend als ängstlich, aber Elisande sagt mir immer wieder, das war Unwissenheit und nicht Weisheit.*

»Wenn ein Dschinn ein Mensch wäre, so wäre ein Ghûl ein Schakal: hinterlistig und heimtückisch, ohne Hirn, nur Magen. Aber ein Schakal ist ein Aasfresser; Ghûle töten. Sie können mit Angst töten, so wie heute – ich habe nicht gefragt, in welcher Gestalt er erschienen ist, aber sie muss Furcht einflößend gewesen sein. Du hast gesehen, was er mit seinen Kiefern angerichtet hat. Doch sie können auch mit Arglist töten. Manchmal nehmen sie die Gestalt einer Frau an, um einen Reisenden zu täuschen. Durch Gottes Gnade jedoch können sie ihre Füße nicht verändern, sie gehen stets auf den Hufen eines Esels. Darauf solltest du achten, wenn du einer Frau allein in der Einsamkeit begegnest. Sie lieben Ruinen, Friedhöfe, solche Orte. Dieser hier könnte eine Weile auf der Straße hier jagen, wenn die Tänzer ihn nicht erschlagen oder vertreiben. Hier wäre ein guter Jagdgrund für einen Ghûl.«

Das war nicht zu übersehen, auch wenn er die Kamele nicht als Nahrungsquelle gesehen, sondern nur aus Spaß am Gemetzel getötet hatte.

Jemel war es, der den Leichnam aus Gründen der Pietät in die zerfetzten Überreste seiner Kleidung wickelte und – allein, da die Bürde nur allzu leicht war – zu dem flachen Grab trug, wo er ihn ablegte. Dann scharten sich die anderen um ihn: Rudel und Redmond, und zu Juliannes Überraschung sogar Elisande und Marron. Der Junge war wieder von seiner eigenen Blutwallung gerötet, obschon in dem Leichnam kaum mehr etwas gewesen war, auf das er reagieren konnte. Er kam dennoch, derweil Elisande ihm zur Unterstützung stumm die Hand hielt. Kaum überrascht war Julianne hingegen, als Jemel sofort den Platz auf der anderen Seite von Marron für sich beanspruchte.

Redmond hielt am Kopfende des Grabs eine kurze Ansprache: fast mehr eine Art von Gesang, bei dem er den Körper sanft im Rhythmus seiner Worte wiegte. Es hörte sich wie ein Gebet in einer alten und förmlichen Abart des Catari an, die Julianne kaum identifizieren, geschweige denn verstehen konnte; aber sie wusste dennoch, worum es sich handelte. Dies war das *Khalat*, das Sterberitual, dessen Gesang den Verstorbenen ins Paradies geleiten würde. Ohne diesen Gesang würde seine Seele weiterhin den Ort heimsuchen, wo er gefallen war. Im Roq de Rançon hatte Julianne dreimal gehört, wie das *Khalat* geflüstert worden war; als Elisande versucht hatte, zuerst die Seele des Mannes zu befreien, den sie selbst zu töten mitgeholfen hatte, dann die aller Scharai, die in jener Nacht gestorben waren, und schließlich die des Dutzends Knaben, die in der folgenden Nacht auf dem Scheiterhaufen des Präzeptors ihr Ende gefunden hatten.

Redmond erhielt Antwort: von Rudel und Elisande, von Jemel, nicht von Marron und natürlich auch nicht von ihr.

Aber beim letzten Teil des Rituals konnte sie zusehen und nachahmen, verstehen und einstimmen. Jeder nahm eine Hand voll Sand und streute ihn auf den zugedeckten Leichnam; und als die hellen Sandkörnchen auf dem dunklen Tuch lagen wie Salz auf Fleisch – aber nein, sie wollte nicht an Fleisch denken, es war nur Sand auf feuchtem, getränktem Stoff, mehr nicht –, da ritzte sich jeder den Finger an einer Klinge, opferte dem Toten einen Tropfen Blut und sprach einige Worte, private Gedanken als privates Zwiegespräch hier unter der grellen Sonne, unter dem Schatten des Todes eines Fremden. Sie sprachen dem Toten zu Ehren immer noch Catari, und Julianne stellte zu ihrer Freude fest, dass sie folgen konnte.

Redmond sprach von einer Catari-Vision des Paradieses, einem Ort mit frischer Luft und klarem Wasser und Vogelgezwitscher in Gärten. Sie dachte an Bar'ath Tazore, eine Oase in der Wüste, und dachte, wenn sie als Scharai in diesem unwirtlichen Land aufgewachsen wäre – oder als einfache Catari unter der strengen Herrschaft ihres eigenen Volkes –, dann wäre das wohl auch ihre Vision geworden, ein Ort der Freude nach der Befreiung durch den Tod.

Rudel sprach vom Ende der Reise und Ruhe nach harter Plagsal; Elisande vom Guten an der Reise, von den Lektionen der Erfahrung und dem Erlangen von Weisheit. Nur Jemel sprach von dem Ghûl, und selbst ihm gelang es, Schock und Wut außen vor zu lassen und etwas Gutes an dem schrecklichen Tod zu finden: »Er lieferte sich der Bestie aus, um seine Männer zu retten. Sie sagen, er warf sich ihm in das Maul. Das Leben für seine Freunde zu geben, das ist die höchste Ehre. Es für ihresgleichen zu tun, für Diener und Vasallen, übersteigt mein Lob.«

Julianne wartete, aber niemand bewegte sich, auch wenn keiner sie ansah. Schließlich zog sie ihr Messer, hielt die Klinge an die Fingerspitze, drückte einen Tropfen Blut heraus und ließ ihn fallen. Anschließend holte sie tief Luft und sagte: »Ich weiß nicht, was man bei so einem Anlass üblicherweise Ziemliches oder Gescheites sagt; und keiner von uns hat den Toten hier gekannt«, tatsächlich kannte sie nicht einmal seinen Namen und wusste nicht, ob überhaupt jemand hier ihn gehört hatte. »Aber Jemel sagt, dass er tapfer gestorben ist, und ihm vertraue ich. Rudel und Elisande sagen, dass seine Reise sich gelohnt und er seinen Frieden wohl verdient hat. Traurig scheint demnach nur, dass seine Familie nicht anwesend ist, um zu sehen, wie er begraben und gelobpreist wird; für sie möchte ich stellvertretend hier stehen, so ich darf. Ich habe nichts über den Fremden zu sagen, kann aber durchaus über seinen Tod trauern.«

Elisande gab ihr einen Kuss. Immer noch bewegte sich niemand, sie warteten alle. Einer musste seine Rede noch halten.

Marron sagte: »Er ist tot und ich, ich habe ihn nicht getötet; mehr kann ich ihm nicht geben. Nicht mein Blut.« *Um Himmels willen, nein,* dachte Julianne, *nur das nicht!* – und dankte dem Gott, dass Marron wenigstens so viel Verstand hatte. »Dies ist tote Erde, in der wir ihn zurücklassen. Und ich kann keine Tür dorthin öffnen, wo seine Seele nun sein mag, wenn überhaupt ...«

Damit wandte er sich ab und ging weg; es dauerte eine ganze Weile, bis Elisande und Jemel ihm hastig nachliefen.

Rudel hob den Kopf und sah ihnen nach. Er sagte: »Ich hoffe, der Junge hat Recht, wenn er sagt, dass er diesen Mann nicht getötet hat. Ich selbst habe da meine Zweifel.«

Julianne verstand es nicht, erschauerte aber dennoch, als sie Rudels finstere Miene sah.

Die Tänzer kehrten zurück, da war sie noch nicht fertig damit, Sand und Steine auf das Grab zu schichten. Kaum Hilfe hatte sie dabei gehabt: Redmond war zwar geblieben, hatte aber wenig gesagt und noch weniger getan, Rudel hatte kurz den Spaten genommen, sich dann aber entschuldigt und war mit den Kameltreibern reden gegangen. Elisande und der Junge waren ferne Gestalten, die sich abseits hielten.

Eigentlich hätte ihr das missfallen müssen – Marron war unermüdlich und die anderen beiden nicht so wund gescheuert vom Sattel wie sie –, aber zu ihrer Überraschung war dem nicht so. Harte Arbeit, Bewegung und Schweiß waren besser als die verkrampfte Haltung auf Sildanas Rücken; und sie fühlte sich nützlich, was auf dieser Reise selten genug vorkam. Außerdem hielt es sie vom Nachdenken ab, und auch das war selten und gleichermaßen willkommen.

Aber die Tänzer kehrten zurück: Ein Fleck am flimmernden Horizont wie ein Makel in einem Glas, dann eine unterbrochene Linie schwarzer Gestalten, die wie Killerameisen heranrückten – und schließlich waren die Tänzer ja auch Killer. Rudel ging ihnen entgegen. Einen Augenblick konnte Julianne die Vision einer tödlichen Erscheinung nicht abschütteln und musste an sich halten, dass sie ihn nicht zurückrief.

Soweit sie sehen konnte, kamen sie mit leeren Händen zurück, was nicht anders zu erwarten gewesen war. Ganz sicher trug keiner den Kopf eines Ghûls als Trophäe oder Beweis, dass sie das Ungeheuer getötet hatten, bei sich. Wenn ein Ghûl starb, behielt sein Kadaver dann die Gestalt bei, in der er gestorben war? Hätten sie den Kopf einer Frau an den Haaren geschwenkt und behauptet, er hätte sich verwandelt gehabt, um sie zu täuschen, und wenn ja, hätte man ihnen geglaubt? Die Kameltreiber, die den Ghûl in einer schrecklicheren Gestalt erblickt hatten, ganz sicher nicht, dachte sie. Rudel und die anderen hätten ganz bestimmt die Eselshufe sehen wollen, um sich überzeugen zu lassen. Sie selbst war einfach nur froh, dass die Fährte des Ghûls – oder die der Tänzer – heute Nachmittag nicht die einer einsamen Frau gekreuzt hatte. Sie glaubte, diese Männer hätten möglicherweise das Schwert geschwungen, ohne erst nach Spuren im Sand oder den Füßen unter ihrem Kleid zu schauen.

Sie sah, wie sie näherkamen; die Disziplin ihrer Reihe wurde nur durch die Tatsache gestört, dass Rudel nun an Morakhs Seite ging. Auch die Disziplin einer einhelligen Meinung mochte gestört sein, überlegte sie, als sie die beiden streiten sah. Jedenfalls gestikulierte Rudel wütend oder nachdrücklich oder beides; Morakh schritt ungerührt weiter aus und verbarg die Hände in den Ärmeln, aber sein Kopfschütteln und die steife Haltung des bärtigen Kinns waren beredter als seine Stimme.

Als wäre die Ankunft der Tänzer ein Signal gewesen, ein Ruf, kam die kleine Schar von Juliannes Freunden den Hügel herab und gesellte sich zu ihnen – falls nicht der Streit Elisande herbeilockte, die stets so sehr darauf erpicht war, ihren Vater gedemütigt zu sehen. Und alle stimmten in die Diskussion ein, auch Redmond, der sie nur mit einer knappen Gebärde bedachte, die vermutlich als Andeutung einer Entschuldigung gedacht war: *Tut mir Leid, dass ich gehe und dir die Arbeit allein überlasse, aber ...*

Als sie sah, wie das Konklave nun ohne sie zusammentrat, wurde Julianne missmutig. Sie hieb Steine aufeinander und hoffte, dass der Lärm ebenfalls Bände sprechen würde, wollte aber nicht aufschauen und prüfen, ob es auch zur Kenntnis genommen wurde. Sie baute den Grabhügel so gut sie konnte, hoch und stark genug, dass er Winden und grabenden Tieren trotzen würde, dachte sie, und dann endlich ging sie zu ihren versammelten Gefährten hinüber. Auf dem Weg dorthin schlug sie übertrieben die Hände aneinander, um Sand und Felsstaub abzuschütteln.

Und blieb unbemerkt oder wurde absichtlich ignoriert; und abermals wurde ihr klar, dass Vereinbarungen getroffen wurden, dass ohne Rücksicht auf sie über ihre Zukunft entschieden wurde. Das missfiel ihr nun wirklich und wahrhaftig. Und dass ihre spezielle Freundin teilweise daran beteiligt war, vermehrte ihren Verdruss nur noch.

»Julianne und ich«, sagte Elisande gerade, »werden mit euch kommen, Morakh. Was immer die anderen entscheiden.« Mit den »Anderen« meinte sie in diesem Zusammenhang eindeutig ihren Vater, was sie mit einer geringschätzigen Kopfbewegung in seine Richtung noch bekräftigte. Und zweifellos nahm Elisande auch nur deswegen diesen Standpunkt ein, um in Opposition zu ihrem Vater zu sein; aber wie auch immer, Julianne hatte es mehr als satt, ständig mit anhören zu müssen, was sie tun oder lassen würde, und niemals selbst gefragt zu werden.

»Tatsächlich?«, fragte sie mit einer Stimme, vor der früher schon Fürsten und Herzöge gekuscht hatten. Elisande war die Enkelin eines Prinzipals; Julianne rechnete nicht damit, dass das Mädchen regelrecht zusammenzucken würde, aber sie wollte ihr

Mal hinterlassen. Wenn es sein musste auf Elisandes Haut. »Und wo genau werden wir denn mit Morakh hingehen? Und warum müssen wir uns überhaupt trennen, welche Entscheidung zwingt manche, einen anderen Weg einzuschlagen? Warum müssen wir unsere Pläne überhaupt ändern? Vielleicht sind wir aufgehalten worden, aber gewiss nicht mehr als einen halben Tag ...«

Morakh und die Tänzer starrten sie an. Mehr als einer drehte den Kopf zu Rudel oder Redmond und erwartete, dass sie zurechtgewiesen werden würde, dass man ihr zeigte, was ihre Pflicht war: Gehorsam den Männern gegenüber. Sie schnaubte und wandte sich in dieselbe Richtung, wo sie Antworten erwartete, da Elisande ihr nur einen halb störrischen und halb flehentlichen Blick schenkte, *gib mir deine Unterstützung hierbei ...?*

»Man hat angedeutet«, sagte Rudel um Gleichmut bemüht, »dass diese Straße nicht mehr als sicher betrachtet wird. Aus diesem Grund sollten wir sie verlassen und den schwierigeren, aber direkteren Weg durch den Sand nehmen, durch die *Mul'abarta*. Ich sage, das ist eine übertriebene Reaktion und wir sind auf der Straße in jedem Fall sicherer als fernab davon. Meiner Tochter gefällt es wie immer, anderer Meinung als ich zu sein.«

Wie immer, in jeder Bedeutung des Ausdrucks. Julianne kaute auf ihrer durch die Hitze rissig gewordenen Lippe und sah von Elisande zu Morakh. Es musste seine Entscheidung gewesen sein, also ...

»Morakh? Warum ist die Straße nicht mehr sicher? Einer ist hier gestorben, aber wir sind nun gewarnt und können auf der Hut sein ...«

»Kann man vor einer Kreatur auf der Hut sein, die jedes lebende Wesen nachahmt und jede Gestalt annimmt, die es will? Kann man jedem Mann und jeder Frau auf der Straße misstrauen? Ein Ghûl sucht Plätze heim, wo er ungestört fressen kann – eine Straße wie diese, wo Menschen kommen und gehen, die aber nicht bewacht ist. Er bleibt so lange, bis er getötet oder vertrieben wird. Wir konnten ihn nicht finden, aber er ist hier. Außerdem muss es kein Zufall sein, dass wir ihm um ein Haar als Erste begegnet wären.«

»Warum nicht?«

»Er könnte auf der Jagd nach einem von uns sein«, und auch wenn er es nicht mit dem Mund aussprach, sagten seine Augen: *Marron.*

Am Grab hatte Rudel etwas ganz Ähnliches gesagt. Diesmal fragte sie aber nach. »Warum?«

»Der wandelnde Geist würde so eine Kreatur über die halbe Welt hinweg anlocken.«

Noch mal: *Warum?* Aber sie verkniff sich die Frage; er hatte unter dem Bart die Lippen zusammengekniffen und wandte ihr den Rücken zu, womöglich von einem gewissen Maß an Selbstekel erfüllt, weil er so viele Worte mit einer Frau gewechselt hatte.

Redmond griff die Worte auf und verwandelte sie in ein Gegenargument. »Wenn Marron die Kreatur anlockt, wird er sie auch in der Wüste anlocken und wir werden nicht sicherer sein. Eher im Gegenteil.«

Eine wegwerfende Kopfbewegung, und: »Im Sand sind wir allein. Wen immer wir treffen, ob Mann oder Frau, ist ein Feind, bis er sich als unser Freund ausweist. Und Tiere sind Beute. Im Sand ist das Einfache unser Wächter.«

Und auf der Straße nicht: Das Leben war komplex und unvorhersehbar, alles im Halbschatten, Äußerlichkeiten trogen. In gewisser Weise ergab das einen Sinn.

Aber: »Ich kann die *Mul'abarta* nicht durchqueren«, sagte Redmond.

»Nein.« Es gab keinen Widerspruch, weder von den Tänzern noch von jemand anderem. Julianne hatte die wahre Wüste bisher noch nicht durchquert, doch selbst sie wusste das. »Ihr könnt die Straße nach Rhabat nehmen«, fuhr Morakh fort, »allein, oder Ihr könnt die Frauen mitnehmen –«

»Nein«, wandte Elisande sofort ein und platzte heraus, noch ehe Julianne ihre Gedanken zu einer angemessenen Antwort geordnet hatte. »Wo Marron hingeht, da gehen wir auch hin.«

Was interessant war, denn das Gebot des Dschinns bezog keinen von ihnen mit ein, aber es war dennoch keine Überraschung für Julianne. Auch für Morakh nicht, obschon man seinem Gesichtsausdruck entnehmen konnte, dass es ihm über die Maßen missfiel. Die Tänzer machten so wenig Aufhebens wegen der Schleier, dass die Mädchen sie schon gar nicht mehr anlegten, höchstens als Schutz vor Sand und Staub im Wind, wie die Männer auch; die bloße Anwesenheit von Frauen stieß die Tänzer ab, dagegen waren die unverhüllten Gesichter nicht mehr als ein Fleckchen Schmutz in einer offenen und brandigen Wunde.

»Ich halte es für Torheit, die Straße zu verlassen«, sagte Rudel mürrisch, »doch auch für mich gilt, wo Marron hingeht, da gehe ich hin. Vielleicht sollte Marron selbst uns sagen, wo er hingehen möchte …?«

Wenigstens das fiel dem Jungen leicht. Er betrachtete die Tänzer, Jemel, Elisande und sagte: »Mir ist es ziemlich einerlei, welchen Weg wir einschlagen. Aber wenn wir im Sand sicherer sind, wäre es wahrscheinlich klug, diese Route zu wählen.«

»Marron, du verrätst deine eigene Unwissenheit mit jedem Wort«, konterte Rudel. »Im Sand ist niemand sicher. Dein Volk spricht von der Großen Wüstenei, und das mit gutem Grund.«

Das war ein Fehler; Marrons Miene wurde verschlossen. »Ich habe kein Volk«, sagte er mit plötzlich schroffer und brüchiger Stimme. »Hier nicht«, mit einem kurzen Nicken nach Westen, nach Outremer, »und dort nicht«, Richtung Süden, Richtung Rhabat. »Weder diese«, die Tänzer, »noch du, Rudel. Ich gehe dorthin, wohin meine Freunde gehen. Wenn sie sich für den Sand entscheiden, dann ich ebenfalls.«

Seine Freunde wählten nur den Sand, weil er ihn wählte, um mit ihm zu gehen. Manchmal fand Julianne, dass dieses ganze Unternehmen so war: eine Suche nach nichts. Neuerdings fiel es ihr schwer, an die Warnung des Dschinns und die Gefahr zu denken, in der ihr Vater schwebte. Sie war diejenige, die am dringendsten nach Rhabat musste; alle anderen, dachte sie, folgten einander, und nur der Zufall führte sie alle in dieselbe Richtung. Zufall und Sturheit. Elisande kam mit, um ein Auge auf Marron zu haben und ihren Vater zu ärgern, weniger um ihre Freundin zu unterstützen oder dem Dschinn zu gehorchen; Rudel kam mit, damit er auf Marron und seine Tochter aufpassen konnte, Jemel hingegen wollte nur auf Marron aufpassen, aus diesem Grund schob er sogar seine Rache hinaus. Redmond – Redmond war alt und verletzt und sollte nach Hause gehen. Sie fand, dass er der einzig Vernünftige unter ihnen war, denn immerhin wäre er sofort bereit gewesen, sich aus ihrer Gesellschaft zu verabschieden, anstatt die *Mul'abarta* zu durchqueren; und dennoch kam er mit nach Rhabat. Doch nicht so vernünftig ...

»So sei es«, sagte er schließlich und seine Willenskraft überwand die Schwäche seines Körpers, wollte er ihnen jedenfalls weismachen. »Ihr geht eurer Wege und seid vorsichtig; ich nehme die längere Straße und fasse mich in Geduld. Ich werde mich dieser hilflosen Leute annehmen«, damit meinte er die Kameltreiber, »und die Waren ihres Herrn und Meisters abliefern. Sonst werden sie alles ausplündern. Ich habe selbst zu oft den Kaufmann gespielt, um das mit Gleichmut anzusehen; es ist mir zutiefst zuwider.«

»Alter Schurke, du warst ein Dieb noch ehe du zum Händler geworden bist.«

»Dennoch. Ein bekehrter Dieb, also strenger und starrer als alle anderen.« Redmond und Rudel grinsten einander an; Elisande gab ein kehliges Knurren von sich.

»So starr wie der dort bald sein wird«, fauchte sie und nickte mit dem Kopf zu dem frischen Grabhügel. »Wenn du allein weiterziehst, werden dir diese hilflosen Leute die hilflose Kehle aufschlitzen, Redmond, und über deiner Leiche plündern.«

»Sie nicht. Sie werden Angst vor meinem Geist haben.«

»Und werden ihm vielleicht selbst dann begegnen, wenn sie dir nichts antun. Du brauchst mehr als einen Begleiter, der auf dich aufpasst; du brauchst einen Heiler, der dich den Tag über auf den Füßen hält. Glaubst du, ich hätte nicht gemerkt, wie viel Kraft du von Rudel bekommen hast? Was meinst du, wie es dir ohne sie ergehen wird?«

»Ziemlich schlecht, das muss ich zugeben. Also komm mit mir, Elisande; und du auch, Julianne. Sie kann mir den Rücken freihalten, derweil du die Stelle deines Vaters einnimmst und mir deine Jugend und Tatkraft leihst ...«

»Ich besitze die Fähigkeit nicht«, entgegnete sie brüsk und ohne eine Spur von Bedauern. »Das weißt du. Nimm Rudel. Ihr werdet beide nicht im Sand gebraucht.«

»Keiner von euch wird im Sand gebraucht«, warf Morakh mit simpler, zwingender Logik ein. »Für den wandelnden Geist werden wir alle mitnehmen, die er nennt, weil wir seine Diener sind; aber sonst niemand. Holt jetzt die Kamele, es wird Zeit, aufzubrechen. Wir haben noch nie gehört, ob Ghûle schlafen. Bei Einbruch der Nacht sollten wir weit von dieser Straße entfernt sein.«

Wenn Julianne geglaubt hatte, es wäre ein Leichtes, die Straße zu verlassen, und der schwierige Teil bestünde darin, Redmond zurückzulassen, so wurde sie rasch eines Besseren belehrt. Zwei der Tänzer gingen die Straße entlang zurück und durchsuchten offenbar das Gepäck, das in der Panik beim Angriff des Ghûls verstreut worden war; die anderen luden alles von den Lastkamelen ab und schnitten die Seile auf, mit denen die Lebensmittelbeutel gehalten wurden.

»Was machen sie da?«, wollte Julianne von Elisande wissen. »Das alles werden wir doch gewiss mehr denn je brauchen.«

»Natürlich. Im Sand werden wir nur das essen, was wir jagen oder finden können oder tragen. Aber kannst du so einen Mehlsack tragen?«

»Nein, aber die Kamele ... nehmen wir denn die Kamele nicht mit?«

»Doch, natürlich, nehmen wir die Kamele mit. Aber Kamele sterben, Herzblatt; manchmal muss man die Kamele sterben lassen. Manchmal muss man sie töten oder selbst sterben. Nimm niemals etwas mit in die Wüste, das du brauchst, aber nicht selbst auf dem Rücken tragen kannst, denn es könnte sein, dass du das musst.«

»Elisande – wie gefährlich ist diese Reise ab jetzt eigentlich wirklich?« Natürlich würde sie kein Spaziergang werden, keine Vergnügungsreise. Aber wenn die Tänzer sie sicherer fanden als die Straße, dann konnte es doch nicht so schlimm werden. Oder?

»Julianne, Teuerste, dies ist die gefährlichste Reise deines Lebens, das gefährlichste Abenteuer, das du je auf dich genommen hast. Glaub mir. Du musst es glauben, sonst wirst du uns alle in Gefahr bringen, in noch größere Gefahr als wir ohnehin schon sind.«

Nein. Sie würde viele Dinge glauben, sie würde alles glauben, was Elisande ihr jemals erzählt hatte, aber das nicht. Sie machte die Augen zu und erinnerte sich an den Absturz, *immer tiefer und tiefer hinab, und obendrein in die Dunkelheit* – während dieses endlosen Absturzes hatte ihr Leben am seidenen Faden gehangen. Nichts hier würde sie jemals wieder so nahe an den Rand des Abgrunds führen ...

Doch als sie die Augen wieder aufschlug, da sah sie nicht das verbissene Gesicht ihrer Freundin, die ihr die Botschaft unbedingt vermitteln wollte, und auch nicht das rege Treiben ringsum auf der Straße: sie sah nur die Wüste, die *Mul'abarta*, den

Sand. Grauer Staub und Schotter unter ihren Füßen, goldene Dünen nur einen kurzen Fußmarsch entfernt; endlos viele, ein wogendes Meer, das nur von Felsen gleichen Hügeln unterbrochen wurde und mit zunehmender Entfernung immer dunkler wurde, so dass alles weit Entfernte – das sie nun betrachtete, das ihre Blicke auf sich zog – unter der sengenden Sonne rötlich wirkte und flimmerte wie eine Traumlandschaft, die ihr träge wie das Meer entgegenglitt ...

»Sei jetzt still und schau zu«, sagte Elisande. »Diese Männer wissen mehr als ich je wissen werde; wir können beide lernen, wenn wir zusehen ...«

Jeder Tänzer trug Wasser und Mehl in übel riechenden Ziegenhautschläuchen und gedörrte Datteln in Lumpen gewickelt. Das war Julianne schon aufgefallen, allerdings hatten sie einen gemeinsamen Vorrat für die Gruppe gehabt, keinen eigenen. Zwangsläufig, vermutete sie, musste die Ration jedes Einzelnen ausreichen, ihn durch die Wüste zu bringen, wenigstens von einer Oase zur nächsten, da sie keine Tiere hatten, um mehr zu tragen. Es sei denn, sie benutzten Lastkamele auf langen Märschen, dazu könnten sie gezwungen sein, aber sie würden nicht reiten. Sie wusste so wenig darüber, wie die Tänzer lebten ...

In den nächsten paar Tagen würde sie mehr lernen, soviel stand fest. Sie gehorchte Elisandes Befehl und beobachtete die Tänzer, wie sie Mehl und Stockfisch von Säcken in Hautschläuche umfüllten.

»Warum nicht den Reis?«, fragte sie, als sie sah, dass einige Säcke unbeachtet stehen blieben.

»Man braucht zu viel Wasser, um ihn zu kochen. Nur auf das Wasser kommt es nun an, Julianne. Wir können hungern und von einer Hand voll Mehl am Tag leben – und warte, bis du einmal Wüstenbrot gegessen hast, das ist eine Offenbarung –, aber Durst ist tödlich.«

»Stockfisch wird uns durstig machen ...«

»Der Fisch ist für die Kamele. Wir werden wenig Futter für sie finden. Kann sein, dass sie vor uns essen müssen.«

Tatsächlich fütterten sie den Kamelen alles Grünzeug, das sie hatten, ehe sie die Straße verließen. Redmond übernahm das Kommando über die Kameltreiber, die einer nach dem anderen mit ihren versprengten Tieren zurückkehrten. Diese Tiere waren nun hoch beladen und Schnauze an Schwanz aneinander gezurrt, eine zum Aufbruch bereite Karawane.

Er war zufrieden und ernst und machte sich mehr Sorgen wegen der gefährlicheren Reise seiner Freunde; noch einmal versuchte er die Tänzer davon zu überzeugen, dass auf der Straße nicht so viele Gefahren lauern würden. Nun, da sie von der Anwesenheit des Ghûls wussten, würde ihre große Zahl ihnen Schutz bieten, drängte er; wenn die anderen durch die Wüste zogen, stellten sich mannigfaltigere Gefahren, nicht nur der Ghûl, sondern alle mögliche Unbill der Wüste obendrein, besonders für diejenigen, die nicht mit ihr vertraut waren ...

»Wir werden ein Auge auf sie haben«, versprach Morakh. »Der Sand ist unser Reich, wir wissen, wo Gefahren lauern, und können ihnen aus dem Weg gehen. Der Ghûl wird die Straße heimsuchen – sie mögen die Wüste nicht, ebenso wenig die Tänzer. Ich habe schon einmal einen Ghûl getötet. Euer Risiko ist größer als unseres; seid wachsam.«

Redmond seufzte und fügte sich. Dann sprach er einige leise und private Abschiedsworte zu jedem der Gefährten. Julianne konnte nicht hören, was er über den Abschiedsgruß hinaus zu den anderen sagte, aber ihr murmelte er zu: »Dies ist ein Abenteuer, wie wir oder dein Vater es niemals für dich erträumt hätten, mein Kind. Genieße es, wenn du kannst; lerne daraus, was immer du kannst; aber vor allen Dingen, komm mir wohlbehalten nach Rhabat und bring deine Schwester mit ...«

Deine Seelenverwandte, sie verstand ihn sehr wohl; und sie küsste ihn, bevor er sie küssen konnte, und versprach ihm, auf Elisande aufzupassen.

Sie beobachtete ihn, wie er seinen Spruch – denselben oder einen ähnlichen, was konnte er schon groß sagen? – auch bei Marron und Jemel aufsagte, allerdings zuckten beide Jungs bei seinen Worten ein wenig zusammen. Dann stieg Redmond auf sein Kamel, breitete die Arme zu einer ausholenden Geste aus, an deren Ende sein Stock direkt nach Süden zeigte, und rief ihnen allen noch einmal etwas ganz Ähnliches zu: »Kommt sicher und wohlbehalten nach Rhabat, dort wollen wir uns treffen!«

Julianne wandte den Kopf ab, da der Abschied von ihm sie plötzlich traurig stimmte, als sie schon glaubte, sie hätte sich wacker geschlagen; und daher sah sie Morakhs Gesicht, ehe er wieder seine steinerne Miene aufsetzen konnte, und sie hatte einen Moment Zeit, sich zu fragen, warum er lächelte, als Rhabat erwähnt wurde, da er doch ein Mann war, der selten lächelte und selbst gesagt hatte, dass die Tänzer nicht nach Rhabat gehen würden …

Dann bemerkte er ihren Blick und wandte sich ab; und die Sonne schien ihr brennend in die Augen, da sie in seinem Schatten gestanden hatte, ohne es zu merken.

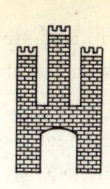

Die Säule der Leben

Marron war, als wäre er speziell hierfür umgestaltet worden: Die Hitze unter seinen Füßen und in der Luft entsprach der Hitze in seinem Blut, die im Sonnenschein pulsierte und strömte, die ganz und gar ein Geschöpf des Sandes war und nichts mit seiner früheren Persönlichkeit zu tun hatte. Die träge Ausdauer der Tage entsprach der trägen Ausdauer seines Körpers, der den ganzen Tag und die ganze Nacht laufen konnte, wenn er ihn dazu zwang, und es schien so viel zu geben, wovor er weglaufen musste; das dunkle Gewand, das ihn einhüllte, die dunklen Gestalten, die ihn umgaben und den Schatten entsprachen, die sein Herz umfingen, die Toten und Verratenen, die er zurückgelassen hatte.

Er war neu umgestaltet worden, dachte er, damit er der Tochter als Wirt dienen konnte, und mehr nicht, keine Spur mehr von ihm selbst.

Er dachte, dass er sich dagegen wehren sollte, doch das war schwer. Die Sonne laugte ihn aus, die Sterne raubten ihm seine Seele, die Wüste war fremd und endlos, so dass er sich darin vollkommen verloren fühlte; die Tänzer waren ununterbrochen in seiner Nähe und gönnten ihm keine Privatsphäre. So wollten sie ihn haben, nur ein Behältnis, ein Tor, das sich auf ein Wort von ihnen hin auftat. Sein stetes Unvermögen, ihnen genau diesen Wunsch zu erfüllen, erinnerte ihn freilich daran, dass er immer noch Marron war, ein Junge mit einer eigenen Geschichte und manchmal einem Anflug von Hoffnung.

Elisande verstand wenigstens ein klein wenig von dem, was in ihm vorging, und versuchte zu helfen. Jedes Mal, wenn sie Rast machten, wenn die Sonne am höchsten stand, brachte sie ihm Essen und blieb bei ihm sitzen, während er aß, und erzählte von der Welt, die sie hinter sich gelassen hatten, von Outremer oder aber von Rhabat, wohin sie unterwegs waren; auch stellte sie ihm Fragen nach seiner Kindheit, aber es fiel ihm zunehmend schwerer, sich daran zu erinnern. Und die Tänzer waren immer da und hörten immer mit, während sie mit ihren verstümmelten Händen Brot brachen und sie mit ihrem Schweigen verurteilten.

Jemel suchte Marrons Gesellschaft nun nicht mehr so oft oder nicht mehr so offensichtlich. Er hatte die Führung der Lasttiere als seine Pflicht akzeptiert, weshalb er immer am Ende der Karawane reiten musste und bei jeder Rast beschäftigt war. Wenn er doch einmal versuchte, näherzukommen, konnte er die Mauer der Tänzer, die Marron umgab, nicht durchbrechen. Sie hatten ihn abgewiesen, und diese Wunde war noch nicht verheilt.

In der ersten Nacht im Sand hatte Jemel seine Verkündigung gemacht. Wortlos war er von Marrons Seite gewichen und hatte einen flachen Stein zum Lagerfeuer der Tänzer getragen; hatte sich uneingeladen in ihrem Kreis niedergelassen und den Stein wie eine Opfergabe vor ihnen in den Sand gelegt.

Verwirrt und fasziniert war Marron ihm ein kleines Stück gefolgt, gerade weit genug, dass er sehen und hören konnte, was vor sich ging.

Jemel hatte Morakh als Anführer der Gruppe angesprochen; er sagte: »Ihr dient dem wandelnden Geist, ich ebenfalls. Ich würde mich gern eurer Bruderschaft anschließen, um wie ihr zu sein, voll und ganz Hingabe. Erweist mir die Ehre, in eure Dienste treten zu dürfen ...«

Und damit hatte er seine linke Hand auf den Stein gelegt und den Finger abgespreizt; hatte das Messer aus der Schärpe genommen und die Klinge auf das erste Gelenk des kleinsten Fingers gelegt; hatte Morakh angesehen und auf ein zustimmendes Nicken gewartet.

Und Morakh hatte nein gesagt.

Hatte gesagt: »Nein, das darfst du nicht. Ich kenne dich, Stammesloser. Ich weiß, du hast einen Schwur abgelegt, der das Leben eines anderen betrifft. Das verdirbt dich. Und ich bezweifle deine lauteren Motive, was den wandelnden Geist betrifft; deine Absichten sind nicht rein, sie besudeln ihn wie dich. Wir wollen nichts mit dir zu schaffen haben.«

Jemel hatte gezögert, und Marron hatte einen Moment gedacht, dass er sich den Finger dennoch abschneiden würde. Doch der junge Scharai hatte das Messer in die Scheide gesteckt und genickt, war aufgestanden und ohne ein weiteres Wort weggegangen.

Danach war er allein in die Dunkelheit gegangen, weit weg von den Feuern, unter die funkelnden Sterne; als Marron ihm folgte, hatte Jemel ihn mit wüsten Flüchen bedacht und ihm den Rücken zugedreht. Jetzt drehte er ihm nicht den Rücken zu, kam aber auch nicht näher; lungerte nur herum, sah aus der Ferne herüber und versorgte übertrieben sorgfältig seine Tiere, damit er nicht noch auffälliger herüberstarrte. Nicht einmal Elisande fand eine Möglichkeit, zu ihm durchzudringen. Das war ein Werkzeug, eine Waffe, mit der sie einen gewissen Druck auf Marron ausübte, auch wenn er federleicht und fragwürdig war: Jemels Gleichgültigkeit machte es Marron leichter, den Willen der Tänzer wie betäubt zu akzeptieren, aber Elisandes Sorge um den Scharai zog ihn immer wieder ein wenig zurück, auch wenn er selbst sich nicht sorgen konnte. Zog ihn ein wenig zurück, aber nicht weit genug und mit jedem Tag weniger ...

Die Wüste machte Starkes schwach, dachte er, und nicht nur Körper. Er konnte sehen, wie die Bande zwischen den Menschen ausfransten wie die Säume an den Gewändern der Tänzer, wo sie Fädchen auszupften, um Feuer zu machen; manche, dachte er, loderten unvermittelt auf und verschrumpelten wie diese Fäden, wenn ein Funke auf sie fiel.

Rudel, dachte er, versengte möglicherweise jede Hand, die ihm dargeboten wurde. Der Mann ritt stets mit finsterer Miene und machte kein Hehl aus seinem Misstrauen gegenüber den Tänzern und seiner Missbilligung jeder Entscheidung, die getroffen worden war, seit sie die Straße verlassen hatten. Er stritt wie immer mit seiner Tochter, aber nun auch mit allen anderen. Hätte ein weiterer Patric-Mann der Gruppe angehört – ein Patric-Mann abgesehen von Redmond, der so sehr vermisst wurde –, dann wäre es inzwischen gewiss schon zu Handgreiflichkeiten gekommen. Mehr als einmal hätte er um ein Haar das Messer gegen den einen oder anderen Scharai gezückt.

Dafür war die Wüste verantwortlich, dachte Marron, der an den weisen und geistreichen Jongleur denken musste, als der Rudel in der Burg aufgetreten war, höflich und diplomatisch und endlos geduldig. Der Sand wurde aufgewirbelt und raute auf, was einmal glatt gewesen war; saubere und solide Gebilde wurden in der Hitze deformiert. In der Wüste waren die Menschen nicht mehr sie selbst. Er wäre wohl eher panisch gewesen, nicht verdrießlich, bitterlich besorgt, doch er war zu weit von dem entfernt, was Marron war, was zu Sorge in der Lage war ...

Stattdessen beobachtete er nur, sah mit an, wie es geschah, und fragte sich, was als Nächstes passieren würde. Er kam sich wie eine Art Zeuge auf dieser Reise vor, der zusah, sich alles einprägte und weitgehend unberührt blieb von Schmerz und Wut, Angst und Abscheu, mit denen die anderen sich begegneten. Dasselbe galt bei ihm für die Reise selbst, die endlosen Meilen, bei den anderen aber nicht.

Da er nicht tun konnte, was er tun sollte, war er für die Tänzer so nutzlos wie für seine Freunde. Sie hüteten ihn nicht seinetwegen, sondern wegen dem, was er in sich trug. Er war ihr Talisman; sie wollten ihn zu ihrem Werkzeug machen. Er beobachtete sie ebenfalls und lauschte, wenn er konnte, aber unter sich benutzten sie eine Geheimsprache, der er nicht richtig folgen konnte. Sie schien sich seinem Verständnis irgendwie zu entziehen, ihn zu reizen wie ein Gesicht hinter einem Schleier, auf das man kurze Blicke werfen konnte, die aber nicht für eine Identifizierung ausreichten. Er dachte, dass die Tochter sie vielleicht verstehen konnte; ein Mann, der die Tochter einsetzen konnte, wie es gedacht war, konnte sie vielleicht auch dafür heranziehen, um eine Tür zum Verstehen aufzustoßen. Er hingegen konnte es nur als ein weiteres Scheitern verbuchen, ein Teil von etwas Größerem.

Aber wenn die Tänzer mit seinem eigenen Volk sprachen, brauchte er keinen Übersetzer. Nicht einmal, wenn sie Catari sprachen: Das beherrschte er mittlerweile so fließend wie seine Muttersprache. Auch hier dachte er, dass das weitgehend auf die Tochter zurückzuführen sei, allerdings war es hier Jemels Hand gewesen, die den Schleier zurückgeschlagen hatte.

Er hatte mitgehört – aus der Ferne, da die Gabe der Tochter sein Gehör wie die anderen Sinne auch geschärft hatte –, als Rudel den Weg, den sie einschlugen, zum ersten Mal in Frage gestellt hatte, mehr nach Westen als nach Süden; er hatte Morakhs Antwort gehört, dass der Stamm, dem das Land im Süden gehörte, kein Freund der Patric war. Unter den Scharai stand es den Tänzern frei, zu reisen, wohin sie wollten, und Jemel, der seine Treue gelobt hatte, möglicherweise ebenfalls. Aber aus Gründen ihrer eigenen Sicherheit mussten Rudel und seine Gruppe dieses Gebiet meiden ...

»Wir aus Surayon genießen einen besonderen Status«, hatte Rudel knurrend geantwortet. »Ich bin bislang noch bei jedem Stamm willkommen gewesen.«

»Die Zeiten ändern sich«, hatte Morakh geantwortet. »Selbst Surayon liegt in Outremer und ist damit verflucht. Hasan hat die Stämme diesbezüglich geeint, und die Kunde über den wandelnden Geist wird sich ebenfalls verbreiten; unser Volk wird das als ein Zeichen sehen. Inzwischen dürftet Ihr alles andere als willkommen sein. Ihr könnt Euren eigenen Weg gehen, wenn es Euer Wunsch ist, aber wenn Ihr mit uns kommen wollt, müsst Ihr unseren Entscheidungen vertrauen.«

Rudel traute den Tänzern überhaupt nicht, das stand fest, aber an jenem Tag hatte er sich jedes weitere Wort verkniffen.

Heute jedoch hatten sie eine Felsklippe über einem Wadi erklommen, und nun führte ihr Weg nach Westen und ausschließlich nach Westen; der steile Abgrund zu dem Wadi hin wurde im Süden durch steile Klippen mehr als wettgemacht. Sie gingen auf einer Mauer und führten die langsamen Kamele; bei der mittäglichen Rast waren Rudels Zweifel in unbeherrschte Wut umgeschlagen.

»Das ist sinnlos für uns!«, brüllte er in Hörweite der gesamten Gruppe. »Es gibt keine Lücke in diesen Klippen, wo wir die Kamele abwärts führen könnten. Wir sollten umkehren und schnurgerade Richtung Süden ziehen. Ich würde lieber den Zorn der Aschti oder jedes anderen Stammes riskieren, als wie eine verlorene Seele durch die *Mul'abarta* zu wandern, bis uns das Essen ausgeht und wir jeden Tropfen Wasser verloren haben. Unsere Mission ist dringend, Morakh, und vorrangig.«

»Ihr wollt den Zorn der Stämme riskieren, auch wenn sie sich gegen Euch erheben könnten? Gut. Geht Ihr auch das Risiko des Ghûls ein?«

»Des Ghûls? Welches Ghûls? Den haben wir vor Tagen an der Straße hinter uns gelassen. Darum haben wir, auf Euer Anraten, diesen Weg gewählt ...«

»Ich habe mich geirrt«, sagte Morakh nur. »Vielleicht habe ich ihn falsch verstanden – doch er verhält sich nicht wie die Ghûle, von denen ich gehört habe. Etwas treibt ihn an, aber mehr als nur Hunger; vielleicht hat er den wandelnden Geist gewittert und fühlt sich zu ihm hingezogen. Er ist uns gefolgt, jedenfalls seit wir die Straße verlassen haben. Wir haben Spuren gefunden, und letzte Nacht habe ich einen Schatten um unser Lager schleichen sehen.«

»Warum habt Ihr das nicht schon vorher gesagt?«

»Was hätte es gebracht? Wir kennen die Gefahr und wappnen uns dagegen. Solange wir keinem Fremden trauen und die Schwerter griffbereit haben, sind wir in relativer Sicherheit. Er wird keine Gruppe angreifen, die so wachsam ist wie unsere. Wir stehen hier auf neutralem Boden, heiligem, für die Stämme verbotenem Boden; wenn der Stammeslose immer noch ein Saren wäre, hätten wir nicht hierher gekonnt. Vielleicht hat der Ghûl Angst, seinen Fuß auf Boden zu setzen, wo Gott gewandelt ist, ich weiß es nicht. Aber wenn Ihr nach da unten geht, wie wollt Ihr erkennen, ob es sich bei einer Zufallsbegegnung um eine Frau handelt, die Wasser für ihr eigenes Land holt, oder einen Ghûl, der es auf Euer Blut abgesehen hat?«

Das schien eine anständige Frage, aber Rudel gab keine anständige Antwort, sondern schnaubte nur und schaute zweifelnd drein. »Wenn Ihr das nächste Mal die Fährte eines Ungeheuers seht, wäre ich sehr verbunden, wenn Ihr sie mir zeigen würdet.«

»Wie Ihr wünscht.«

»Könnt Ihr uns inzwischen verraten, wie wir den Weg nach Rhabat finden wollen? Diese heiligen Klüfte führen uns weit von unserem Weg ab ...«

Morakhs Gesicht verfinsterte sich wegen dieser möglicherweise blasphemischen Worte, und vielleicht hätte er das Messer gegen diesen rothäutigen Patric gezückt, aber eventuell verbot ein Gesetz, Blut an hohen und heiligen Orten zu vergießen, oder er war sich seiner Sache nicht sicher oder friedfertiger als es den Anschein hatte. »Seid unbesorgt«, sagte er knapp. »Der Kamm steigt morgen zu einer Hügelkette hin an, wo ein Weg wieder zum offenen, sandigen Gebiet hinabführt. Etwa eine Wochenreise südlich von dort liegt das Tote Wasser und auch Rhabat. Seid Ihr nun zufrieden?«

»Ich werde zufrieden sein, wenn wir dort angekommen sind.«
»Wie auch immer.«

Eine Geste, die nicht der anmutigen Verbeugung der Scharai entsprach, sondern ein absichtliches Spottbild davon darstellte, mithin also eine Beleidigung; nun wurde Rudel noch röter. Aber er sagte nichts und hielt die Hand weit vom Griff seines Dolchs fern. Marron dachte, dass er dankbar um dieses Maß an Selbstbeherrschung sein sollte, aber die Tochter sang hell und klar in seinen Ohren, und mit jeder Stunde lauter und durchdringender, und damit entfernte sie seinen Geist noch weiter von jeglichem menschlichen Mitgefühl. Er glaubte, dass die Tochter nichts gegen ein wenig Blutvergießen gehabt hätte. Vielleicht war dieser Ort wirklich heilig und sie reagierte darauf; vielleicht spürte sie auch nur ihre Macht deutlicher, ihren allmählichen Sieg über das, was einst Marron gewesen war, und war deshalb in Hochstimmung.

Marron spürte ihre Macht deutlicher, das immerhin stand fest. Je höher sie diesen Grat erklommen, je reiner die Luft wurde, desto weiter konnte er über die Wüste sehen; und er sah nur Sand und Felsen und Schatten, alles durch den rötlichen Schimmer des blutigen Auges der Tochter, und er dachte, dass dies nun sein Leben war – was davon übrig blieb, das er noch sein Eigen nennen konnte: kahl und öde und unter dem Schleier eines Auges und eines Willens, der ganz und gar nicht sein eigener war.

Der Fels, vom Wind der Jahrhunderte berührt und vom Sand abgeschmirgelt, den der Wind emporwirbeln konnte, war glatt unter ihren Füßen, selbst den bloßen Füßen der Scharai. Marron wurde verboten, ohne Schuhe zu gehen, da man Schnittwunden fürchtete; die Mädchen entschieden sich freiwillig dagegen. Elisande hatte gesagt: »Das habe ich als kleines Mädchen gemacht; ich habe Jahre gebraucht, die Hornhaut loszuwerden, die es mir eingebracht hat. Wie trockenes Leder, ich hätte meine Messer daran wetzen können. Das habe ich auch. Nun bin ich eine Dame, ich mag meine Füße zart und rosig und wohlduftend …«

Da hatte selbst Jemel lächeln müssen. Julianne kicherte unbeherrscht, und nur Rudel hatte ein ausdrucksloses Gesicht gewahrt, aber selbst ihm schien es schwer gefallen zu sein.

Rudel trug ebenfalls Stiefel unter dem Gewand; Marron glaubte, dass er Messer darin versteckt hatte. Aber das glaubte er von Elisande auch, nachdem sie nun eine Dame geworden war …

Der Fels war glatt, aber tückisch; derselbe Wind, der die rauen Kanten glatt geschliffen hatte, hatte auch aufwärts wie abwärts unebene Stufen hineingefräst. Wo sie auf den Kamelen reiten konnten, kamen sie dennoch nur langsam voran. Marron ging mit den Tänzern, seinen ständigen Gefährten, ein Stück weit voraus; zwei waren noch weiter vorausgegangen und kundschafteten oder jagten, allerdings glaubte er, dass sie in diesen kahlen Höhen kaum Beute für ihre Pfeile finden würden.

Morakh ging an seiner Seite, ließ sich aber zur Abwechslung einmal nicht über die Tochter und wie man sie beherrschen konnte, aus. Auch hatte er Marron während der Mittagsrast nicht erneut zu einer Prüfung gezwungen, die er ohnehin nicht bestanden hätte. Das war das erste Mal seit Tagen. Vielleicht hatte ihn der Streit mit Rudel abgelenkt; das war möglicherweise ein Missgeschick für ihn, für sein Anliegen mit der Tochter, die momentan so lebendig in Marrons Blut zu sein schien, dass ihr schrilles Lied ihm in den Ohren hallte. Er selbst war nur dankbar für die Atempause.

Er schaute nach vorn und sah die beiden Tänzer als vage dunkle Schatten vor dem ewigen Rot, winzige Schatten, so klein, dass gewöhnliche Augen sie unmöglich entdeckt hätten. Er sah, wie sie sich bewegten, und plötzlich standen sie still und schienen offenbar zu warten.

Er ging mit den anderen weiter und stellte fest, dass sie tatsächlich warteten. Nach einer Weile, als er sie mit seinen angepassten Augen klar und deutlich sehen konnte, sah er, wie einer sich aufrichtete und steif gestikulierend im grellen Licht Zeichen mit den Armen machte.

Marron zeigte überflüssigerweise hin; Morakh hatte es schon gesehen. Er stieg auf einen hohen Felsen, wo der Wind sein Gewand peitschte, während er mit ruckartigen Bewegungen der Arme in der Luft fuchtelte.

Er hat etwas gefunden ... Er will es uns zeigen ...

Möglicherweise hätte jeder mit einem regen Verstand und abstraktem Denkvermögen diese elementaren Zeichen verstehen können; vielleicht war dieser Anflug des Vertrauten, dieser Eindruck, als würde der Wind einen Schleier heben und das Gesicht darunter enthüllen, nicht realer als eine Fata Morgana. Möglicherweise. Aber Marron spürte die Tochter durch seinen Körper pulsieren und konnte nicht daran zweifeln. Die gesprochene Sprache der Tänzer mochte sich seinem Verständnis noch entziehen, dessen war er sich nicht sicher, doch ihre Zeichensprache konnte er eindeutig verstehen und interpretieren.

Aber er sagte nichts, sondern folgte Morakh nur, der vorauseilte.

Das schmale Felsgesims hatte sich zu einem breiten Plateau erweitert, als sie zu den wartenden Tänzern vorgestoßen waren. Weit vorne, an der Grenze von Marrons Sehvermögen, lag eine Schattenlinie über dem Horizont, die erste Andeutung der Hügel, von denen Morakh gesprochen hatte.

Sand und Staub knirschten unter ihren Füßen; an manchen Stellen bildete er, Wasser gleich, Pfützen in Ritzen und Mulden, die so tief waren, dass nicht einmal der Wind sie leer fegen konnte. Die Tänzer standen vor so einer Mulde, wo ebenes Felsgestein von einer Sandstrecke unterbrochen wurde, bis auf der anderen Seite wieder Fels anstieg.

Der Sand war glatt gewesen und würde wieder glatt sein;

schon jetzt wirbelte der Wind Körnchen auf und wehte sie fort, und die klar umrissene Fährte verschwand vor Marrons Augen...

Abdrücke von Eselshufen, allerdings nur zwei und in Abständen, wie ein kleiner Mann Schritte machen könnte, wenn er es eilig hatte, ein kleiner Mann oder eine Frau ...

»Schirmt sie vor dem Wind ab«, bellte Morakh. »Ich bin sicher, Rudel möchte sie sehen.«

Marron konnte nicht warten, bis die Reiter näher kamen; der Sims mochte hier breiter sein, aber dennoch sollte man die Tiere keinesfalls erschrecken. Er zog sich in eine angemessene Entfernung zurück und lehnte sich an einen abgerundeten Felsvorsprung. Er konnte gut genug sehen und hören. Er hörte das Flüstern der Kamelhufe, die sich auf Sand und Fels näherten, er hörte die Fragen, die von Reiter zu Reiter weitergegeben wurden, und das Schweigen, als sie ihre Antwort sahen.

Er hörte Rudels Stiefel auf dem Boden poltern, vernahm seine stapfenden Schritte. Im nächsten Augenblick der Stille – in dem Augenblick, da Morakh vielleicht das Wort hätte ergreifen können – *seht Ihr, Ungläubiger?* –, es sich aber verkniff – bildete er sich sogar ein, er könnte Rudels zischelndes Einatmen hören, als der Mann stehen blieb und die Fußspuren des Ghûls im Sand betrachtete.

»Was denn, sogar hier? Hattet Ihr nicht gesagt, dass er uns folgen würde?«

»Das hat er getan.«

»Und jetzt ist er vor uns. Wie kann das sein? Nichts ist an uns vorbeigekommen, und wir haben die ganze Nacht am Fuß der Anhöhe gelagert. Ihr habt Wache gehalten und ich ebenso. Ist er heraufgeflogen, ist er jetzt eine Harpyie?«

»Was ist eine Harpyie?«

»Halb Frau, halb Vogel. Eine Frau mit Schwingen.«

»Und Klauen«, von Elisande, die sich nie einen Kommentar

verkneifen konnte, wenn ihr Vater bei einer Versammlung etwas zu sagen hatte. »Harpyien greifen.«

»Jetzt eine Harpyie, warum nicht?«, sagte Morakh mit einem übertriebenen Achselzucken. »Eine Frau mit Schwingen, das kann er sein, wenn er möchte. Wenn er diese Vorstellung im Kopf hat. Sie sind dumme Geschöpfe, aber sie können eine Vorstellung aufgreifen und horten wie einen Schatz ...«

»Harpyien kommen nur in Legenden vor«, wandte Elisande ein, »nicht in der Wirklichkeit.«

»Na und? Die Ghûle hören sich Geschichten an, wenn sie können, so wird jedenfalls behauptet.«

»Ich meinte damit, ich glaube nicht an Eure Harpyie.« Genauer gesagt, die Harpyie ihres Vaters. Er hatte es eindeutig nicht als ernsthaften Beitrag gemeint, aber die Bemerkung kam von ihm und daher musste sie dagegen sein. »Er muss einen anderen Weg genommen und uns während des gestrigen Abschnitts der Reise überholt haben. Oder es sind zwei, warum nicht? Es könnten doch zwei sein, oder?«

Abermals zuckte Morakh die Achseln. »Es könnten zwei sein, es könnten viele sein. Wir könnten von Ghûlen gejagt werden, auch wenn ich noch nie gehört habe, dass sie in Rudeln jagen. Möglicherweise könnte er die Gestalt einer Bergziege angenommen haben und von dem Wadi herausgeklettert sein ...«

Er zeigte nach Norden, doch diese Felsklippe war zu weit entfernt, sie konnten nicht erkennen, wie steil der Hang war. Niemand meldete sich freiwillig, um hinzureiten und nachzusehen; wenigstens einige stellten sich einen Ghûl vor, der dort unsichtbar lauerte und wartete ...

»Er ist hier«, sagte Morakh. »Nur das zählt. Nicht die Frage, wie er hierher gelangt ist.«

»Und was machen wir jetzt?«, fragte Julianne, der man ihre Nervosität deutlich anmerkte, »Umkehren?«

»Nein. Wenn er uns jagt, dann würde er uns folgen; wenn es

einen anderen gibt, würden wir vielleicht an einer Stelle auf ihn treffen, wo wir nicht kämpfen können. Dies ist besseres Gelände als heute Morgen. Wir ziehen weiter; wir wissen, dass er vor uns ist und können wachsam sein. Und wir, die Tänzer, kennen diesen Weg, der Ghûl aber möglicherweise nicht. Wir führen euch alle im Dunkeln und täuschen ihn damit.«

»Und wenn er die Gestalt einer anderen Lebensform annimmt, eines Ungeheuers, das im Dunkeln sehen kann?«, wollte Rudel wissen.

»Dann lässt er sich eben nicht täuschen. Er jagt uns so oder so; wir verlieren nichts. Und wenn er uns angreifen will, gibt es nichts, das in der Dunkelheit, im Sand, besser sehen kann als der wandelnde Geist. Wir wären vorgewarnt.«

»Marron kann weder die ganze Nacht gehen noch Wache halten«, wandte Jemel wütend ein, ein Einwand, den Marron von Elisande erwartet hätte.

»Sei nicht albern, Junge. Er kann es, und wir können es auch. Selbst die Frauen könnten es in der größten Not, allerdings werden wir sie nicht so sehr strapazieren. Wenn der Ghûl kommt, dann stirbt er. Wenn nicht, haben wir eine bessere Chance, ihm zu entkommen, wenn wir wenigstens ein paar Stunden in der Nacht weiterziehen. Bei Mondaufgang wird das Licht stark genug sein, kräftige Schatten zu werfen. Ihr wisst das, Ihr habt es selbst gesehen. Wir brauchen die Augen des wandelnden Geists nicht wirklich; unsere eigenen sind genug.«

Und wie wollt ihr den Augen entkommen, die euch beobachten? Er war zu weit entfernt, um zu fragen, und hatte zu wenig Interesse daran; ein Nachtmarsch wäre eine willkommene Abwechslung von den monotonen Nächten. Er brauchte nur noch wenig Schlaf, und die Tänzer sprachen in Schichten mit ihm, wenn er wach war. Manchmal legte er sich hin und tat so, als schliefe er, nur um ihrem Flüstern zu entkommen, doch das war ein schwacher Trost. Stunden strapaziösen Unbehagens auf steinigem Boden waren nichts im Vergleich zu der zeitlosen, endlosen Parade hinter seinen Augen. Was er getan hatte, was er nicht getan hatte, was er zweifellos tun und nicht tun würde in der langen Qual von Scham und Trauer und Ekel vor sich selbst, aus denen sein künftiges Leben bestehen würde, wie immer es sich auch entwickelte ...

Sie zogen weiter und ließen das Zeichen des Ghûls im Sand zurück, damit Reisende es sehen konnten, falls Reisende kamen, bevor der Wind die Spuren endgültig verweht hatte. Marron ging voraus, sah aber keinen Grund zur Eile; er konnte die Kamele führen und dennoch gehend weit genug auf Distanz bleiben, da sie so misstrauisch waren. Er wäre auch gern auf Distanz zu den Tänzern gegangen, doch die blieben so konstant wie sein Schatten und ebenso schnell. Sollte er doch laufen, würden sie hier so gut wie auf dem Sand mit ihm Schritt halten. Auf einer Straße könnte er ihnen vielleicht entkommen – er wusste nicht, wie schnell er jetzt laufen konnte, doch jedenfalls schneller als vorher, darauf konnte er sich verlassen, und auch sehr viel weiter –, aber nicht in unsicherem Gelände, das sie kannten und er nicht.

Aber eines wusste er oder schien es zu wissen: Er wusste, wohin sie unterwegs waren, aber was dort auf sie wartete, das war ihm so rätselhaft wie dieses ganze Land. Vielleicht nicht, wohin sie gingen, aber immerhin, wo die Tochter hingehen wollte – er konnte sie spüren, sie war kein bloßer Passagier mehr, sondern stärker, fordernder, und lenkte seine Schritte vorwärts. Das Wadi war im Norden zurückgeblieben, so dass sie nun auf einer Hochebene gingen. Es gab keinen ersichtlichen Weg, nichts, was ihn an den südlichen Klippen gehalten hätte, abgesehen von Morakhs Versprechen, dass es einen Weg abwärts geben würde, und Rudels Absicht, diesen Weg einzuschlagen. Aber jedes Mal, wenn er vom Weg abweichen wollte – und das versuchte er, und sei es nur, um sich selbst oder die Tochter zu prüfen, um seinen inneren Zwang herauszufordern –, wurde das Lied in seinen Ohren schrill und misstönend, pochte und pulsierte sein Arm schlimmer, wurden seine Beine schwer, als würde er in fließendem Wasser waten. Selbst wenn er nur Pause machte und zu den nachfolgenden Reitern zurückschaute, war dieser minimale Widerstand schwierig, fast schmerzhaft.

Bald gab er jeden Gedanken an Widerstand auf, lenkte seine Schritte geradeaus und konzentrierte sich auf das Ziel. Das war leicht; und erstaunlicherweise fielen sogar die Tänzer etwas zurück oder gestatteten ihm alleine zu gehen. Der Wind war trocken und frisch, die Hitze nahm ab, als die Sonne unterging, er konnte gehen und gehen und des Gehens niemals müde werden.

Er ging immer nach Westen, führte oder wurde geführt, beides; die Hügelkette am Horizont wurde langsam größer und markierte ein Ende, das sie in dieser Etappe nicht mehr erreichen würden. Er fragte sich, was morgen geschehen würde, wenn der Weg nach Süden abzweigte, bevor die Tochter aufhörte, ihn nach Westen zu rufen oder zu treiben. Er musste so oder so einen Verrat begehen und hatte doch schon zu viele verraten …

Er hielt es für wahrscheinlich, dass er seine Freunde verlassen oder zwingen würde, ihm zu folgen; weder konnte er die Tochter zurücklassen noch sich ihr widersetzen. Doch darüber würde er sich morgen den Kopf zerbrechen. Heute, heute Nacht, wollte er nichts anderes tun als gehen.

Als die Sonne direkt vor seinen Augen stand, glaubte er ganz kurz einmal, den Schatten von etwas Riesigem vor dem Gleißen zu sehen, einen Turm oder eine Felssäule; einen Moment hielt er es sogar für eine Nadel, als er Feuer durch das Öhr lodern sah.

Da rief Morakh ihm aus kurzer Entfernung von hinten etwas zu. Marron drehte sich um und sah, wie der Tänzer den Arm zu einer Geste bewegte, die jeder hätte deuten können, *warte dort, bis wir da sind*. Das schien logisch, nicht einmal der wandelnde

Geist sollte in der Dunkelheit allein wandeln, so sicher ihm der Weg auch scheinen mochte. Nicht, wenn hinter jedem Felsen ein Ghûl lauern konnte. Er war ohnehin überrascht, dass sie ihn allein so weit von sich gelassen hatten, selbst bei Tage. Konnte die Tochter es mit einem Ghûl aufnehmen? Er wusste es nicht und wollte es auch nicht herausfinden.

Er hätte Morakh fragen können, als die Tänzer zu ihm aufgeschlossen hatten, ließ es aber sein. Und er fragte auch nicht nach der Nadel aus Felsgestein, auch wenn deren Ebenbild noch hinter seinem Auge brannte. Seine Neugier war unbedeutend und wurde unter gewichtigeren Dingen erstickt. Überdies beantwortete Morakh nicht gern Fragen und ließ sich ebenso ungern ins Vertrauen ziehen. Wäre er an Jemels oder Elisandes Seite gegangen, hätte er deren Wissen vielleicht auf die Probe gestellt, doch solange sie ritten war das unmöglich.

Mit dem unvermittelten Einbruch der Nacht rückte die ganze Gruppe näher zusammen und die Reiter näherten sich Marron und den Tänzern, so weit ihre Tiere es ertragen konnten. Eine Stunde zogen sie im Licht der Sterne weiter, aber langsam; die Gestirne über der Wüste warfen seltsame Schatten unter ihren Füßen, waren aber selbst für die Augen der Sterblichen hell genug. Für Marrons Augen waren sie ein strahlendes Leuchten, ein Band scharlachroten Feuers, das sich über den ganzen Himmel zog.

Als der Mond aufgegangen war, kamen sie auf dem unebenen Felsgelände schneller voran und hielten das Tempo mehrere Stunden lang, bis Rudel rief, dass die Mädchen in den Sätteln schwankten. Elisandes Schnauben hätte ein Widerspruch sein können, aber wenigstens Julianne war ehrlich genug, es zuzugeben. Und so schlugen sie ihr Lager in einer kleinen Mulde auf, die sie fanden, eine flache Senke im Gestein, deren niedrige Wände wenigstens einen gewissen Schutz vor dem Wind boten. Auch bildete der Sand, der sich darin angesammelt hatte, ein weicheres Bett als Stein allein, wenn er auch nicht viel weicher war. In dieser Nacht machten sie trotz der Kälte, die selbst den Boden durchdrang, kein Feuer; sie mussten sparsam mit ihrem Brennstoff umgehen, sagte Rudel. Darauf erwiderte Morakh nichts, stimmte aber zu, dass es töricht wäre, in dieser Nacht ein Feuer zu entfachen, das suchende Blicke auf sie lenken könnte.

Sie organisierten abwechselnde Wachen für den Rest der Nacht: Rudel und Jemel, dann die Tänzer in Zweiergruppen. Niemand schlug Marron vor, obschon er nicht damit rechnete, dass er schlafen würde. Die Tänzer würden natürlich über seinen Schutz wachen, was möglicherweise ein Hinweis darauf war, ob er den Angriff eines Ghûls überleben konnte – oder auch nicht; Rudel und Jemel würden ihn so eingehend im Auge behalten wie die Felsen und die Schatten und den Sand unter den Klippen. Beide hatten ihre Gründe.

Und beide, dachte er, könnten gut daran tun, ihn nicht nur beiläufig im Auge zu behalten, und sei es nur, um Alarm zu geben, sollte er versuchen, sich davonzuschleichen, während die anderen schliefen. Seine Füße könnten ihn, überlegte er sich, auch wider sein besseres Wissen oder die Instinkte seines Verstandes davontragen. Seine Füße, dachte er, hatte er kaum noch unter Kontrolle; wenn seine Aufmerksamkeit nachließ, wenn seine Gedanken ins Reich des Schlafes abdrifteten ...

Selbst jetzt, da er hellwach und konzentriert war, hatten seine Füße ihn an den äußersten westlichen Rand der Senke geführt, wo sie ihr Lager aufgeschlagen hatten. Und nicht nur seine Füße wurden solchermaßen an den Rand einer Rebellion gedrängt; immer wieder wanderte sein Blick nach Westen, ohne dass er wusste, was er suchte, fand aber – bildete er sich jedenfalls ein – einen Streifen Dunkelheit zwischen Land und Himmel, blutroter Faden auf scharlachrotem Tuch, ein nächtlicher Faden, der bei Tag wohl eine Nadel sein mochte, und inzwischen hoch genug, dass keine ocker-rötliche Sonne mehr erforderlich war, um sie sichtbar zu machen.

Wenn er sich umdrehte, um einen seiner Freunde herbeizurufen oder herbeizuwinken und zu fragen, ob sie sie auch mit nicht verstärkten menschlichen Augen sehen konnten, war die Anstrengung einfach zu groß, den Kopf auch nur dieses kleine Stück von der vorgegebenen, westlichen Richtung abzuwenden; es tat seinen Augen richtig weh, ein stechender Schmerz, der umso schlimmer war, weil er so unerwartet kam. Er hätte gedacht, dass er inzwischen immun gegen Schmerzen sein würde, er glaubte, dass die Tochter seine Schmerzen trank, außer bei den Gelegenheiten, wenn er den Arm öffnete, um die Kreatur herauszulassen und Schmerzen einströmten und den Platz ausfüllten, wo sie gewesen war.

Außerdem waren sie da unten beschäftigt, schlugen das Lager auf und teilten Wachen ein, fütterten die Tiere und aßen selbst etwas. Zweifellos würde Elisande kommen, um ihm etwas zu bringen, und dann konnte er sie fragen.

So blieb er, wo er war und wie er war, Augen und Denken ausschließlich auf den Horizont konzentriert und nunmehr noch interessierter an dieser Nadel, zu der ihr Weg sie exakt führen würde. Das konnte Zufall sein, dachte er, eine Wegmarkierung und mehr nicht; aber diese Gier in der Tochter kam nicht von ungefähr. Es gab einen Gegenstand, einen Ort, zu dem sie sich hingezogen fühlte, zu dem sie seinen Körper schaffen wollte, ob es ihm nun passte oder nicht. Und diese Gier war den Tag über so schnell gewachsen, was doch gewiss bedeuten musste, dass sie näher kamen …

Elisande brachte ihm Essen, kaltes und zähes Brot, das heute Morgen gebacken worden war. Er riss ein Stück davon ab, um sie milde zu stimmen, und bat sie als Belohnung, ihre Augen für ihn auf die Probe zu stellen. Sie runzelte die Stirn, kniff die Augen zusammen, schaute starr geradeaus und sagte: »Ich bin nicht sicher. Vielleicht sehe ich etwas, könnte sein, wie eine Säule, ein Obelisk …? Silbern im Mondlicht, aber was ist nicht …?«

Da er ihr nicht gesagt hatte, wonach sie Ausschau halten sollte, war ihm das Befriedigung und Antwort genug.

»Warum fragst du die Tänzer nicht?«, fragte sie, sah sich um, bemerkte nun erst seine Einsamkeit und schien so überrascht zu sein wie er. »Wenn dort etwas ist, müssten sie es wissen.«

»Darum frage ich sie ja nicht – wenn dort etwas ist, müssen sie darauf vorbereitet sein, dass wir fragen, und würdest du glauben, was sie dir erzählen?«

Sie legte den Kopf schief und sah ihn nachdenklich und ein wenig traurig an. »Wir haben uns alle verändert und verändern uns noch«, sagte sie. »Ausgenommen Rudel natürlich. Aber du – ah, du bist ganz und gar nicht mehr derselbe Junge, und ich muss gestehen, mir fehlt der alte Marron. Zu viel Weisheit ist nicht gut für dich. Du bist noch jung, Marron, obwohl das Ding, das du in deinen Knochen trägst, uralt ist; kannst du nicht manchmal ein klein wenig närrisch sein? Nur für mich?«

Er machte den Mund auf, um zu sagen, dass er das war, dass er es erst vor kurzem gewesen war – aber ihm fiel gerade noch rechtzeitig ein, dass er da mit Jemel zusammen gewesen war, und er glaubte, dass sie gerade das nicht meinte.

Und da kam Jemel auch schon. Der Geruch von Kamelen haftete heiß und durchdringend an seiner Kleidung und Haut, aber der Geruch nach Knabe war stärker. Marron hoffte, dass er sich bald an diese intensiven Gerüche gewöhnen würde; er glaubte nicht, dass er lange in dieser solchermaßen erhabenen Welt überleben konnte. Vielleicht machte ihn die Tochter darum so losgelöst davon, so gleichgültig. Nur seine Freunde fingen ihn jedes Mal auf und hielten ihn zurück.

Jemel kam und Elisande ging; Marron kaute schweigend sein Brot, dann zeigte er zum Horizont, da auch Jemel kein Wort sagte, und fragte, was der junge Scharai sehen konnte.

»Einen Turm oder eine Säule aus Felsgestein«, kam die unverzügliche Antwort. »Ein Turm mit erleuchteter Tür?« Tatsächlich leuchtete ein Stern durch das Nadelöhr; selbst für die scharfen Augen eines Scharai konnte es wie ein Licht in einer Türöffnung aussehen. »Aber ich habe noch nie gehört, dass es so etwas im Sand gibt. Die Einsiedler sind alle tot oder geflohen, überdies hat keiner von ihnen so hoch gebaut. Wenn ein Wahnsinniger sich eine Feste in der Wüste erbaut hat, hätten wir davon hören sollen, die Tänzer hätten es uns sagen müssen ...«

»Das hätten sie«, stimmte Marron zu. »Vielleicht wissen sie auch nichts davon. Sag ihnen gegenüber nichts davon, Jemel, nicht heute Nacht.« Wenn sie keine Ahnung hatten, würde die Unwissenheit ihnen zur Schande gereichen, umso mehr, als er es herausgefunden hatte; sie waren seine Führer in dieser, ihrer Welt. Nicht einmal der wandelnde Geist sollte hier die Führung übernehmen. Aber er glaubte nicht, dass sie ahnungslos waren. Er glaubte, dass sie davon wussten, was immer es sein mochte; und was immer es sein mochte, sie hatten beschlossen, in der Dunkelheit darauf zu zu marschieren. Er glaubte, dass das kein Zufall sein konnte.

Es juckte ihn in den Füßen, wieder aufzubrechen. Nach Westen, direkt auf die Nadel zu. Er glaubte, dass auch das kein Zufall sein konnte.

Selbst die kurze Strecke vom Rand der Mulde zu seinen Freunden, die in der Kälte zusammengekauert dasaßen, während die Tänzer eine zweite Gruppe bildeten und Jemel unsicher zwischen den beiden stand – selbst diese wenigen Schritte waren ihm fast unmöglich. Er ging gegen eine übermächtige Willenskraft an, versuchte es zumindest, gegen solide Luft, als würde ihm eine steife Brise entgegenwehen, obwohl die Nacht windstill war. Das Stehen war ihm schon schwer gefallen, als stünde er in einem reißenden Bach, einem Strom; aber es hatte nicht wehgetan. Dies hier tat weh.

Einige wenige verbissene, taumelnde Schritte brachte er allein zu Stande, mehr nicht, und mehr durfte er auch nicht versuchen. Jemel kam sofort fast im Laufschritt zu ihm; Elisande fuhr mit einem leisen Aufschrei hoch, sah ihn an – sie beide – und ließ sich langsam wieder sinken.

»Was ist los?«

»Ich. Nur ich«, *wie immer*. »Am besten ich schlafe heute Nacht abseits«, was er immer tat, nur höher und weiter entfernt, anders ging es nicht. Die Kamele stimmten mit ihm überein; obschon sie auf der anderen Seite der Mulde festgezurrt worden waren, kam er ihnen doch zu nahe, sie grunzten unruhig und blieben nur still liegen, weil sie so fest angebunden waren, dass sie nicht aufstehen konnten.

»Am besten schläfst du«, meinte Jemel giftig, »mir ist ganz gleich, wo das ist. Und ich werde bei dir sein; heute Nacht solltest du nicht allein bleiben.«

Marron widersprach nicht. Er drehte sich um und schwebte zum Grat zurück; es kam ihm so vor, als müsste er kaum einen Fuß auf den Boden setzen. Der nicht vorhandene Wind trug ihn Richtung Westen, der Wind, der in seinem Geist wehte, und nur dort, falls ein schwacher Lufthauch davon nicht auch unter den Tänzern wehte.

Es fiel ihm nicht leicht, wieder stehen zu bleiben, aber er blieb stehen. Er hatte Jemel an seiner Seite, der ihn an den Armen hielt und in der kurzen Zeit stützte, die er brauchte, um wieder die Kontrolle über seine Füße zu bekommen.

Um sie nicht wieder in Versuchung zu führen, setzte er sich nieder, lehnte sich mit dem Rücken an einen Felsvorsprung und schaute nach Westen, schaute zu der Nadel.

»So wird es gehen«, sagte er und zog das Gewand um sich, als wollte er wirklich schlafen. »Wie lange machen wir Rast?«

»Du bis zur Dämmerung. Ich habe die letzte Wache davor.«

»Dann leg dich hin und schlaf.«

Jemel gehorchte wie ein Diener zu Füßen seines Herrn. Marron runzelte die Stirn und zog sich ein wenig zurück. Und ließ den Blick zu der Nadel schweifen, konzentrierte sich ganz darauf, sah mit zusammengekniffenen Augen durch die rote Nacht, versuchte zu erkennen, was er nicht richtig erkennen konnte, und versuchte zu begreifen, was er nicht recht begreifen konnte, weder da draußen noch in seinem Inneren.

Es hatte keinen Sinn, die Augen zu schließen, und es war unmöglich, den Kopf abzuwenden oder an etwas anderes zu denken. Er glaubte, dass es eine lange Nacht werden würde, obwohl sie die Hälfte schon mit dem Ritt hinter sich gebracht hatten.

Er glaubte es und irrte sich. Kaum zwei Stunden waren verstrichen, da schallte ein Ruf durch die Luft, Stahl knirschte; mehr vernahm Marron nicht, bis er die Schläfer aufwachen hörte, wie sie einander und den Wachen zuriefen, wie sie liefen, um nachzusehen.

Sie liefen nach Osten, doch Marron blieb, wo er war. Jemel wollte ebenfalls gehen, besann sich aber und kam zurück.

»Was ist passiert?«

»Psst ...«

In der Ferne konnte er hören, wie Rudel und Morakh einen der Tänzer befragten, der Wache gehalten hatte; der einen verstohlenen Schatten im Mondschein gesehen hatte, möglicherweise eine Frau, die, von einem Felsen zum nächsten huschend, unablässig näher kam. Er hatte es für das Beste gehalten, einen Warnruf auszustoßen und das Lager zu wecken; er hatte Verstand genug gehabt, seinen Krummsäbel zu zücken. Ein Mann hatte nur eine einzige Chance, einen Ghûl zur Strecke zu bringen ...

Marron gab das weiter, woraufhin Jemel ebenfalls zischend den Säbel aus der Scheide zog. »Richtig, und die Dunkelheit ist nicht geeignet für Pfeile. Sollen wir gehen?«

Marron nickte, doch seine Füße blieben wie angewurzelt stehen. Er war ziemlich sicher, dass sie sich bewegen würden, ja, aber nicht, um den Ghûl zu jagen. Jemel blieb als selbst ernannter Gefährte und Beschützer an seiner Seite, der den Tänzern nur widerwillig wich; als Morakh kam, diese Pflicht zu übernehmen, fand Jemel endlich einen Grund und Mut genug, sich ihm entgegenzustellen.

»Und? Hat Euer Mann richtig gesehen, treibt sich ein Ghûl zwischen den Felsen herum?«

»Wir haben Spuren gefunden, die nicht von uns sind, aber auch nicht die Fährte einer Ziege: Es scheint etwas Zweibeiniges mit Hufen zu sein. Bei Tage könnten wir besser sehen.«

»Zweifellos. Und es scheint, als müssten wir bis Tagesanbruch warten, bis Ihr diesen Spuren folgt.«

»Bei Tagesanbruch«, erwiderte Morakh nach einem tiefen, beherrschten Atemzug, »wollen wir weit von hier entfernt sein. Jetzt kann ohnehin niemand mehr schlafen, und wir sind sicherer, wenn wir in Bewegung bleiben; soll der Ghûl uns ruhig folgen. Wir ruhen bei Tage aus, wenn wir sehen können, was sich rings um uns herum bewegt. Kümmere du dich jetzt um dein Kamel, Junge. Ich werde auf den wandelnden Geist aufpassen.«

Jemel fauchte, doch das lag nur an seinem aufbrausenden Temperament. Er rammte die Waffe wieder in die Scheide und lief zu den anderen Mitgliedern der Gruppe, die sich schon eifrig an ihren Reittieren zu schaffen machten.

Marron wandte der Szene den Rücken zu und stand offen und frei am Rand der Senke, wo er abermals zu der Nadel schaute, die er in der Dunkelheit erkennen konnte und die andere nur als Licht sahen. Er glaubte nicht, dass er jetzt in Gefahr schwebte. Tatsächlich hatte Morakh nicht einmal eine Hand auf den Schwertgriff gelegt, damit er es schnell ziehen konnte. Er stand mit überkreuzten Armen da, betrachtete Marron, betrachtete dessen Haltung, betrachtete die Richtung, in die sein Blick gerichtet war.

»Wie weit ist es?«, fragte Marron.

»Nicht weit. Überhaupt nicht weit.«

Vielleicht hatten sie beide von etwas anderem gesprochen, oder von zwei ganz und gar unterschiedlichen Zielen. Aber irgendwie glaubte er das nicht.

Nicht weit, das hätte er in jedem Fall gewusst, er hätte es mit verbundenen Augen oder blind gewusst. Seine Augen waren die geringste Informationsquelle. Jeder Schlag seines Herzens, jeder schmerzende Muskel in seinem Körper, jeder Knochen, jedes Härchen auf seiner kribbelnden Haut sagte ihm, dass es nicht mehr weit war, nicht mehr weit sein konnte. Jetzt, wo sie sich wieder in Bewegung gesetzt hatten, verspürte er keine Schmerzen mehr, doch der Zwang war enorm. Er fühlte sich nicht nur bewohnt, er fühlte sich besessen; die Tochter sang in seinen Ohren wie der Dämon, der sie für seine einstigen Herren, Kirche und Ritter, auch war. Es waren Gezeiten, nicht seine Füße, die ihn vorwärts zogen, so dass er wieder einmal allein die Führung übernommen hatte. Er achtete nicht darauf, wohin er ging. Das musste er auch nicht, obschon der Boden auf tückische Weise uneben war; es würde nicht zugelassen werden, dass er fiel. Und er warf auch keinen Blick zurück. Auch dazu bestand keine Veranlassung. Er konnte sie erkennen, ohne richtig hinzusehen, sie waren Schatten in seinem Geist: die Tänzer wie eine Mauerformation hinter ihm, dahinter die Reihe der Reiter auf ihren Tieren. Rudel hatte die erste Wache gehabt, mithin also gar nicht geschlafen; Marron konnte spüren, wie er auf seinem schwankenden Kamel döste, wie sein Kopf nach vorne nickte und seine Gedanken abschweiften. Marron glaubte, dass er der Einzige war, der die Nadel noch nicht mit eigenen Augen gesehen hatte. Die Tänzer wussten bereits davon, hatten gewisslich danach Ausschau gehalten; er selbst hatte Jemel und Elisande darauf aufmerksam gemacht, und sie hätte es vielleicht Julianne gesagt, aber bestimmt nicht ihrem Vater. Was immer die Nadel bedeutete, selbst wenn sie eine tödliche Gefahr dargestellt hätte, ihrem Vater hätte Elisande kein Wort davon verraten.

Doch die Hochebene neigte sich oder die Hügel voraus stiegen an, oder beides; in jedem Falle verschwand die Nadel hinter einem dazwischenliegenden Hügel. Aber der Weg führte sie nach wie vor direkt darauf zu. Daran hegte Marron nicht den geringsten Zweifel. Er gelangte zum Fuß des fraglichen Hügels und ging hinauf; die Kamele passten ihren Gang dem ansteigenden Gelände an, er spürte, wie Rudel wach wurde und sich streckte. Nun würde er nur den Hang sehen können, bis sie ihn erklommen hatten. Marron konnte ihm keine Vorwarnung geben, selbst wenn er dazu eine Veranlassung gesehen hätte. Sein Körper gehörte nicht mehr ihm selbst, mittlerweile war er nicht mehr als ein Passagier, der von der Willenskraft eines anderen weitergeführt wurde, so wie es die Tochter seit Wochen tat. Er dachte sich, dass ihm das vielleicht Angst machen sollte, aber er empfand keine. Auch diese Fähigkeit schien er eingebüßt zu haben, wie alles, das ihn zu Marron machte. Das, oder etwas Ähnliches, hatte Elisande mehr als einmal gesagt. Aber heute Nacht schien er plötzlich auch alles verloren zu haben, das ihn zum wandelnden Geist machte. So wenig war noch von ihm übrig, nur ein dünner Faden des Bewusstseins, von Eile und Durst nach etwas beherrscht, aber nicht nach Wasser, und er konnte nicht einmal Angst vor dem Augenlick haben, da er es fand …

Auf dem Weg bergauf zeigte er nun wahre Eile: er rannte, rannte im Rhythmus der Sonne; er drehte sich nicht extra um, wusste aber, dass der ganze Himmel hinter ihm heller wurde, von dunklem Indigo über Lila bis zu zartem Rosa. Vor ihm war das Firmament noch dunkel, aber die Nadel nicht; plötzlich konnte er ihre Spitze sehen, die vom ersten Licht berührt wurde. Nicht mehr so scharf umrissen, nicht aus dieser Nähe: Sie war breit und rau, aus staubigem Stein erbaut. Und sie wurde immer größer, je höher er stieg; sie ragte über seinem Kopf auf und er konnte das Öhr immer noch nicht erkennen, nur immer mehr von dem Schaft, der höher und höher in den Himmel zu ragen schien.

Wieder überlegte er sich, dass er Angst haben sollte, konnte aber keine empfinden. Er konnte nur laufen; und er lief und gelangte so endlich zur Hügelkuppe, als gerade die Sonne hinter seinem Rücken aufging und sein Schatten, der ihm vorauseilte, das Nadelöhr als Erster fand und erreichte.

Ein enormer Bogen war dieses Auge, dreimal so hoch wie er und die Hälfte dessen breit, und er führte durch das gesamte riesige Fundament der Nadel, die auf ihrem hohen Sockel stand. Marron kam langsam zum Stillstand, das Singen in seinem Kopf wurde zu einem Murmeln, aller Zwang fiel von ihm ab und sein Körper gehörte nun, da er hier angekommen war, wieder ganz ihm. Er konnte den Kopf in den Nacken legen und staunen und nach dem Warum fragen; und nun endlich konnte er auch Angst haben.

Die Nadel war kein Turm, es gab keine Türen oder Fenster. Er hatte schon einmal einen derartigen Turm gesehen, doch dies hier war etwas anderes; es gab keinen Hohlraum im Inneren, das konnte er fühlen, er spürte die ungeheure Felsmasse, aus der das Gebilde bestand. Aus kleinen Steinquadern war es erbaut worden, jedes nur so groß, dass ein kräftiger Mann es tragen konnte; Marron überlegte sich, dass das wichtig sein könnte. Viele, viele Steinquader, jeder grob geformt und exakt platziert: kein Mörtel verband sie miteinander, jeder Einzelne wurde nur durch die Festigkeit der umliegenden und das Gewicht der darüber liegenden Steine gehalten. Die Mauer war rauer als alle Steinmetzarbeiten, die er je gesehen hatte. Er bildete sich ein, er könnte bis ganz hinaufklettern, bis zur Spitze, es gab Vorsprünge genug, die

Händen und Füßen Halt boten, wenn er nur gewagt hätte, es zu berühren …

Er wagte es nicht, er wagte sich nicht einmal näher hin und blieb um eine Körperlänge entfernt stehen; die Hügelkuppe war breit und flach, die Nadel – Säule? Monument? – stand von allen Seiten gleich weit entfernt in der Mitte.

Marron hörte, wie die Tänzer näher kamen und um ihn herum Aufstellung nahmen, reglos wie eine Mauer, um ihn von seinen Freunden zu trennen. Fast wie eine halbrunde Mauer, die ihn völlig umgab und so wenig Entscheidungsspielraum ließ wie zuvor die Tochter: Er konnte stehen bleiben, wo er war, und die Tochter betrachten, oder er konnte zu der Nadel gehen. Leiber versperrten ihm auf beiden Seiten und hinter ihm den Weg und ließen ihm keine andere Möglichkeit.

Er stand reglos und starrte weiter fassungslos hinauf.

Wenig später kamen schnaubend und schnaufend die Kamele und wahrten ihre Distanz zu ihm und auch der Nadel. Noch ehe sie den Hügel erklommen – und obwohl die Tänzer und die Tatsache, dass er ihnen den Rücken zuwandte, sie vor ihm abschirmten – spürte Marron, wie er das Muster ihres Denkens wahrnehmen konnte. Er konnte es nicht in aller Deutlichkeit lesen, wusste aber einige Sekunden im Voraus, dass Rudel wütend war und Angst hatte. Angst um ihn, glaubte er – oder Angst vor dem, was dieser Ort bedeuten oder ihm antun könnte, mehr nämlich, als er selbst bedeuten oder tun konnte.

Dieses Wissen hatte er mit einigen Sekunden Vorsprung, aber bei weitem nicht genug, als dass es ihm etwas genützt hätte. Die Kamele kamen, und nun war das von Rudel unter den Ersten und atmete am lautesten. Es schlitterte unglücklich über den felsigen Boden; sein Reiter sprang ohne Umschweife ab und band es nicht einmal fest, als er zu den Tänzern stürmte, die Marron scheinbar von ihm abschirmten.

Sein Reitstock wirbelte Sand und Geröll zu seinen Füßen auf, doch selbst in seinem Zorn warf er verstohlene Blicke zu der Nadel. Auch das konnte Marron spüren, wiewohl es ihm nicht gelang, an der Mauer der Tänzer vorbeizuschauen. Er hielt es für einen Fehler, diesen Männern Angst oder Schwäche zu zeigen. Sie würden gnadenlos sein.

»Das ...«, begann Rudel – und verstummte, spie über die Hügelkuppe, holte Luft und begann etwas beherrschter von vorn. »Das ist die Säule der Leben.« Eine Feststellung, keine Frage.

»So ist es.«

Marron glaubte immer noch, dass es eine Nadel war und er der straffe Faden.

»Wenn ich gewusst hätte, dass Euer Weg uns hierher führt, hätte ich es verboten.«

»Es steht Euch nicht an, etwas zu verbieten. Wir gehen dorthin, wohin der wandelnde Geist geht.«

»Und der wandelnde Geist geht dorthin, wohin Ihr ihn leitet. Wohlan, wir sind hier – aber wir bleiben nicht, habt Ihr mich verstanden? Ich führe den wandelnden Geist jetzt, wir kehren zum Klippenrand zurück und suchen einen Weg nach unten in den Sand. Ihr könnt uns folgen oder nicht, wie immer Ihr wollt.«

»Es steht uns nicht an, zu wählen, und Euch nicht, zu führen. Der wandelnde Geist geht, wohin er will ...«

»Der wandelnde Geist geht nirgendwo hin«, Elisandes Stimme, schneidend und durchdringend, »ehe er nicht gegessen und sich ausgeruht hat. Dies scheint kein Ort des Bösen zu sein«, aber sie schien einen Moment zu zögern und in ihrer Überzeugung zu schwanken, und da dachte Marron, dass auch ihre Blicke von der Nadel angezogen worden waren. »Wir können hier bleiben und auf allen Seiten nach dem Ghûl Ausschau halten. Ich mache ein Feuer; sein Rauch wird unsere Position verraten, aber ...«

»Ihr werdet hier kein Feuer machen«, unterbrach Morakh sie brutal. »Glaubt Ihr, dies ist ein Vergnügungsplatz? Ihr befindet

Euch auf heiligem Boden, Mädchen, und Ihr werdet ihn respektieren.« Er legte die Hand auf den Griff seines Krummsäbels, als wollte er diesen Respekt auch erzwingen, falls erforderlich.

»Was ist das für ein Ort?«, fragte Marron leise. »Er zehrt an meiner Seele ...«

»Du bist der wandelnde Geist; dies ist dein Ort der Macht. Das spürst du. Was du in dir trägst, das wurde hier geschaffen, hier bekam es sein Leben und seinen Sinn; du hast es nach Hause gebracht.«

»Und das ...?«

»Das ist die Säule der Leben. Wir haben sie geschaffen, die Sandtänzer, in all den Generationen, die wir gewartet haben; es gehört zum Aufnahmeritual unserer Bruderschaft, dass jeder Anwärter einen Stein bringt, hinaufklettert und ihn oben platziert. Wir bauen langsam. Aber was wir gebaut haben, das hat Bestand.«

So viele Steine, so viele tausend Steine; so viele Leben, und wie lange war dieses Ding schon im Bau?

»Ist es fertig?«, fragte er flüsternd. Morakh lächelte nur. Natürlich war es nicht fertig. Der wandelnde Geist war hier, sicher, die Tochter aus ihrem Jahrhunderte währenden Exil zurückgekehrt – aber für wie lange? Er würde vielleicht schwer zu töten sein, aber dennoch sterben. Niemand konnte sagen, was dann geschehen würde. Oder vorher. Der wandelnde Geist war für diese Männer ein Ungläubiger; sie hatten Jemel vielleicht die Möglichkeit verweigert, ihrer Gemeinschaft beizutreten, aber Marron glaubte, dass sie dennoch weiterhin Mitglieder rekrutieren würden. Oder Anwärter akzeptieren, das schien ein besserer Ausdruck dafür zu sein.

»Erzählt ihm von dem Eid, den ihr ablegt«, drängte Rudel mit unangenehmer Stimme, »als anderen Teil des Rituals. Wenn ihr euch den Finger abschneidet, um zu zeigen, wie ernst es euch ist.«

»Dieser Eid geht ihn nichts an. Und Euch auch nicht.«

»Oh, ich habe ihn aber schon gehört und er geht mich durchaus etwas an. Wie auch ihn; wie könnte er ihn denn nichts angehen? Er ist der wandelnde Geist.«

Aber er ist ein Ungläubiger, sagte Morakhs Gesicht; seine Lippen erwiderten nichts. Es war Rudel, der es aussprach: »Er hat vor dem Sultan gesagt, dass ein Schwur sie in deine Dienste stellt, Marron, ist es nicht so? Das stimmt, aber es ist nicht die ganze Wahrheit. Die Sandtänzer haben geschworen, dir mit Schwert und Feuer zu dienen, bis alle Ungläubigen aus dem Land Gottes vertrieben wurden. Und du sollst bei diesem Unterfangen ihr Anführer sein. Ist es nicht so, Morakh?«

»So ist es vorhergesagt.«

»Ist dir klar, was das bedeutet, Marron? Sie sind deine Privatarmee und deine Leibwächter – aber nur so lange, wie du sie gegen Outremer führst. Gegen dein eigenes Volk, Marron ...«

»Ist es mein Volk? Sie haben mich verstoßen und ich bin vor ihnen geflohen ...« Das stimmte nicht ganz. *Sie haben mich verstoßen und ich bin vor ihm geflohen ...* Aber die Wahrheit war da, als Quintessenz der Worte. Worte waren nur eine Verkleidung und konnten den Schmerz der Wahrheit nicht lindern. Es spielte keine Rolle, ob er Verräter oder Verratener war; Verrat, ein Verrat oder mehrere, standen nun zwischen ihm und seinem Volk.

»Du bist der wandelnde Geist«, sagte Morakh und berührte ihn plötzlich und unerwartet, umklammerte sein Handgelenk mit einer Hand, die trotz der Kühle der Dämmerung warm und fest war. »Du hast kein Volk außer uns.«

Sie selbst oder seine Freunde. Nicht beides. Und einer seiner Freunde war ein Scharai und einer ein Patric, wer konnte zwischen ihnen entscheiden?

»Ihr seid eine kleine Armee«, stellte er fest, »gegen Outremer.«

»Es gibt noch mehr von unserem Schlage. Nicht genug für diesen Kampf; aber du musst den Krieg nicht anführen, du musst nur kämpfen. Die Prophezeiung spricht von einem Bund aller Völker der Scharai, und sie sagt, dass der wandelnde Geist dabei sein wird.«

»Und wenn ich nein sage?«

»Dann bist du nicht der Vorhergesagte oder jetzt ist nicht der Zeitpunkt. Aber in Rhabat findet eine Zusammenkunft der Stämme statt, Hasan hat die Anführer dorthin gerufen; und du gehst nach Rhabat, hast du gesagt, nur wir nicht. Wir werden warten, wir werden uns ebenfalls sammeln; und nach dem Konklave werden wir uns anhören, was gesprochen wurde und wie du dich entschieden hast.«

Und wenn er falsch entschieden hatte, würden sie wahrscheinlich zu dem Ergebnis kommen, dass die Tochter im falschen Körper hauste; und dann würde er sterben, durch ihre Pfeile, wenn sie ihn nicht durch ihre Schwerter töten konnten …

So sollte es geschehen. Würden sie ihn heute vor die Wahl stellen, einen Weg mit seinen Freunden oder einen anderen mit den Tänzern, dann wüsste er, welchen er einschlagen würde: weder nach links noch nach rechts, sondern alleine geradeaus, durch den Bogen in der Säule der Leben, das Nadelöhr …

Er hatte den Blick immer noch nicht von diesem enormen Monument der Geduld und des Glaubens abgewendet. So viele Leben waren von Anfang bis zum Ende mit Warten verbracht worden, Warten auf etwas, das nicht kam; er staunte, dass Morakh und seine Brüder so ruhig sein konnten, nachdem sie ihr Wunder zu ihren Lebzeiten entdeckt hatten.

Morakh hielt mit der Hand immer noch sein Handgelenk; nun hob der Tänzer sie und drehte sie um, so dass Marrons Ärmel nach hinten rutschte und die ewig klaffende Wunde entblößt wurde. Mit der anderen Hand nahm Morakh eine Klinge, einen langen, zierlichen Dolch, den Marron gut kannte.

»Jetzt«, zischte Morakh, »jetzt wirst du lernen, Junge. Du bist langsam und dumm gewesen; hier lässt sie sich nicht beschwichtigen ...«

»Nein!« Rudel versuchte, sich durch ihre Reihe zu drängen, aber zwei Tänzer packten ihn an den Armen und hielten ihn fest. Seine Stimme wurde so schrill, dass sie fast überschnappte: »Marron, hör mir zu! Was immer du siehst, vergiss nicht, dass dieses Ding zum Tode führt, zu unzähligen Toden, wenn du ihrem Weg folgst. Denk an die Stallungen im Roq ...«

Marron hatte die Stallungen nicht vergessen; er trug Aldo immer in sich, als schrecklichen Schmerz im Herzen, und auch die Schuldgefühle wegen dem, was danach gekommen war. Aber Morakhs Klinge glitt mühelos zwischen zwei Stichen des Lederfadens hindurch, ein stechender Schmerz; sein Blut wallte der Klinge entgegen und die Tochter folgte.

Diesmal schwebte sie in der Luft vor ihm und wartete, bis er sie ganz unter Kontrolle hatte. Diesmal strömte sie, floss wie Wasser, so schnell, wie er sie hierher gebracht hatte. Sie floss direkt zu dem Bogen in der Säule, wo sie sich wie ein Schleier ausbreitete, wie ein Vorhang zwischen Stein und Stein, zwischen Himmel und Himmel.

Sie heftete sich an die Steine oben, an die Steine auf beiden Seiten, auf den Stein unten; und dann riss sie wie ein Vorhang von der Mitte her auf, von oben nach unten, spreizte sich und öffnete sich wie ein Auge.

Durch das Nadelöhr konnte Marron in ein goldenes Land unter einem goldenen Himmel sehen. Dieselbe Landschaft sah er, oder glaubte er zu sehen, aber jetzt leuchtete und funkelte sie.

Er machte einen langsamen Schritt vorwärts, dann noch einen; und hörte Morakhs leises Murmeln der Zustimmung.

»Gut. Wirst du gehen, Junge, wirst du uns hindurchführen?«

Sein Arm schmerzte unerträglich; er umklammerte ihn mit der freien Hand und drückte ihn trotz des klebrigen Bluts an die

Brust, verspürte aber keine Erleichterung. Würde er gehen? Er wusste keine Antwort darauf, außer dem Blick seiner Augen und dem langsamen Schlurfen seiner Füße.

Plötzlich jedoch gab es noch mehr zu sehen zwischen ihm und dem leuchtenden Gold. Es war ein Schatten, eine Gestalt, ein Mann: ein junger Mann, so wie er selbst.

Und das war Jemel, der seine eigene Antwort für Morakh hatte. Er lief los, ehe Marron ihn daran hindern konnte, durch und durch Entschlossenheit. Als er zu der offenen Iris der Tochter kam, zögerte er kaum und nahm sich nur ganz kurz Zeit, sich einmal umzudrehen und Marron in die Augen zu sehen; vielleicht stand eine Botschaft in diesen Augen, aber Marron konnte sie nicht lesen.

Und dann ging Jemel hindurch.

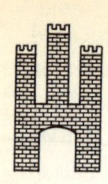

Mit ihm oder ohne ihn

Jemel ging hindurch und stand einen Moment in zwei Welten, mit jedem bloßen Fuß in einer.

Ein Fuß stand im Schatten, in der gewohnten Kälte, die das Felsgestein in der Wüste bei Dämmerung verströmte, der andere hatte die rote Trennlinie überquert, welche die Schwelle markierte – Vorsicht, Vorsicht! – und berührte Gold und spürte sofort die Wärme durch die Hornhaut der Sohle und in seinen tauben Knochen, als wäre er auf einen Herd oder den Steinboden eines Dampfbads getreten. Aber der Fußboden eines Dampfbads ist stets feucht, wenn die Feuer entfacht sind, und die Luft noch feuchter. Hier aber war der goldene Fels trocken und staubig und grau, und auch die Luft war trocken, als er sie im Schock dieser warmen Berührung einatmete.

Die beiden Luftschichten vermengten sich in seiner Kehle, die bitter kalte und die bitter warme, und er hätte möglicherweise wieder aufgestöhnt, hätte er nicht husten müssen.

Und dann hatte sein Schwung ihn durch das Portal befördert und er stand ganz im goldenen Licht jener anderen Welt.

Kein Blick zurück, nicht jetzt, obschon er sich danach sehnte; sie durften ihn nicht für ängstlich halten, diese Männer, die ihm die Aufnahme in ihre Bruderschaft verwehrt hatten. Er schaute auf, hob den Kopf, streckte den Rücken durch und ging weiter durch den Bogen und unter den milchigen Himmel, der selbst ebenfalls von einem Hauch Gold getönt wurde.

Erst dann, als er die Landschaft betrachtete, die nicht seine eigene war, als er sich bemühte, Mauern in seinem Verstand zu ziehen, um den plötzlichen Ansturm der Angst einzudämmen, die er nach wie vor auf gar keinen Fall zeigen wollte, erst dann überlegte er sich, wie seltsam es war, dass es auch auf dieser Seite einen Bogen zum Durchschreiten gegeben hatte. Die Säule der Leben war das Werk von Menschen, die die Welt der Menschen bewohnten; ihre Erbauer hatten ihre Gründe gehabt. Welchen Grund könnte irgendjemand – irgendetwas – haben, so etwas ausgerechnet hier zu bauen? Es sei denn, es existierte ein Gesetz der Symmetrie zwischen den Welten, so dass alles, was in der einen Welt geschah, seine Entsprechung in der anderen haben musste. Aber die Menschen waren beschäftigt, immerzu beschäftigt, und eine Arbeit ohne Sinn und Zweck auszuführen, würde bedeuten, die Leben aller, die hier existierten, zu vergeuden …

Und so drehte er sich doch um, auch wenn er geschworen hatte, dass er es nicht tun würde. Sollten die Zuschauer ihn ruhig für furchtsam halten; er drehte sich um und wollte ergründen, welchen Sinn und Zweck die Säule hier hatte, und was er sah, warf einen Schatten auf seine Augen, auch wenn es keine Sonne gab, die diesen Schatten werfen konnte.

Er sah, dass die Tänzer nur Menschen waren, die kopierten, die sich vergebens bemühten, ihren Herren und Meistern nachzueifern. Er fragte sich, ob einer der Tänzer, ob einer der frühesten Tänzer hier gestanden und gesehen hatte, was er sah, oder ob nur ein vage vernommenes Echo, ein Gespür für die höhere Wahrheit, sie veranlasst hatte, ihre Säule zu errichten. Vielleicht war es ihnen auch aufgetragen worden …?

Er stand unter einem Gotteszeichen, glaubte er, einem Zeugnis für Macht und einer Aufforderung zum Gebet. Fast wäre er auf die Knie gesunken. Dieses Gebilde war ganz gewiss nicht von Menschenhand erbaut worden; das war überdeutlich, denn – außer ihm waren keine Menschen hier. Und ihm schien weiterhin, wer immer es erbaut hatte, hatte es zur Lobpreisung oder als Versprechen gebaut; nicht für sich selbst, ganz bestimmt konnte kein Geschöpf sich für so mächtig halten …

Es war eine Säule, wie die der Tänzer; aber ihre war rau, grobschlächtig, in jedem Sinne unfertig. Dies hier war ein Schwindel erregendes Minarett, glatt und schlank, eine Klinge aus goldenem Stein, die in den goldenen Perlmutthimmel aufragte. Sie ragte zu einer Höhe empor, die das Bauwerk eines Menschen niemals erreichen konnte; Jemel wollte nicht schätzen, wie hoch sie war, und er wollte auch in seinem ganzen Leben niemals etwas Höheres sehen.

Er schaute zu dem Bogen zurück, und vielleicht lag dieser Schatten immer noch über seinen Augen, denn es war schwer, in das Land, in die Welt hinüberzusehen, aus der er gekommen war. Er sah den rot flimmernden Umriss des Weges von hier nach dort, aber jenseits davon war alles grau und vage. Es gab Boden und Himmel und die kahle Linie einer Hügelkette, die beide voneinander trennte; ein Ball, eine stumpfe schwebende Kugel, das musste die Sonne sein; zwischen dieser und jener Welt ein Schatten, der sich bewegte …

Ein Schatten ohne Gesicht, eine Gestalt, die näher kam und aufragte; Jemel legte die Hand auf den Griff seiner Waffe. Die Tänzer mochten dies als heiligen Boden betrachten, der für alle verboten war, die sich nicht dem wandelnden Geist verschrieben hatten; sie könnten seine Schwüre nicht anerkennen, so wie sie ihn nicht an den ihren teilhaben ließen. Sie hatten gesagt, dass er besudelt sei. Vielleicht hatten sie Recht, er selbst konnte das kaum beurteilen; aber er würde um sein Leben kämpfen, sollten sie es ihm nehmen wollen …

Die Gestalt verschwamm kurz, wurde sogar noch vager als ein Schatten, und dann war sie durch, es gab keine Schatten mehr, nicht einmal unter dem Bogen, und es war kein Tänzer, der ihm gefolgt war.

Er gab einen Stoßseufzer von sich, ein Augenblick der Erleichterung, dem Staunen auf dem Fuß folgte. Er nahm die Hand von seinem Säbel, blieb aber reglos stehen und sah nur zu, wie Marron in die Richtung schaute, aus der er gekommen war. Er machte keine Geste, aber plötzlich hing ein roter Vorhang vor dem Bogen und es gab keinen Durchgang mehr für die Tänzer oder sonst jemanden.

Jemel wartete und verfolgte stirnrunzelnd, wie langsam Marron sich bewegte, wie er den verletzten Arm an die Brust drückte, wie schmerzverzerrt sein Gesicht war. Es kostete alle Anstrengung, nicht zu ihm zu gehen, keine Hilfe in seiner Schwäche anzubieten; doch selbst einem gewöhnlichen Mann musste man seinen Stolz lassen, und Marron war der wandelnde Geist und Jemel hatte es immer noch in sich, diesen Namen zu fürchten.

Aus diesem Grund wartete Jemel, bis Marron an seiner Seite stand, dann sagte er leise: »Du hättest sie wieder in dich aufnehmen können, das hätte die Schmerzen gelindert.«

Marron lächelte gepresst. »Ich fürchtete, sie könnte nicht kommen«, gab er zu. »Ich habe so sehr darum gekämpft, hier zu sein, dies zu machen ...«

»Und doch hast du sie veranlassen können, sich zu schließen, eine Barriere zu sein und keine Tür.«

»Ja. Jetzt schien es leicht zu sein. Ich kann sie verstehen; aber kann ich ihr befehlen? Ich weiß es nicht.«

»Du bist der wandelnde Geist. Es gibt mehr als nur sie, dem du befehlen könntest.«

»Vielleicht. Die Tänzer dienen mir, behaupten sie – aber werden sie mir auch nur in dem Maße gehorchen, wie es die Tochter tut? Nochmals: Ich weiß es nicht. Und ich weiß nicht einmal, ob ich das möchte. Ich habe nie Diener gewollt, Jemel ...«

»Das weiß ich.« Sein eigenes Lächeln war so dünn wie das von Marron gewesen war, und es fiel ihm offenbar ebenso schwer und war vermutlich ebenso vielsagend. Marron war selbst ein Diener gewesen, erst diente er der Kirche und dann einem Mann, seinem Ritter, Sieur Anton. Wenn es nach ihm ginge, glaubte Jemel, würde er jetzt noch in dessen Diensten stehen. Seine Seele verlangte danach, zu folgen, nicht zu führen. Das hatte nichts Unehrenhaftes; die Scharai mochten stolz und streitsüchtig sein, aber sie verstanden Hierarchie und Pflichtgefühl besser als alle anderen. Marrons Wahl seines Meisters freilich war wieder eine andere Sache und ein Thema, über das sie nicht miteinander sprechen konnten. *Noch nicht* – aber bald, das schwor er sich. Bald mussten sie es tun. *Für Jazra* – und auch für ihn selbst, das konnte Jemel nicht leugnen. Möglicherweise hing seine Zukunft von diesem Gespräch ab; ja, und womöglich auch die von Marron, mochte er auch noch so sehr der wandelnde Geist sein.

Und natürlich auch Sieur Antons Zukunft ...

Aber noch nicht, jetzt nicht. Nun endlich hatte der Ort, wo sie sich befanden, seine Wirkung auf Marron, die er auf Jemel nicht verfehlt hatte. Plötzlich war er wieder nur ein junger Mann und durch und durch Patric, keine Spur mehr vom wandelnden Geist war in ihm; in der Scharaikleidung wirkte er seltsam fehl am Platze, wie er so dastand und sich umschaute. Wie er den glitzernden goldenen Boden betrachtete, auf dem sie standen, die ausgedehnte Hügelkette vor ihnen, den fahlen Himmel, in dem dennoch goldene Fünkchen tanzten wie Spiegelungen des goldenen Landes darunter.

»Dreh dich um«, murmelte Jemel, »schau dir an, was die Tänzer bauen möchten und wie unzulänglich es ist ...«

Auf diese Bemerkung hin drehte Marron sich tatsächlich um und schaute auf; und keuchte und stolperte gefährlich nahe an den steilen Abgrund. Jemel legte ihm einen Arm um die Schultern und hielt ihn fest, bis er ganz sicher war, dass der andere trotz seiner Verletzung und Schwäche das Gleichgewicht nicht verlieren würde; und er ließ ihn auch dann nicht los, als er seiner Sache ganz sicher war, griff mit der anderen Hand nach Marrons Unterarm und drehte ihn ins Licht. Ein feuchter Fleck befand sich auf dem dunklen Stoff, die ganze Haut am Unterarm war rot verschmiert.

Jemel betrachtete die pulsierende Wunde und sagte: »Es blutet viel mehr als sonst, viel mehr als der Stich eines Dolchs bewirken sollte. Und es tut auch mehr weh. Ja?«

»O ja. Seit ich durchgekommen bin.« Marrons Stimme klang vage und zerstreut. Er hatte den Blick immer noch auf dieses hochragende Monument gerichtet, an dem er unablässig hinaufsah. »Was ist dieses Ding?«

»Ein Werk der Dschinni oder ihrer Diener. Ich weiß es nicht. Nur, dass die Tänzer gern selbst eines erbauen möchten und es nicht können.«

»Nein. Kein Mensch könnte das ... Jemel, wo sind wir?«

»Im Land der Dschinni. Man sagt, dass dies die Quelle ist, das wahre Land, und unseres nur ein unfertiger tönerner Schatten davon. Das weiß ich nicht. Wenigstens ist unseres am Leben. Selbst im Herzen des Sandes existiert Leben.«

»Und hier gibt es keines? Jemand hat das hier gemacht«, Marron wies mit einer Geste den enormen Turm hinauf.

»Die Dschinni oder etwas Geringeres als ihre Art. Die Scharai sagen, wenn man nicht sterben kann, dann lebt man auch nicht.«

»Die Dschinni sterben.«

Jemel lachte, sehr zu seiner eigenen Überraschung. »Damit rechnen sie aber nicht.«

»Aber es ist so, sie können getötet werden. Und ihresgleichen. Ich habe gehört, dass du einen `ifrit getötet hast ...«

»Ja.« Mit einem eigens dafür gesegneten Pfeil; er und Jazra hatten beide einen bei sich gehabt, eines der seltenen Geschenke eines ebenso seltenen Imam. Nun war der von Jazra dahin und sein eigener, dachte Jemel, fand vielleicht einen besseren Verwendungszweck, sollte er jemals einem gewissen weiß gekleideten Ritter begegnen und nicht nahe genug an ihn herankommen für einen Schwertkampf ...

Einem Ritter, dem Marron gedient hatte, bevor er der wandelnde Geist geworden war. Und wenn Jemel den `ifrit nicht getötet, wenn er ihm Julianne als Opfer überlassen hätte, dann wäre so vieles ganz anders gekommen. Ganz gewiss würde er jetzt nicht hier sein; er würde den Namen des Ritters nicht kennen und auch nicht an seinen einstigen Knappen gebunden sein, und er war an ihn gebunden, auch wenn Marron es nicht zu wissen schien und die Sandtänzer ihm verboten hatten, ihren Eid abzulegen und es publik zu machen.

Er ging in die Hocke und ließ den goldenen Staub zwischen seinen Fingern hindurchrieseln. Der Sand fühlte sich warm an, genau wie die Luft, auch wenn es keine Sonne gab, um ihn zu wärmen. Wenn der Sand geschaffen worden war, um dies hier nachzuahmen, dachte er, dann war es eine grandiose Arbeit und dennoch gescheitert. Sein Gelb war diesem Gold nicht ebenbürtig, und auch nicht die körnige Beschaffenheit dieser seidigen Oberfläche; der Sand war nur bei Tage heiß, nachts hingegen mörderisch kalt. Und doch konnten Menschen im Sand leben, wenn sie nur wussten, wie sie es anstellen mussten ...

»Hier können keine Menschen leben«, sagte er und führte seinen Gedanken wie auch das Gespräch fort. »Und auch sonst nichts, das Fleisch hat und Wasser braucht.« Er konnte hier auch nicht beten, obschon es in seiner Welt dämmerte und er seinem Gott diese Pflicht schuldig war. Er überlegte sich, dass Gott möglicherweise Menschen brauchte, eine Welt der Menschen; diese bittere, wunderbare Landschaft barg kein Geheimnis, abgesehen von dem ihrer eigenen Schöpfung. Hier war kein Platz für Anbetung.

»Wir sind hier und leben.«

»Wie lange? Wir sollten zurückkehren.«

Bevor wir von etwas entdeckt werden, das nicht einmal mein gesegneter Pfeil besiegen kann, wollte er damit sagen, aber Marron warf einen Blick auf den Bogen und den flimmernden roten Vorhang, der ihn versperrte, und sagte: »Ja. Bevor es zwischen Morakh und Rudel Ärger gibt ...«

Zwischen Morakh und Rudel, dachte sich Jemel, würde es immer Ärger geben. Ärger zwischen Morakh und Marron dürfte schwieriger werden. Aber auch der musste kommen. Der Sandtänzer hatte gesehen, wie sein Traum Wirklichkeit wurde – und sein Traum hatte sich als Patric-Junge entpuppt, der nicht töten wollte. Das musste zwangsläufig zu Ärger führen; und wenn es soweit war, wollte Jemel zur Stelle sein und sich mit Krummsäbel und seinem Körper dazwischenstellen. Marron war mehr als der Fleisch gewordene Traum eines Mannes, und Jemel würde nicht mit ansehen, wie sein eigener Traum durch die Klinge eines Fanatikers ausgelöscht wurde.

Marron ging zu dem Bogen zurück und hinterließ eine Blutspur in dem sterilen Staub, die genau zeigte, wo er gewesen war. Jemel wollte ihm folgen, zögerte aber und drehte sich wieder um. Er ließ den Blick rasch über den Boden schweifen, sah, was er suchte, und beeilte sich, es aufzuheben. Es war heiß an seiner Haut, allerdings nicht so heiß, dass er nicht damit umgehen konnte; und schwer, schwerer, als er bei der Größe vermutet hätte, wenn auch nicht schwer zu tragen. Er hielt es mit beiden Händen an die Brust und ließ einen letzten Blick über dieses einsame, wunderbare Land schweifen, dann erst ging er zu Marron, der ebenfalls aufmerksam, abwartend und staunend dastand.

»Warum möchtest du das? Und solltest du es mitnehmen?«

Jemel schüttelte den Kopf als Antwort auf beide Fragen. Eine ließ sich leicht beantworten, Marron sollte die Antwort darauf kennen, und wenn nicht, würde er es schon bald begreifen; die andere war unmöglich zu beantworten. Was wusste Jemel, was wusste überhaupt irgendjemand über die Gesetze, die beide Welten beherrschen, diese und ihre eigene? Wenn die Dschinni eifersüchtig und habgierig waren, würden sie das zweifellos kundtun. Auch das bald ...

Diesmal machte Marron keine Geste, jedenfalls konnte Jemel keine sehen, doch der rote Nebel, der den Bogen versperrte, klaffte beiseite wie zarte Vorhänge in einer unmerklichen Brise. Marron trat hindurch und Jemel folgte, stolperte unvermittelt und streifte um ein Haar die tödliche rote Grenzlinie, die das Portal bildete; seine Last fühlte sich plötzlich wärmer und schwerer an, eine größere und gefährlichere Bürde als sie in ihrem eigenen Land gewesen zu sein schien.

Aber er nahm es dennoch mit, drückte es an sich und verbarg es fast mit seinen weiten Ärmeln. Er achtete kaum darauf, was Marron machte, der den eigenen feuchten und blutbefleckten Ärmel hochschob, um diesen Wirbel aus Rauch und Gefahr wieder in sich aufzunehmen, den er die Tochter nannte. Das kam unerwartet und war eine bewusste Trotzhaltung, da er den Tänzern den Zutritt zum goldenen Land verwehrte; aber Jemel hatte eigene Sorgen, und Marron gehörte zur Abwechslung einmal nicht zu den dringendsten.

Er trat unter dem Bogen hervor und richtete den Blick auf die grobe Steinmauer der Säule der Leben. Blicke und Berührung: Er konnte – gerade noch – seine Last mit einer Hand halten und mit der anderen die Festigkeit der Mauer prüfen. Er zog an mehreren Steinen; keiner bewegte sich, auch wenn kein Mörtel sie miteinander verband. Gut.

Hinter sich konnte er laute Stimmen hören, Rudel und Morakh im Streit. Er achtete nicht darauf, ließ seine Last im Gewand verschwinden und zog das Seil des Gürtels enger, um es zu halten. Es brannte an seiner Haut, aber nicht so sehr, dass sich Blasen gebildet hätten. Seine Tat musste Konsequenzen haben, dessen war er ganz sicher; aber wie sie aussehen würden, konnte er sich unmöglich vorstellen. Doch die Tat war notwendig gewesen, ein privater Schwur und ein Akt der Unabhängigkeit, möglicherweise der Rebellion, so wie sein Eid vor dem Sultan.

Er legte beide Hände auf die Mauer, hob einen bloßen Fuß, fand Halt in einer Fuge und begann seinen Aufstieg.

Er war schon ein gutes Stück weit gekommen, als er hörte, wie jemand, ein Mädchen, seinen Namen rief. Er schaute nicht nach unten, nicht einmal, als Morakh wütend zu ihm hochbrüllte; er suchte einfach weiter nach dem nächsten Halt und konzentrierte sich auf das Klettern. Er hatte seine halbe Kindheit damit verbracht, so steile Klippen wie diese hinauf- und hinunterzuklettern; seine einzige Sorge war das hinderliche Gewicht, das gegen seinen Bauch drückte, und der dringende Wunsch, sich davon nicht aus dem Gleichgewicht bringen zu lassen und zu verhindern, dass es abrutschte, zu Boden fiel und seinen ganzen Aufstieg sinnlos machte.

Höher und höher; es ging ein Wind hier oben, aber nicht so stark, dass er sich Sorgen gemacht hätte, und die Sonne wärmte ihn bereits, aber nicht so sehr wie die Hitze des Dings in seinem Gewand. Er hätte gedacht, dass es nach dem Übergang von der einen zur anderen Welt abkühlen würde, doch er hatte sich geirrt; wenn überhaupt, dann wurde es noch heißer. Er bohrte den Fuß fest in eine Ritze, löste eine Hand, berührte es und spürte seine Energie durch den Stoff des Gewands hindurch. Keine Zeit zum Ausruhen: er sollte besser weiterklettern, dachte er, bevor das Ding wirklich anfing zu brennen. Bevor es sein Gewand in Brand setzte und ihn ebenfalls …

Und weiter hinauf, immer weiter. Einen Halt suchen, greifen und festklammern; er hatte nur Augen für seine Hände und ließ seine langen Zehen selbst Halt finden, ohne jemals nach unten zu sehen. So war es in der Nacht gewesen, als sie den Roq angegriffen hatten; so war es immer gewesen. Dieses Talent war, um es milde auszudrücken, ungewöhnlich unter den Scharai; normalerweise mieden die Stämme große Höhen oder feste Siedlungen. Aber er war ein Saren – nein, er war einer gewesen –, und die Saren waren ein ungewöhnlicher Stamm …

Schließlich schmerzten sogar seine Muskeln und seine Arme zitterten bis hinauf zu den Schultern. Seit den Klippen seiner Kindheit war er weit gereist und nicht mehr ausreichend im

Training für so einen Aufstieg – abgesehen von jener schrecklichen Nacht am Roq, doch da hatte er Jazra an seiner Seite und Hasan als Führer gehabt; die Aussicht auf Ruhm und die Angst vor der Schande hatten zusammengewirkt und jede Schwäche seines Körpers überwunden. Nicht mehr. Diesseits des Todes würde er Jazra nie wiedersehen, er würde Hasan nie wieder folgen; heute hatte er nur seine eigene Willenskraft, die ihn anspornte.

Und sie spornte ihn so lange an, bis er erst mit der einen und dann mit der anderen Hand die oberste Kante erreicht hatte und sich festklammerte. Mit einer letzten Anstrengung zog er sich hoch und über den Rand.

Er blieb kurze Zeit flach auf dem Rücken liegen und atmete schwer, während seltener Schweiß seinen ganzen Körper bedeckte und er seine Last als sengendes Gewicht unterhalb der Rippen spürte. Er fühlte sich entmannt, so gut wie ausgelaugt, und war froh, dass niemand unten ihn so sehen konnte. Besonders, dass einer da unten ihn nicht so sehen konnte …

Bald jedoch zog ihn dieselbe eiserne Entschlossenheit, die ihn nach hier oben gebracht hatte, wieder in die Höhe, obwohl seine Beine zitterten und er sich schwindelig und unsicher fühlte. Er sah immer noch nicht nach unten oder ließ den Blick über die endlose Weite des Sandes schweifen; er hielt den Kopf gesenkt und sah starr auf den Punkt, wo er stand, die Spitze der Säule der Leben.

Bei seinem Volk war dies ein Ort der Legenden, fast ebenso sehr wie das Land der Dschinni, wo er noch vor wenigen Minuten gestanden hatte. Von den Wundern jenes Ortes freilich war hier wenig zu sehen: nur ein rauer Steinkreis und ein endloser Abgrund an seinem Rand. Niemand hatte den Versuch unternommen, die Fläche zu glätten, genau wie bei den Mauern; die Säule hatte ihre endgültige Höhe noch nicht erreicht. Die Mitte war zwei oder drei Schichten höher als der Rand, wo die letzten paar Dutzend Männer, die der Bruderschaft der Sandtänzer beitreten wollten, ihre Steine abgelegt hatten.

Aus dem Grund war er so weit hierher gekommen, hatte er diesen Aufstieg riskiert. Obschon er keine Chance bekommen hatte, ihren Eid abzulegen oder sich ihrer Bruderschaft anzuschließen, hatte er einen eigenen Stein mitgebracht. Ihre stammten aus der Wüste; seinen hatte er aus dem Land ihrer Sehnsucht mitgebracht, dessen Boden er betreten hatte, aber keiner von ihnen.

Er griff in sein Gewand und holte den Stein heraus, der nun schrecklich heiß war und heller strahlte als in seinem Herkunftsland. Einen Moment trat Jemel an den Rand, wo seine Freunde – und seine Nicht-Freunde – ihn sehen konnten, um ihnen zu zeigen, was für ein leuchtendes Ding er bei sich trug; falls es jemand nicht wusste, konnte Marron es ihm erklären. Dann ging er trotzig und stolz zu der Erhebung in der Mitte, die ihm wie ein Podest schien, fast wie ein Altar, und legte seinen Stein an einen Ehrenplatz, höher als alle anderen.

Das war wenigstens ein Manifest, vielleicht sogar ein weiterer Schwur, auch wenn er langsam daran zweifelte, worauf er schwor. Er blieb einen Moment stehen, betrachtete sein Werk und fühlte sich niedergeschlagener und längst nicht so triumphierend, wie er gedacht hatte; dann schließlich hob er den Kopf und sah sich um.

Er, der mit weiten Panoramen aufgewachsen war, war erneut fasziniert von der Aussicht, zum zweiten Mal heute Morgen. Dies war doch ein Ort der Wunder, nur lag das Wunder nicht in sich selbst, sondern in dem, was es beherrschte.

Nach dem Maß der Scharai konnte er Tage weit sehen. Im Osten, wo ihm die tief stehende Sonne in die Augen schien, nicht ganz so weit; aber im Osten lagen auch keine Länder, auf die es angekommen wäre, nur die Ränder des Sands, wo die domestizierten Stämme hausten, Menschen, die Handelsstraßen duldeten, auf denen Fremde ungehindert durchziehen konnten. Im

Norden und Süden lagen verlorene Länder, wo das Wort der Scharai einst Gesetz gewesen war – und wieder sein würde, jedenfalls war er fest davon überzeugt, bildete es doch Bestandteil jeden Schwurs, den er geleistet hatte –, und er bildete sich ein, dass er sie alle sehen konnte. Der purpurne Dunst am fernen Horizont, dachte er, das war Outremer, wie die Patric es nannten und wie er es sich ebenfalls angewöhnt hatte. Das ganze weite Land zwischen hier und dort konnte er sehen, und er glaubte, er könnte es mit einem einzigen Sprung überqueren.

Hasan hatte es geglaubt und hatte versucht, es mit seinem zum Scheitern verurteilten, kastastrophalen Feldzug gegen den Roq wahr werden zu lassen. Jemel fragte sich, ob Hasan jemals hier gestanden hatte, ob seine Vision hier geboren worden war; oder sah Hasan die Welt immer aus solcher Höhe, so weit und detailliert? Hatte er vielleicht eine Säule der Leben im Kopf – und zählte er die Leben, die herunterfielen, weil er die Hand ausgestreckt und sich übernommen hatte?

Als er an Hasan dachte, drehte sich Jemel nach Süden um, wo der wahre Sand lag, und Rhabat in seiner Mitte.

Er sah Ocker statt Gold und dachte, er würde niemals wieder wahres Gold erblicken, wenn er nicht im Lande der Dschinni weilte; aber Ocker genügte, sofern es sich um die Dünen und weiten Ebenen seines eigenen trockenen Landes handelte. Von hier konnte er sehen, wie zerklüftet dieses Land war, konnte die aufragenden grauen Felsen und die dunklen Schatten von Spalten ausmachen; in der Ferne glaubte er sogar, Wasser funkeln sehen zu können. Wenn das stimmte, musste es sich um den Salzsee handeln, das Tote Wasser, das ebenfalls einen Ort der Mythen und Legenden darstellte; wenn ja, dann lag dort auch Rhabat, wohin Hasan unterwegs war, wenn er nicht schon eingetroffen war, und wohin auch Jemel gehen würde, wenn Marron zu seinem Wort stand. Wie sie alle, außer den Tänzern, die nicht nach Rhabat gingen ...

Als er an Marron und die Tänzer dachte, ging er zuversichtlich wieder zum Ostrand des Gipfels und sah nach unten. Er wollte nicht winken, nichts derart Kitschiges, aber er wollte gern als er selbst gesehen werden, für sich allein, nicht nur als Antwort auf die Frage, was er bei sich getragen hatte. Und er wollte sehen. Morakh und Rudel hatten gestritten, das war nicht überraschend, aber er hätte gern gesehen, wie der Streit ausgegangen war, wer bei wem stand, ob Marron hineingezogen oder womöglich zum Gegenstand eines weiteren Streits geworden war.

Schon möglich. Aus dieser Höhe konnte man kaum Gewissheit haben, da so viele der Gruppe identische Kleidung trugen; aber die Atmosphäre war klar und seine Augen scharf, daher glaubte er, dass er Marron gleich an seiner Haltung und seinen Bewegungen erkennen würde. Er glaubte, dass die winzige Gestalt, die sich rasch von der Säule entfernte und bergab ging – fast so schnell ging, wie er selbst bei Einbruch der Dämmerung geklettert war – Marron sein musste. Vielleicht kehrte er so einem Streit den Rücken, ob er nun der Gegenstand davon war oder nicht.

Wenn ja, dann war es höchstwahrscheinlich Elisande, die ihm folgte und mit locker schwingenden Schläuchen den Hang hinunterwuselte: leere Wasserschläuche, dachte Jemel, ein Grund oder möglicherweise eine Ausrede. Sie mussten mehr als nur Glück haben, um hier oben Wasser zu finden, konnten aber lange Zeit damit verbringen, zu suchen oder so zu tun, als suchten sie ...

Bei der kleinen, zusammengedrängten Gruppe dunkel gekleideter Männer konnte es sich nur um die Tänzer handeln, direkt unter ihm, wo er auf sie spucken könnte, wäre ihm seine Körperflüssigkeit nicht zu kostbar gewesen und hätte er sie nicht ohnehin schon schlimmer brüskiert gehabt. Der breitschultrige Mann, der abseits von ihnen stand, der wiederum musste Rudel sein; blieb nur Julianne übrig, und er brauchte lediglich einen Moment, um sie bei den Kamelen zu finden, wo sie sich von allen Streitereien fern hielt.

Damit gab er sich zufrieden und suchte wieder nach Marron. Elisande hatte ihn fast eingeholt; er hielt sogar inne und wartete auf sie, womöglich nach einem Zuruf, den Jemel nicht hören konnte. Sie winkte mit den Schläuchen und winkte: *Morakh sagt, dass es da drüben Wasser geben muss, das wir holen können, statt nur wütend davonzustürmen,* oder: *Schau her, ich habe die mitgebracht und gesagt, dass wir nach Wasser suchen gehen, da führt ein Weg runter, der so gut wie jeder andere ist und sie werden uns frühestens in einer Stunde zurückerwarten ...*

Es gab eine Art Trampelpfad: möglicherweise einen Ziegenpfad, obwohl Jemel keine Spur von einer Ziege oder einem anderen Tier gesehen hatte, seit sie über die Ebene des Sands gestiegen waren. Die einzelnen Gruppen der Tänzer kamen gewiss nicht oft genug hierher, um einen so deutlichen Weg durch den Fels auszutreten; und wenn es sich nur um festgetretenen Sand gehandelt hätte, so wäre er nach einer windigen Woche wieder verweht oder für immer begraben gewesen ...

Leicht verwirrt, neugierig geworden und schon fast besorgt – Jemel war ein Kind der Wüste, und was in der Wüste ungewöhnlich war, bot fast immer Anlass zur Sorge – schaute er genauer hin und folgte ihrem Weg weiter, als sie ihn von ihrer Warte aus sehen konnten.

Und sah eine Bewegung, und sah auch, was sich bewegte oder glaubte es zu sehen.

Und im selben Augenblick stieß er einen Warnruf aus, hob die Hände und formte einen Trichter, damit der Schall weit getragen wurde; er pfiff und winkte, tanzte fast in der großen Höhe und machte alles, was ihm einfiel, um irgendjemandes Aufmerksamkeit zu erregen.

Marron hörte es, natürlich. Es geschah nichts, das Marron mit seinen neuen Ohren nicht hören konnte. Er neigte den Kopf und drehte ihn, Jemel konnte den blassen Fleck des Gesichts unter der Kapuze erkennen; Marron konnte zweifellos mehr sehen.

Doch Marron sah offenbar nur seinen Freund, der auf der Spitze der Säule tanzte, heftig gestikulierte und wohl sagen wollte: *Sieh her!* Er hob den Arm, um zu sagen, dass er hergesehen hatte, und Elisande winkte übertrieben mit beiden Armen.

Jemel fluchte, wollte Worte rufen und wusste doch, dass nicht einmal Marron sie in dieser Entfernung und bei dem Wind verstehen würde. Die Tänzer hatten einen Code aus Zeichen und Gesten, doch den kannte Jemel nicht und wusste auch nicht, wie er auf allgemein verständliche Weise *Gefahr!* signalisieren sollte.

Die unten schauten alle zu ihm herauf, begriffen ebenso wenig und versuchten auch gar nicht erst, ihn zu verstehen.

Er sah, wie die beiden Patrics sich abwandten und ahnungslos weitergingen; da ließ er sein sinnloses Brüllen sein, ging in die Hocke, verlagerte an der Kante das Gewicht auf die Hände und begann zu klettern.

Wenn man denn von Klettern sprechen konnte. Nicht einmal in seinen wildesten Tagen hatte er je so einen Abstieg gewagt: er schlitterte und rutschte, hielt sich kaum fest und ließ sich von seinem eigenen Gewicht so sehr wie von seinem Geschick die fast lotrechte Steinmauer hinuntertragen. Als Junge hatten sie ihn »Spinne« genannt, bevor er sich seinen Namen verdient hatte, aber Spinnen waren vorsichtiger. Und Spinnen hatten ihren Faden, den hatte er nicht.

Er hätte ein Dutzend Mal oder öfter sterben können, als er mit den Fingern keinen Halt und mit den Füßen keinen Vorsprung fand, auf den er sich stellen konnte. Er hatte keinen Gleichgewichtssinn und keinen Verstand, nur Verzweiflung in Kopf und Herzen, während er tollkühn von einem fragwürdigen Halt zum nächsten glitt und dazwischen halsbrecherische Rutschpartien unternahm. Er hätte sterben müssen, es war anmaßend Gott gegenüber, dass er überlebt hatte, dachte er später.

Aber er überlebte, selbst den letzten unkontrollierten Absturz, nach dem er atemlos vor Morakhs Füßen landete und nun erst die Aufschürfungen an Handflächen und Zehen spürte. Er hatte klebriges Blut im Gesicht und konnte sich nicht erklären, wie es dazu gekommen war.

»Du hast unser Heiligtum entweiht, Stammesloser. Ich hatte dir verboten –«

»Hört zu, Morakh! Ghûl ...«

»Ghûl? Was meinst du mit Ghûl? Hier ist kein Ghûl.«

Für jemanden, der erst gestern die Fußspuren eines Ghûls gesehen und sie allen gezeigt, dessen eigener Mann gestern Nacht einen gehört und gesehen hatte, schien er seiner Sache sehr sicher zu sein.

Aber Jemel hatte ihn gesehen. »Wo sie hingegangen sind, der wandelnde Geist und Elisande. Ich habe ihn gesehen, er wartet auf sie ...«

»Was hast du gesehen?«, wollte Rudel wissen, packte ihn am Ellbogen und zog ihn grob auf die Füße.

»Einen Ghûl. Nein. Eine Frau. Vielleicht. Etwas in einem Frauenkleid, aber die Figur schien nicht richtig zu sein und es bewegte sich nicht wie ein Mensch ... Los, geht! Lauft. Sie sind noch nicht bei ihm ...«

»Der Junge träumt«, sagte Morakh, »oder möchte von seinem Vergehen ablenken. Es kann nicht sein ...«

»Warum nicht?«, bellte Rudel. »Wir werden seit Tagen von Ghûlen und Gerüchten über Ghûle verfolgt ...«

»Das mag schon sein. Aber wenn es einen Ghûl gibt, wird der wandelnde Geist ihn vernichten.«

»Hat jemand Marron beigebracht, wie man einen Ghûl vernichtet?«

Es folgte Schweigen, dann: »Das weiß er nicht?«

»Woher sollte er es wissen? Dies ist nicht sein Land ...«

»Wir gehen. Auf der Stelle ...« Und nun schwang plötzlich fast so etwas wie Furcht in Morakhs Stimme mit: Furcht, dass Marron sterben und er nicht empfangen könnte, was er sich am sehnlichsten wünschte, dachte Jemel. Dieser Mann hatte dem wandelnden Geist vielleicht Gehorsam geschworen, aber er war nicht zufrieden mit diesem Gehorsam.

Die Männer entfernten sich im Laufschritt. Jemel wollte ihnen folgen, doch sein ganzer Körper war wund und voll von Blutergüssen, und seine Beine trugen ihn nicht. Als Julianne herbeigeeilt kam, konnte sie ihn mühelos aufrecht halten; ihr Frauenkörper war eine Stütze, an die er sich beschämt klammerte.

»Was war das? Ich konnte nichts hören ...«

»Dort lauert ein Ghûl, sie gehen ihm schnurstracks entgegen ...«

Sie stöhnte auf, ließ ihn aber immer noch nicht los, obwohl er sich gegen ihren Griff wehrte.

»Du kannst ihnen nicht folgen, du bist verletzt. Und du blutest ...« Sie berührte ihn mit der Hand an der Stirn und hatte Blut an den Fingern. »Die Kamele ...?«

»Ja! Die Kamele, schnell ...«

Sie musste ihm selbst auf dieser kurzen Strecke helfen. Die Tiere ruhten mit zusammengebundenen Beinen, aber damit wenigstens kam er zurecht, er löste das Seil und kletterte in den Sattel, schwang den Reitstock erbittert, bis das Tier aufgestanden war und losrannte, auch wenn es vor Missfallen brüllte.

Julianne folgte hinter ihm, als er sein Kamel bergab trieb, zu der Stelle, wo der Pfad begann und sich zwischen Felstürmen, die hoch genug waren, dass sie ihnen die Sicht nahmen, nach Norden erstreckte. Sie konnten die Männer weiter vorne laut rufen hören; aber es kam keine Antwort. Jemel trieb sein Reittier zu noch größerer Eile an und beugte sich dicht über seinen Nacken, damit er den Boden im Auge behalten konnte; eine klare und deutliche Spur war im Sand zu sehen, die aber nur von Abdrücken der Stiefel und bloßen Füßen seiner Freunde gebildet wurde. Er überlegte sich, dass ein arglistiger Ghûl so eine Spur als

Falle angelegt haben könnte und darauf vertraute, dass sein wallendes Gewand die Spuren seiner eigenen Bocksfüße verwischte. Waren Ghûle so arglistig und so intelligent? Nicht von Natur aus, soweit er in Geschichten gehört hatte, aber es war auch nichts Natürliches an der Art und Weise, wie ihre Gruppe von diesen Geschöpfen verfolgt worden war ...

Sie holten Rudel und die Tänzer ein und überholten sie und umrundeten einen weiteren Felsvorsprung. Nun endlich konnten sie eine ganze Strecke ungehindert reiten und sahen weit voraus zwei winzige Gestalten. Zu weit voraus: Marron und Elisande hatten die Felsen fast erreicht, wo er das lauernde Ding gesehen hatte, das ihn so erschreckte. Er stieß eine Warnung aus, einen schrillen Schrei, bei dem sie stehen blieben und sich umdrehten. Er winkte heftig mit dem Stock und rief abermals; sie zögerten und kamen langsam in die andere Richtung zurück.

Seine Schreie hatten auch den Ghûl aufmerksam gemacht, wenn es sich denn um einen Ghûl handelte. Etwas kam nur wenige Schritte von seinen Freunden entfernt zwischen den Felsen hervor. Es hatte immer noch eine gewisse Ähnlichkeit mit einer Frau, doch das lag nur an der Kleidung; Jemel hatte sich nicht einmal aus großer Höhe und weiter Entfernung täuschen lassen, und nun noch viel weniger. Er hätte gedacht, dass sich Ghûle besser verkleiden könnten. Vielleicht konnten sie es ja, falls es erforderlich war; im Augenblick konnte er nichts anderes als Angriff im Sinn haben.

Und er griff an – mit einem gewaltigen Sprung, bei dem ihm die Kapuze vom Kopf fiel, so dass man einen länglichen Kopf sehen konnte, nicht unähnlich dem eines Pferdes, aber kein Pferd hatte je so ein riesiges, von Zähnen strotzendes Maul gehabt. Auch keine solchen Arme, lang und mit Krallen, die fuchtelten und nach Marron griffen ...

Natürlich hörte Marron das Ding kommen, wirbelte herum und stellte sich ihm entgegen; und konnte gerade noch rechtzeitig das Schwert zücken. Nach einem ersten Treffer zuckte es zurück; es schien größer zu werden und verabschiedete sich vom letzten Rest seiner Maskerade.

Jemel hörte Juliannes erleichterten Stoßseufzer hinter sich, und ihm wurde klar, dass sie sich auf sein Können als Schwertkämpfer verließ – sogar gegen eine Alptraumkreatur wie diese. Das konnte sie gern tun, aber er vermutete, dass sie ebenso wenig wie Marron wusste, wie man einen Ghûl tötete. Oder nicht tötete, denn darauf kam es an.

Wenn es ihm nur gelang, die Kreatur aufzuhalten, bis Jemel eintraf ...

Jemel nahm den Reitstock in die linke Hand, zog den Krummsäbel und wünschte sich ein Pferd und Sporen. Ein Pferd kann man durch Gewalt zu einer plötzlichen Mobilisierung aller Kraftreserven zwingen, auch wenn es dadurch sterben würde; ein Kamel nicht. Ein Kamel, das man zu schmerzhaft behandelte, wurde eher langsamer als schneller und blieb möglicherweise einfach stehen; dieses hier hatte er schon zu sehr malträtiert. Er ließ die Kontrahenten voraus nicht aus den Augen und betete.

Der Ghûl war inzwischen ganz Dämon, das Kleid zerriss und sein Rücken schwoll monströs an. Elisande schrie; als die Kreatur den Kopf zu ihr drehte, warf sie eines ihrer Messer. Jemel sah, wie es im Sonnenlicht funkelte, wie es sich tief in den Hals des Ghûls bohrte. Ein kluger Schachzug, der sich als ausreichend erweisen konnte, wenn sie jetzt zurückwichen, wenn Elisande Marron eine Warnung zurief, dass er zurückweichen sollte ...

Aber Marron sah die Kreatur auf Elisande zustapfen und die langen Arme ausstrecken. Sie versuchte, rückwärts zu fliehen, stolperte mit dem Absatz über einen vorstehenden Stein und fiel der Länge nach hin. Marron machte einen Sprung, um sich schützend über sie zu stellen, und ließ seinen Widerwillen lediglich in einem ganz kurzen Zögern erkennen, ehe er das Schwert fest durch die Stoffstreifen bohrte, die noch an der Brust des Ghûls klebten. Es hätte ein tödlicher Stoß sein müssen; Jemel stöhnte.

Der Ghûl erholte sich im Handumdrehen wieder. Mit einem Arm fuhr er sich über den Hals und entfernte den Dolch, mit dem anderen schlug er nach dem fassungslosen Marron, durchtrennte Stoff und Fleisch gleichermaßen und riss ihm die Schulter bis auf den Knochen auf.

Das war Pech, ein Fehler, der zum anderen kam. Mehr als Blut quoll aus der Wunde: Ein zarter, rauchiger Schatten nahm zwischen Mensch und Monster Gestalt an. Marron hätte den Ghûl jetzt mit einem Gedanken töten können; aber Jemel kam rasch näher, Marron musste ihn gehört haben. Wenn er nur stillhalten und warten würde, könnte noch alles gut werden ...

Marron machte keins von beidem. Ihm blieb nur ein Augenblick, um sich zu entscheiden, und er wählte einen dritten Weg. Der dünne scharlachrote Schatten streckte sich zu einem Rahmen, einer Tür mit einem Funkeln von Gold im Herzen; Marron bückte sich, zog Elisande mit seinem gesunden Arm hoch und stolperte durch die Tür.

Jemel rief seinen Namen zu spät, fluchte, wollte das Kamel mit einer hektischen Anstrengung hinter ihm durch das Tor treiben und kam wieder zu spät. Der Rahmen schrumpfte und verschwand, schien zu einem goldenen Punkt zu schwinden, und dann sah Jemel nur noch den bestürzten Ghûl vor sich.

Wenigstens das konnte er angemessen erledigen. Er schwang die Klinge einmal und hieb sie durch den Hals der Kreatur. Der Kopf fiel herab und rollte davon, der Leib sackte in sich zusammen; diesmal war er wirklich tot und Jemels Kamel tänzelte von dem Kadaver weg.

Er glitt zu Boden und ließ dem Tier freien Lauf, bis Julianne kam und sich seiner annahm; er blieb keuchend stehen, schluchzte fast, betrachtete aber nicht die schrecklichen Überreste des Ghûls, sondern das Fleckchen Sand und Fels, wo Marron und Elisande gewesen waren.

Rudel war als Erster bei ihm. Der ältere Mann nahm ihm die Klinge behutsam aus den tauben Fingern, wischte sie penibel an einem Stück Stoff vom Kleid der Kreatur ab und gab sie ihm mit einer Geste zurück, die fast einem Salut gleichkam.

»Das hast du gut gemacht, Jemel.«

»Es war vergeblich, ich war zu langsam. Und jeder von euch hätte es gekonnt, jeder, der Bescheid weiß. Sie sind heimtückisch, aber keine großen Kämpfer. Wird er zurückkommen?«

»Der Ghûl? Jetzt nicht.«

»Nicht der Ghûl.«

Rudel seufzte, als hätte er genau gewusst, was Jemel meinte, und antwortete: »Ich weiß es nicht. Er war verletzt, richtig?«

»Ja. Möglicherweise schwer verletzt.«

»Dann wahrscheinlich nicht so bald. Nicht hier. Würdest du das riskieren? Ohne zu wissen, was aus dem Ghûl geworden ist? Er hat Elisande bei sich, sie wird die Wunde versorgen. Wenn er wieder auf den Beinen ist, werden sie wahrscheinlich ein Stück weit gehen, bevor sie es wagen, wieder zurückzukehren. Wenn nichts sie stört, wo sie sind ...«

»Gehen? Wohin gehen, wohin könnten sie gehen?«

»Nach Süden, würde ich sagen. Wenn sie Süden ohne Sonne oder Sterne als Orientierung finden können. Sie wissen, dass wir auf dem Weg nach Rhabat sind; sie dürften in dieselbe Richtung gehen und in diese Welt zurückkehren, wenn es ihnen sicher erscheint ...« Aber in seiner Stimme klang ein leiser Zweifel mit, als wäre er überzeugt, dass seine Tochter mit ziemlicher Sicherheit das Gegenteil von dem tun würde, was er dachte.

»Er wäre sicher gewesen. Bei mir. Ich hätte den Ghûl für ihn getötet oder er hätte ihn selbst vernichten können ...«

»Er tötet nicht gern«, sagte Julianne niedergeschlagen. Sie

hatte die Kamele festgezurrt und kam zu ihnen. »Habt ihr nicht gesehen, was ihn nur der Versuch gekostet hat? Als Elisande stürzte? Und als das nicht funktionierte, war es doch logisch, dass er die Tochter zu nichts anderem als der Flucht benutzen würde. Er hätte sie so oder so nicht entfesselt. Aber warum hat sein Schwert das Ding nicht getötet, Jemel, deines hingegen schon?«

»Es war ein Ghûl.«

»Das weiß ich.«

»Dann merke dir eines, es ist wichtig. Man muss einen Ghûl mit einem einzigen Hieb töten; ein zweiter schenkt ihm nur wieder das Leben.«

»*Was?* Das ist lächerlich ...«

»Es stimmt, Julianne«, bestätigte Rudel. »Du hast es ja gesehen. Elisandes Messer hatte ihn schwer verwundet und hätte ihn mit der Zeit vielleicht getötet; aber Marron hat ihn ebenfalls durchbohrt, und da war es, als wäre die Kreatur nie von einer Klinge berührt worden.«

»Ich muss gestehen, ich habe es gesehen. Aber wie ...?«

»Magie«, von Rudel und »Gottes Wille«, von Jemel, die wie aus einem Mund sprachen. Sie sahen einander an, aber keiner lächelte auch nur. Jemel machte eine knappe, höfliche Geste; Rudel verbeugte sich kurz, bevor er fortfuhr.

»Gottes Wille, sagen die Scharai; sie sind ein fatalistisches Volk und fragen selten danach, warum oder wie so etwas geschieht. So ist es eben in der Welt, in der sie leben; das genügt ihnen. Diejenigen, die von einer größeren Neugier beseelt sind, sagen wiederum, dass Wesen des Geisterreiches sich nur widerwillig den Beschränkungen des Fleisches unterwerfen und diese Beschränkungen in jeder erdenklichen Weise unterwandern werden. Sogar bis hin zu grausamen Scherzen: ›Töte mich einmal und ich bin tot; tu es zweimal und ich komme wieder ...‹ Ich selbst glaube nicht, dass Ghûle Sinn für Humor haben. Vergesst nicht, sie sind Gestaltswandler, wie alle Geisterwesen; auch das hast du gesehen. Und wenn sie das können, wenn sie den Leib verändern können, in dem sie hausen, dann können sie auch heilen; aus diesem Grund muss man sie mit einem Streich töten und ihnen keine Möglichkeit geben, sich wieder zu erholen. So, wie Jemel es getan hat. Wenn der zweite Hieb sie trifft, verwandeln sie sich bereits, gestalten sich neu und wirken den Folgen des ersten Treffers entgegen; aus diesem Grund ist der zweite nutzlos und scheint den Schaden, den der erste angerichtet hat, fast zu heilen. Das jedenfalls ist meine Meinung ...«

Jemel sah ihn stirnrunzelnd an, schüttelte den Kopf und hätte vermutlich widersprochen; so hatte man es ihm nicht beigebracht und so hatte er es auch nicht gesehen. Aber Julianne kam ihm mit einer weiteren verwirrten Frage zuvor.

»Du hast Geisterwesen gesagt. Aber auch der ʻifrit war ein Geisterwesen, doch sein Körper schmolz zu Rauch oder Staub, als Jemel ihn getötet hatte. Der hier nicht ...?«

»Du darfst niemals Ghûle mit ʻifrits verwechseln, Kind. Die ʻifrit stehen den Dschinni näher, sie sind keine natürlichen Bewohner dieser Welt; wenn sie herüberkommen, dann nehmen sie jede Gestalt an, die ihnen beliebt, und wenn sie sterben, dann lösen sie sich auch auf, wie du gesehen hast. Ghûle sind an diese Welt gefesselt; sie können ihre Gestalt verändern, doch die Seele, die sie besitzen, befindet sich in einem Behältnis aus Fleisch und Blut. Das bleibt übrig, wenn sie getötet werden. Man könnte sagen, sie sind Diener der ʻifrit; sie haben wenigstens teilweise das böse Naturell mit ihnen eigen, auch wenn sie ihren eigenen Begierden und keinen anderen folgen, aber sie gehören bei weitem einer niederen Klasse an ...«

Er verstummte und drehte sich um, damit er sehen konnte, was Morakh hinter ihm machte. Der Tänzer hatte sich über den abgetrennten Kopf des Ghûls gebeugt, machte sich mit dem Messer daran zu schaffen und schnitt etwas aus dem Maul der Kreatur. Als er sich wieder aufrichtete, zeigte er es seinen Gefährten wortlos und kam dann herüber, um sich zwischen die beiden Patric zu drängen.

»Dieser hier jedenfalls war ein wahrer Diener der `ifrit«, sagte er und streckte als Beweis die Hand aus.

In seiner Handfläche sah Jemel einen Kieselstein, glitschig vom Blut des Ghûls, aber dennoch war die Goldfarbe nicht zu übersehen. So, wie Morakh ihn in der Handfläche rollte, schien er heiß zu sein.

Er und Rudel sahen ihn nur an; Julianne war es, die schließlich fragte: »Was ist das?«

»Das ist ein Stein aus dem Land der Dschinni«, antwortete Jemel, da keiner der älteren Männer etwas sagte; ein kleiner Vetter des Steins, den er selbst mitgebracht hatte, doch davon sagte er nichts. »Ich verstehe nur nicht, was hatte er im Mund des Ghûls zu suchen?«

»Er war in seine Zunge eingebettet«, ließ Morakh sie brüsk wissen.

Julianne runzelte die Stirn und schüttelte den Kopf. »Ich verstehe immer noch nicht ...«

»Solche Gegenstände besitzen in dieser Welt eine große Macht«, sagte Rudel, der Jemel kaum ansah. »Unter den Geisterwesen können sie übermächtig sein. Man sagt, dass die `ifrit einen Ghûl manchmal auf diese Weise benutzen, dass sie einen Gegenstand aus der anderen Welt in seinem Körper einpflanzen; danach wird sein Wille dem des `ifrit unterworfen und der Ghûl ist gezwungen, zu tun, was sein Herr und Meister ihm befiehlt. Ich habe Geschichten gehört, in denen das geschildert wird, aber ich habe es noch nie mit eigenen Augen gesehen, noch habe ich jemals gehört, dass diese Geschichten wahr wären. Ich hätte nie im Traum daran gedacht, nach so etwas zu suchen ...«

Jemel grunzte zustimmend; auch er hatte diese Geschichten gehört und sie nur für Ammenmärchen gehalten. Er drehte sich zu Morakh um und sagte: »Ihr könnt das nicht gesehen haben;

ich habe es nicht gesehen und ich habe diese Kreatur erschlagen. Woher habt Ihr gewusst, dass Ihr danach suchen musstet?«

»Das Verhalten der Kreatur kam mir seltsam vor; dies sind keine normalen Jagdgründe für einen Ghûl, so weit von jedem Dorf und jeder Straße entfernt. Nur wir Sandtänzer kommen hierher, und unser Fleisch ist nicht nach ihrem Geschmack. Und für gewöhnlich sind sie auch nicht listig genug, eine falsche Fährte zu legen. Aus dem Grund dachte ich daran, danach zu suchen und habe es gefunden. Dies ist mein Land, wenigstens ich kann zwischen Fabel und Wahrheit unterscheiden.«

Jemel schäumte; dies war auch sein Land und er würde sich nicht verspotten lassen. Schon gar nicht in so einem Augenblick und in diesem Ton: Nachdem er Marron verloren und seinen ersten Ghûl erschlagen hatte, hatte er für beides etwas anderes verdient …

Aber ehe seine Zunge diese oder andere Worte formen konnte, fuhr Morakh fort.

»Außerdem«, sagte der Tänzer, »habe ich so etwas schon einmal gesehen. Und der Ghûl hat stumm angegriffen, normalerweise hätte er brüllen müssen. Daher wusste ich, wo ich nach dem Stein suchen musste.«

»Schon einmal gesehen?«, fuhr Rudel ihn an. »Wo gesehen, und wann?«

»Dies ist nicht mein erster Ghûl«, antwortete Morakh nur, als hätte er Jemel die Gedanken ganz oder teilweise im Gesicht abgelesen. Er sagte es fast verächtlich, als wollte er einen Jungen demütigen, der etwas Ehre für sich beanspruchte. Jemels Krummschwert zuckte in seiner Hand, aber Morakh hatte ihm schon den Rücken zugedreht und sprach mit einem seiner jüngeren Brüder in ihrer Geheimsprache.

Jemel brannte nach einem Kampf, einem echten Kampf, um den Schmerz des Verlustes in seinem Herzen zu lindern. Marron war sein Talisman gewesen, kein Ersatz für Jazra – das niemals! –, sondern ein mächtiger Zauber, ein eigener Magiestein. Durch sein plötzliches Verschwinden litt Jemel doppelt Trauer, alte und neue; und er hatte mit angesehen, wie Marron verletzt wurde, was ihm wie seine eigene Unzulänglichkeit vorkam. Er musste irgendetwas tun, um den Schmerz zu betäuben. Es hatte nicht genügt, den Ghûl zu töten, es war zu einfach und zu schnell vorbei gewesen; Rudels Lob war eine Formalität gewesen, mehr nicht, und sein ganzes Gerede war nichts weiter als Ablenkung. Er hätte sich nur zu gerne mit Morakh gemessen, Klinge gegen Klinge, um die Beleidigung zu sühnen. Aber selbst ein stammesloser Mann, der sich dem Schutz eines Patric verschrieben hatte, hatte seine Ehre, und er würde nicht einmal seinen schlimmsten Feind von hinten angreifen. Außerdem hielt Rudel sein Handgelenk umklammert, damit er den Schwertarm nicht heben konnte. In den Augen des alten Mannes war eine Nachricht zu lesen: *Wir sind noch eine Gruppe und haben keine Zeit für kleinkarierte Zwistigkeiten.* Jemel biss die Zähne zusammen, nickte widerstrebend ob der Weisheit dieser Worte und entspannte seine Muskeln mit aller Willenskraft.

Aber als Morakh sich wieder zu ihm umdrehte, machte er es blitzschnell und zog mit derselben Bewegung zischend seinen Säbel aus der Scheide. Jemel schrie erschrocken auf und hob die linke Hand, die einzige, die er frei hatte; er spürte den Biss des Stahls in den Fingern und den stechenden Schock des Schmerzes, der danach folgte.

Rudel heulte auf, zog sein Langschwert und trat gegen Morakh an. Es war ein Zweikampf, und die Kontrahenten wirbelten so schnell und weit über den Sand davon, dass Jemel ihnen nicht folgen konnte. Er schüttelte den Kopf, um das plötzliche Schwindelgefühl zu vertreiben, und sah sich nach den anderen Tänzern um.

Es waren fünf Männer, allesamt Schwertkämpfer, und sie standen einem einzigen Mädchen gegenüber. Julianne hielt in jeder Hand ein Messer, doch die würden ihr kaum etwas nützen. Das wusste sie selbst, denn sie wich schon zurück, während sie ihr unerbittlich folgten.

Jemel warf sich in die Schlacht und empfand trotz der schlechten Chancen fast so etwas wie ein Hochgefühl; dies hatte er gewollt, danach hatte sich seine Seele gesehnt: die Möglichkeit eines Kampfes, um seine Schuldgefühle und jede andere Bürde, die auf ihm lastete, zu lindern. Einerlei, dass der Angriff aus ihrer eigenen Mitte und gänzlich ohne Vorwarnung kam, einerlei der todbringende Ruf der Sandtänzer. Nun konnte er kämpfen, er konnte töten oder sterben oder beides. Wenn er tötete und gut tötete, konnte er mit etwas Glück Marron wiedersehen, wenn Marron überlebte; wenn er starb und gut starb, würde er mit etwas Glück Jazra wiedersehen. Das genügte.

Eine Klinge schoss von rechts auf ihn zu; er parierte sie Kante auf Kante und spürte, wie sie davonflog, wirbelte rasch herum, wehrte eine von links ab und hatte dennoch genügend Zeit, sich zu wünschen, er hätte heute seine Gebete gesprochen, damit er gut mit seinem Gott stand. Glücksspiel war verboten, aber er hatte Männer spielen sehen und wusste, was Chancen bedeuteten. Er glaubte nicht, dass Rudel Morakh besiegen und ihm zu Hilfe kommen würde. Ein verwundeter Junge – der lange Ärmel hing über die linke Hand, so dass er sie nicht sehen konnte, aber sie tat schrecklich weh und er spürte, wie das Blut floss – und ein Mädchen gegen fünf Sandtänzer? Er glaubte, dass dies die Stunde seines Todes sein würde, ebenso wie die von Rudel und Julianne; er verstand es nicht, war aber überzeugt, dass seine Gebeine bald hier in der Sonne bleichen würden, und hoffte nur, einer unter den Tänzern würde die Güte haben und das *Khalat* wenigstens für ihn sprechen, wenn schon nicht für die Patrics.

Glücksspiel war verboten, aber er glaubte, dass alle Menschen spielten, und zwar mit jeder Entscheidung, die sie trafen und die ihr Leben oder das von anderen beeinflusste. Er hatte auf Jazra gesetzt und unablässig gewonnen, bis er ihn verloren hatte; sie hatten beide auf Hasan gesetzt und die Welt dabei verloren. Und er hatte auf Marron gesetzt und schien auch ihn verloren zu haben, an den Tod oder an Elisande. Nun setzte er sein Leben ein wie andere Leute Würfel und setzte auf den Zufall oder die Entscheidung Gottes. Nicht auf die Kunstfertigkeit; wenn es hierbei einzig und allein auf Kunstfertigkeit angekommen wäre, hätte er kein Fünkchen Hoffnung gehabt, wie verbissen er auch kämpfen mochte.

Eine Klinge links, eine Klinge rechts; er parierte sie beide, funkelnde Küsse und das Klirren und Scheppern von Stahl auf Stahl. Aber es waren immer noch nur die beiden: Sie spielten mit ihm, dachte er, aber nicht der Ehre wegen. Die Tänzer waren Scharai, hielten sich aber nur an die Bräuche, die ihnen nützlich waren. Wenn sie beschlossen, zu töten, dann töteten sie für gewöhnlich ohne Ehrgefühl oder Gnade, allen Lehren zum Trotz; und zwei dieser Männer besaßen Bogen. Er und Julianne sollten beide längst tot sein. Sie hatten sich aber für Schwerter entschieden und drei hielten sich zurück. Jemel überlegte sich, ob sie vielleicht an die Demütigung ihres Kräftemessens mit Marron im Palast des Sultans dachten, als er sie alle hätte niedermetzeln können, es aber nicht getan hatte. Vielleicht war dies ihre Rache dafür, dass sie die auserwählten Gefährten des wandelnden Geistes töteten, aber langsam, abwechselnd verwundend, bis der Sand von Blut getränkt war und ihre Opfer keines mehr in sich hatten ...

Er war fest entschlossen, sie nicht ungeschoren davonkommen zu lassen, nicht mit sauberer Klinge zu sterben, näherte sich einem, schlug dessen Säbel zur Seite, sah eine unzureichende Deckung und stieß zu – ins Leere. Einen Moment bevor die Schwertspitze ihr Ziel fand und sich in Stoff und Fleisch bohrte, war der Mann einfach nicht mehr da.

Jemel war einen Moment bis ins Mark erschüttert und all seine Gewissheiten erbebten, brachen in sich zusammen. Dann hörte er ein kehliges Lachen hinter sich und wirbelte herum – und sah zwei Sandtänzer, wo einer gewesen war, und beide grinsten ihn kalt an.

Und das war natürlich richtig, das war der Grund, warum sie so tödlich waren. Einer der Gründe. Sie waren auch Meister ihrer Waffen, daran konnte niemand zweifeln; wenn sie dem wandelnden Geist dienten, wollten sie es mit Krieg und Gemetzel tun. Aber sie besaßen dieses Talent, diese Magie, diese Gabe Gottes, wie sie sie nannten, an einem Ort zu sein und plötzlich an einem anderen, ohne dass sie sich scheinbar zwischen den beiden bewegten. Darum nannte man sie Sandtänzer, nach diesen kleinen Insekten, die dasselbe zu tun schienen – es sei denn, die Insekten wären nach ihnen benannt worden, da war er sich nicht sicher –, und nun glaubte Jemel ganz fest, dass er heute sterben würde, sobald sie es satt hatten, mit ihm zu spielen.

Nun denn, er würde mitspielen; etwas anderes blieb ihm auch nicht übrig, und außerdem raste sein Blut. Er fühlte sich verspottet, als Mann und Kämpfer verhöhnt; und am schlimmsten war, dass sie nicht einmal die eigenen Waffen gegen ihn erhoben. Er hieb mit einer Finte nach einem und sprang auf den anderen zu; der eine lachte ihn nur aus, der andere war gar nicht da, als der Säbel ihn traf.

Kalter Stahl berührte Jemels Nacken, wurde weggezogen und hinterließ ein warmes Rinnsal Blut, das seinen Hals hinablief.

Und so ging der Kampf weiter, wenn man denn von einem Kampf sprechen konnte. Jemel wirbelte herum und sprang und schwitzte, konzentrierte seine Wut, nutzte sein ganzes Wissen und Training und die Listen eines ganzen Lebens und konnte dennoch keinen der Männer auch nur mit der Klinge streifen. Sie tanzten um ihn herum, hier und da und weiter entfernt, und bewegten dabei niemals die Füße. Nur ihre Schwerter bewegten sich, um immer und immer wieder unbedeutende Schnittwunden zuzufügen.

Hinter ihnen, jenseits des Kreises seiner Wut und Ohnmacht, konnte Jemel Blicke auf Rudel und Morakh werfen, die immer noch fochten, aber nun hatte Rudel Blut im Bart und schien schwächer zu werden und den anderen nur noch mit langsamen, trägen Hieben abwehren zu können. Sie würden noch langsamer und träger werden, das wusste Jemel, während das Schwert in seinen erschöpften Händen immer schwerer werden würde, bis er die Klinge überhaupt nicht mehr hochheben konnte. Dann würde er Morakh ausgeliefert sein – aber auch hier galt, dass Morakh ihn schon längst erledigt haben müsste. Jemel dachte, dass auch mit Rudel gespielt wurde.

Das war weiteres Öl in sein Feuer, das ohnehin schon heiß loderte und doch so nutzlos war. Er konnte nicht töten, was er nicht berühren konnte; und er merkte jetzt das Gewicht seiner eigenen Waffe, das er vorher nicht gespürt hatte. Oh, er war verbittert, und so würde er zweifellos sterben; aber nicht aufgeben, das nicht. Solange er die Kraft hatte, sein Schwert zu schwingen, würde er es schwingen. Letztendlich mussten sie des grausamen Spiels irgendwann einmal müde werden; er hoffte nur, dass das geschehen würde, bevor er zu müde zum Kämpfen war.

Julianne hatte er so gut wie vergessen, hatte eindeutig vergessen, sich zwischen sie und die Tänzer zu stellen. Und es schien, als hätten die Tänzer sie auch vergessen oder maßen ihr keine Bedeutung bei; einer wandte seinen Verschwindetrick einmal zu oft oder zu achtlos an und tauchte direkt vor ihr auf, aber immer noch zu Jemel gewandt.

Als Jemel sich umdrehte, um ihn anzugreifen, und schon überlegte, ob er ihr nicht zurufen sollte, dass sie zu den Kamelen laufen und fliehen sollte, sah er den Mann plötzlich zusammenklappen und fallen. Einen Augenblick war er nur verwirrt, bis er den Messergriff sah, der aus dem Nacken des Tänzers ragte. Da schrie er stattdessen seine Freude hinaus und wirbelte herum, um sich den anderen vorzunehmen.

Der Tod seines Bruders schien den Mann so in Wut zu versetzen, dass er nicht mehr spielte. Schwert traf klirrend auf Schwert, und nun endlich konnte Jemel kämpfen; und es war einerlei, dass er gegen mehr als einen kämpfen musste, da die anderen, die sich zurückgehalten hatten, nun ebenfalls herbeigelaufen kamen. Er wehrte ab und parierte und schlug um sich; nun war es an ihm, flimmernd über den Sand zu gleiten und immer anderswo zu sein als ihre Schwertspitzen. Plötzlich waren sogar die Schmerzen in seinem Kopf ein Segen, ein Brennpunkt, der ihm half, sich zu konzentrieren. Er glaubte immer noch, dass er nicht gewinnen konnte, aber nun war sein bevorstehender Tod ehrenvoll, keine höhnische Scharade. Wenn er einen töten konnte, bevor er selbst starb, würde er jubelnd ins Paradies eingehen ...

Die Chance bekam er früher, als er zu hoffen gewagt hätte. Er stand der Reihe der drei Tänzer gegenüber und musste vor ihren stoßenden Klingen zurückweichen; aber etwas sauste durch die Luft, Materie gewordenes Licht. Plötzlich strauchelte einer der drei, der in der Mitte, und Jemel sah ein seltsames Gewächs aus dem Schatten der Kapuze des Mannes ragen. Als er fiel, glitt die Kapuze von seinem Kopf, ein Messer steckte tief in seinem Auge.

Die beiden anderen Tänzer waren erschrockener als Jemel oder brauchten einen Moment länger, um sich zu erholen. Dieser Moment reichte aus. Er sprang und schlug zu und schlitzte einen vom Hals bis zum Bauch auf, bevor dieser die Klinge auch nur sehen, geschweige denn seinen Verschwindetrick anwenden konnte, um ihr auszuweichen.

Der andere verschwand tatsächlich einen Moment, ehe Jemels Krummsäbel ihn auch finden konnte; aber als er wieder auftauchte, stand er ein gutes Stück entfernt neben seinem verbliebenen Bruder. Der spannte gerade seinen Bogen; Jemel drehte den Kopf zu Julianne und sah, wie sie das Messer aus dem ersten Tänzer zog, den sie erstochen hatte. Er bellte: »Hilf Rudel! Die hier gehören mir«, und stürmte auf den Bogenschützen los.

Und war gerade noch rechtzeitig dort; der Mann zog eben einen Pfeil aus dem Köcher. Jemel veranlasste ihn mit dem Schwert, den Bogen fallen zu lassen; seines Schutzes beraubt, verschwand er und ließ den Bogen zurück. Jemel drehte sich zu dem anderen um, der offenbar nicht den Mumm für einen Zweikampf hatte, denn auch er verschwand.

Jemel ließ den Blick schweifen und entdeckte sie beide auf einem Felsvorsprung: nicht weit entfernt, aber auf diese Entfernung auch keine Gefahr. Wenn sie mit Schwertern zurückkehrten, würde er bereit sein; bis dahin hielt er hektisch nach seinen Gefährten Ausschau.

Rudel schien am Ende zu sein, er hielt sein Schwert mittlerweile mit beiden Händen, wehrte nur noch Morakhs Hiebe ab und wich immer weiter zurück. Aber da war Julianne, die das Messer in der Hand und den Arm zum Wurf gespannt hatte; Jemel sah sie werfen und sah, wie die Waffe durch die Luft wirbelte. Sie zielte recht gut, doch die Entfernung war zu groß für ihr Geschick; der Griff und nicht die Klinge traf Morakh direkt am Kopf. Aber der Treffer schien ihn aus der Fassung zu bringen, denn er stolperte; und nun konnte Rudel einen Schritt vorwärts machen und das Schwert mit aller Macht schwingen.

Morakh kam einen Augenblick zu früh wieder zu sich. Er hatte keine Zeit mehr, die Klinge zum Parieren hochzureißen; er verschwand einfach wie seine Brüder vor ihm, und Rudels Schlag ging ins Leere.

Und dann standen drei auf dem Felsvorsprung, und dann drei unten im Sand. Jemel näherte sich vorsichtig seinen Gefährten und war auf der Hut, als plötzlich niemand mehr auf dem Felsvorsprung stand. Wenn die Tänzer wiederkamen, konnten sie ohne Vorwarnung und von jeder Seite kommen ...

Nur die Brise bewegte den Sand, und Rudels keuchendes Atmen war das einzige Geräusch, das er hören konnte, bis Julianne zu sich kam und zu dem älteren Mann lief. Sie stützte ihn mit den Armen, bis er sich auf einen flachen Stein niederlassen konnte; aber an Jemel richtete sie ihre Frage: »Sind sie fort ...?«

»Wer weiß? Du kümmerst dich um ihn, ich halte Wache. Oder vielleicht solltest du uns bewachen, du hast die meisten getötet ...«

»Wirklich?« Kläglich, von Rudel.

»Zwei. Und dich hat sie gerettet.«

»Ich weiß. Danke, Julianne. Gut gemacht.«

Sie verzog das Gesicht, da ihr Widerwille mit ihrer Bescheidenheit rang; sie sah gut aus, fand Jemel in diesem Augenblick, bevor sie sich daran machte, Rudels Kleidung zurückzuschlagen, um nachzusehen, wie schwer er verletzt war.

»Du hast dich auch nicht schlecht geschlagen«, sagte sie und seufzte vor Erleichterung; er hatte viele Verletzungen, aber es waren alle unbedeutende Schnitte, fast keine, die tiefer als einen Fingerbreit waren.

»Er hat sich nur die Zeit vertrieben. Und dafür gesorgt, dass ich es auch merkte.«

»Warum haben sie uns angegriffen? Und was sie da gemacht haben, dieses Verschwinden – wie ...?«

»Eins nach dem anderen, Kind. Dort in meinem Schlauch ist Wasser; reiß Streifen vom Saum meines Gewandes ab, wenn du Verbandszeug brauchst. Ich glaube, sie haben uns angegriffen, weil wir nach Marrons Verschwinden überflüssig waren; sie haben uns nur seinetwegen so lange um sich geduldet. Und wir hatten ihre heiligste Stätte gesehen und möglicherweise entweiht.«

»Sie sind Sandtänzer«, fügte Jemel hinzu. »Sie leben nur, um dem wandelnden Geist zu folgen und Patrics zu töten.« *Und abtrünnige Scharai*, aber das sagte er nicht laut. Vielleicht musste er es auch gar nicht.

»Was das Verschwinden angeht – aua! – es gibt mehr als eine Magie in diesem Land und die Scharai kennen nicht wenig davon. Bei deiner Hochzeit im Roq hast du einen kleinen Vorgeschmack davon bekommen, wozu dein Volk im Stande ist; ich habe mehr gesehen. Ich habe bei beiden Völkern sehr viel mehr gesehen und daraus gelernt. In Surayon machen wir uns zunutze, was wir finden können, das müssen wir. Ich selbst habe das hier noch nie selbst gesehen, wusste aber davon. Die Tänzer haben Jahrzehnte, Jahrhunderte damit verbracht, die Kunst des Kampfes zu entwickeln; was wäre nützlicher, als den Raum zu falten, damit man eben hier und im nächsten Augenblick dort sein kann? Dabei geht es nur um Wissen, um Verständnis, wie die Welt beschaffen ist. Außerdem ist es in Teilen eine Nachahmung dessen, was der wandelnde Geist vollbringen kann, wenn er zwischen den Welten geht; sie glauben, dass es ihm zur Ehre gereicht, oder ihnen ...«

Julianne würde ein paar Minuten brauchen, sah Jemel, bis sie Rudels Verletzungen gewaschen und die schlimmsten verbunden hatte. Seine Hand tat ihm weh; um sich abzulenken, schlenderte er zu den toten Tänzern hinüber. Jeder musste Wasser, Mehl und Datteln bei sich gehabt haben; das konnte nützlich sein.

Als er mit einer Hand die Habseligkeiten der Gefallenen durchsuchte, fand er einen Beutel, der ihn verwirrte; sie schienen zwei kurze, dicke Stöcke zu enthalten. Er öffnete den Beutel und schüttete den Inhalt heraus; betrachtete ihn einen Moment und begriff dann allmählich. Er hob sie auf, ging zu Rudel und legte sie vor ihm in den Sand.

Wortlos richtete er sich auf. Der bärtige Mann sah hin und nickte.

»Morakh sagte, er habe so etwas schon einmal gesehen, diesen Stein in der Zunge des Ghûls. Wann hat er nicht gesagt. Ich denke, die Antwort muss lauten, erst vor wenigen Tagen. Darüber müssen wir nachdenken ...«

»Ich verstehe nicht?«

»Julianne, das sind die Füße eines Ghûls. Siehst du die Eselshufe? Das hier sind aber nicht die Knöchel eines Esels. Der hier hat den Kaufmann auf der Straße getötet; sie haben uns belogen, als sie sagten, dass sie ihn nicht aufspüren konnten; sie müssen ihn gefunden und getötet haben. Und die Füße haben sie behalten und diese Spuren selbst gemacht, mit denen sie uns gestern Nacht zur Eile angetrieben haben, um uns hierher zu bringen, weil sie wohl dachten, dass sie Marron hier kontrollieren könnten. Sie haben sich geirrt, dieser Junge folgt nur sich selbst. Lass mich jetzt und kümmere dich um Jemel. Er ist blasser als du und schwerer verletzt als ich. Ich glaube nicht, dass er noch lange durchhält …«

Das konnte er tatsächlich nicht; plötzliches Schwindelgefühl ließ ihn bereits in sich zusammensacken. Er spürte Juliannes Hand kaum an seinem Ärmel, als sie die verletzte Hand befreite; er war kaum Herr über seine Augen, um zu sehen, wie schlimm der Schaden war.

Aber selbst sein verschwommener Blick zeigte ihm den ganzen Witz, die Ironie, die ihm ein gequältes Lachen abrang.

Morakhs Krummsäbel hatte den kleinen Finger sauber durchtrennt, so dass er nun nur noch an einem Hautfetzen hing. Die anderen Finger wiesen ebenfalls Schnittwunden auf, aber keine so tiefen. Die würde er behalten.

Morakh hatte ihm nicht gestattet, den Schwur der Tänzer abzulegen, einen Finger zu opfern und einen Stein auf der Säule abzulegen; Morakh hatte sie hierher geführt und Marron gezeigt, wie man das Tor zwischen den Welten aufstieß, wodurch Jemel doch einen Stein – und obendrein einen mächtigen Stein – auf der Säule ablegen konnte; und nun war es ausgerechnet auch Morakh selbst gewesen, der das Ritual vollendet hatte.

Jemel lächelte in die wirbelnde Dunkelheit der Welt. Gottes Wege für sein Volk waren unergründlich. Der Schwur war abgelegt und bezeugt worden; Marron würde zurückkehren und Jemel würde ihm folgen. Das war durch Blut und Ruhmestaten festgeschrieben. Nun gab es keine andere Wahl mehr, für keinen von ihnen.

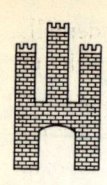

Gold und Donner

Elisande fand, dass Todesangst wie ein Öl war, was bedeutete, dass die Zeit keinerlei Einfluss mehr auf sie hatte.

Als der Ghûl sie angefallen hatte, schien er sich nach dem ersten schrecklichen Augenblick so langsam zu bewegen, dass es war, als müssten sie alle Zeit der Welt haben, um zu kämpfen oder zu fliehen. Und doch war es ihr vorgekommen, als müsste sie durch Öl statt durch Luft waten; ihre Gedanken rasten, aber ihr Körper blieb zurück.

Als sie das Messer warf, schien es zu schweben wie ein Banner in der Brise, so lange dauerte es, bis es sein Ziel traf. Als sie gefallen war, da hatte sie gedacht, sie würde schweben; als Marron sich mit gezückter Klinge über sie gestellt hatte, da war ihre Zunge zu schwer gewesen, um die Worte zu formen, bis es zu spät war, bis das träge Schwert das kriechende Monster durchbohrte und das Ding wieder gesund wurde statt zu sterben.

Wenn sie die Zeit gehabt hätten, hätte sie ihn gewarnt – aber so langsam ihre Körper waren, die Worte waren noch langsamer gewesen.

Die Tochter war aus Marrons verletzter Schulter aufgestiegen, und selbst das war ihr träge vorgekommen; und Marrons Zaudern hatte eine Ewigkeit gedauert, lange genug, hätte sie gedacht, dass der Ghûl sie beide verschlingen konnte, aber nicht lange genug, dass sie selbst hätte aufstehen können.

Dann hatte er die Tochter zu einer Tür geformt und sie mit hindurchgezerrt, und Gott sei Dank hatte wenigstens ihr Verstand auf Hochtouren funktioniert und war durch den Anblick des Ortes, an den er sie gebracht hatte, nicht gelähmt worden.

Denn Marron für seinen Teil dachte momentan jedenfalls nicht, damit war er fertig; er hatte – typisch Junge – einfach nur gehandelt. Als Erstes schloss er natürlich die Tür, die er aufgetan hatte, damit der Ghûl – und vielleicht auch andere – auf der anderen Seite blieben. Er ließ den fast soliden Rahmen in sich zusammenfallen, bis er nur noch ein schweres, formloses Rauchwölkchen war. Hier sah das Ding kräftiger und dichter aus als jemals zuvor; und das war vielleicht ein Segen, denn möglicherweise verschaffte ihm das eine kurze Atempause.

Wie auch immer, als Zweites stellte er sie auf die Füße und hielt sie aufrecht, bis sie selbst wieder das Gleichgewicht gefunden hatte, was ihr gerade genug Zeit gab, zu begreifen, was er als Nächstes vorhatte, und ihn daran zu hindern.

Sie schlug die Hände auf seine verstümmelte Schulter, wo der Ghûl ihn zerfleischt hatte, und zwar nur einen Augenblick, bevor der dichte Rauchfaden sie erreichen konnte.

Marron schrie und schrak zurück, hatte aber noch genügend Verstand, auch die Tochter wegzustoßen, so dass sie hoch in die Luft emporstieg. Dann sah er Elisande an und sagte: »Wenn das deine Haut berührt hätte ...«

»Ich weiß.« Sie wäre gestorben, das hätte er nicht verhindern können. Vielleicht hatte auch sie nur gehandelt – *typisch Mädchen*, dachte sie in einem Anflug von grimmigem Humor, an dem sie ihn nicht teilhaben ließ –, aber sie wog sich gern in dem Glauben, dass es einfach nur eine Geste uneingeschränkten Vertrauens gewesen war, als wäre sie seines raschen Eingreifens sicher gewesen. »Marron, du kannst sie nicht durch diese Wunde wieder aufnehmen«, wobei sie eine Hand zu seiner Schulter hob, ihn diesmal aber nicht berührte, um ihm nicht noch mehr wehzutun.

»Sie würde die Blutung stillen ...«

»Ja, aber auch den Heilungsprozess stoppen. Das weißt du. Es wäre wie bei deinem Arm, du hättest zwei offene Wunden, die nie wieder verheilen.«

Er zuckte mit einer Schulter und sah sie mit großen, braunen Augen in einem vor Schmerzen blassen Gesicht an. »Damit könnte ich leben.« *Ich könnte früher oder später sowieso daran sterben* ... Das musste er nicht laut aussprechen. Und er konnte Recht haben, es war eine schreckliche Wunde, sie konnte weiße Knochen unter dem zerfetzten Fleisch sehen; Blut spritzte heraus. Er könnte ziemlich schnell verbluten, oder die Wunde konnte eitern und brandig werden; sie hatte einen Mann gekannt, der an einem einfachen Dornenstich gestorben war.

Aber dieser Mann hatte nicht Marrons Vorteil gehabt, und auch nicht Elisandes helfende Hand, als er sie gebraucht hatte; sie war zu spät an sein Krankenlager gekommen, als der ganze Arm schon brandig gewesen war und nicht einmal ihre Künste mehr ausgereicht hatten, ihn zu retten.

»Du musst die Schmerzen noch ein wenig länger ertragen«, sagte sie leise, »du kannst die Tochter erst wieder in dir aufnehmen, wenn das Blut nicht mehr fließt. Aber wenigstens dafür kann ich sorgen.« Dafür und für viel mehr, wenn sie in dieser seltsamen Landschaft arbeiten konnte, wo alle ihre Talente und ihr Wissen vielleicht wertlos waren.

Aber das glaubte sie nicht; sie fühlte sich stark und kräftig, kräftiger als sonst, genau wie die Tochter hier mächtiger zu sein schien. Sie zwängte die Schulter unter Marrons unversehrten Arm und führte ihn, trug ihn halb, zu einem Felsen, der sich warm anfühlte, so wie alles hier warm war, sogar der Boden unter ihren Stiefeln. Hier konnte er sich wenigstens setzen; sie glaubte nicht, dass er noch lange stehen konnte. Kalter Schweiß überzog seine ganze Haut; Schmerz und Blutverlust mussten ihm so schlimm zusetzen, dass sie gar nicht daran denken wollte.

Sie besaß immer noch ein Messer; mit raschen Bewegungen schnitt sie damit das zerfetzte Schulterteil und den blutgetränkten Ärmel von Marrons Wams ab und löste sie behutsam von dem zerfetzten Fleisch. Trotz ihrer Vorsicht und seines Mutes stöhnte er; sie nahm sich einen Moment Zeit, strich ihm mit den Fingern zärtlich über die Wange und hinterließ als Zeichen ihrer Fürsorge rote Spuren seines eigenen Blutes dort. Dann riss sie einen Stoffstreifen vom Saum ihres Kleides ab, schüttelte die leeren Wasserschläuche ab, die sie getragen hatte, bis sie unter allen anderen ihre eigenen fand, die sie während des ganzen nächtlichen Ritts gehütet hatte und die noch voll waren.

Sie tränkte den Stoff damit und tupfte Marrons Wunde sauber. Hier musste sie gefühllos und grob sein; er schluchzte unter ihren Händen, aber wer mochte wissen, welchen Dreck ein Ghûl an seinen Klauen haben konnte? Sie nicht; und auch wenn die Tochter ein Schutz vor Giften sein mochte, wollte sie sich nicht auf etwas verlassen, das sie nicht zur Gänze verstand. Es war besser, ganz sicher zu sein und die Arbeit selbst zu machen.

Als sie hinreichend sicher war, dass sie die Wunde gesäubert hatte, dass Wasser und Blut allen Schmutz fortgespült hatten, warf sie das Tuch weg und legte beide Hände auf die Wunde. Sie machte die Augen zu und konzentrierte sich, verdrängte alle anderen Gedanken und griff auf jede Kraftreserve zurück, die sie in sich hatte; dann presste sie fest und zog die Fleischfetzen zusammen, so gut sie konnte, und drückte das verdrehte und verkrümmte Gelenk wieder in Form.

Das hätte schmerzhaft sein müssen, war es aber nicht. Sie hörte Marron wieder stöhnen, aber vor Überraschung; sie spürte, wie das kalte Fleisch unter ihren kribbelnden Fingern warm wurde, als sie ihre Heilkräfte durch sie hindurch in ihn leitete.

In solchen Augenblicken, wenn sie sich so sehr auf den Körper und das Wohlbefinden eines anderen konzentrierte, war es ihr oft so vorgekommen, als folgten ihre Gedanken diesem Strom der Macht zu ihren Fingern hinaus und unter fremde Haut. Heute war dieser Effekt über die Maßen verstärkt; sie kam sich fast selbst vor wie eine Tochter – ihr ganzes Bewusstsein schien ihren Körper zu verlassen und in den von Marron zu schlüpfen. Sie konnte den Schaden spüren, den der Ghûl angerichtet hatte, konnte ihn fast sehen, obwohl sie die Augen geschlossen hatte; sie spürte, wie sich zerrissene Blutgefäße unter ihrer Berührung schlossen, wie überdehnte Sehnen wieder straff und fest wurden, wie zertrümmerte Knochen sich selbst wieder regenerierten. Mehr als alles andere aber schwelgte sie im Hochgefühl einer erfolgreich begonnenen Heilung. Fast wollte sie ganz aus ihrem Körper hinaus, die kurze Strecke überwinden und ganz in Marron einströmen, sein Herz und alle inneren Organe besuchen, in seinen Kopf vordringen und seine Gedanken so mühelos lesen, wie sie diese Aktivitäten in seinem Fleisch und Blut verstehen konnte ...

Fast, aber nicht ganz. Sie bewahrte sich immerhin Verstand genug, dass sie diesem Lockruf im letzten Moment widerstehen und sich zurückziehen konnte, indem sie die Augen aufschlug und mit aller Willenskraft die Hände entfernte. Sie taumelte, keuchte und musste sich plötzlich selbst setzen, was sie gleich an seiner Seite machte. Nun war sie mit Schwitzen an der Reihe, stellte sie fest, als sie sich mit den Fingern durch das verfilzte, feuchte Haar strich.

Als sie den Kopf hob gewahrte sie, dass er sie ansah, aber das hatte sie schon gewusst, sie hatte es sogar durch den Schleier ihrer Erschöpfung hindurch gespürt.

»Wie ist es jetzt?«, fragte sie, nur um einige Worte zwischen ihnen zu wechseln; sie wusste, wie es jetzt war, sie hatte es von innen gesehen.

»Besser. Sehr viel besser. Ich kann nicht glauben ...« Er versuchte den Arm zu drehen, um es zu beweisen, und wimmerte stattdessen. Sie setzte sich selbst in Erstaunen, denn sie lachte ihn aus, auch wenn es nur ein kurzes, heiseres Kichern war, das ihr im Hals wehtat.

»Sachte. Es ist noch nicht geheilt, das hat erst angefangen. Bis dahin ist es noch ein weiter Weg.«

»Dennoch. Ich wusste gar nicht, dass du so etwas vollbringen kannst ...«

»Ich auch nicht«, gab sie zu. »Das war nicht ich – oder nur teilweise ich. Teilweise ist es der Ort, hier existiert eine Macht ...« Mehr Mächte als eine, fiel ihr ein; sie schaute nach oben, wo die Tochter immer noch über ihnen am Himmel schwebte. »Du solltest sie jetzt wieder in dich aufnehmen, sie wird die Schmerzen stillen, die du empfindest, und vielleicht sogar den Heilungsprozess beschleunigen, ich weiß es nicht ...«

Sie wusste auch nicht, ob sie selbst hier mit einem Körper arbeiten konnte, der so ein Wesen in sich trug; zuvor hatte sie an Marrons Arm keine Verbesserung erzielen können. Aber falls erforderlich, konnte er sie wieder freisetzen und sie an sich arbeiten lassen, solange sein Blut rein und unbefleckt war. Solange seine Augen braun waren ...

Da er sich nicht bewegte, tat sie es an seiner Stelle: Sie hob Marrons bloßen Arm, aber nicht so sehr, dass er wegen der Belastung der Schulter aufgeschrien hätte – nahm ihr Messer wieder zur Hand, piekste ihn vorsichtig zwischen zwei Stichen seiner alten Wunde und drückte so lange, bis der erste Blutstropfen herausquoll. Mehr als das hätte es nicht sein sollen, er hatte schon zu viel verloren. Ein Tropfen wäre genug gewesen, eine winzige Öffnung hätte genügt. Aber es spritzte trotz der winzigen Verletzung heraus, und sie spürte, wie Marron wegen der unerwarteten Schmerzen zusammenzuckte.

Er sah wieder nach oben und die Tochter schwebte wie ein scharlachroter Faden herab und verschwand in seinem Körper. Der Blutstrom versiegte so plötzlich wie er angefangen hatte; seine schreckliche Blässe ließ nach, und so eindeutig auch sein Unbehagen, während er seltsam teilnahmslos die Erfolge der Behandlung seiner Schulter betrachtete.

Genau wie sie. Er hatte eine große, unebenmäßige Wunde, deren Ränder noch auseinander klafften; diesbezüglich konnte sie keine Wunder vollbringen. Aber die Blutung hatte aufgehört, es gab keine Öffnung mehr, durch die die Tochter unaufgefordert herausströmen konnte. Und das Fleisch war rosa und sie wusste, dass die Knochen richtig zusammengefügt waren und verheilten ...

»Ich muss dich verbinden«, sagte sie, »damit das nicht eindringen kann«, dieser feine, warme Goldstaub, der den Fels bedeckte, auf dem sie saßen, wie auch den Boden unter ihren Füßen. Sie konnte nicht einmal ahnen, was der in einer offenen Wunde, in einem Körper anrichten würde. »Und wir machen eine Schlinge für den Arm, du darfst ihn nicht benutzen, sonst könnte wieder aufreißen, was gerade erst langsam zusammenheilt ...«

Er verzog das Gesicht ob einer Erinnerung, derer sie nicht teilhaftig wurde; aber sie hatte eine Vermutung und fuhr hastig fort.

»Ich wüsste gern, was daheim passiert, daheim in meiner Welt«, – sie konnte nicht sagen, »unserer Welt«, nicht überzeugend; mit der Tochter in seinem Blut war Marron eine Brücke zwischen dieser und jener Welt und schien zu keiner richtig zu gehören – »aber ...«

»Nein«, sagte Marron, zur Abwechslung einmal nachdrücklich. »Um die anderen musst du dir keine Sorgen machen; Jemel wird den Ghûl töten.«

»Wirklich?«

»O ja.« Völlige Gewissheit in seiner Stimme und fast ein Anflug von Stolz. »Er war hinter uns, als wir durchgekommen sind. Er wird es schaffen.«

»Wenigstens dürfte er wissen, wie das geht. Ich wäre nur gern sicher«, *so sicher wie du,* »aber wir können nicht sagen, in was für eine Situation wir bei unserer Rückkehr geraten würden. Ich glaube nicht, dass du die Tochter wieder freisetzen solltest, vorerst nicht. Was ich getan habe, hat einen guten Eindruck gemacht, besser als ich gedacht hätte, aber dein Körper braucht eine Chance, um richtig zu heilen, und das kann er am besten, wenn du frei von Schmerzen bist. Wenigstens dafür kann die Tochter sorgen ...«

Und sie konnte ihm auch die Kraft geben, in diesem Land zu reisen; und das wollte Elisande am meisten, nachdem sie nun hier waren. Sie machte sich Sorgen um ihre Gefährten – wenigstens um Julianne und natürlich um Jemel –, aber da sie so unvermittelt und so weit von ihnen fortgerissen worden war, fiel es schwer, Interesse für diesen unbedeutenden Kampf aufzubringen. Stattdessen fühlte sie sich verzaubert, als wäre ihr ein kurzer Einblick in etwas Wunderbares gewährt worden. Es wäre grausam gewesen, sie in diese Gesellschaft von Geheimnissen, Zweifeln und Misstrauen zurückzubringen, nachdem sie so unerwartet an diesen Ort der Rätsel und Mythen gelangt war. Und obendrein mit Marron, gemeinsam und ungestört, wie sie es noch nie zuvor gewesen waren ...

Sie stand auf, sah sich um und entdeckte eine kleine Felswucherung nicht weit entfernt. Sie ließ Marron zurück – und staunte, dass sie das fertig brachte, und sei es auch nur eine Minute, tat es aber trotzdem – und ging zu der Felsformation hinüber. Sie legte die Hände darauf und stellte fest, dass auch der Fels warm war, so wie diese ganze Welt; sie schaute zum Gipfel hinauf und fing an zu klettern.

Sie war immer noch geistig und körperlich erschöpft; dies war kein langer Aufstieg, dennoch kostete es sie alle Anstrengung, auch nur ihr geringes Gewicht bis zum Gipfel zu schleppen. Doch mehr noch als ausruhen wollte sie sich umschauen. Sie wusste, wo sie sich befand: im Land der Legenden. Doch sie musste es mit eigenen Augen sehen. Es genügte nicht, es nur zu wissen. Und es genügte auch nicht, diese allgegenwärtige Wärme zu spüren; nicht einmal Schmecken und Riechen waren genug, obschon die Luft vollkommen anders roch und schmeckte, aromatisch und schal zugleich. *Ungeatmet*, dachte sie und lächelte über diesen Gedanken.

Natürlich funktionierte auch das Gehör, aber sie konnte nichts anderes hören als ihre eigenen Atemzüge; sie kannte selbstverständlich die Stille, die absolute Stille der Wüste zur Mittagszeit, wenn nichts sich bewegte, wenn selbst die Luft reglos blieb. Es war seltsam, aber nicht seltsam genug. Sie sehnte sich nach einem Rundblick über dieses mystische Land, und bisher hatte sie nichts weiter als Staub und Felsformationen davon gesehen. Sicher, goldene Felsen, aber auch das reichte nicht.

Und so erklomm sie eine Anhöhe, keine besonders hohe Anhöhe, aber mehr würde sie im Moment ohnehin nicht schaffen; und als sie dort angekommen war, brannte ihr Schweiß in den Augen, so dass sie eine ganze Weile alles nur verschwommen sehen konnte. Sie rieb sich die Augen, stolperte, erlangte das Gleichgewicht heftig mit den Armen rudernd wieder und sah sich um.

Nun konnte sie meilen-, tageweit sehen; es würden Tage strapaziöser Reisen sein, aber sie sehnte sich dennoch danach, sie zu unternehmen. Das sanft leuchtende goldene Land erstreckte sich unter ihr wie ein funkelndes Ebenbild der Wüste, aber sie hatte den Eindruck, als wäre die Wüste ein Ebenbild von dem hier. Und was für ein unzulängliches Ebenbild, rudimentärer, aus gröberen Materialien geschaffen und von Schatten erfüllt, die es in diesem Land nicht gab ...

Verwirrt schaute sie zum Himmel und stellte plötzlich fest, dass es gar keine Sonne am Himmel gab. Wie konnte das sein? Und würde dem Tag eine klare und sternenlose Nacht folgen, oder veränderte sich in diesem Land nicht einmal das Licht?

Die Zeit würde die Antwort darauf bringen. Im Augenblick drehte sie sich nur langsam im Kreis und nahm den Augenschmaus in sich auf; jedenfalls schaffte sie eine halbe Umdrehung, dann blieb sie wie vom Donner gerührt stehen. Wo in ihrer Welt die Tänzer ihre Säule bis hoch in den Himmel gebaut hatten, ragte hier eine glänzende Klinge aus Stein auf, und zwar so hoch, dass ihr Verstand es kaum richtig erfassen konnte...

Sie sperrte den Mund auf, als ihr klar wurde, was sie da sah, und machte ihn unter Aufbietung aller Willenskraft wieder zu. Sie vollendete ihre Drehung hastig, wollte keine Wunder mehr sehen und war froh, dass sie auch keine mehr zu sehen bekam; sie schaute nach unten und fand Marron dort, wo sie ihn zurückgelassen hatte, auf dem Felsen sitzend. Er hatte den Kopf gehoben, sah sie, und beobachtete sie ...

Das war genug, mehr als genug. Sie kletterte fast im Sturzflug die Anhöhe wieder hinab und wäre beinahe gestürzt; unten kam sie mit wunden Fingern und aufgeschabten Stiefeln an und lief hastigen Schrittes mit Staub im Haar zu ihm.

Sie rannte förmlich zu ihm, lief in seinen Blick wie ein kleines Mädchen, das gegen einen heißen Wind anlief, weil sich hinter dem Wind etwas Kostbares verbarg. Als sie bei ihm war, sank sie nur ein kurzes Stück von ihm entfernt atemlos zu Boden, so weit entfernt, wie die roten Augen ein Mädchen eben abhalten konnten; und sie sagte: »Hast du das gesehen? Dieses, dieses ...«

Sie hatte kein Wort dafür, konnte aber zeigen; dort, wo Norden sein müsste, wenn die Erinnerung an die andere Welt sie nicht trog. Sie hatte immer einen ausgezeichneten Orientierungssinn gehabt und war froh, dass Norden auch hier Norden zu sein schien, auch wenn kein Sonnenstand das bestätigen konnte. Wenigstens schienen die beiden Welten geografisch identisch zu sein.

Marron nickte, aber eher zerstreut, fand sie, nicht so wortlos vor Staunen wie sie es war. Von hier konnte man das Gebilde nicht sehen, der Felshügel war im Weg, aber er hatte es natürlich schon gesehen. Dort mussten er und Jemel zuvor durchgekommen sein. Sie wollte fragen, was es war, was um alles in der Welt es bedeuten konnte; aber woher sollte er das wissen?

Stattdessen beschäftigte sie sich damit, Verbände und eine Schlinge für seinen Arm zu machen. Er musste mit entblößtem Oberkörper gehen, doch das dürfte nicht einmal für einen hellhäutigen Patric eine nennenswerte Strapaze sein; die Wärme war mehr als angenehm, sie war erfreulich, und da es keine Sonne gab, konnte er auch keinen Sonnenbrand bekommen.

Auch das war ein Grund, dachte sie, warum sie bleiben und in dieser Welt reisen sollten, und nicht in ihrer eigenen. Die anderen der Gruppe würden weiterziehen, Richtung Süden, nach Rhabat; wenn sie und Marron versuchen würden, ihnen durch die Wüste zu folgen, würde er ohne Kleidung, die seinen Kopf und Rücken schützte, Blasen und einen Hitzschlag bekommen. Hier konnten sie sicher reisen, wenn sie den Weg fanden ...

Aber hier gab es nichts von dieser Welt, das sie essen konnten, und auch kein Wasser zum Trinken. Selbst wenn es Wasser gäbe, würde sie das Risiko nicht eingehen; und sie würde es ihm auch nicht erlauben, und wenn die Tochter noch so wachsam war. Vielleicht sollten sie doch zurück und versuchen, die anderen einzuholen, bevor die Gruppe sie aufgab und weiterzog. Schließlich suchte sie nur nach Ausreden, um zu bleiben, aber es gab überzeugendere Gründe, zurückzukehren ...

»Marron? Würdest du gern zurück? Das würde noch einen leichten Blutverlust und Schmerzen für dich bedeuten« – *große Schmerzen*, dachte sie, und vielleicht mehr Blut, als sie zugeben wollte, als er verkraften konnte – »und wir wüssten nicht, was wir bei unserer Rückkehr finden; aber du könntest es, du könntest nach Jemel sehen«, ein Tiefschlag, das wusste sie, weigerte sich aber, deswegen zu erröten, »und wir hätten Vorräte und Gesellschaft. Und einen bekannten Weg, dem wir folgen könnten, auch wenn uns auf diesem Weg möglicherweise noch mehr Probleme erwarten. Wir würden nicht nur im Dunkeln tappen ...« *Oder im Licht*, wenn dieser Ort keine Dunkelheit kannte.

Sie wusste, was sie wollte, aber sie wusste nicht, was das Beste war; doch sie bot ihm eine echte Entscheidungsmöglichkeit an, und wenn er gesagt hätte, *kehren wir zurück*, dann wäre sie mitgekommen und hätte seine Entscheidung nicht in Frage gestellt.

Aber er sah sie mit diesen seltsamen, nichtmenschlichen Augen an, die sie nicht deuten konnte, und sagte: »Wir machen das, was du möchtest, Elisande. Wenn es sicher für dich ist. Was für Vorräte brauchst du, die du nicht bei dir hast?«

»Wir brauchen beide Nahrung und Wasser«, sagte sie und versuchte, die Unterschiede zwischen ihnen zu ignorieren, aber er lächelte nur über ihren Versuch. »Ich habe einen Schlauch, der voll ist, alle anderen sind leer, abgesehen von den paar Tropfen, die wir noch herausquetschen können. Außerdem habe ich eine Tüte Mehl« – wie die Tänzer hatte sie ihre Überlebensration in der Wüste auf dem Rücken getragen, obwohl es Brunnen und Lastkamele und Freunde und alles gab – »und Feuersteine und Fidibusse, aber kein Feuerholz. Aber wir brauchen Feuer, um Brot zu backen; ich glaube nicht, dass wir etwas finden werden, das wir verbrennen können.« Ihr schien, dass alles Brennbare, mit Ausnahme von dem, was aus der Erde kam, Öl und Teer und Kohle, einmal gelebt haben musste; sie glaubte, dass hier nichts lebte. Außer natürlich den Dschinni und den `ifrit. Und von denen, dachte sie, würde sich keiner verbrennen lassen.

Sie schien sich gegen ihre ursprüngliche Absicht entschieden zu haben; als er nichts sagte, seufzte sie und meinte: »Ich schätze, wir gehen besser zurück.« Und wenn sie fort waren, dann vermutlich für immer; sie glaubte nicht, dass sie so eine Chance noch einmal bekommen würde. Sie konnte Marron nicht bitten, sie auf eine Vergnügungsreise hierher zu bringen, der Preis dafür war zu hoch.

Aber Marron überraschte sie mit einem Lächeln; er sagte: »Was meinst du, wie weit müssen wir gehen?«

»Ich bin nicht sicher. Sie sagten, dass Rhabat eine Wochenrei-

se entfernt ist, aber das war mit Kamelen und durch die Wüste. Ich weiß nicht, wie schnell wir hier zu Fuß vorankommen ...«
Sie konnten so direkt nach Süden gehen, wie das Land es zuließ, und mussten nicht nach Brunnen suchen, da sie Trinkwasser hatten; sie verspürte einen Funken Hoffnung, der zu einer Flamme emporloderte, einem brennenden Verlangen, als er seine gute Hand ausstreckte und einen großen Stein aufhob, der neben ihr auf dem Boden lag und auf den sie sich mit dem Ellbogen gestützt hatte.

Marron drehte ihn mit einer knappen Handbewegung um und sagte: »Ich glaube nicht, dass wir Feuer brauchen, Elisande. Ich bezweifle, dass es in diesem Land jemals kalt wird; und was das Brotbacken angeht – fass das hier an. Ganz sachte ...«

Sie gehorchte und strich nur ganz behutsam mit den Fingern darüber; und dennoch musste sie die Finger hastig wegziehen und darauf pusten. Der Stein war warm wie alles an der Oberfläche, aber an der Unterseite glühend heiß; er hatte Recht, wenn man darauf Teig legte, würde er innerhalb von Minuten durchgebacken sein.

»Trotzdem haben wir weder viel Mehl noch viel Wasser ...«

»Nicht viel, nein – aber vielleicht genug. Ich brauche nicht viel, und du wirst auch nicht viel brauchen. Jedenfalls weniger als im Sand, da dich keine Sonne austrocknet. Und dieses Land gibt mir Kraft, genau wie die Tochter; vielleicht hat es auf dich dieselbe Wirkung, wenn du nicht so erschöpft bist.«

Tatsächlich fühlte sie sich schon kräftig, kräftiger als sie nach seiner anstrengenden Heilung erwartet hätte. Sie sollten das Risiko aber nicht eingehen, ihre Vernunft sagte ihr, dass sie zurückkehren und sich den anderen anschließen sollten; doch er bot ihr die Möglichkeit, zu bleiben, und ihr fehlte die Willenskraft, ihm zu widerstehen.

Sie hob den Kopf, sah in diese feurigen Augen, suchte die sanfte Seele dahinter und fand sie wie immer nicht. Dennoch war sie sicher, dass sie da sein musste, daher legte sie ihm eine Hand auf das Knie und sagte: »Es muss hier Gefahren geben, die wir nicht vorhersehen können ...«

»Ja. Aber wir können vor ihnen fliehen, wenn es sein muss, so wie vor dem Ghûl. Du möchtest bleiben, Elisande; kämpfe nicht gegen dich selbst an.«

Sie seufzte aus reiner Zufriedenheit. Abenteuer, Forschung, neue Wunder, die es zu entdecken galt, und das alles in seiner Gesellschaft, was an sich Abenteuer und Forschung genug war; natürlich gab es ein Risiko, doch das reizte sie nur umso mehr. Hunger und Durst hatte sie schon erlebt und überlebt. Wenn sie auf etwas Schlimmeres oder Seltsameres stießen ... nun, so war die Welt eben, und teilweise suchte sie ja gerade danach.

War sie zu müde, um jetzt gleich zu beginnen, wie sie sollte? Vielleicht war sie ja nur zu glücklich, um sich zu bewegen; sie konnte jederzeit anfangen, oder besser gesagt, einen weiteren Schritt einer Reise machen, die längst begonnen hatte. Sie blieb vollkommen reglos sitzen und sagte: »Marron, du hast dich so schnell so sehr verändert. Du warst einmal so einfach zu durchschauen, aber neuerdings werde ich nicht mehr schlau aus dir. Das liegt natürlich an der Tochter, aber das ist nicht der einzige Grund. Was ist mit dir geschehen?«

»Ich habe meinen Freund getötet«, sagte er mit vor Ehrlichkeit tonloser Stimme, »und meinen Herrn verlassen; ich habe mein Volk und meinen Gott verraten. Ich habe mehr als einen Freund getötet, ich habe viele getötet. Mit einem Ungeheuer, das ich in meinem Körper aufgenommen habe. Wie sollte mich das alles nicht verändern?«

Elisande seufzte wieder, diesmal seinetwegen und aus dem Gegenteil von Zufriedenheit; und sie legte den Kopf auf sein Bein und wartete auf die Berührung seiner Hand an ihrem Haar. Wartete vergebens, und verging vor Sehnsucht danach – dass er so eine einfache, menschliche Geste nicht fertig brachte! Aber sie war dennoch zufrieden, wiewohl sie sich selbst kaum besser verstand als ihn.

Zeit verging, aber sie konnte unmöglich sagen, wie viel, es sei denn, sie hätte ihre Herzschläge gezählt, doch das ließ sie bleiben. Schließlich musste sie die Initiative ergreifen, da er es nicht tat. Sie stand widerwillig auf und gönnte sich einen Schluck ihres kostbaren Wassers; sie bot ihm den Schlauch an und verspürte Erleichterung, als er nur den Kopf schüttelte. Seine Abstinenz hatte sie wochenlang beunruhigt; nun kam sie ihr wie ein Segen vor.

»Wir sollten aufbrechen«, sagte sie. »Vor uns liegt ein weiter Weg.« Und sie war noch nie weniger auf eine Reise vorbereitet gewesen und hatte sich noch nie mehr auf eine gefreut.

Er nickte und erhob sich; sah sich um und wandte sich unbeirrt nach Süden, jedenfalls sagten ihre Sinne ihr das.

»Du musst mir sagen«, bat er, »wenn du ausruhen musst. Ich glaube, ich könnte ewig gehen.«

Das war eine Spur des alten Marron, des Knaben, der bis zur Erschöpfung gehen würde, ohne es zu merken; aber dem alten Marron wäre es nie in den Sinn gekommen, das zu sagen. Elisande verbarg ein trockenes Lächeln unter ihrer Kapuze und winkte ihn weiter.

Die Heilung hatte sie ausgelaugt, die Kletterpartie kurz danach erschöpft; aber es schien, als hätten die ungeatmete Luft, das Abenteuer oder die so heiß ersehnte Gesellschaft etwas Regenerierendes. Als sie sich erst einmal in Bewegung gesetzt hatte, kam es ihr genau wie Marron so vor, als könnte sie ewig weitergehen.

Im Gegensatz zu Marron war sie allerdings – möglicherweise – töricht genug, es auch zu glauben; aber allein das Gehen hier wirkte so bezaubernd, dass sie all ihre Zweifel vergaß. Wenn es nicht nur die Tatsache war, hier zu sein, oder bei ihm zu sein …

Ganz sicher war es nicht die Landschaft selbst, die sie mit solcher Verzückung erfüllte. Sie war an vielen Orten gewesen, an natürlichen und von Menschen geschaffenen, die schöner anzusehen gewesen waren, wenn sich das Auge erst einmal an den goldenen Schimmer gewöhnt hatte, der über allem hier lag. Sie hatte Landschaften durchquert, die wilder und dramatischer gewesen waren. Dies war ganz offensichtlich ein totes Land. Nur die fehlende Sonne am Himmel und die fehlenden Schatten zu ihren Füßen legten Zeugnis von der seltsamen Umgebung ab; nur das hoch aufragende Monument, die Klinge oder Nadel oder Säule aus Stein, sprach von den Mächten, die hier walteten, und die lag hinter ihnen. Am ersten Tag konnte man sie noch jederzeit erkennen, wenn man zurückschaute, wie einen Finger, der die Stelle markierte, wo sie aufgebrochen waren, aber sie warf selten einen Blick zurück. Als Anhaltspunkt, wie weit sie gekommen waren, war das Gebilde nicht sehr nützlich; es war zu groß, sie konnte den Maßstab einfach nicht einschätzen.

Außerdem war es ihr am ersten Tag vollkommen gleichgültig gewesen, wie weit sie gekommen waren oder wie weit sie noch gehen mussten. Sie war ganz im Bann jedes einzelnen Augenblicks der Reise. Sie betrat Boden, den zuvor vielleicht noch nie ein Mensch betreten hatte – und sie ging an Marrons Seite, ganz sicher, so sicher sie nur sein konnte, nicht in seinem Schatten – und sah, was noch nie ein Mensch gesehen hatte: das genügte ihr, jedenfalls beinahe. Dass sie den Fußmarsch mit diesem verletzten, gefährlichen, reizenden Burschen machte und das Panorama mit ihm teilte: das war Lohn genug für Elisande, mehr Nervenkitzel hätte sie gar nicht gebraucht. Sie brauchte keine himmelhohen Klippen und donnernden Wasserfälle, noch weniger Gärten mit prachtvollen Blüten und verschwenderischen Düften. Das alles hatte sie kennen gelernt und geliebt und in jeder Hinsicht in sich aufgesogen; aber dies hier liebte sie noch viel mehr.

Es gab keinen Weg, es konnte keinen geben, da kein Geschöpf hier lebte, das einen machen konnte; weder Dschinni noch `ifrit hinterließen Spuren. Es sei denn, sie wollten es, vermutete Elisande – und auch dann nur, wenn sie in dieser Welt, so wie in der anderen, einen stofflichen Körper annehmen konnten. Sie erinnerte sich an den Dschinn, den sie und Julianne getroffen hatten, wie er jeden Bodenkontakt vermied und nichts berührte, das solider als der Staub auf der Straße gewesen war – und das Fleisch am Arm des Jungen, auch das, aber nicht aus eigenem Antrieb – und entschied, dass es sich nicht lohnen würde, hier nach Spuren von Dschinni Ausschau zu halten.

Es gab keinen Pfad, dennoch war der Weg einfach zu finden. Er musste dem entsprechen, den ihre Freunde einschlagen würden, vermutete Elisande, von der Höhe der Säule der Tänzer hinab in die Niederungen des Sands; nur war die Säule, die sie hinter sich ließen, viel größer und sie stiegen in ein sanfteres, angenehmeres Land hinab, das kaum Ähnlichkeit mit der Wüste hatte.

Der Weg führte steil nach unten, doch der Staub war festgestampft und dort, wo der Hang besonders steil abfiel, gab es hinreichend Steine, die herausragten und den Füßen Halt boten. Zuerst machte sie sich ein wenig Sorgen um Marron und hatte Angst, sein Arm in der Schlinge könnte ihn aus dem Gleichgewicht bringen, doch das war vollkommen unbegründet, wie sie sehr schnell einsehen musste. Er kletterte den Hang wie eine Bergziege hinab, fast im Laufschritt, und manchmal sprang er von einem schmalen Sims zum nächsten. Sie folgte vorsichtiger, behielt ihn aber immer im Auge und hoffte, dass er lachte, wenn er sprang, dass ihm dieser ungestüme Abstieg wenigstens ein wenig Spaß machen würde. Er war ihr so schnell so weit voraus, dass sie es nicht mit Sicherheit sagen konnte, aber sie hoffte es.

Als sie endlich den Fuß der Anhöhe erreichte, da wartete er auf sie, ein Zugeständnis, auf das sie fast nicht zu hoffen gewagt hatte. Für Julianne und die anderen würden nun sengend heißer Sand und eine lange, strapaziöse Straße folgen, sie würden unablässig von der direkten Route abweichen müssen, von einem Brunnen zum nächsten mäandern, die allesamt von eifersüchtigen und höchstwahrscheinlich feindseligen Stämmen gehütet werden würden. Für sie und Marron würde es ganz anders werden. Hier gab es nur den festgestampften Staub, der sich als Dünenmeer vor ihnen erstreckte und nur ganz selten einmal von einem aufragenden Felsen unterbrochen wurde. Der Weg lag vor ihnen und führte schnurgerade nach Süden. Sie kannte die Gefahren des Sands, jene, die von Menschen ausgingen, als auch die natürlichen; die Gefahren dieses Ortes konnte sie nicht einmal erahnen und hätte sich auch nicht auf ihre Ahnungen verlassen. Also hatte es auch keinen Zweck, überhaupt erst Mutmaßungen anzustellen. Sie begab sich an Marrons Seite und marschierte los, ganz begierig darauf, ihre schmalen Fußabdrücke neben seinen zu hinterlassen; und es war vollkommen einerlei, ob sie jemals jemand zu Gesicht bekommen würde – sie wusste, dass sie da waren …

Sie gingen und gingen und sahen nichts, das sich bewegte, außer einander und hin und wieder ein Licht, das unter einer unmerklichen Brise im Sand leuchtete. Meistens regte sich aber kein Lüftchen. Und auch die Landschaft veränderte sich nicht, es sei denn in Kleinigkeiten wie Form und Zahl der Felsen, die aus der Ebene des Staubs herausragten. Elisande hatte den Sand in zahlreichen verschiedenen Erscheinungsformen gesehen, Dünen und Schluchten und Kiesebenen; doch ein derartiger Anblick hatte sich ihr noch nie geboten. Aber sie war fest überzeugt, dass es sich hier um das Original handelte, wie die Legenden behaupteten; dass die Wüste, die sie kannte, von ungeschickten Händen aus rauem Lehm gehauen und unbeholfen in Form gebracht worden war, um unzulänglich nachzuahmen, was hier war.

Was hier und endlos war, wie es schien. Manchmal dachte sie, dass sie sich gar nicht bewegten oder das Land sie mit derselben Geschwindigkeit rückwärts beförderte, wie sie vorankamen; da fing sie an, Felsen zu zählen oder riskierte einmal einen Blick hinter sich. Nach den Maßstäben der Welt kamen sie sogar ausgesprochen schnell voran; die Berge, die sie herabgekommen waren, waren nur noch ein goldener Staubstreifen am Horizont, das Monument, das eine Zeit lang wie eine Säule ausgesehen hatte, die den Himmel stützte – wenn es denn keine Klinge war, die ihn bedrohte – war zu einer dünnen Linie geworden, einer Tintenschliere auf Pergament, und die Entfernung machte den majestätischen Eindruck zunichte. Von hier aus konnte sie so tun, als wäre es viel näher und gar nicht so groß ...

Sie bewegten sich schnell voran und waren weit gekommen: zu weit und zu schnell mit nur einem Schluck Wasser. Und doch wollte sie nicht mehr, sie hatte gar keinen Durst und verspürte weder Hunger noch Müdigkeit. Sie ging vergnügt neben Marron her, merkte aber, wie er sich zurückhielt, damit sie Schritt halten konnte. Sie wusste, auf sich allein gestellt wäre er gerannt ohne stehen zu bleiben; und so sagte sie in die Stille hinein, die schon seit sehr, sehr langer Zeit zwischen ihnen herrschte: »Ist es so die ganzen Wochen lang für dich gewesen? Während ich dir zugesetzt habe, damit du isst und trinkst und schläfst?«

»Ja«, sagte er, »aber hier ist es stärker. Ich glaube, ich könnte wirklich ewig weitergehen ...«

Vielleicht könnte er das ja wirklich, aber sie nicht, das spürte sie. Sie musste vernünftig sein, musste um Rast und längere Ruhepausen bitten – aber noch nicht, nicht ehe die nächste Düne überwunden war. Die Landschaft könnte und sollte langweilig werden, überlegte Elisande, aber sie war es nicht geworden; von jedem Dünenkamm hatte man einen etwas anderen Ausblick, auch wenn man dasselbe sah.

Letztendlich war es Marron, der die kommenden Veränerungen kommentierte. Fast hätte sie verstimmt sein können, doch auch diese Veränderungen kamen einem Wunder gleich. Alles in dieser Welt war neu, unerforscht, faszinierend …

»Schau«, sagte er, »das da vorne müssen Hügel sein. Und der Himmel wird dunkler.«

Beides richtig. Wenigstens mussten es Hügel sein, wenn sie denn Ähnlichkeit mit denen hatten, die nun weit hinter den Reisenden lagen, ein schmales, etwas dunkler getöntes Band zwischen Erde und Himmel. Nicht die Hügel, die Rhabat schützten, oder ihre hiesige Entsprechung, noch nicht, eine ganze Weile noch nicht, aber es gab im gesamten Sand Gebiete mit Furchen und Klüften; in dieser primitiven Beschaffenheit schienen beide Welten einander ähnlich zu sein.

Und der Himmel wurde unbestreitbar dunkler; allerdings war sie froh, dass er es so ausgedrückt und nicht gesagt hatte, dass die Nacht anbrach. Dies war keine Nacht in dem Sinne, wie sie sie kannte, wo die Sonne im Westen unterging und in ihrer Abwesenheit von Osten her die Dunkelheit hereinbrach. Am gesamten Horizont entlang – und sie drehte sich eigens langsam im Kreis, um es sich zu bestätigen – veränderte sich die Farbe fast unmerklich, als wäre der Himmel eine umgekehrte Schüssel mit einem Rand, der dunkler glasiert war als das Innere.

Sie gingen weiter und sahen, wie dieser Rand noch dunkler wurde, wie er emporstieg, bis der Himmel am Horizont ganz schwarz war und in Graustufen zur Mitte hin immer heller wurde, bis zum Zentrum, wo am Scheitelpunkt, direkt über ihren Köpfen, noch Gold und Weiß zu sehen waren.

Auf einer Düne von vielen in einer endlosen Folge blieb Marron unvermittelt stehen. »Wir sollten eine Stelle finden, wo wir Rast machen können«, sagte er, »bevor das Licht ganz verschwunden ist.«

»Ich muss nicht ausruhen.« Das mochte stimmen oder auch nicht, vielleicht hatte sie zusammen mit einem Teil seiner unerschöpflichen Energie auch nur sein törichtes Gebaren geerbt; in Wahrheit wollte sie diesen kontinuierlichen Fußmarsch einfach nicht beenden. Es hatte etwas Magisches an sich, mehr als die unerschöpfliche Kraft in ihren Beinen oder die Faszination des Ortes; ihr war, als hätte sie all ihre Ängste in der anderen Welt zurückgelassen und würde von ihnen verschont bleiben, solange sie in Bewegung blieb. Eine lange Nacht still liegen – und sie war sicher, dass sie nicht schlafen konnte, sie fand keine Spur von Ruhe in sich – konnte diese Ängste zurückbringen, konnte ihren Geist veranlassen, rastlos die Kluft überbrücken und suchen zu wollen, was sie doch nicht finden konnte; oder schlimmer, ihre Gedanken könnten hektisch herumwirbeln und sich im Chaos ihrer eigenen Begierden und Zweifel verheddern …

Marron lächelte. »In der Dunkelheit würden wir einander verlieren«, sagte er. »Es gibt keinen Mond, in dessen Schein wir uns sehen könnten. Außerdem sollten wir beide etwas essen, ob wir nun hungrig sind oder nicht. Und auch ausruhen, ob wir nun müde sind oder nicht.«

Sie glaubte nicht, dass er sie verlieren würde, seine Augen und sein Gehör waren jetzt so übernatürlich scharf. Dennoch hatte er Recht und sie Unrecht, in beiderlei Hinsicht; daran war sie nicht gewöhnt und es gefiel ihr nicht. Sie stimmte mit einem mürrischen Grunzen zu und folgte ihm, als er sie zum ersten Mal vom direkten Weg nach Süden wegführte und den Schutz einer dieser Felseninseln im Sand suchte. Nicht, dass sie Schutz gebraucht hätten, weder vor Wind noch vor Wetter; keines von beiden hatten sie erlebt, abgesehen von diesen kleinen Lichtwirbeln, die die Luft ein wenig kräuselten, ansonsten aber keinerlei Auswirkungen hatten.

Vielleicht Schutz vor suchenden Blicken, doch auch davon hatten sie nichts gesehen oder gespürt. Dennoch hatten Wände etwas Beruhigendes, wenn es auch nur eine einzige Felswand im Rücken war; besser als ganz ungeschützt im Freien zu lagern. Tatsächlich fand Marron in der Dämmerung eine kleine Mulde, eine Art Höhle, die auf zwei Seiten geschützt und nur an einer offen war. Hier drinnen war es noch dunkler, nur ein schmaler Streifen des opalfarbenen Himmels war zu sehen, und der wurde immer dunkler; aber es war noch hell genug, dass sie einige Steine sehen konnte, die heruntergefallen waren. Die würden warme Sitzgelegenheiten abgeben, bis es Zeit wurde, sich hinzulegen, wenn die Zeit hier eine Bedeutung hatte, die sie abschätzen konnte. Es schien nicht so zu sein; die Nacht – wenn dies denn die Nacht war – kam, bevor sie bereit dafür war nach der langen Reise, die sie an den Rand der Erschöpfung hätte bringen müssen. Und sie hätte ausgedörrt und heißhungrig sein sollen, aber nichts davon traf zu, sie fühlte sich so frisch wie am Morgen.

Und täuschte sich darin wahrscheinlich, jedenfalls redete sie sich das ein. Mit Nachdruck. Marron drehte mit seiner beiläufigen Kraft einen großen Stein um, und sie verbrannte sich die Finger, als sie den Staub wegwischte und eine flache Stelle suchte; das Licht reichte schon nicht mehr aus, um richtig zu sehen. Sie kippte ein wenig Mehl aus der Tüte, zu wenig für zwei junge Leute mit einem gesunden Appetit nach einem so langen Fußmarsch, aber ihr schien es viel zu viel zu sein. Sie gab etwas Wasser dazu, und diesmal nahm sie das Messer, um rasch einen Teig daraus zu rühren, bevor das Mehl verbrannte.

Als sie Rauch roch, drehte sie den Teigfladen mit der Messerspitze um; als ihre Nase ihr wieder sagte, dass er anbrennen würde, nahm sie ihn herunter und riss ihn mit spitzen Fingern entzwei. Er war so heiß, dass man ihn kaum halten konnte, doch das schien Marron gar nicht zu bemerken, als sie ihm seine Hälfte gab.

»Ich esse, wenn du isst«, sagte sie mürrisch.

»Oh, ich werde essen.«

Und er aß wirklich, auch wenn die Kruste des Brots wie Kohle schmeckte und das Innere noch feucht und irgendwie ranzig war. Sie würgte es hinunter, notwendige Stärkung, und öffnete den Wasserschlauch, um den Mund auszuspülen; das Wasser war warm wie Blut und brackig und schmeckte nach schlecht gegerbtem Leder. Sie trank weniger als sie beabsichtigt hatte, aber mehr als sie wollte, und gab den Schlauch an Marron weiter. Er trank noch weniger als sie.

Nun gab es nichts mehr zu tun, daher setzte sie sich auf den Stein ihrer Wahl, lehnte Wirbelsäule und Schultern gegen die aufragende Wand hinter ihr und bedauerte nur ein klein wenig, dass er sich für einen so weit von ihr entfernten Stein entschieden hatte. Sie legte den Kopf in den Nacken und sah zu, wie der schmale Streifen des Himmels über ihr immer dunkler wurde, bis er so schwarz war wie der Rand der Himmelsschale am Anfang. Kein Mond, wie Marron vorhergesagt hatte, und auch keine Sterne; nur allumfassende Dunkelheit. Aber es war kein völliges Schwarz, genau wie die Helligkeit des Tages kein reines Weiß gewesen war. Auch hier war ein perlmuttartiger Glanz auszumachen – sie hatte als Kind schwarze Perlen gesehen und sich danach gesehnt, etwas so Schönes zu besitzen –, der von Goldstreifen durchwirkt schien.

Aber es war schwarz genug, es reichte. Sie konnte nichts sehen. Sie hielt sich die Hand dicht vor das Gesicht und konnte nicht einen Finger erkennen. Marron war nur anhand seiner Atemgeräusche in der Dunkelheit zu finden. Genau davor hatte ihr gegraut, vor einer allumfassenden Dunkelheit, die ihre Gedanken freisetzte, damit sie sie quälen konnten; sie glaubte nicht, dass sie das für Stunden ertragen konnte, selbst wenn sie davon ausging, dass es nur Stunden sein würden. Sie hatte keinen Grund zu der Annahme, dass Licht und Schatten hier demselben Rhythmus folgen würden wie in ihrer Welt, nur eine verzweifelte Hoffnung; und selbst mit dieser Hoffnung sah sie einem Alptraum entgegen, ohne die Gnade, erwachen zu können.

Sie tat, was sie konnte, um dem zu begegnen. Sie legte sich in den Staub am Boden der Mulde, der ein wärmeres und weicheres Bett bildete, als sie es seit langer Zeit gehabt hatte; und es schien nicht so, als würde er abkühlen. Sie machte es sich so bequem wie möglich, schloss die Augen wie ein folgsames Kind zur Schlafenszeit, wartete und hoffte, betete fast, dass ihr Körper sie getäuscht hatte, dass sie so erschöpft wäre wie sie es sein sollte und sanft einschlummern würde ...

Aber das konnte sie nicht und war kein bisschen überrascht deswegen. Sie sehnte sich nach dem Schlaf, der nicht kommen wollte. Nach einer Weile gingen ihre Augen wie von selbst auf und sie schaute nach oben, bis sie das Schwarz der Felswände gerade vom irisierenden Schwarz des Himmels unterscheiden konnte. Das schien einen Moment zu wabern und in schwachem Licht zu erstrahlen, als wäre ein goldener Lufthauch darüber hinweggestrichen. Sie seufzte und hoffte, dass ihre müden Augen ihr einen Streich gespielt hatten; sie machte sie wieder zu, versuchte, sich noch tiefer in den warmen Staub zu wühlen und machte sich wieder auf die Suche nach dem Vergessen, das sie nicht finden konnte.

In dieser Dunkelheit musste sie den Kopf nicht heben oder drehen, um zu wissen, dass sie Marron unmöglich sehen konnte; ebenso sicher war sie, dass er nicht schlief und auch nicht zu schlafen versuchte. Sein Atem verriet ihn ebenso wie die leisesten Bewegungen seines Körpers, da er nur wenige kurze Schritte von ihr entfernt auf seinem Stein saß. Es war grausam, wie sie seine Gegenwart spürte und seinem Wachsein lauschte, so wie er ganz sicher auch ihrem. Sie wütete innerlich ob dieses albernen Verhaltens, bis seine Geduld schließlich über ihre siegte; dann kämpfte sie mit aller Arglist, die sie aufbrachte, gegen die Ehrlichkeit an und rief leise nach ihm.
»Marron?«

»Ja, Elisande?«

»Bitte, ich kann nicht schlafen. Ich liebe dieses Land bei Tage, aber in der Nacht macht es mir Angst. Es ist so seltsam und wir wissen so wenig darüber; ich muss immerzu an monströse Wesen denken. Und ich denke, wir hätten sie verdient, wir sollten nicht hier sein, wir haben kein Recht dazu. Nicht einmal du, denn du besitzt nicht, was du in dir trägst, du hast keine Macht darüber. Die Dschinni würden wütend werden, wenn sie uns finden. Oder es könnte ein ʿifrit kommen, und die sind schrecklich ...«

»Möchtest du zurück?«

»In die Wüste, blind, in der Nacht?« Wenn es im Sand Nacht war – aber diesen Zweifel konnte sie vergessen, er nützte ihr jetzt nichts. »Nein, das wäre töricht. Ich möchte nur Gesellschaft, das ist alles, und ich kann dich nicht sehen. Es missfällt mir, so hilflos zu sein«, und das wenigstens stimmte; sie war keine Julianne und dazu erzogen, sich auf Verstand und Zunge zu verlassen. »Würdest du herkommen und dich neben mich legen? Nur damit ich dich spüren kann? Du solltest dich so oder so auch hinlegen, du brauchst die Ruhe so sehr wie ich, auch wenn wir beide nicht schlafen ...«

Es folgte eine kurze Pause, sie hörte seinen leisen Atem und hatte ernste Zweifel an ihrer eigenen Weisheit. Dann antwortete er ihr ohne ein Wort zu sagen. Sie wusste nicht, ob seine Augen sie in dieser Schwärze finden konnten, aber seine Ohren waren besser als die ihren; er kam geschwind und sicheren Schrittes an ihre Seite und legte sich neben sie in den Staub.

Fast neben sie. Er lag nahe bei ihr, aber nicht nahe genug: eine Armeslänge entfernt, und mehr als einen Arm bot er ihr auch nicht an, als er die Kluft zwischen ihnen überwand und seine Hand auf ihre legte. Damit wollte sie sich nicht begnügen. Sie rollte sich zu ihm, kuschelte sich an ihn, legte den Kopf auf seine unversehrte Schulter und drückte sich mit dem ganzen Körper an ihn.

Er erstarrte; sie zuckte innerlich zusammen, rückte aber nicht ab. Wieder hatte sie kein anderes Mittel als ihre Stimme und setzte sie so gut sie es konnte ein.

»Was machen deine Verletzungen, hast du Schmerzen?«

»Nein. Ich weiß nicht, was sie machen, ich spüre sie nicht. Ich gehe davon aus, dass sie heilen.«

»Vielleicht hätte ich ein wenig länger daran arbeiten sollen; aber das würde dir wehtun, denn ich glaube nicht, dass ich es kann, wenn du die Tochter nicht aus deinem Körper lässt. Dieses Ding überwindet mich ...«

»Ich würde dich nicht lassen«, sagte er und überraschte sie erneut mit seinem Nachdruck, der so gar keine Ähnlichkeit mehr mit dem unsicheren Knaben hatte, der er gewesen war. »Es kostet dich Kraft, das zu machen; aber mit deiner Kraft musst du haushalten.«

»Wenigstens könnte ich dann schlafen«, und rang sich mit ihrer trockenen Kehle ein Kichern ab. »Aber du scheinst dich unbehaglich zu fühlen«, und nun war vielleicht der Zeitpunkt für Ehrlichkeit gekommen, nachdem sie so weit gegangen war; jedenfalls hoffte sie es. Ihre Arglist hatte sie vollständig aufgebraucht. »Warum, wenn du keine Schmerzen hast? Du bist so verkrampft ...«

»Ich – ich bin es nicht gewöhnt«, flüsterte er, »neben einem Mädchen zu liegen.«

Und offenbar auch nicht, ein Mädchen anzulügen; sie war froh, dass er das nicht getan hatte. Einst hatte sie geglaubt, dass er gar nicht lügen konnte, aber in der Burg hatte er es immer wieder tun müssen. Vielleicht besaßen alle Jungs diese Gabe, auch diejenigen, die nie Gebrauch davon machten. Bei Mädchen war sie sich ganz sicher. Aber das war jetzt nicht nötig, er hatte ehrlich auf ihre Ehrlichkeit reagiert, und plötzlich fühlte sie sich auf sicherem Boden.

»Das weiß ich, Marron. Mach dir keine Gedanken, entspann

dich einfach. Vergiss, dass ich ein Mädchen bin; ich bin deine Gefährtin, das ist alles, und die Nähe tut so gut. Es muss Gefahren hier geben, auch wenn wir noch keinen begegnet sind; wir sind aufeinander angewiesen und müssen lernen, einander zu vertrauen. Auch mit unseren Körpern. Die Scharai verschwenden keinen Gedanken an Körper, und das sollten wir auch nicht ...«

Und noch während sie das sagte, drehte sie sich wieder, setzte sich auf ihn und ließ sich auf den Fersen nieder; sie legte ihm die Hände an den Hals, drückte ihn hinunter, als er sich aufrichten wollte, legte die Finger an seine Pulsadern und fing an zu summen.

»Was ist das?«

»Das *Sodar*. Ganz ruhig. Du hast das von Jemel im Palast des Sultans erfahren; nun wirst du meines erfahren. Es wird dich in den Schlaf geleiten.«

»Du hast doch gesagt, dass du nicht schlafen kannst ...«

»Weil du nicht schlafen wolltest, Dummkopf«, flüsterte sie. »Sei jetzt still, entspann dich ...«

Sie strich mit den Fingern durch sein Haar und über seine nackte Haut, sie sang leise und heiser, wie ihr Vater einst, sie wirkte ihre kleine Magie und wagte kaum zu hoffen, dass sie funktionieren würde. Wahrscheinlich würde die Tochter hierbei, wie bei allem anderen, gegen sie arbeiten. Aber hier schien jede noch so kleine Magie schneller und besser als in ihrer Welt zu wirken; es dauerte nur kurze Zeit, bis sie merkte, wie die Anspannung von seinem Körper abfiel, wie sein Atem flach und regelmäßig wurde und sein Kopf zur Seite sank.

Und sie blieb noch eine Weile, wo sie war, sang nicht mehr, sondern berührte nur noch und ließ die Hände reglos auf seiner Brust ruhen; sie seufzte ein letztes Mal in dieser Nacht, legte sich ganz dicht neben ihn und wünschte sich fast – fast! –, dass Jemel hier wäre, um sein *Sodar* für sie zu singen.

Aber was sie zu Marron gesagt hatte, war vielleicht aufrichtiger gewesen, als sie gedacht hatte, denn sein Schlaf besänftigte auch sie, und es dauerte nicht lange, da war sie ebenfalls eingeschlafen.

Aber auch nicht lange, bis sie wieder erwachte, jedenfalls kam es ihr so vor; nun aber erstrahlte ein Lichtstreifen um den ganzen Rand der Schüssel herum und kroch dem tiefen Schwarz entgegen.

Sie schaute zur Seite und stellte fest, dass Marron noch fest schlief; nun lächelte sie, von einer garstigen Schadenfreude erfüllt, und hatte keine Zweifel mehr in sich, als sie nach ihrem Messer griff.

Das Piksen weckte ihn wie erwartet: zu spät. Er stöhnte wegen der Schmerzen, die danach folgten, und sie biss sich auf die Lippen; aber sie drückte ihm dieHand fest auf die Brust, sah ihm direkt in die Augen und verfolgte, wie aus dem feurigen Rot ein verwirrtes Braun wurde, als das Blut aus seinem Arm strömte und mit ihm die Tochter.

»Warum ...?«

»Weil ich mich um deine Schulter kümmern muss, ich verlasse mich nicht auf das, was du sagst; und dieses Ding wäre mir nur im Weg. Ich weiß, es ist schmerzhaft, und das tut mir Leid. Und jetzt schaff mir dieses Ding aus dem Weg und bleib still liegen ...«

Sie legte heute Morgen nur zielstrebige Tüchtigkeit an den Tag und er – vielleicht, weil ihm die Tochter kein Selbstvertrauen gab? – fügte sich nur allzu willig. Sie legte die Hände auf beide Seiten der halb verheilten Wunde und machte die Augen zu, damit sie umso besser sehen konnte.

Gut. Besser als sie gehofft hatte; der Heilungsprozess hatte begonnen. Möglicherweise half die Tochter nicht, aber wenigstens störte sie auch nicht. Heute war es nicht nötig, dass sie ihre Kraftreserven für ihn vergeudete; nur ein wenig Wärme, ein behutsames Zutun, dann zog sie sich zurück.

»Jetzt nimm sie zurück. Schnell: Je weniger Blut du hier verlierst, desto glücklicher bin ich. Es könnte außerdem Aufmerksamkeit erregen, es ist halb von dieser Welt, wir dagegen nicht ...«

Wieder gehorchte er ihr und sie sah das Scharlachrot in seine Augen fließen. Ehe er den Appetit verlor oder die Tochter ihn ihm stahl, beharrte sie: »Wir frühstücken vor dem Aufbruch. Dreh diesen Stein wieder um, ja?«

Er gehorchte und die aufgedeckte Oberfläche war wieder heiß: heißer als in der vergangenen Nacht, als sie nach oben gekehrt und nur warm gewesen war, aber nicht so heiß wie die Unterseite, als Marron sie zum ersten Mal umgedreht hatte. Demnach war diese Hitze nicht inhärent, sondern stieg langsam von unten auf und verpuffte in die Luft. Elisande fragte sich, wie heiß eine Höhle sein mochte, eine Mine, eine Senkgrube ...

Sie buk wieder Brot, und diesmal schaffte sie es – da es langsamer gebacken wurde und sie sehen konnte –, einen Laib zustande zu bringen, der ganz durchgebacken und kaum angebrannt war. Trotzdem kostete es Anstrengung, etwas zu essen, sie hatte keinen Appetit und sah keinen Sinn darin, und außerdem schmeckte es nicht besser als in der Nacht zuvor; aber sie hatte schon schlechteres Brot in der Wüste gegessen und zwang sich für Marron dazu, denn ohne ihr gutes Beispiel hätte er auch nichts gegessen. Als sie gestern Nacht dicht an ihn gekuschelt geschlafen hatte, war ihr aufgefallen, wie mager er tatsächlich war. Er hatte abgenommen, dachte sie, seit sie den Roq verlassen hatten; und er war schon vorher nur Haut und Knochen gewesen, ein Kadaver ohne Fleisch ...

Dann bekam jeder noch einen Mund voll Wasser, und bei dem Verbrauch würde der Vorrat bis Rhabat und darüber hinaus reichen; dann machten sie sich wieder auf den Weg ...

Am zweiten Tag gelangten sie überraschend schnell zu der Hügelkette, die sie am Abend zuvor gesehen hatten, und kletterten ohne Mühe hinauf. Der Hang war steil, aber längst nicht so halsbrecherisch wie die zerklüfteten Höhen, die sie schon in der Wüste gesehen hatte, wo ein qualvoller Aufstieg mitunter zu einem unüberwindlichen Vorsprung führte, was einen noch schwierigeren Rückzug und möglicherweise einen ganzen Tag Umweg erforderlich machte. Zugegeben, meistens war sie da mit Kamelen unterwegs gewesen, die nicht für das Gebirge geschaffen waren; aber dennoch war das Land hier nicht ganz so brutal zertrümmert und setzte ihrem Vorankommen wenig Widerstand entgegen.

Sie bekamen nur einmal Probleme, als sie auf eine niedere Felsklippe stießen, die direkt in ihrem Weg lag. Es hätte sie vielleicht eine oder zwei Stunden gekostet, wenn sie um das Hindernis herumgegangen wären; aber der Fels bot hinreichend Halt und Marron sagte: »Ich kann klettern, wenn du es auch kannst.«

»Kein Problem. Aber solltest du es mit deinem Arm denn riskieren …?«

»Den werde ich nicht brauchen. Eine Hand genügt.«

Dafür trat er den Beweis an, indem er förmlich die Felswand hinaufrutschte, ohne scheinbar auch nur die eine Hand je einzusetzen. Sie wartete unten, bis er wohlbehalten über den Rand geklettert war, und beneidete ihn um sein Selbstvertrauen, trauerte aber dennoch auch ein wenig um den unsicheren Jungen, der er gewesen war; dann machte sie sich daran, ihm zu folgen.

In Surayon hatte sie aus reinem Spaß an der Freude verwegenere Kletterpartien unternommen, hatte in Begleitung von Freunden gelernt und war später allein losgezogen, um sich als ungestümes Kind, das sie war, mit dem Fels zu messen. Im Sand kletterte niemand aus Freude, aber selbst hier verspürte sie manchmal eine grimmige Entschlossenheit, die sie höher klettern ließ als erforderlich war, und ein Gefühl des Triumphs, wenn sie es geschafft hatte.

Hier hoffte sie auf ein wenig Freude an der Anstrengung und

fand sie tatsächlich beinahe, als sie die Klippe halb erklommen hatte. Sie fieberte schon dem Gipfel entgegen, den sie so anmutig zu erklimmen hoffte wie Marron, wenn auch nicht so schnell, als sie plötzlich erstarrte, da ihr der Wind ins Gesicht wehte und sie eine Stimme hörte, aber nicht die von Marron.

Eine Stimme, die keinen Gruß entbot und in der keine Herzlichkeit mitschwang, keine Spur einer menschlichen Regung; eine Stimme, die sofort eine Erinnerung in ihr zum Klingen brachte, *Dschinn*, und sie mit einem Mal nach Halt greifen ließ, der nun so trügerisch wirkte wie dieses ganze Land, was sie so gut wie vergessen gehabt hatte.

»Es ist ungewöhnlich«, sagte die Stimme, »ein Kind der Erde in unserem Land zu finden. Gleich zwei aufzuspüren ist vielleicht nicht unerhört, aber doch immerhin bemerkenswert.«

Die Stimme schien ihr direkt ins Ohr zu sprechen, doch als sie einen fassungslosen Blick in die Richtung warf, konnte sie nichts sehen, außer vielleicht einer geringfügigen Unregelmäßigkeit in der Luft. Mehr nicht, bestimmt nichts, worauf sie den Blick richten konnte. Sie klammerte sich so verzweifelt an den Fels wie an ihre wirbelnden Gedanken; holte tief Luft, hielt den Atem an und dachte gründlich nach, ehe sie eine Antwort gab.

»Geist«, sagte sie und bemühte sich, eine Ruhe vorzugaukeln, die sie nicht verspürte, ganz im Gegenteil, »glaub mir, die Umstände, die uns hierher geführt haben, sind nicht weniger ungewöhnlich. Wir hätten uns niemals nur aus Neugier hierher gewagt«, was eine regelrechte Lüge war, aber sie hoffte, dass das Geschöpf, das sie angesprochen hatte, es nicht bemerken würde. »Wir sind vor einem Ghûl geflohen, der uns sonst vielleicht beide getötet hätte ...«

Sie hoffte, betete fast, dass sie mit einem Dschinn sprach und nicht mit einem ʿifrit. Sie konnte es unmöglich wissen, abgesehen davon, dass er »unser Land« gesagt hatte und es in Legenden immer hieß, dass dies das Land der Dschinn war. Sie wusste nur eines, dies war nicht der Dschinn, den sie auf der Straße zum Roq und später in der Burg selbst gesehen hatte; die Stimme klang bleich, hoch und geschlechtslos, aber der andere hätte sie ganz sicher mit ihrem Namen angesprochen, wenn er sie so angetroffen hätte, und vielleicht eine Bemerkung über ihre vorherige Begegnung oder über Julianne gemacht. Der andere hatte ein seltenes Interesse für ihr Tun an den Tag gelegt, dieser hier nicht.

»Wahrlich«, sagte er und schnappte nicht einmal nach dem Köder, den sie ausgelegt hatte, die Erwähnung des Ghûls. »Es muss dein Gefährte gewesen sein, der dich hierher brachte; in ihm spüre ich eine Macht, an der es dir gebricht.«

»Ja. Die Scharai nennen ihn den wandelnden Geist; er hat das in sich«, und einerlei, wie er dazu gekommen war oder es benutzen konnte, »das ein Portal zwischen den Welten öffnen kann. Aber er wurde verletzt, daher hielt ich es für besser, eine Weile hier zu reisen, bevor wir die Rückkehr riskieren.«

Das war eine Entschuldigung, so gut sie sie eben formulieren konnte, und gleichzeitig eine flehentliche Bitte, die Reise fortsetzen zu dürfen. Sie wagte nicht, direkt zu fragen; die Dschinni gingen allzu schnell von einer Schuld aus und forderten Entlohnung. Warum sonst wäre Julianne auf dem Weg nach Rhabat?

»Seine Belange und deine interessieren mich nicht. Auch eure Anwesenheit hier stört mich nicht weiter, da sie nicht von Dauer sein wird. Ihr werdet allerdings feststellen, dass die `ifrit in höchstem Grad besorgt sind.«

»Wir hatten gehofft, wir könnten den `ifrit aus dem Weg gehen, Geist.«

»Zweifellos. Mensch.«

War das eine Warnung, wollte er ihr sagen, dass sie sich vor den `ifrit hüten sollten? Sie konnte nicht fragen; selbst in dieser gefährlichen Haltung, in der ihre Finger schmerzten und sie kaum genug Halt für die Füße fand, hatte sie Geistesgegenwart genug, Fragen zu vermeiden. Aber falls es eine Warnung sein sollte, war sie unnötig; natürlich würden sie sich vor den ˋifrit hüten. Beim ersten Anblick von einem, und wäre er noch so weit entfernt, würde sie Marron ihre Messerspitze in den Arm bohren, ob er dafür bereit war oder nicht. Das hieß natürlich, dass sie den ˋifrit sehen und auch als solchen erkennen musste. Den Dschinn konnte sie nicht sehen …

Andererseits sagte man den Dschinni ein inneres Auge nach, das teilweise in die Zukunft sehen konnte; vielleicht meinte er, dass sie ˋifrits begegnen würden, ganz gleich, für wie gut oder schlecht vorbereitet sie sich hielt.

Es war möglich, zu schlau zu sein, auch wenn man mit einem Dschinn fragwürdige Komplimente austauschte. Plötzlich glitten ihre Finger ab, so dass sie hektisch nach der Felswand greifen musste und es gerade noch schaffte, sich festzuhalten.

»Vergib mir, Geist«, keuchte sie, »aber ich werde abstürzen …«

»Meine Vergebung wäre nicht erforderlich«, entgegnete er. »Mit deinem Absturz könntest du mich nicht verletzen.«

Sie biss die Zähne zusammen, verkniff sich eine giftige Antwort und kletterte weiter, diesmal mit verkrampften Muskeln und deutlich vorsichtiger als vorher. Sie dachte, dass der Dschinn fort wäre, hoffte es; überzeugte sich selbst, dass es so war, als sie endlich den Rand der Felsklippe erreichte und Marron da war, sie am Handgelenk packte und hinaufzog.

Einen Moment saß sie nur schwer atmend zu seinen Füßen; dann sagte sie: »Hast du ihn gesehen?«

»Gesehen? Vielleicht. Ich hörte ihn kommen; ein Geräusch wie ein Windstoß, aber klein. Nicht leise, nur klein. Ich sah einen Wirbel, der über deinem Kopf schwebte. Und ich habe euer Gespräch gehört. Du solltest dich nicht vor den ˋifrit fürchten.«

»Marron, es ist immer vernünftig, sich vor den ˋifrit zu fürchten. Setz dich, wir bleiben eine Weile hier. Ich bin außer Puste.« In Wahrheit zitterte sie so sehr, dass sie glaubte, ihre Beine würden sie nicht tragen, wenn sie zu gehen versuchte. Es war auch vernünftig, die Dschinni zu fürchten, ganz besonders hier, in ihrem eigenen Land, und sie bemühte sich, stets so feinfühlig zu sein ...

»Ich glaube nicht, dass ihnen ermöglicht werden würde, mir etwas zu tun«, sagte er, während er sich neben ihr niederließ, »und dieser Schutz ist auch deiner, das weißt du.«

»Der Ghûl hat dir etwas getan, weißt du noch? Oh, er hat dich nicht tödlich verwundet und du erholst dich schnell«, *mit meiner Hilfe*, »aber wenn er dir die Klaue in den Hals gebohrt hätte, dann hätte nichts dich retten können. Und das war nur ein Ghûl. Wie willst du einen `ifrit aufhalten, wenn er hier keinen soliden Körper hat? Wie hättest du den Dschinn aufgehalten, hätte er mich töten wollen? Nur ein Windhauch, wie willst du den einfangen?«

Sie irrte sich vielleicht, was die `ifrit betraf, sogar höchstwahrscheinlich. Sie waren geringer als die Dschinni, von niedererer Ordnung – ganz sicher musste es doch eine Möglichkeit geben, wie Menschenaugen sie unterscheiden konnten. Marron freilich wusste weniger als sie, daher musste sie ihm dieses gefährliche Selbstvertrauen irgendwie ausreden. Der wandelnde Geist war den Erzählungen nach sehr schwer zu töten; aber nicht unsterblich, das nicht. Nicht einmal die Dschinni waren unsterblich ...

»Vergiss nicht«, fuhr sie bedächtig fort und sponn diesen Gedanken weiter, »was er am Ende gesagt hat, ›mit deinem Absturz könntest du mich nicht verletzen‹ – glaubst du, er hat damit gemeint, es gibt eine andere Möglichkeit, wie ich ihn verletzen könnte, oder wir? Ich bin sicher, er wollte mehr als nur einen Witz machen. Khaldor hat uns mehr als einmal ausgelacht, aber ich glaube nicht, dass der hier Sinn für Humor hatte.«

»Ich weiß nicht, was er gemeint hat«, sagte Marron. »Nach allem, was du mir über die Dschinni erzählt hast, welchen Sinn hätte es da, uns ihre Köpfe zu zerbrechen?«

»Weil es einfacher ist, als sich den Kopf eines Jungen zu zerbrechen«, murmelte sie verdrossen und sah ihn mit zusammengekniffenen Augen an. »Und es könnte wichtig sein.«

»Alles könnte wichtig sein. Oder nichts könnte es sein. Komm«, womit er sich anmutig erhob und sie mit sich zog, »beenden wir wenigstens den Aufstieg und finden heraus, was es von da oben zu sehen gibt. Dort kannst du ausruhen, wenn es sein muss.«

Sie musste nicht ausruhen, jedenfalls nicht wegen der Anstrengung; aber sie betrachtete den Hang, der von ihrer Position aus immer noch ein paar Meter anstieg, schaute vergeblich zum Himmel, um die Zeit abzuschätzen, obwohl es nichts gab, das ihr einen Hinweis hätte liefern können, und schob Marron auf dem Rücken eine Hand in den Gürtel.

»Du musst mich ziehen«, sagte sie; sie spürte sein Lachen mehr als sie es hörte, ein Kichern, das seine Wirbelsäule erbeben ließ, gefolgt von einem vollkommen lautlosen Erschauern.

Alles könnte wichtig sein; sie erreichten den letzten und höchsten Punkt dieses Hügels und stellten fest, dass es natürlich der höchste Punkt war, den sie erklommen hatten; sie konnten auf die Gipfel aller anderen Hügel hinunterschauen.

Aber zuerst sahen sie noch tiefer; noch bevor sie die Aussicht bewunderten, betrachteten sie ihre Stiefel und den Boden, auf dem sie standen.

Einst musste der Hügel höher gewesen sein, er konnte nicht so entstanden sein; der gesamte Gipfel war abgeplattet, flach, möglicherweise von einer scharfen Klinge abgeschnitten, wodurch der entblößte Fels wie ein polierter Spiegel aussah. Im Glanz dieser Politur konnten sie vage Ebenbilder von sich selbst erkennen, die im Gold des Felsens reflektiert wurden.

Falls das einen Sinn hatte, konnten sie ihn weder erkennen noch erahnen; aber die Arbeit war in einem so immensen Maßstab, so gewaltiger als alles, was Menschen schaffen konnten, dass es die Saite der Erinnerung in ihnen beiden zum Klingen brachte.

Sie drehten sich in die Richtung um, aus der sie gekommen waren, und sahen blinzelnd zum Perlmuttglanz des Himmels, der am Horizont greller oder konzentrierter zu sein schien; Elisande bildete sich ein, sie könne gerade noch einen vagen Haarriss erkennen, einem Sprung in der Schale des Himmels gleich. Marron sagte, dass er die Nadel ganz deutlich erkennen könnte.

Dort war das und hier war dies; beides war enorm, majestätisch, unverständlich. Sie drehten sich wieder um und gingen fast widerstrebend über den glatten Boden, auf dem sie standen. Vielleicht sollte hier etwas tanzen, aber sie ganz bestimmt nicht.

»Es ist albern«, sagte Elisande, »aber ich fühle mich hier so entblößt wie niemals zuvor. Was lächerlich ist. Glaubst du, all die kleinen Winde, die gestern den Staub aufgewirbelt haben, waren Dschinni?«

»Ja«, sagte er.

»Ich auch. Aber dennoch finde ich, wir sollten am Rand entlangschleichen, wie Diener ...«

»Möchtest du das?«

»Nein.«

Und daher machten sie es auch nicht; aber sie nahm Marrons Hand, als sie das Zentrum dieses Ortes durchquerten, was immer er auch sein mochte, und sie glaubte, dass sein Händedruck nicht nur so fest war, um sie zu trösten.

Sie kamen zur anderen Seite und blieben suchend stehen. Wenn überhaupt, waren die Südhänge der Hügel sanfter als die Nordhänge; sie könnten vergleichsweise leicht hinuntergehen, dachte Elisande. Und danach die weite Ebene, auch dort wieder einfache Fußmärsche; und danach, dunstig in der weiten Ferne, wieder Hügel. Aber im Anschluss an die Hügel, selbst aus dieser

Höhe am alleräußersten Rand des Gesichtsfelds, glaubte sie ein Band dunstigen Lichts zu sehen, das den Glanz des Himmels trübe reflektierte.

»Marron, was ist das dort, kannst du es sehen? Es ist nicht der Horizont, es sieht mehr aus wie ein dunstiger Lichtstreifen darunter, aber ich kann es nicht genau erkennen ...«

»Es ist ein dunstiger Lichtstreifen«, sagte er und hätte sich damit um ein Haar einen Fausthieb in die Rippen eingefangen, ehe er fortfuhr. »Mehr Einzelheiten kann ich auch nicht erkennen. Wie du gesagt hast, es ist dunstig. Aber ich habe so etwas Ähnliches schon einmal gesehen. Als Aldo und ich das Gelübde der Erlöser abgelegt hatten und mit Fra' Piet vom Kloster aufgebrochen sind, um das Schiff nach Outremer zu nehmen.«

»Und? Was war es?«

»Es war das Meer«, sagte er nüchtern. »Ich hatte es vorher noch nie gesehen, ich hätte nicht gedacht, dass etwas so groß sein kann. Aber wir sahen es erstmals in der Dämmerung, aus großer Höhe und Entfernung; und es war ein Glanz, der das Leuchten der Sonne den ganzen Horizont entlang reflektierte, mehr nicht. Ich hatte Todesangst; einen Moment glaubte ich, es wäre der Gott, der Feuer geschickt hatte, um uns den Weg zu versperren. Vielleicht hätte ich auf meine innere Stimme hören sollen ...«

»Nein. O nein. Du solltest keine Angst vor einer Lüge haben, nicht einmal einer, die du dir selbst erzählst.« Sie umklammerte seinen gesunden Arm mit beiden Händen und drückte ihn an sich, falls sie ihm damit wenigstens ein klein wenig Trost spenden konnte.

»Das Meer war größer«, sagte er und hatte den Blick immer noch nach Süden gerichtet, wenn auch nicht mehr so konzentriert, »aber es sah genauso aus. Kann es ein Meer in der Wüste geben?«

Es konnte und es gab eines. Und hier offenbar auch, und so nahe, dass man es bereits erkennen konnte ...

»Das Tote Wasser, so nennen es die Scharai. Das ist das Ende unserer Reise, Marron. Dort kehren wir in unsere Welt zurück und versuchen, die anderen zu finden, bevor wir uns alle gemeinsam auf den Weg nach Rhabat machen.«

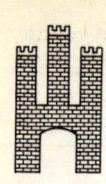

Bluthitze

Julianne rutschte aus, als ihr Fuß durch die Kruste des fest gebackenen Sands einbrach und das weiche, nachgiebige Material darunter berührte. Sie fiel flach auf den Rücken und wurde ein kleines Stück über die heiße, körnige Oberfläche geschleift; sie drehte sich mühsam auf den Bauch und verlor noch etwas mehr Haut an den Ellbogen, bis es ihr gelang, Sildana zum Stillstand zu bringen. Sie hatte gelernt, sich die Zügel eigens wegen solcher Vorfälle um das Handgelenk zu knoten; sie versuchte, dankbar für die Lektion zu sein, als sie sich auf die Knie hochrappelte und frisches Blut an dem Leder sah. Aber es war besser, zu bluten, dachte sie mit Nachdruck, als mit ansehen zu müssen, wie ihr Kamel abermals davonrannte, während sie wie ein Häuflein Elend im Sand saß und zusah, wie Jemel das Tier wieder einfing.

Er war jetzt unter ihr, immer noch im Sattel, und hielt die Packleine mit einer Engelsgeduld fest, während er darauf wartete, dass sie wieder auf die Füße kam. Sie schaffte es schließlich, schäumend vor Wut, und begann wieder den langsamen Aufstieg, bei dem sie Sildana hinter sich herzog. Sie glaubte, dass die Scharai Hexerei beherrschen mussten, dass er diese Hänge im Sattel meistern konnte, obwohl er noch drei Ersatzkamele am Sattelknauf festgezurrt hatte. Aber sie war nicht allein in ihrem Scheitern; auch Rudel hatte absteigen und sein Reittier hinter sich herziehen müssen.

Doch wenn die Scharai schon von Hexerei besessen waren, dann steckte in ihren Kamelen buchstäblich der Teufel; es sei denn, es wäre ein Witz Gottes – möglicherweise ihres Gottes –, dass er das einzige Tier, das in der Wüste Lasten tragen konnte, so schlecht für diese Aufgabe ausgestattet hatte. Kamele besaßen enorme Kraft und Ausdauer, sie konnten tagelang mit einem Mund voll Futter und ohne Wasser gehen, wie diese Tiere hier es tun mussten; aber an Hängen waren sie jämmerlich unsicher. Und in der Wüste wimmelte es natürlich von Hängen: wo es keine Hügel oder Schluchten gab, da gab es immer Dünen.

Diese Dünen – die waren tückisch. Selbst Jemel hatte nervös ausgesehen im Angesicht ihrer wuchtigen Realität: Dünen, die selbst wie Hügel aussahen, die von Osten nach Westen verliefen und damit exakt quer zu ihrem Weg. Sie hatten zu wenig Wasservorräte und zu wenig Zeit für einen Umweg, der sie Tage gekostet hätte; und Durst war auch nicht die einzige Gefahr, wenn auch möglicherweise die unmittelbarste. Beim letzten Brunnen, den sie vor zwei Tagen besucht hatten, hatten sie Spuren gefunden, dass er jüngst benutzt worden war: frische Spuren und noch nicht getrockneter Kamelmist. Bisher hatten sie Glück gehabt, sagte Jemel, aber die Grenzen zwischen den Territorien zweier Stämme wurden immer streng bewacht. Wenn sie zu viele überquerten, würde das Glück sie irgendwann einmal verlassen. Und durch Umwege würden sie logischerweise die Grenzen, die sie überquerten, vermehren ...

Und abgesehen von den Stämmen, ob feindlich gesonnen oder nicht, gab es immer noch die Tänzer, Morakh und seine überlebenden Gefährten, und womöglich noch andere. Ihre Abwesenheit stellte eine konstante Bedrohung dar, die schwer auf allen lastete. Seit dem Kampf unter der Säule hatte man keine Spur mehr von ihnen gesehen, und die lag inzwischen Tage hinter ihnen, aber das hatte nichts zu bedeuten. Rudel sagte zwar, dass ihr Verschwindetrick und die Umkehrung, das plötzliche Auftauchen aus dem Nichts, nur aus der Nähe funktionierten, dass sie auf diese Weise keine großen Entfernungen überwinden konnten; aber er sagte auch, dass sie die Herren der Wüste waren, was

Julianne bereits wusste. Jemel behauptete, sie könnten einer Spur folgen, die der Wind schon vor einer Woche verweht hatte, und am helllichten Tag in ein bewachtes Lager spazieren, ohne entdeckt zu werden. Sie hoffte, dass das Legenden waren, wusste aber, es wäre klüger, daran zu glauben.

Doch weder den Stämmen noch den Tänzern noch dem Wasser galt ihre größte Sorge. Sie quälte sich weiter, diese endlose Düne hinauf und verfluchte Sand und Kamele und ihre Reise gleichermaßen. In den vergangenen Tagen hatte sie fließend in Catari fluchen gelernt, doch dafür war im Augenblick nicht der Anlass; sie blieb bei ihrer eigenen Sprache, als wollte sie gegenüber Sildana und den anderen Gefährten und dem Sand betonen, dass sie fremd hier war, kein Teil dieser Welt. Und dass sie alle im gleichen Umfang die Schuld daran trugen, dass sie hier war und zu derart profanen Flüchen gezwungen wurde ...

Rudel, das wusste sie, war von ihren Kraftausdrücken entsetzt gewesen, als er sie das erste Mal gehört hatte; um ganz ehrlich zu sein war sie selbst ein wenig überrascht gewesen. Ihr war nicht klar gewesen, wie viel von der Straße die verhätschelte Diplomatentochter während ihrer wilden Zeit in Marasson aufgeschnappt hatte.

Schritt für Schritt kämpfte sie verbissen gegen den zähen Sand, das torkelnde Kamel, die Schmerzen in ihren erschöpften Beinen und die brodelnde, klägliche Wut in ihrem Kopf. Schritt für Schritt, barfuß, jedenfalls so gut wie, nur mit Lumpen um die Füße, die vor der schlimmsten sengenden Hitze schützten, die der Sand tagsüber in sich aufsog. Sie hatte die Stiefel abgelegt, als Rudel es auch getan hatte, als mehr Wüstensand als Füße darin zu sein schienen, der grausam das ohnehin schon wunde Fleisch zerkratzte. Ihre Sohlen waren für so etwas nicht geschaffen, sie hatten keine Ähnlichkeit mit gegerbter Haut, wie die von Jemel; aber die von Rudel auch nicht. Die beiden verarzteten einander bei jeder Rast und arbeiteten mit einem kaum befeuchteten

Tuch – überwiegend mit Spucke befeuchtet, nur konnte keiner von ihnen inzwischen ausreichend Spucke aufbringen –, worauf sie eine spärliche Portion Kamelfett auftrugen, weil Jemel schwor, dass das helfen würde, die Füße abzuhärten.

Insgeheim argwöhnte Julianne, dass das ein Scharaiwitz war. Das Fett stank unerträglich ranzig, so wie ihre Füße laut Jemel rochen, wenn sie nach einem ganztägigen Fußmarsch abends die Schuhe auszogen. Scharaihumor, dachte sie, war eben so; und tatsächlich betrachtete Jemel sie jedes Mal mit einem kurzen Grinsen, wenn er den Gepäckwart spielte, den Topf hervorholte und – aus sicherer Entfernung – zusah, wie sie die Paste vorsichtig mit den Fingern auftrugen.

Andererseits mochte es auch die Weisheit der Wüste sein und überhaupt kein Witz. Es gab so wenig zu lachen auf dieser Reise, und Jemel wäre gewiss der Allerletzte gewesen, der wertvolle Vorräte vergeudete; selbst ranziges Kamelfett musste seinen Verwendungszweck haben, vermutete sie, und durfte nicht eines albernen Streiches wegen verschwendet werden. Daher glaubte sie, dass dies eine der Verwendungsmöglichkeiten war, und hoffte, dass der kommende Tag es beweisen, dass das Restchen Haut an ihren Füßen tatsächlich auf wundersame Weise härter geworden sein würde. Sie wollte nicht die Hornhautsohlen der Scharai, nur eine zaghafte Andeutung, die Diplomatentochterversion davon …

Aber die hatte sie noch nicht, und daher litten ihre Füße wie alles andere an ihr; doch sie schleppte sich weiter, fauchte Sildana Verwünschungen entgegen, zerrte unnötig fest an der Leine, wenn das Kamel zauderte, und erreichte so schließlich den Gipfel der Düne.

Oben kauerte Rudel auf den Hacken und bot ihr damit eine Ausrede, die sie mit Freuden nutzte, aber nicht gebraucht hätte; wäre er schon halb den Hang gegenüber hinab gewesen, hätte sie trotzdem hier eine Pause gemacht. Und selbst wenn Jemel an ihr vorbeigeritten wäre und sie ganz alleine zurückgelassen hätte, hätte sie Pause gemacht. Sie musste ausruhen.

Sie ließ Sildana niederknien – und selbst dazu musste sie Kraft aufwenden und den Reitstock benutzen, damit sie das widerborstige Tier zum Ausruhen zwingen konnte –, setzte sich in den Schatten des Kamels und lehnte sich an seine Flanke. Sildana drehte den Kopf und fauchte ob dieser Unverfrorenheit, und auch das war eine Unzulänglichkeit ihrer Art, dass sie keine Ahnung von Zusammenarbeit hatten. Julianne beachtete sie gar nicht. Es war einerlei, dass das kurze weiße Fell heiß war und stank, voll war von Sand und Staub und dringend gebürstet werden musste; immerhin bot es ein Ruhekissen für ihren Kopf und Stütze für ihre müden Knochen.

Rudel winkte ihr mitfühlend zu und ließ sein Kamel ebenfalls niederliegen. Aber er blieb, wo er war, körperlich ein kleines Stück entfernt und geistig noch viel weiter weg. Möglicherweise in einer anderen Welt, überlegte Julianne. Sie hatte törichterweise geglaubt, dass er in Abwesenheit seiner Tochter einen angenehmeren Reisegefährten abgeben würde; stattdessen war er in sich gekehrt, mürrisch und übellaunig geworden, was sie im Augenblick ganz und gar nicht brauchen konnte.

Jemel ritt zwischen sie, führte die Ersatzkamele und sah mit dieser Aura erzwungener Geduld zu ihnen herab, die er so übertrieben deutlich zur Schau stellte, dass Julianne am liebsten etwas nach ihm geworfen hätte. Leider hatte sie nichts zur Hand, außer einem Messer – was etwas zu extrem gewesen wäre – oder einer Hand voll Sand, was sinnlos gewesen wäre. Der Sand war längst schon überall: im Essen, im Wasser, in ihrer Kleidung, in ihren Mündern und auf ihrer Haut. Unter ihrer Haut, dachte sie manchmal, wo er sich immer weiter vorarbeitete, bis er jedes Organ ihres Körpers gesättigt und verstopft haben würde. In ihrem Kopf hatte sie ganz gewiss schon Sand, so dass ihre Gedanken festklebten und verfilzten, anstatt ungehindert zu strömen. Sogar in ihre Erinnerungen und Träume hatte sich der Sand schon eingeschlichen, und das missfiel ihr am meisten …

Sie wusste, Jemel würde gleich absteigen und einen übertriebenen Stoßseufzer von sich geben, weil er mit zwei so schwächlichen Begleitern gestraft war. Aber vorher würde er eine Weile auf seinem Kamel sitzen bleiben, um dem noch mehr Nachdruck zu verleihen, wobei die Arroganz seines Volkes und seiner Jugend eine Verbindung eingingen; aber er würde die erhöhte Position auch nutzen, um das umliegende Gelände zu sondieren.

Wozu? überlegte sie ungnädig. Sie wusste, was er sehen würde: Dünen hinter ihnen, von denen zwei schon die Spuren ihrer Reittiere trugen; und noch mehr Dünen vor ihnen, vielleicht nur Unebenheiten im Sand, aber dennoch Sendboten kommender schlimmer Zeiten. Ein Mädchen konnte in diesen Wogen ertrinken, fand sie …

»Sag mir, wie viele noch kommen«, rief sie mit dieser heiseren Stimme, die ein verzerrtes Echo ihrer eigenen Stimme geworden war. »Wenn es mehr als zwei sind, solltest du an mein Leichentuch denken. Noch mal drei wären mein Tod.«

»Nein«, sagte er, »ein weiterer Tag wäre dein Tod, glaube ich – aber vielleicht musst du dir darüber keine Gedanken mehr machen.«

Verwirrt kniff sie die Augen zusammen, um sein Gesicht im Gleißen des Himmels zu sehen. Er saß starr da und schaute nach Westen, die Linie dieses Dünenkamms entlang …

»Was ist los?«, wollte Rudel wissen und stand hastig auf. »Gesellschaft?«

»Ja. Fünf Reiter.«

»Scharai?«

»Natürlich.«

Ja, natürlich. Wer sonst?

»Kannst du ihre Stammeszugehörigkeit erkennen?«

»Von hier? Nein. Sie müssten Tel Eferi sein. Die Tel Eferi dulden keine Fremden auf ihrem Land. So sagt man jedenfalls. Ich weiß es nicht, ich bin noch nie einem begegnet. Es waren keine bei der Scharai, die Hasan gegen den Roq geführt hat ...«

Und das sagte einiges aus, wusste Julianne. Diese Schar war ebenso sehr ein Symbol wie eine Invasionsarmee gewesen, um den Scharai zu zeigen, dass sie Seite an Seite mit eingeschworenen Feinden kämpfen und ihre Blutfehden für das größere Ziel vergessen konnten. Gegen die Burg war die Rechnung nicht aufgegangen; ob sie auch in dieser anderen Hinsicht nicht aufgegangen war, ob mehr an den harten Mauern des Roq de Rançon zu Bruch gegangen war als das, stand noch nicht fest.

»Müssen wir wieder kämpfen?«, fragte Julianne mehr resigniert als ängstlich. Sie hatten gegen sechs Sandtänzer gekämpft und gewonnen; vielleicht gelang ihnen dieses Wunder noch einmal.

Es schien, als müssten sie es versuchen. Jemel sagte nichts, legte aber die Hand an den Griff seines Krummsäbels, und sein verkniffenes und angespanntes Gesicht sprach Bände.

Es war närrisch zu glauben, dass sie noch einmal so einen Kampf gewinnen konnten. Oh, er würde kämpfen, das sagte sein Gesicht deutlich, und wissen, dass sie und Rudel ihm zur Seite stehen würden; aber er war auch überzeugt, dass sie den Tod finden würden, alle drei. Es wäre Verschwendung, nichts weiter als Verschwendung, sagte sein Gesicht, für keine der beiden Seiten eine Ehre, aber es würde sich so oder so nicht vermeiden lassen.

Jetzt, dachte sie, könnten sie Marron brauchen, könnten sie die Tochter brauchen; und warum waren er und Elisande nicht zu ihnen zurückgekehrt, nachdem sie dem Ghûl entkommen waren? Diese Frage hatte sie sich immer wieder gestellt, und ihre Begleiter ebenfalls; aber ihre Antworten waren nur Vermutungen. Sie konnte bei sich Mutmaßungen über die Motive ihrer Freundin anstellen und sich fragen, ob ihr diese Motive wichtiger sein würden als der Ruf der Freundschaft oder die Bedürfnisse der Gruppe; aber es war ganz bestimmt Marrons Entscheidung gewesen, und er war ihnen allen ein Rätsel.

Da sie ihn und seine rasche Lösung, die er bieten konnte, nicht zur Verfügung hatten, wandte sie sich stattdessen an seinen nicht ganz so mächtigen Ersatz, ihren einzigen anderen Wunderwirker. »Rudel? Das Volk von Surayon versteht die Kunst des Versteckens, ihr habt schließlich euer ganzes Land versteckt. Kannst du uns nicht …?«

»Verstecken?«, sprach er ihre Frage zu Ende. »Nein. Ich verfüge leider nicht über die Fertigkeit der Tänzer«, und er war selbst im Kreis seiner Freunde immer so geheimniskrämerisch, wenn es darum ging, wie Surayon verschwunden war. Genau wie Elisande, und eigentlich konnte man es beiden nicht zum Vorwurf machen; selbst Freunde konnten einen verraten, ohne es zu wollen. »Und du natürlich auch nicht, so wenig wie die Kamele, doch die könnten wir nicht zurücklassen. Nein, wir sind entdeckt worden und müssen die Folgen tragen. Aber vielleicht kann ich wenigstens etwas tun, um einen Kampf zu vermeiden, den wir nicht gewinnen können. Tu einfach, was ich dir sage, ohne Fragen und ohne zu zögern; derweil sei ruhig, sei geduldig …«

Nun, das brachte sie fertig; sie stand auf und sah erfreut, dass Jemel auf Rudels drängende Geste hin von seinem Kamel glitt. So würden sie wenigstens friedlich und ungefährlich aussehen. Allerdings blieb fraglich, was ihnen das nützen würde. Den Scharai eilte der Ruf voraus, dass sie großzügig und herzlich zu Fremden sein konnten, die sie auf ihrem Land entdeckten; sie konnten aber auch brutal sein und kurzen Prozess machen. Jemel rechnete eindeutig nicht mit Großzügigkeit und sie hatte keinen Grund, an seiner Einschätzung zu zweifeln.

Dann waren sie nun alle in Rudels Hand; und Rudel war seit Tagen geistesabwesend und hatte keinerlei magische Fähigkeiten eingesetzt, als sie sie am dringendsten gebraucht hätten, im

Kampf mit den Tänzern. Ein Talent für den Schwertkampf hatte er zweifellos, aber er selbst gab im Moment nicht einmal darauf einen Hinweis. Sie berührte die Griffe der Messer, die sie im Gürtel stecken hatte, und betete, dass sie dort bleiben würden, auch wenn sie diesbezüglich kaum Hoffnungen hegte.

In Wahrheit hegte sie so gut wie gar keine Hoffnung, als sie Rudel zusah, wie er in einer Satteltasche kramte und eine bunte, wenn auch arg mitgenommene Ledertasche aus seiner Jongleursausrüstung zog. Die schlang er über die Schulter und Julianne fand sie höchst unpassend auf dem Mitternachtsblau seines Gewands; hätte er sich besser als Fremder auszeichnen können, der sich als Zerrbild eines Scharai verkleidete?

Sie glaubte, dass sie ihn niemals lebend wiedersehen würde, als er ihr den Rücken zuwandte und den heranstürmenden Stammeskriegern entgegenging. Nun konnte auch Julianne sie sehen, fünf dunkle Striche in der Hitze, die leicht schwankten und immer größer wurden; und vor ihnen ein müder Mann mit grauen Haaren im Bart. Sicher, auch mit Fähigkeiten ausgestattet; aber die Fähigkeiten, die sie gesehen und am meisten geschätzt hatte, waren die im Umgang mit Stimme und Laute in seiner Verkleidung als Gaukler. Die Wunder, die er gewirkt hatte, waren längst nicht so eindrucksvoll. Er hatte sie nicht so, wie er es beabsichtigt gehabt hatte, in den Turm der Königstochter führen können. Und es stimmte, Marron und Redmond und selbst Elisande – widerwillig – hatten zugegeben, dass seine Fertigkeiten als Heiler enorm waren; aber er war nicht fähig gewesen, Marron zu heilen. Und er hatte nicht versucht, ihre Füße zu heilen, es sei denn mit Wasser und Fett. Er sagte, sie müssten auf natürliche Weise heilen, dass seine Einmischung die Schmerzen nur verlängern würde, da er sie wieder weich machte; natürlich glaubte sie ihm, aber dennoch ...

Als er Gefährten und Kamele ein gutes Stück hinter sich gelassen hatte, blieb Rudel stehen und hob eine Hand ans Gesicht.

Sie konnte es nicht sehen, glaubte aber, dass er sich am Bart kratzte, wie immer, wenn er angestrengt nachdachte oder unsicher war. Dann hielt er beide Hände hoch, was friedliebendes Volk als Geste des guten Willens und der Begrüßung deuten konnte; andere sahen darin vielleicht ein Verbot, eine Abwehr: *Kommt nicht näher.* Julianne hielt den Atem an und fragte sich verzweifelt, was er beabsichtigte.

Jemel grunzte an ihrer Seite und sagte: »Wenigstens hat er einen Bart.«

Genau wie Jemel inzwischen, zumindest dunkle Stoppeln an Kinn und Wangen; sie konnten kein Wasser zum Rasieren erübrigen. Aber sie begriff nicht, was das für eine Rolle spielte. »Was, werden sie ihn wegen seines Alters respektieren?« Das schien nicht sehr wahrscheinlich.

»Nein, aber er hat ein wildes Aussehen, und alle Scharai respektieren einen Schamanen.«

Das setzte voraus, dass er die Fähigkeiten eines Schamanen vorführen konnte; einen Bart konnte sich jeder wachsen lassen. Sogar bei Marron hatte man einen zarten Flaum erkennen können, ehe er sich so überstürzt von ihnen verabschiedet hatte; sie hatte ihn deswegen aufziehen wollen, aber keine Gelegenheit mehr dazu gefunden. Julianne biss sich auf die Lippe und wartete ab.

Fünf wabernde Schatten wurden zu fünf Männern, die mit ihren Kamelen in einer Reihe nebeneinander ritten. Zuerst glaubte Julianne, dass sie nicht einmal anhalten würden, als sie auf Rudel trafen, dass einer ihn mit einem einzigen Hieb der Klinge enthaupten würde, ohne ein einziges Wort mit ihm zu wechseln. Jemel sog zischelnd die Luft ein und man merkte, dass er dasselbe dachte.

Aber sie zogen an den Zügeln und kamen einhellig zum Stillstand, als würde ein Mann, ein Gedanke sie alle beherrschen. Erstklassige Disziplin, sie dachte, dass Rudel das gefallen würde.

Sie selbst war überrascht, sie hätte die Scharai für individueller gehalten.

Vielleicht ließen sie hier, in der lebensfeindlichen Wüste, eine strengere Disziplin obwalten. Ein Mann sagte etwas und Rudel antwortete; sie waren zu weit entfernt, um hören zu können, was gesagt wurde, aber der Tonfall ihrer Stimmen war deutlich. Die Scharai hatten ihn herrisch angesprochen, Rudel hatte unerschrocken geantwortet.

Oh, dass er jetzt nur nicht die Beherrschung verliert, nur jetzt nicht ...

Er schien sie nicht zu verlieren; offenbar hatte er Zweifel, auch wenn man seiner Stimme das nicht anmerken konnte; jetzt schien er zu singen, wenn sie richtig deutete, was sie hörte, aber er hatte wieder die verräterische Hand zum Bart geführt, und das sagte ihr, dass er seine Zweifel hatte.

Nein – die andere Hand, wurde ihr plötzlich klar, die linke. Selbst aus der Entfernung und von hinten sah es nicht richtig aus; Männer haben ihre unbewussten Gewohnheiten, von denen sie nie abweichen. Sie hatte noch nie gesehen, dass er sich den Bart mit der linken Hand gekratzt hätte.

Und sie hatte auch noch nie gesehen, dass Rauch aufstieg und seinen Kopf einhüllte, dünne graue Fähnchen, die sich wie zuckende, sich windende Schlangen um seinen Kopf kräuselten und langsam, langsam in Bruchstücke zerbrachen und sich in der Brise auflösten.

Plötzliche Stille, als Rudel zu singen aufhörte; sie dauerte so lange wie die Verblüffung der Scharai, die mit einem Schlag der Angst wich. Ein Mann schrie auf, einer zischte ein Gebet, möglicherweise ein Schutzgebet. Alle zerrten an den Zügeln ihrer Kamele und schienen unentschlossen, ob sie zurückweichen oder kehrtmachen, davonschleichen oder davonstürmen sollten. An etwas anderes dachten sie offenbar gar nicht im Angesicht eines Mannes, dessen Kopf rauchte.

»Ein Gauklertrick«, murmelte Jemel.

»Ja – aber denk nach, Jemel. Wenn dieses Volk so isoliert lebt, wie du sagst, wenn sie nicht einmal mit anderen Angehörigen ihrer Art Umgang pflegen, wenn sie keine Fremden auf ihrem Land dulden – werden sie dann jemals einen Gaukler gesehen haben?«

Rudel schlug die Hände mit lautem Klatschen hoch über dem Kopf zusammen. Julianne sah es, hörte es aber nicht; das Geräusch ging in einem lauten Prasseln unter, als würde trockenes Feuerholz brennen, während Rauch zwischen seinen Fingern hervorquoll. Sie bildete sich ein, dass sie ganz kurz helle Funken zwischen seinen Handflächen sah, eingefangene Blitze.

Zwei Kamele der Stammesmänner scheuten und rasten bergab; ein Reiter stürzte ab, der andere klammerte sich am Hals seines Reittiers fest und konnte sich gerade noch im Sattel halten. Die drei anderen, dachte sie, waren nur deshalb noch Herren der Lage, weil ihre Instinkte sich mit denen ihrer Reittiere deckten; alle hatten kehrtgemacht und verschwanden auf dem Dünenkamm, auf dem sie gekommen waren, in die Gegenrichtung, aber jetzt sehr viel schneller, und dabei riefen sie einander mit schrillen Stimmen etwas zu, Männer und Kamele gleichermaßen.

Julianne wollte lachen, wagte es aber nicht. Eigentlich war es nicht komisch, dass sie Gefahr und dem möglichen Tod nur durch einen einfachen Trick entkommen waren. Rudel kam zu ihnen zurückgerannt; er roch seltsam beißend, aber weder Bart noch Hände waren verbrannt – und seine finstere Miene warnte sie, *keine Reaktion, keinen Laut;* Kamele konnten oder wollten auf nachgiebigem Sand nicht schnell bergab laufen.

Diejenigen, die hierher geflohen waren, befanden sich noch in Hörweite. Der Abgeworfene war ihnen sogar gefährlich nahe. Seine Spuren zeigten, dass er ein Stück gerannt war oder es wenigstens versucht hatte; sie wusste selbst nur zu gut, wie unmöglich das war. Jetzt versuchte er es nicht mehr. Er stand reglos da, beobachtete sie und wartete offenbar ab.

Er wartete natürlich auf seine Brüder. Sie gehörten einem Stamm an und würden ihn jetzt nicht im Stich lassen. Einer – der wieder Herr über sein Reittier und sich selbst war; sie war beeindruckt – verfolgte das durchgegangene Kamel, das nicht weit gekommen war; die anderen kamen die Dünenkuppe herab und gesellten sich in einer Reihe zu dem gefallenen Mann.

Was bedeutete, sie ritten zu Julianne und ihren Gefährten zurück, zumindest in ihre Nähe. Sie waren *wirklich* eindrucksvoll, dachte sie bei sich. Ein Augenblick abergläubischer Panik, das konnte man jedem zugestehen; aber sie hatten ihn so schnell wieder überwunden. Zu schnell: Allzu bald waren sie wieder Herr ihrer Sinne und tödlich still ...

Tödlich still, genauso standen sie da, dachte sie, und so standen auch ihre Kamele unter ihnen, als sie wieder vereint waren und der Gestürzte wieder im Sattel saß. Selbst ihre Kamele waren zur Abwechslung einmal still, sie hatten die langen Hälse und Köpfe in dieselbe Richtung gedreht wie die Reiter.

Solche Reglosigkeit, solch stumme Wachsamkeit auf beiden Seiten, das war unerträglich; jemand musste dem umgehend ein Ende machen, sonst würde sie es tun. Sie würde völlig zusammenbrechen, dachte sie, und schreiend weglaufen, was das Schlimmste wäre ...

Nein, das würde sie nicht. Sie war nicht einmal in Versuchung, nicht ernsthaft. Sie wollte nur, dass etwas passierte, und am schwersten war für sie, dass sie selbst nichts tun konnte und von anderen abhängig war.

Schließlich passierte doch etwas, das war schließlich auch unvermeidlich; und natürlich war es wirklich das Schlimmste, was unter diesen Umständen geschehen konnte, da sie doch nicht schreiend davonlief.

Einer der Stammeskrieger trieb sein Kamel langsam an und kam auf sie zugeritten, und die anderen folgten seiner Spur.

»Nun denn«, sagte Rudel, »es war sowieso unwahrscheinlich,

dass die kleinen Zaubertricks funktionieren würden, wenn sie erst ihren Mut wiedergefunden haben. Aber vielleicht haben wir uns etwas Zeit für ein Gespräch damit erkauft. Jemel, du bleibst ganz still, was immer sie sagen; sie werden von ihrem Stolz angetrieben, also solltest du deinen vergessen. Julianne, sei bereit. Was immer ich von dir verlange, sei bereit ...«

Einer nach dem anderen kamen die Scharai in einem Winkel den Hügel herunter, der sie ein wenig außerhalb der Kampfdistanz auf den Dünenkamm führte. Das musste Absicht sein; Julianne versuchte, dankbar zu sein.

Derjenige, der sie zurückgeführt hatte, war ein älterer Mann mit mehr Weiß im Bart als Rudel. Er hatte aber auch Narben, die sie daran gemahnten, sich keine allzu großen Hoffnungen zu machen. Sein Körper unter dem Gewand sah schlank wie eine Gerte und ebenso zäh aus.

Rudel trat allein vor, wie zuvor auch; als er die Hände hob, zuckten alle Scharai zusammen. Diesmal jedoch breitete er sie lediglich zu einer Geste aus, die man nur als friedlich ansehen konnte. Doch ein derart kriegerisches Volk deutete sie vielleicht als Schwäche, überlegte Julianne, jedenfalls beim ersten Mal; aber nun, nach Rudels Darbietung scheinbar übersinnlicher Fähigkeiten ...

Nun redete der ältere Scharai ihn beinahe unterwürfig an, wenn auch nicht ohne einen Unterton von Zorn in der Stimme. Seine Worte stellten eindeutig eine Herausforderung dar.

»Wir von der Tel Eferi schätzen keine Fremden auf unserem Land; wir schließen unsere Grenzen selbst für diejenigen unseres eigenen Glaubens. So einen scheint Ihr bei Euch zu haben, auch wenn seine Kleidung ihn als Stammeslosen ausweist. Wohlan; er ist unwichtig. Genau wie das Patric-Mädchen. Ihr indessen – Ihr seid ein Schamane und ein Patric. Das ist uns fremd. Es bedeutet den Tod, in unser Land einzudringen, und wir fürchten Eure Magie nicht; aber wir wüssten gern, warum Ihr gekommen seid und was das Ziel Eurer Reise ist.«

»Ich fürchte mich nicht vor Eurem Tod, Tel Eferi«, entgegnete Rudel – *und das sollte er interpretieren, wie er mochte*, dachte Julianne und applaudierte innerlich. »Ich verfolge meine eigenen Ziele, ob ich nun ein Eindringling bin oder nicht. Ich will Euch jedoch eines sagen: Wir sind nach Rhabat unterwegs, zum Konzil der Stammesführer, das dort einberufen wurde. Eure eigenen Scheichs sind diesem Ruf vielleicht gefolgt oder haben ihn missachtet; ich weiß es nicht und es ist mir gleich. Solltet Ihr aber versuchen, uns aufzuhalten, werdet Ihr dafür leiden. Lasst uns ungehindert passieren, und Euer Lohn könnte enorm sein.«

»Ich habe von diesem Rat reden gehört – aber nicht, dass welche deiner Art eingeladen wurden. Wer seid Ihr, Patric?«

»Mein Name ist Rudel und ich bin ein Fürst aus Surayon; doch das ist unwichtig«, hatte aber ein gewisses Gewicht, wie das Murmeln der Scharai zeigte. »Wichtiger ist, meine Gefährten und ich führen einen anderen dorthin, dessen Bedeutung groß ist. Wir wurden getrennt, aber ich hege dennoch die Hoffnung, dass ich ihn vor unserer Ankunft wiederfinden werde.«

»Dieser Andere, wer ist er? Und warum sollte er Eurer Führung bedürfen?«

»Er ist ein Junge, ein Patric wie ich, der den Weg ohne Hilfe nicht finden würde; aber er hat den Weg in ein gänzlich anderes Land gefunden und beschlossen, eine Weile dort zu bleiben. Haltet uns nicht auf, Tel Eferi. Wir sind die auserwählten Gefährten des wandelnden Geistes und er ist einer von uns.«

Wieder tuschelten die Stammeskrieger zischelnd miteinander, diesmal von schnaubendem, höhnischem Gelächter begleitet; ihr Anführer sagte: »Ich glaube Euch nicht«, und griff mit der Hand nach dem Säbel an seinem Gürtel.

»Ich kann ihn Euch zeigen«, sagte Rudel. »Werdet Ihr Euren Augen glauben?«

»Vielleicht nicht, wenn sie mir etwas sagen, das nicht wahr sein kann. Wer weiß, welche Lügen ein Zauberer nicht erzählen würde? Eure Künste sind Dämonenwerk und haben keine Wahrheit in sich.«

»Was weiß ein Tel Eferi schon von der Wahrheit?« Eine andere Stimme, unvermittelt und schroff; das war Jemel, der wütend nach vorne trat. »Nicht mehr als ein Skorpion, der unter seinem Stein lauert und jede Hand sticht, die nach ihm ausgestreckt wird! Der wandelnde Geist ist unter uns, dieser Mann hat ihn gesehen und kennt ihn; wie dieses Mädchen, die eine Prinzessin ihres Volkes ist; und wie ich selbst.«

»Schau an. Wenigstens hat er eine Zunge, wenn schon keinen Stamm. Jedenfalls keinen, zu dem er sich bekennen mag, was vielleicht eine weise Entscheidung ist …?«

Julianne dachte, fürchtete sogar, dass Jemel als Antwort auf diese Beleidigung seinen Krummsäbel ziehen und sie damit alle dem Tode weihen würde; stattdessen lachte er zu ihrem Erstaunen.

»Tel Eferi, ich habe einen Namen und scheue mich nicht, ihn außerhalb des engen Kreises meiner Freunde zu nennen. Man nennt mich Jemel und ich gehörte zu den Saren, aber seither stehe ich in höheren Diensten. Selbst Ihr mögt vielleicht von der Brüderschaft der Sandtänzer gehört haben; selbst Ihr dürftet wissen, dass sie jeder Stammeszugehörigkeit abgeschworen haben und nur dem wandelnden Geist folgen, wohin immer er sie führen mag. Ich hatte noch nicht die Zeit, mein Gewand gegen das ihre einzutauschen; aber ich habe einen Stein auf der Säule der Leben abgelegt, ich habe auf ihrer Spitze meinen Eid geschworen und –«

Und damit hob er die Hand, die linke Hand; sein Ärmel fiel zurück und entblößte den verkrusteten Stumpf, wo sein Finger abgeschnitten worden war. Erst heute Morgen hatte Julianne den Verband abgenommen, damit die Wunde in der trockenen Luft heilen konnte.

Es herrschte einen Moment Stille, dann sagte der Tel Eferi: »Mein Name ist Wali Ras und die Sandtänzer sind mir nicht unbekannt.«

»Dann wisst Ihr, dass ich Euch in dieser Angelegenheit niemals belügen würde. Was dieser Mann Euch gesagt hat, entspricht der Wahrheit.«

»Er sagte, er könne mir beweisen, dass es die Wahrheit ist; aber er sagte auch, dass sich der wandelnde Geist in einer anderen Welt befindet ...«

»Das stimmt. Er hat beschlossen, vorerst bei den Dschinni zu verweilen. Ich weiß nicht, was dieser Mann mit seinen Fähigkeiten zeigen kann; aber ich schwöre, es wird kein Dämonenbild sein. Sollte es den wandelnden Geist zeigen, so habt Ihr mein Wort darauf, dass es die reine Wahrheit ist.«

»So sei es, Tänzer.« Der alte Mann ließ sein Kamel niederknien und stieg ab; die anderen Stammeskrieger hinter ihm blieben stumm auf ihren Reittieren sitzen und waren auch jetzt wachsam vor Verrat und einer unausgesprochenen Drohung.

»Jemel, das hast du gut gemacht, aber einen Moment hatte ich Todesangst. Julianne«, Rudel sprach schnell in ihrer Sprache, »ich bedaure es, aber du musst als meine Dienerin fungieren, und es wird keine schöne Arbeit sein. Hol mir den Messingtopf aus dem Gepäck, aber schnell.«

Es war mehr eine Schale als ein Topf, eine verzierte Reisschüssel, aber sie hatten keinen Reis; Rudel hatte sie als Geschenk für jeden Scheich mitgenommen, der ihnen seine Gastfreundschaft anbot. Nun hatte er einen anderen und wie sie vermutete dunkleren Verwendungszweck dafür, da diese Männer keinerlei Höflichkeit obwalten ließen.

Und so holte sie die Schale, wie sie gebeten worden war, schnell und schweigend und so unterwürfig, wie sie es fertigbrachte.

»Gut. Nun müssen wir eines der Kamele opfern; wir wären

gut beraten, das Schwächste zu nehmen. Jemel wird seinen Kopf für dich halten, ich nehme die Schale.«

Wir wären gut beraten, das Schwächste zu nehmen, aber er überließ ihr die Entscheidung. Ihr Blick fiel auf Sildana und sie wurde ernsthaft in Versuchung geführt; die Opferung eines weißeren Tieres, und eines so edlen obendrein, würde sie doch ganz bestimmt mehr beeindrucken …?

Aber ihre Vernunft obsiegte über Rachegelüste. Sie zögerte nur einen Augenblick, dann ging sie zu Elisandes Reittier und löste mit raschen Griffen die Sattelgurte. Das Tier hatte eine eiternde Wunde an einem Bein und litt unter diesem anstrengenden Zug über die Dünen. Jemel folgte ihr und grunzte anerkennend; sie flüsterte ihm hastig zu: »Ist das weise?«

»Nein«, murmelte er, stieg über den Hals des Tiers, packte es am Kinn und drückte ihm trotz Gegenwehr den Kopf weit zurück, »es ist die Tat eines Wahnsinnigen und könnte uns somit alle retten. Alle Schamanen sind verrückt, das wissen sie …«

Rudel nahm ihr die Schale ab und hielt sie unter den Hals des Kamels; Julianne zog eines ihrer Messer heraus, war froh über die scharfe Schneide und wünschte sich, dass es heute sein einziger Einsatz bleiben würde.

Sie hielt die Klinge an die straff gespannte Haut, umfing das Handgelenk stützend mit der anderen Hand und führte das Messer mit einer geschmeidigen Bewegung, wie sie es bei den Metzgern auf dem Markt von Marasson gesehen hatte, wobei sie alle Kraft aufbot, um so tief wie möglich zu schneiden.

Heißes Blut spritzte heraus und Rudel fing es – jedenfalls den größten Teil – mit der Schale auf, obwohl sie alle bespritzt wurden, während Jemel den zuckenden Leib des Tiers hielt.

Schließlich sank es in sich zusammen und blieb reglos liegen. Sie wichen zurück; Rudel trug die randvolle Schale zu dem alten Mann, der alles gleichmütig beobachtete, und stellte sie behutsam in den Sand.

»Wartet, bis die Oberfläche still ist«, sagte er mit leiser und herrischer Stimme, »und dann seht hinein. Seht gründlich und ehrlich hinein.« Dann fuhr er wieder in der anderen Sprache fort: »Jemel, du musst ebenfalls hineinsehen und bestätigen, was er sagt; aber wende den Kopf ab, wenn er fertig ist. Julianne, es wäre am besten, wenn du gar nicht hineinsehen würdest.«

Vielleicht, aber sie verstand nicht, warum; sie versprach jedoch nichts. Sie hatte sich selbst dem jungen Baron Imber versprochen und war schon am nächsten Tag vor ihm geflohen; sie wollte keine Versprechungen mehr abgeben, die sie vielleicht doch nicht halten konnte.

Rudel kniete vor der Schale und murmelte leise in einer neuen Sprache, einer dritten Sprache, der sie nicht folgen konnte, deren Klang aber in ihrem Herzen und ihrem Verstand die Saite der Erinnerung zum Klingen brachte. Er breitete beide Hände über der dunklen, spiegelnden Oberfläche des Blutes aus, dann ließ er sie sinken, bis seine Finger die Oberfläche berührten.

Als er sie wieder wegnahm, bildeten sich keine Wellen; die Flüssigkeit schien mit einem Mal so fest wie Glas zu sein. Blutrotes Glas, rubinrotes Glas, aber mit einem goldenen Schimmer in der Mitte, sah sie, als Rudel darauf hauchte. Ein Schimmer, der sich ausbreitete, der vom Boden der Schale emporzuquellen schien, bis das Rot von leuchtendem Gold fortgeschwemmt wurde.

Es war, als würde man in die Sonne schauen, dachte sie, blinzelte und wandte den Kopf ab. Als sie den alten Mann keuchen hörte, sah sie aber wieder hin und war plötzlich froh, dass sie kein Versprechen abgegeben hatte.

Das grelle Leuchten in der Schale war erloschen, doch das Bild dort war immer noch golden. Sie keuchte selbst, als sie sah, wie das Bild sich bewegte: besser gesagt, wie sich die Menschen in dem Bild bewegten. Zwei Menschen, die sie beide kannte ...

Marron und Elisande sah sie, die gemeinsam durch eine goldene Landschaft gingen: einen Augenblick dachte sie fast, sie würden Hand in Hand gehen und ihr wurde für ihre Freundin ganz warm ums Herz. Aber nein, sie gingen nur nebeneinander; doch es war erstaunlich genug, sie so zu sehen. Sie wollte sich bei Rudel entschuldigen, weil sie jemals an seinen Fähigkeiten gezweifelt hatte, aber natürlich konnte sie es nicht, es stand einer Dienerin nicht zu, ihren Herrn ungefragt anzusprechen. Außerdem wüsste er ja gar nichts von ihren Zweifeln, wenn sie sie ihm nicht vorher gestand.

Vielleicht vermutete er es, dachte sie, als sie sah, wie er kurz von der Schale aufschaute und sie stirnrunzelnd betrachtete –, aber nein, er hatte ihr gesagt, dass sie nicht hinsehen sollte, und sie beim Kiebitzen erwischt, das war alles. Sie drehte den Kopf übertrieben zur Seite, sah alle Stammeskrieger staunend in die Schale starren und fühlte sich ausgeschlossen. Warum sollte allen Männern gestattet sein, diese Magie zu sehen, und ihr nicht?

»Ist er das?«, fragte der älteste Krieger und beugte sich tief über die Schale, als wollte er sich die Szene ins Gedächtnis einbrennen, und seine Stimme klang atemlos vor Staunen über das Wunder, das Rudel ihm zeigte.

»Er ist es«, bestätigte Rudel, und Jemel ebenfalls.

»Wie ist das möglich? Ein Patric-Junge ... So steht es nicht in den Prophezeiungen.«

»Nicht einmal die Propheten können die ganze Wahrheit sehen; und nicht einmal die Dschinni wissen genau, was die Zukunft bringt. Es ist uns allen ein Rätsel, warum Marron auserwählt wurde, diese Bürde zu tragen. Vielleicht war es reiner Zufall. Aber nun hat der Junge im Guten wie im Schlechten die Gabe in seinem Besitz, in seinem Blut ...«

Wenn es eine Gabe war. Julianne hielt es für ein Gift oder einen Fluch.

»Und seht«, flüsterte der Tel Eferi, »seht, wo er sich befindet ... Ihr zeigt uns Wunder, Schamane«, aber ihr kam an dieser goldenen Landschaft nichts wunderbar vor, abgesehen von der

Farbe. »Doch genug; ich werde nicht mehr hinsehen. Solch ein Anblick ist nicht für die Augen von Sterblichen bestimmt. Wer geht da an seiner Seite?«

»Sie ist meine Tochter«, antwortete Rudel tonlos.

Das Gesicht des alten Mannes drückte Bestürzung aus: War sie möglicherweise eine weitere Wunderwirkerin, eine Patric-Schamanin und somit – vielleicht – angemessene Begleitung für einen wandelnden Geist aus den Reihen der Patric? Er fragte nicht; Rudel hatte sich durch seinen Tonfall jegliche Fragen verbeten und er schien genügend Respekt zu verspüren – vielleicht war Angst auch der zutreffendere Ausdruck, dachte Julianne – nicht weiter darauf zu beharren.

Aber dies war immer noch das Land seines Stammes und seine eigenen Leute wurden Zeugen seiner Worte; sein Stolz erlaubte ihm nicht, Angst zu zeigen, nicht einmal vor einem Angst einflößenden Mann. Er richtete sich auf und sagte: »Ihr habt gesagt, Ihr hofft, dass Ihr ihn diesseits von Rhabat wiederfinden werdet. Wie wollt Ihr das bewerkstelligen, Schamane? Könnt auch Ihr einen Weg zwischen den Welten auftun?« *Sind die Gesetze und Prophezeiungen so wertlos, dass ein Patric-Magier vollbringen kann, was uns versagt bleibt, dass das, worauf wir so lange gewartet haben, nicht zu uns kommt, sondern zu einem Patric-Knaben ...?*

Rudel lachte kurz auf. »Ich nicht. Ich hätte sagen sollen, ich hoffe, dass er uns findet. Vielleicht ist die Hoffnung auch gegenseitig; mehr als eine Hoffnung ist es gewiss nicht. Wir wurden plötzlich voneinander getrennt, ohne eine Möglichkeit, Pläne zu machen. Aber er kennt unseren Weg, nach Süden zum Ufer der Toten Gewässer und dann weiter abwärts, zu den Hügeln von Rhabat. Ein Boot wäre einfacher, aber meines Wissens gibt es keine Boote ...«

»Kein Mensch segelt auf den Toten Gewässern, Schamane. Kein lebender Mensch«, und hier kicherte der Tel Eferi trocken und unangenehm. »Wohlan. Er kennt Euren Weg, sagt Ihr; kennt Ihr ihn denn?«

»Nach Süden«, wiederholte Rudel. »Ich bin noch nie durch dieses Land gereist, aber der direkte Weg nach Süden müsste uns zu den Toten Gewässern bringen.«

»Der direkte Weg nach Süden führt Euch zu einer Kluft, die Ihr nicht überwinden könnt, es sei denn, Eure Macht erlaubt Euch zu fliegen. Euch und Euren Kamelen. Kommt. Für die Neuigkeiten, die Ihr uns gebracht habt, werde ich Euch gestatten, unser Land zu durchqueren; aber ich werde Euch den kürzesten Weg zeigen, der sicher ist. Weicht nicht davon ab.«

»Wir brauchen Wasser«, sagte Rudel leise.

»Dann werdet Ihr umso schneller reisen, um es jenseits unserer Grenze zu finden. Unsere Brunnen gehören uns. Reitet Richtung Südosten. Jenseits dieser Dünen liegen Klüfte, die Ihr dort bezwingen müsst, wo es am besten geht ...«

Der alte Mann stapfte durch den Sand und zeigte mit dem Reitstock; Rudel folgte ihm, Jemel ebenfalls. Die Stammeskrieger schlossen sich mit ihren Kamelen an; Julianne wurde achtlos zurückgelassen. *Nur eine Dienerin*, rief sie sich verstimmt ins Gedächtnis zurück.

Nun, Dienerinnen mussten nicht verantwortungsbewusst sein; und es sah niemand her, daher konnte sie ...

Sie richtete den Blick wieder auf die Schale, da sie nur ihre Freunde sehen wollte, wie sie durch diese wunderbare andere Welt schritten, mehr nicht, und sie sah nicht ein, warum sie das nicht tun sollte.

Aber das Bild war fort; es war kein Gold mehr zu sehen, nur Dunkelheit. Sie beugte sich tief darüber, weil sie sehen wollte, ob das Blut wieder flüssig geworden war, nachdem Rudels Macht nicht mehr darauf einwirkte; sie sah nur ihr eigenes Spiegelbild und seufzte tief wegen des Verlustes dieser Magie.

Ihr Atem beschlug die Oberfläche, und da erschien das Leuchten wieder, es begann als Fünkchen tief unten. Sie erschrak und wich zurück, aber es war zu spät; der Funke schwoll zu einem Feuer an, das die Dunkelheit vertrieb. Diesmal war es ein weicherer Glanz, sanft und golden, ohne grelles Licht; Julianne ließ sich wie in Trance auf die Knie sinken.

Als die ganze Schüssel von dem Leuchten erfüllt war, sah sie, wie ein Bild Gestalt annahm. Drei stehende Gestalten; die in der Mitte war ein Mädchen mit langem, dunklen Haar und einem dunkelgrünen Kleid. Julianne erkannte das Kleid noch einen Moment vor dem Gesicht; sie selbt war es, und dies war das Kleid, das sie bei der Hochzeit mit Imber getragen hatte …

Auf beiden Seiten von ihr stand ein Mann und sie hielt beide an den Händen; beide hatten ihr die Rücken zugewandt, aber einen kannte sie dennoch. Die hoch gewachsene Gestalt mit dem blonden Haar, das so leuchtete, seine Jugend, die man auch von hinten sah: sie musste sich nicht an den grünen Samt erinnern, den er getragen hatte – aber sie erinnerte sich, es war ihr tief ins Gedächtnis eingebrannt, so dass sie es niemals vergessen würde –, um ihren Ehemann zu erkennen.

Der andere Mann war rätselhaft, kleiner, mit schwarzem Haar und so gekleidet wie sie jetzt, in das Mitternachtsblau der Scharai.

Plötzlich kam Bewegung in das Bild, Imbers Ebenbild drehte und verbeugte sich, und sie selbst drehte sich ebenfalls zu ihm um und streckte sich; sie konnte einen Blick auf seinen weichen, kurzen Bart werfen und sah, wie sie ihn innig küsste.

Und spürte es sogar, das Kribbeln einer Erinnerung auf den Lippen, obschon er sie nie geküsst hatte wie dieses Bild. Nur ein trockener und flüchtiger Kontakt seiner Lippen mit ihren, bei dem sämtliche Bewohner des Roq Zeuge gewesen waren; doch auch das war ein Mal, das sie trug, stets frisch und schmerzend.

Sie sah, wie er sich wieder aufrichtete und ihr den Rücken zuwandte; sah, wie sie sich selbst zu dem anderen Mann umdrehte; sah, wie auch ihre Münder sich zu einem inbrünstigen Kuss vereinten.

Dieses Mal war der Bart schwarz, aber gleichermaßen kurz geschnitten. Mehr konnte sie nicht von seinem Gesicht erkennen, so sehr sie sich auch vornüberbeugte und den Kopf drehte.

Und dann schoss unvermittelt und erschreckend eine Hand aus dem Rand ihres Gesichtsfelds herab, hob die Schale hoch und schleuderte sie weg, so dass sie weit entfernt die Düne hinabrollte. Das Blut ergoss sich als Schwall daraus – und es war nur Blut, mehr nicht, ein dunkler Fleck, der rasch im Sand versickerte.

Sie schaute zu Rudel auf, der mit verkniffenem Gesicht über ihr stand. Einen Augenblick glaubte sie, er wäre wütend und duckte sich fast im Angesicht seiner Urgewalt – aber nein, nicht Wut hielt ihn im Griff, kein Zorn hatte ihn zu dieser brutalen Tat veranlasst. Vielleicht wollte er, dass die Stammeskrieger es dachten: dass er erbost war, weil seine Dienerin sich in etwas eingemischt hatte, das sie nichts anging; in Wahrheit aber hatte er Angst. Angst um sie, Angst vor den Folgen …

Damit war er nicht der Erste, aber bisher war ihr noch nichts Grauenvolles widerfahren. Ihre Willkür hatte schon seltsame Folgen gehabt, unerwartete Folgen, diese Reise war eine und ihre überstürzte Heirat vermutlich eine andere; sie war gesund und heil geblieben – jedenfalls körperlich, im Herzen litt sie –, und es schien, als wäre sie auch willkürlich geblieben. Keines ihrer Abenteuer hatte sich als Lektion in Gehorsam entpuppt; nicht einmal das in der Kindheit, das gebrochene Knochen und gebrochenen Mut nach sich gezogen hatte, ganz zu schweigen von der schrecklichen Höhenangst …

Sie erhob sich so anmutig sie konnte. Sie hätte Rudel trotzig in die Augen gesehen, wusste aber, dass sie beobachtet wurden; daher hielt sie den Kopf unterwürfig gesenkt und murmelte leise, nur ihre Worte waren unnachgiebig.

»Ich weiß, du hast mir gesagt, dass ich nicht hinsehen soll –

aber wie konnte ich nicht? Ebenso gut könntest du mir sagen, dass ich nicht hinhören soll, wenn du brüllst, oder dass ich nicht denken soll ...«

»Was hast du gesehen, als ich fort war? Ich weiß, was vorher da gewesen ist.«

»Ich sage es dir – aber nicht jetzt. Später. Wenn wir allein sind.« Die Tel Eferi ließen nicht erkennen, dass sie ein Wort verstanden, aber es war leicht, Unwissenheit vorzutäuschen.

»Nun gut. Aber du hättest nicht hineinsehen sollen, Kind. Ich hatte meine Gründe dafür, das zu sagen.«

»Die du mir nicht erklärt hast.« Tatsächlich hatte er das immer noch nicht, doch nun konnte sie sie möglicherweise erahnen; sie dachte, dass sie sich lieber nicht so trotzig gesehen hätte. Oder so zerrissen ...?

»Dazu war keine Zeit und es ist immer noch keine. Später reden wir.« Und er zeigte ihr verächtlich die kalte Schulter, für alle Welt ein Mann, der seine Dienerin nicht so bestraft hatte, wie sie es verdiente, aber vor Fremden nicht weiter gehen wollte.

Und so blieb sie mit ihren widerstreitenden Empfindungen allein, von einer Vision fortgerissen, die sie nicht verstand. Normalerweise hätte sie das alles Elisande erzählt und sie hätten sich darüber unterhalten; nur hätte sie es Elisande im Normalfall nicht erzählen müssen, weil das verzogene Gör dabei gewesen wäre und zusammen mit Julianne hineingeschaut hätte.

Aber Elisande war in dem Bild gewesen, in einer ganz anderen Welt und in anderer Begleitung; sie stand nicht als Gesprächspartnerin zur Verfügung. Da war Jemel, aber den zog sie schon unter günstigsten Bedingungen nicht ins Vertrauen, und dies waren alles andere als günstige Bedingungen; der Anblick seines kostbaren wandelnden Geistes, der in Begleitung von jemand anderem herumgeisterte, hatte ihn mürrisch gemacht, sodass er mit keinem von ihnen ein Wort wechseln wollte.

Und dann war da Rudel. Der ihr ein Gespräch versprochen hatte, aber jetzt noch nicht; der reich an Erfahrung war und erstaunliche Fähigkeiten besaß; der Vater ihrer Freundin und zugleich der Mann, den Elisande am meisten verachtete, und zwar aus Gründen, die Julianne immer noch nicht erfahren hatte. Ihm konnte sie sich nicht anvertrauen, bevor sie nicht die Wahrheit darüber kannte, was zwischen den beiden vor sich ging. Sie wäre sich wie eine Verräterin an ihrer Freundin vorgekommen; außerdem könnte es schlicht und ergreifend unklug sein. Trotz allem Anschein mochte er kein Mann sein, dem sie sich anvertrauen konnte ...

Nicht zum ersten Mal wünschte sie sich sehnlichst die Gesellschaft ihres Vaters, fast mehr, als sie sich die von Elisande oder Imber wünschte. Und sie konnte keinen der beiden haben, noch nicht; daher konzentrierte sie sich grimmig auf die Reise, an deren Ende sie wenigstens hoffen konnte, zwei von dreien wiederzusehen.

Dann ging es die steile Düne hinab, wobei sie die ungelenke und störrische Sildana wechselweise locken und zerren musste; die nächste hinauf, nun in einem Winkel, der die Steigung leichter bezwingbar machte, aber nicht sehr. Den ganzen Weg über war ihr bewusst, dass sie einen Schatten bekommen hatten, einen schwarzen Fleck am Horizont, der ihnen in vorsichtiger Entfernung folgte – aber sehr darauf achtete, dass sie seine Anwesenheit bemerkten, dachte sie; und er war auf diesen Dünen so behände wie Jemel, was die allzu offensichtliche Allgegenwart obendrein noch zu einem Ärgernis machte.

Endlich brachen die Dünen auf, wie man es ihnen versprochen hatte, wie Wellen an einer Felsenküste. Ein mit groben Strichen an den Horizont gemalter Tintenstreifen löste sich zu hohen Basaltfelsen auf; man hatte ihnen einen Weg hindurch versprochen, den sie auch umgehend fanden. Eine Kluft zwischen den

Felsen wurde zum Weg, die erste Spur von Menschenhand, die sie seit Tagen gesehen hatten. Hier konnte sie Gott sei Dank reiten. Sildana versuchte ein- oder zweimal, sie abzuwerfen, indem sie sich plötzlich zu den Felswänden beugte, die auf beiden Seiten dicht aufragten; aber Julianne hatte ihr ganzes Leben schwierige Pferde geritten, sie war es gewöhnt, derlei Eskapaden auszutreiben und schwang ihren Stock in fröhlichem Überschwang, um das störrische Tier anzutreiben. Ihr entging nicht, dass immer wieder braune Haarbüschel an den Felsen klebten; demnach war Sildana nicht das erste Tier, das dies versuchte. In einer engen Kurve, wo der schmale Pfad eine scharfe Biegung machte und niemand einem Kamel einen Vorwurf machen konnte, wenn es am Felsen streifte, sah sie, dass der Basalt glatt gerieben war, auch wenn er unmittelbar darüber messerscharf vorstand. Wie viele Jahre, wie viele Jahrhunderte Kamelkarawanen waren erforderlich, den Fels derart abzuschmirgeln, fragte sie sich.

Der schmale und gewundene Pfad, der selbst unter der hohen Wüstensonne im Schatten lag, führte schließlich zu einem hohen Schelf, einem Plateau sandigen Felsens, der ein atemberaubendes Panorama bot. Julianne kniff die Augen zusammen und glaubte, am Horizont ein funkelndes Band zu sehen. Jemel schirmte die Augen mit der Hand ab, sah lange und genau hin und versprach ihnen schließlich zwar nicht das Ende der Reise, aber wenigstens die letzte Anstrengung vor dem Ende.

»Ich kann Wasser sehen«, sagte er, »eine Wasserfläche in der Wüste ...« Ehrfurcht schwang in seiner Stimme mit, obwohl sich ihm dieser Anblick schon geboten haben musste; es war nicht das erste Mal, dass er nach Rhabat kam. Wahrscheinlich –, nein, mit Sicherheit – war dies die größte Wasserfläche, die er in seinem Leben je gesehen hatte. Das Meer musste ein Mythos für Jemel sein, ein missverstandener Mythos, von dem er im Geiste ein falsches Bild hatte. Dieser kleine See, dieser Teich reichte bei weitem nicht aus, es mit dem Meer aufzunehmen.

Diesen kleinen See, diesen Teich nannten sie das Tote Wasser, und Julianne wünschte sich, es gäbe einen anderen Namen dafür. Der Begriff war für sie untrennbar mit der hohen Stimme des Dschinns verbunden, mit Elisandes geheimnisvoller Zukunft. Aber sie war dennoch froh, dass sie das Meer sah. Das gab ihr Hoffnung, dass Marron mit Elisande an seiner Seite zurückkehrte; und es gab ihr Hoffnung für ihren Vater. Wenigstens brachte es die Weissagung des Dschinns näher, den Zeitpunkt, da sie ihren Vater vor großer Gefahr retten konnte. Auch wenn es besser sein könnte, wenn du es nicht tun würdest – sie erinnerte sich genau an die Worte des Dschinns und tat sie mit einem Achselzucken ab. Was immer er für Absichten haben mochte, was immer für Zweifel, er hatte ihr diese Chance gegeben und sie würde sie nutzen. Wenn sie konnte ...

Sie machten eine Pause, um zu trinken, wiewohl das Wasser in ihren Schläuchen jetzt faul war, und kauten ein wenig an den Resten des Brots von heute Morgen. Das Wasser mochte faul sein, aber das Brot war fast noch schlimmer; sie wollte endlich wieder etwas Anständiges zu essen haben und sehnte sich nach dem Abend. Jemel hatte das tote Kamel geschlachtet, ehe er den Kadaver zum Verrotten in der Sonne liegen ließ; das meiste Fleisch hatte er dagelassen, damit die Tel Eferi es holen konnten, wenn sie wollten, aber er hatte genug mitgebracht, dass sie heute Abend Fleisch essen konnten, und von nun an an jedem Abend, bis sie Rhabat erreichten.

»Wir hätten Rast machen können«, sagte Rudel, »bis die Sonne tiefer steht; aber –«

Er zeigte mit einem Kopfnicken nach hinten. Als sie sich umschaute, sah Julianne einen Schatten am Eingang der Schlucht – ihr stummer Verfolger der Tel Eferi auf seinem Kamel.

»Julianne, kannst du einmal bei dieser Hitze reiten? Es wäre in jedem Fall klüger, wir sollten weiter, bis wir Wasser finden können ...«

Oh, sie konnte in der Hitze reiten, wenn sie es konnten; die Sonne war ihre geringste Sorge. Sie nickte nachdrücklich, doch dann verdarb sie den Eindruck von Entschlossenheit mit einer Frage, die den beiden alles verraten hatte, auch wenn ihre Stimme dabei nicht gebebt hätte.

»Wie kommen wir runter?«

Jemel war vorwärts geritten bis an den Rand des Schelfs; er rief ihnen zu: »Da führt ein Weg nach unten. Nicht schwierig; er führt in Serpentinen die Felswand hinunter.«

Vielleicht nicht schwierig für ihn; ihr graute bereits davor, allein von seiner Schilderung. Aber sie musste nach unten, sie musste weiter; selbst wenn es ihnen möglich gewesen wäre, hier zu rasten, wäre es nur ein Aufschub gewesen. Und wenn es schon sein musste, konnte sie es auch gleich hinter sich bringen.

»Jemel, du gehst voran«, befahl Rudel, »Julianne folgt gleich hinter dir. Ich mache den Schluss. Ich schätze, dies ist die Grenze der Tel Eferi, daher glaube ich nicht, dass wir noch weiter verfolgt werden. Aber wenn ich mich irre, wird er mir trotzdem nicht zu nahe kommen.«

Das war anständig; sie befand sich in der Position, wo sie sich am sichersten fühlen konnte. Sie sagte nichts mehr, sondern trieb Sildana an, Jemel zu folgen. Er schien mit seinem Kamel einfach über den Klippenrand zu reiten; nur sein nickender Kopf sagte ihr, dass es da unten tatsächlich einen Weg gab.

Als sie dort anlangte, schien es allerdings mehr ein Ziegenpfad zu sein, der steil bergab führte. Er war schon an der Biegung der ersten Serpentine, der ersten von vielen; sie sah den Zickzackverlauf vage und mit verschwommenem Blick, da ihr bereits schwindlig wurde von dem enormen Abgrund, der sich vor ihr auftat und Dutzende Meter in die Tiefe führen würde, ehe wieder fester Boden lockte. Sie schluckte heftig, trieb ihr Reittier an, hoffte, dass Sildana ein Gespür für Höhen haben würde und betete, dass das Tier Vernunft genug besitzen würde, nicht störrisch oder bockig zu reagieren, bis sie den Boden erreichten.

Offenbar traf das zu. Das Tier wählte seinen Weg so bedächtig wie jedes manierliche Pony und war so vorsichtig, wie es sich jedes von Todesangst gepackte Mädchen nur wünschen konnte. Auch wenn nur sie selbst die Todesangst merkte: Sie ritt mit kerzengeradem Rücken und hoch erhobenem Kopf, die Arme im klassischen Reitstil hochgehalten, Zügel in einer und Reitstock in der anderen Hand. Sie wusste, dass sie niemanden täuschen konnte – sich selbst nicht, Jemel vor ihr nicht, Rudel hinter ihr nicht, und ganz gewiss nicht Sildana. Das Tier konnte ihre Angst riechen, da war sie ganz sicher, sie konnte die breiten Nüstern witternd beben sehen; und da es die Angst roch und kannte, hatte das Tier eine Entscheidung getroffen, ging wie auf Eierschalen und machte ein enormes Aufhebens darum, wie behutsam es einen Fuß vor den anderen setzte.

In diesen endlosen Minuten verliebte sich Julianne unsterblich in Sildana.

Todesangst besitzt eine kalte Hand, die innerlich zupackt, die kalten Schweiß aus dem Knochenmark presst und ihn dann durch gefrorene Muskeln auf die zitternde Haut hinausdrückt. Das war nichts Neues für Julianne; sie bemerkte die Verschwendung von Körperflüssigkeit kaum, so vertraut war sie damit. Und es bedeutete ihr so wenig. Sie sah nicht nach unten, nicht einmal; sie überließ es Sildana, den Weg bergab zu finden oder Jemel zu folgen, aber dennoch sah sie den grauenhaften Abgrund vor ihrem geistigen Auge, wie er sie nach unten ziehen wollte. Sie konnte keinen Gedanken daran verschwenden, wie sehr sie schwitzte.

Bis sie die Talsohle erreicht hatte und Sildana stillstehen ließ, während sie selbst schlotterte, während ihre Gefährten geduldig ein Stück von ihr entfernt warteten und ihr Gelegenheit ließen, sich wieder zu erholen.

Als sie das geschafft hatte, als sie sich ihrer selbst wieder bewusst war, bemerkte sie auch, wie sie plötzlich und auf rätselhafte Weise ausgetrocknet war: trockener Mund, was nicht ungewöhnlich war, aber auch trockene Haut, wo sie vor kurzer Zeit erst, wie sie sich erinnerte, noch klamm und feucht gewesen sein musste.

Sie holte tief Luft und kostete sie ganz hinten im Rachen. Als sie aus dem Schatten des Pfads auf das freie Schelf und in die grelle Sonne geritten war, hatte sie gedacht, dass ihr heiß wäre; die Hitze war ihr unerträglich vorgekommen, bis ihr auf dem Weg nach unten kalt geworden war.

Nun aber spürte sie die Sonne im Nacken und wäre fast unter dem Gewicht zusammengebrochen. Dies war die wahre Wüste, die Jemel ihr versprochen hatte, und Elisande ebenso; die Hitze lag über dem Land wie Feuer über Kohlen, ein eigenständiges Wesen und fast greifbar.

Absurderweise erschauerte sie ein weiteres Mal, aber davor immerhin hatte sie keine Angst. Sie wusste, sie sollte Angst haben, die Wüste konnte sie so sicher töten wie ein Sturz; sie wäre gut beraten, ein wenig Angst davor in sich zu finden, aber das konnte sie nicht. Sie hätte jedem ihrer beiden Begleiter in dieser Wüste, die die Scharai als ihre Heimat beanspruchten, ihr Leben anvertraut; in Gegenwart von beiden zusammen fühlte sie sich vollkommen sicher.

Sicher und für einen kurzen Moment sogar übermütig; sie grinste Jemel breit und wortlos an, als sie zu ihm ritt.

Erwiderte er das Lächeln, verstand er sie? Sie konnte es nicht sagen; er trug die Kapuze tief und einen Schleier vor dem Gesicht.

»Hier«, sagte er mit durch den Stoff gedämpfter Stimme. »Zieh die Kapuze so auf«, und damit streckte er den Arm aus, um es für sie zu machen. »Und du musst auch deine Kleidung zurechtrücken, sonst verlierst du zu viel Wasser in die Luft. So etwa«, und er zeigte an seinem eigenen Gewand hinunter.

Sie sah hin, versuchte nachzuahmen, wie er das Gewand geschlungen hatte, und konnte es nicht; ihre Finger fühlten sich leicht und unbeholfen an, als würden sie gar nicht zu ihr gehören. Sie nestelte an den Knoten herum, zupfte an den Säumen und machte alles nur noch schlimmer. Am Ende musste er sich aus dem Sattel zu ihr beugen und es selbst machen. So bronzefarben seine Haut war und obwohl sie im Schatten lag, war Julianne sicher, dass er dabei errötete und selbst ungeschickt wurde, als er mit den Fingern ihre nackte Haut unter dem Gewand berührte.

»Du hast die hohen Dünen gesehen und sie überquert«, sagte er, als wäre es ein Ritual, was es vielleicht auch war. »Du hast die Klüfte gesehen und überwunden. Nun wirst du die Ebene kennen lernen, und die Hitze der Ebene. Jetzt reiten wir.«

»Was ist mit Wasser?«

»Du reitest, Julianne. Überlass es uns, uns um Wasser zu kümmern.«

Und so ritt sie. Sie spürte ihre Sorgen – die Hitze schlich sich an wie ein Dieb und schmiegte sich an sie wie ein Liebhaber, ein Liebesdieb; und wie ein Dieb stahl sie alle Feuchtigkeit, die Julianne in sich hatte, und trocknete sie aus wie eine Hülle, so dass sie immer wieder aus dem Schlauch trinken musste, den sie bei sich trug, wiewohl sie die übel riechende Brühe kaum schlucken konnte – aber sie konnte sie nicht teilen. Tatsächlich hatte man ihr gesagt, dass sie das nicht konnte, und diesbezüglich legte sie zur Abwechslung einmal Gehorsam an den Tag, wenn auch nur, weil sie keine andere Wahl hatte. Es genügte, einfach nur zu reiten und zu atmen; zu denken, das wäre in dieser drückenden, auslaugenden Hitze zu viel verlangt gewesen. Sich Sorgen zu machen war so gut wie unmöglich. Nicht einmal um Marron und Elisande konnte sie sich Sorgen machen. Die beiden waren Überlebenstypen, genau wie ihre Begleiter hier; sie würden sich alle wiedersehen. Bei den Toten Gewässern oder aber in Rhabat ...

Aber die Toten Gewässer waren weit entfernt und Rhabat noch weiter. Dazwischen erstreckte sich diese endlose Ebene, diese erstickende Luft, die fast zu heiß und trocken zum Atmen war. Feiner Sand drang durch den Schleier, verklebte ihr die Augen und raute ihr die Kehle auf; wieder konnte sie nicht anders, als zum Wasserschlauch zu greifen und musste sich zwingen, den Mund um die Öffnung zu schließen, bevor sie schluckte, wodurch sie auch noch die letzte Nuance dieses brackigen Wassers kostete. Sie wollte ausspucken, besaß aber – gerade so – hinreichend Kenntnis über die Wüste, um es zu unterlassen, obschon sie das Gesicht wegen dieser Anstrengung verzog und so die Maske aus Sand rissig werden ließ, die sich wie eine zweite Haut über ihr Gesicht gelegt hatte. Sie hätte es vorgezogen, lieber nicht zu trinken und den trockenen Durst zu ertragen, der ihre Lippen spröde machte und ihr Zunge und Gaumen versengte; aber sie musste atmen, und darum musste sie auch spülen und schlucken und so den Sand, der ihr die Atemwege zu verstopfen drohte, zur Mahlzeit machen.

Die Sonne brannte in ihren Augen, wann immer sie sie unter dem Siegel des Sands aufschlug, aber sie waren zu trocken, um zu tränen. Sie sehnte sich danach, sich das Gesicht zu waschen; verstohlen benetzte sie eine Ecke ihres Schleiers und wischte den gröbsten Teil der Sandkruste weg, aber eine trockene Minute später griff sie schon wieder danach und wiederholte den Vorgang.

Und so ritt sie blind und meist mit geschlossenen Augen weiter und lernte abermals dankbar, Sildana zu vertrauen. Hier, im offenen Gelände, war das Verhalten des Kamels makellos, als wäre seine frühere Sturheit und Aggression lediglich ein Protest gewesen, weil man es gezwungen hatte, so einfaches, anspruchsloses Gelände zu durchqueren. Hier trug es den Kopf hoch und reagierte wachsam auf jede Brise und jedes Flüstern, jede Veränderung des Lichts; seine langen, langen Wimpern schirmten die Augen vor Sonne und Sand ab, sein Körper wiegte sich in einer sanften, einlullenden Bewegung von einer Seite auf die andere, während es im Lauf der Stunden konstant Rudels Reittier folgte, ohne jemals aus dem Tritt zu kommen, ohne seine nickende, dösende Reiterin zu stören ...

Jemels Stock klatschte plötzlich auf Juliannes Schultern, nicht fest, aber spürbar, und riss sie aus ihren Träumen. Sie sah ihn finster an, eine dunkle Silhouette, die neben ihr aufragte und die Sonne verdunkelte; er sagte: »*Nicht* im Sattel schlafen. Sieh dich um.«

Sie sah sich um, schrie erbost auf und wäre fast zusammengeklappt unter der Wucht des Lichts, das grellweiß von allen Seiten reflektiert wurde.

»Salzkrusten«, sagte er knapp. »Wenn du schläfst, fällst du vielleicht; ich könnte es nicht sehen. Bis du wieder genug bei Verstand wärst, um aufzustehen und nach uns zu sehen, würdest du uns nicht finden. Es ist besser, wach und am Leben zu bleiben.«

Sie nickte; sprechen konnte sie nicht und wunderte sich, dass er es konnte. Eine Kehle aus Leder oder ein Scharaitrick, den Schleier zu falten, etwas, das er ihr nicht gezeigt hatte, das diesen heimtückischen Sand fernhalten könnte? Sie musste ihn fragen, wenn sie ihrer Stimme wieder mächtig war.

Aber er hatte ja Recht. Als Erinnerung daran rieb sie die wunden Schultern an dem rauen Gewand. Selbst wenn Sildana sie fallen spüren und stehen bleiben würde, um sie zu finden, und wieder aufsteigen zu lassen – das würde das Tier, davon war Julianne in ihren neuen Gefühlen von Zutrauen und Zärtlichkeit überzeugt –, hatte Jemel Recht. In diesem Gleißen würde sie vom Augenblick des Sturzes an die Orientierung verlieren; Sildana war kein Bluthund, sie brauchte den Anblick und die Geräusche ihrer Gefährten. Sie beide konnten die Männer binnen einer Minute verlieren und ihre Spur nie wiederfinden.

Und so kämpfte sie gegen die Müdigkeit, die Hitze und Tatenlosigkeit und das konstante Schwanken über die Meilen hinweg mit sich brachten; sie konnte sich nicht mit der Aussicht ablenken und war zu träge, zusammenhängend zu denken, daher ritt sie nur an Jemels Seite, brachte ein dünnes Krächzen ihrer Stimme fertig und nahm sich vor, seine Lebensgeschichte aus ihm herauszulocken. Sie fand rasch heraus, dass dies ein schrecklicher Verstoß gegen gutes Benehmen und gegen die Bräuche der Wüste war: er murmelte mürrisch, dass eine kleine Gruppe in unbekanntem und möglicherweise feindseligem Land stets in einer Reihe und etwas voneinander entfernt reiten sollte, damit sie umso wachsamer sein konnten. Aber sie blieb hartnäckig; für sie diente es mehreren Zielen, sie konnte sich konzentrieren, ihre Kenntnisse in Catari verbessern und ihre unstillbare Neugier befriedigen. Für ihn schienen ihre bohrenden Fragen ebenso unangenehm zu sein wie ihr Abweichen von althergebrachten Bräuchen, vielleicht noch unangenehmer. Er wand sich sichtlich unter ihren Fragen und antwortete so ausweichend, wie es ging. Sie dachte, dass er vielleicht nicht daran gewöhnt war, von einer Frau verhört zu werden, so wenig er offenbar daran gewöhnt war, eine zu berühren.

Aber sie erfuhr mehr, als sie vorher gewusst hatte, und ganz bestimmt mehr, als er sie wissen lassen wollte. Und sie überstand die Salzfläche und die grausame Hitze des Tages, wenn auch mit gebackenem Hirn und einem Wasserschlauch, der schlaff und so gut wie leer war. Als Jemel unvermittelt die Zügel seines Kamels zog, Rudel etwas zurief und mit dem Reitstock zu dem langen

Geflecht von Schatten zeigte, das über einer flachen Düne lag, brachte sie sogar ein Lächeln über die enorme Erleichterung in seiner Stimme und seiner ganzen Körperhaltung zustande.

Alle drei wichen von dem Weg nach Süden ab, um nach der Ursache dieses Schattens zu sehen. Er entpuppte sich als das, was Jemel eindeutig vermutet hatte, ein kleines Dickicht Dornengestrüpp, blass und trocken, aber dennoch Futter für die Kamele. Und mehr: Jemel kniete nieder und grub unter den Wurzeln der kargen Pflanzen, grub wie ein Hund und schleuderte Sand händeweise hinter sich.

Als er bis auf Armeslänge gegraben hatte, lehnte er sich mit einem zufriedenen Grunzen zurück; Julianne sah feuchten Sand an seinen Fingern kleben. Fassungslos schaute sie in das Loch. Langsam und träge quoll dunkles und schmutziges Wasser um die freigelegten Wurzeln herum hoch.

Sie legten sich nacheinander auf den Bauch, schöpften das wenige kostbare Nass mit hohlen Händen und leckten die warme und schmutzige Brühe von den Fingern, als wäre sie der köstlichste Nektar. Mit noch feuchten Händen rieb Julianne sich das Gesicht, aber es brachte der unter der Sandkruste wunden und aufgeplatzten Haut kaum Erleichterung.

»Heute reisen wir nicht weiter«, verkündete Rudel. »Dem Stand der Sonne nach könnten wir noch eine Stunde reiten, aber wir könnten die halbe Nacht suchen und keinen besseren Lagerplatz finden. Bis morgen früh wird dieses Loch halb voll mit Wasser sein, und das reicht aus, um uns über den morgigen Tag zu bringen.«

»Und die Kamele?«, fragte sie, da ihr die neue Freundschaft am Herzen lag.

»Werden die Pflanzen hier bis zu den Wurzeln abgenagt haben und damit zufrieden sein. Sie brauchen noch einen oder zwei Tage kein Wasser. Aber wir wären gut beraten, das Loch abzudecken, sonst könnten sie es dennoch trinken.«

Tatsächlich schauten sie bereits zu dem Loch und witterten die Feuchtigkeit; Jemel trieb seines mit einem festen Schlag der Handfläche auf die Nase zurück; Julianne versuchte, sanfter zu Sildana zu sein, sie mit Überredungskunst und Berührungen zurückzuführen; Sildanas Reaktion hätte aus Juliannes Gesicht eine narbige Fratze gemacht, wäre der Biss nur ein klein wenig schneller gekommen.

Zwei waren erforderlich, fanden sie heraus, das Wasser zu bewachen. Die Kamele konnten erst in sicherer Entfernung angebunden werden, wenn sie gegrast hatten; sie waren schon unter günstigsten Umständen langsame Esser, und heute war es noch schlimmer, sie rissen einen trockenen und dornigen Mundvoll ab, kauten träge, drehten sich beim Kauen zum Geruch des Wassers um und mussten mit Schlägen zu ihrem Futter zurückgetrieben werden.

»Woher kommt das Wasser?«, fragte Julianne, als sie sich diese Pflicht mit Rudel teilte. »Anderswo im Sand könnte man nicht einfach so ein Loch graben und hoffen, auf Wasser zu stoßen ...«

»Nein – aber es gibt häufig Wasser an Stellen, wo man nie danach suchen würde. Diese Pflanzen sehen wie flachwurzelndes Gestrüpp aus, aber das sind sie nicht. Sie bohren die Wurzeln bis tief unter die Oberfläche, und wenn sie Wasser finden – sagen wir nach einem Regenfall oder wenn sie auf ein Vorkommen im Urgestein stoßen –, saugen sie es nach oben, so lange sie können. Sie brauchen aber wenig von Tag zu Tag, und wenn sie etwas finden, dann finden sie reichlich; so haben sie gelernt, es zu speichern. Sie breiten es im Sand um ihre Wurzeln herum aus, tief genug, dass die Sonne es nicht verdunstet; und dann nippen sie daran, wie sie es brauchen, und müssen niemals Durst leiden.«

»Bis wir kommen und es ihnen stehlen.«

»Ah, aber die Kamele fressen sie bis auf die Wurzelstrünke ab, daher brauchen sie das Wasser nicht mehr. Sie werden aber überleben und wieder wachsen. Wir haben die Wurzeln nicht beschädigt ...«

»Rudel?«

»Ja?«

»Was ist zwischen euch gekommen?« Was immer es war, es musste tief sitzen, und sie hatte nie eine bessere Chance gehabt, ihn zu fragen. »Ich meine zwischen dich und Elisande. Du bist ihr Vater, aber du bist so abweisend zu ihr; und sie scheint dich zu hassen ...«

»Mich zu hassen? Nein. Sie glaubt vielleicht, dass es Hass ist, sie nennt es so, aber sie irrt sich. Es ist kein Hass, es ist Schuld. Aber so, wie Elisande damit umgeht, will ich gern zugeben, dass man beide leicht verwechseln kann.«

Eine halbe Antwort war mehr, als sie je von ihrer Freundin bekommen hatte; Rudel hatte ihr den Rücken zugedreht, was vielleicht bedeuten sollte, dass das Gespräch vorbei war, aber Julianne beschloss dennoch, ihr Glück auf die Probe zu stellen. »Und wofür gibt sie dir die Schuld?«

»Für den Tod ihrer Mutter. Du weißt, wie schwer das für ein Mädchen ist, Julianne, was für eine tiefe Wunde es hinterlässt. Ich glaube, Elisande findet es nützlich, dass sie jemanden hat, dem sie Vorwürfe machen kann.«

»Ich habe meine Mutter nie gekannt. Sie starb bei meiner Geburt.«

»Ah, das stimmt natürlich. Ich hatte es vergessen. Vielleicht hast du in diesem Fall nie einen Verlust gespürt? Das Glück hatte Elisande nicht.«

Julianne hatte sich nie als glücklich betrachtet, weil sie mit einer endlosen Folge von Ammen und Anstandsdamen groß geworden war; aber jetzt war nicht der Zeitpunkt, zu widersprechen. Sie verkniff sich eine gallige Antwort und sagte nur: »Erzähl es mir.«

Er seufzte leise und sie dachte eine Zeit lang, eine andere Antwort würde sie nicht bekommen. Dann begann er mit bedächtiger Stimme: »Cireille war jung und klug und natürlich wunderschön; eine von der seltenen Art, eine Frohnatur, die nichts Böses in der Welt sieht, bis sie ihm begegnet. Dann kann es sie aber vernichten ...

Cireille war hoffnungslos in mich verliebt, genau wie ich in sie. Ich wollte sie nur beschützen – sie beide beschützen, nachdem unser Kind geboren war, unsere Tochter. Ich war dankbar, dass sie in Surayon waren, so gut versteckt und sicher vor der Welt draußen.

Aber gleichzeitig graute mir vor diesem Wissen. Surayon ist jedermanns Feind. Die anderen Staaten von Outremer arbeiten unablässig gegen uns, versuchen sich an unseren Verteidigungsmaßnahmen, suchen einen Weg hinein. Sie würden uns vernichten, wenn sie könnten, ihre Anführer würden jedes Lebewesen, das sie innerhalb unserer Grenzen finden, verbrennen. Und die Scharai – wir haben Freunde unter den Scharai, aber auch dort gibt es Fanatiker. Die würden ganz Outremer niederbrennen, und uns mit allen anderen zusammen auch.

Daher trachtete ich danach, meinem Land und meiner Familie Sicherheit zu geben. Ich verbrachte immer mehr Zeit außerhalb unserer Grenzen und bereiste Outremer und die Länder der Scharai. Du hast mich als Gaukler kennen gelernt; zu anderen Zeiten hatte ich andere Verkleidungen. Aber ich war immer ein Spion. Manchmal mehr als das, ein Geheimdiplomat: Die Kirche denunziert uns, und daher müssen es die Fürsten auch, ihre Macht ist von der Kirche abhängig, aber Surayon hat noch einige Freunde, die die Vorzüge unserer Lebensweise sehen und den Heuchlern nicht glauben.«

Er verstummte kurz und Julianne fragte sich, ob an seinen Reisen noch mehr sein mochte, das er nicht erzählte: Ob er nicht falls erforderlich auch ein Meuchelmörder gewesen war, oder etwas anderes, das preiszugeben er sich schämte.

Er schüttelte aber den Kopf, als wollte er die Frage beantworten, die sie gar nicht gestellt hatte, und fuhr fort. »Cireille trauerte, wenn ich fort war. Sie machte sich unablässig Sorgen um mich, aber es war mehr als das. Sie war ein schlichtes Gemüt, ihr Leben kreiste ausschließlich um uns, um mich und Elisande; in meiner Abwesenheit fühlte sie sich unvollständig. Ich war ihr Lebensinhalt, jedenfalls die Hälfte davon. Sie liebte unsere Tochter auch, aber nicht genug; sie brauchte uns beide, um existieren zu können. Und ich wusste das, auch wenn ich mir größte Mühe gab, es zu leugnen. Ich versuchte es zu sehr und zu erfolgreich. Wir waren beide auf unsere Weise besessen: sie von mir und ich davon, sie zu beschützen.

Und so ging ich immer und immer wieder fort und schaffte es irgendwie, den Schaden nicht zu sehen, den meine Abwesenheit anrichtete. Jedes Mal, wenn ich zurückkehrte, war sie magerer und blasser und umso erfreuter, dass sie mich wiederhatte. Ich konzentrierte mich ganz auf die Freude und beachtete einfach nicht, was so deutlich zu sehen war.

Jedes Mal vor meinem Aufbruch bestürmte sie mich mit Fragen, wie lange ich fort sein würde, wann sie Ausschau nach mir halten sollte, weil ich nach Hause käme. Sie verlangte Versprechungen; ich machte sie leichthin, wie jeder Liebende.

Aber natürlich kam die Zeit, da ich meine Schwüre an sie brach, da es mir wichtiger schien, in der Fremde zu bleiben. Ich war ein Jahr oder länger fort, diente dem Herzog von Klein Arvon an seinem Hof und half ihm beim Aufbau seiner Armee. Er wollte Surayon; nicht uns, sondern das Land. Er lag im Streit mit dem Sohn des Königs, der Herzog in Ascariel war und dem die Schwachstelle an seiner Grenze nicht gefiel, wo wir waren. Der Schatten, den man nicht sieht, ist stets Furcht einflößender als der, den man sehen kann. Es ließ ihm keine Ruhe, dass wir da waren, aber unsichtbar; er fürchtete, wir könnten ein Bündnis mit dem Herzog von Ascari schmieden und seinen Armeen Durchgang gewähren, damit er ungesehen und unerwartet über Arvon herfallen konnte.

Aus diesem Grund spielte ich den Höfling länger, als ich sollte, länger als ich versprochen hatte. Ich schloss einen leisen Frieden zwischen den beiden Staaten, ohne dass einer der Herzöge merkte, worauf ich aus war, bis sie wieder Freunde waren; und ich muss gestehen, es hat mir Spaß gemacht. Natürlich fehlten mir meine Frau und meine Tochter; ich erhielt keine Nachrichten und wagte auch nicht, mir die Zeit zu nehmen und das Risiko eines Besuchs zu Hause einzugehen. Nein – ich nahm mir die Zeit einfach nicht. Ich will wenigstens heute ehrlich sein, was ich damals nicht war. Es war kein großes Risiko und auch keine große Entfernung; ich hätte mir beides leisten können. Aber ich blieb, bis meine Aufgabe beendet war.

Meine Aufgabe, wie ich sie damals sah. Ich handelte eigenmächtig; ich war mit dem Segen meines Vaters kundschaften gegangen, aber ohne seine Anweisungen. Ich blieb aus freien Stücken, weil es mir wichtiger schien, als eine glückliche und müßige Zeit mit meiner Familie zu verbringen.

Als ich endlich doch nach Hause zurückkehrte, rechnete ich mit einem weiteren fröhlichen Wiedersehen, mehr nicht. Oh, vielleicht etwas Schelte, weil ich so lange geblieben war; aber ich war ganz sicher, dass Cireille es verstehen würde, wenn ich ihr erklärte, wie wichtig es war, was ich erreicht hatte.

Aber ich kehrte zurück und fand mein Haus in Trauer. Cireille hatte sich in meiner Abwesenheit nach mir verzehrt und war an der Vernachlässigung zugrunde gegangen. Sie versuchten mir zu sagen, sie sei an einer Krankheit gestorben, einer Art Schwindsucht, die niemand heilen konnte; aber ich ließ die Ärzte und Diener nicht in Ruhe und erfuhr schließlich die Wahrheit. Je länger ich fortblieb, desto schwerer wurde ihr das Herz; sie glaubte abwechselnd, dass ich gestorben sei oder sie betrogen hätte, als sie von anderen erfuhr, dass ich mich immer noch am

Hof von Arvon aufhielt und für den Herzog den Narren spielte. Sie glaubte, ich hätte einen Grund, zu bleiben, eine hübsche Dame, die meine Gunst errungen hatte. Und so siechte sie dahin und starb einen Monat vor meiner Rückkehr.

Elisande war acht Jahre alt und hatte jeden Augenblick des Leidenswegs ihrer Mutter miterlebt. Sie hatte auch an den Hirngespinsten ihrer Mutter teilgehabt und glaubte sie, wie ihre Mutter sie geglaubt hatte. Kein Kind in diesem Alter kann die Wahrheit begreifen. Außerdem stimmten ihre Vermutungen mit einer Ausnahme; die Intrigen bei Hofe waren meine Geliebte und hatten größeren Einfluss auf mich als meine Frau.

Seit jenem Tag gibt sie mir die Schuld an diesem Verlust; und sie hat Recht. Sie nimmt es als Entschuldigung, sich töricht zu verhalten. Hier ist mehr Gefahr, als ein unerfahrenes Mädchen ertragen kann; sie benimmt sich immer wie ein Kind und aus diesem Grund behandle ich sie auch noch wie ein Kind. Abermals: Zweifellos trage ich die Schuld daran. Ich weiß, es verschlimmert ihren Zustand nur noch. Ich habe Frieden zwischen Nationen gestiftet; aber ich kann keinen Frieden mit meiner Tochter machen; das wirft ein schlechtes Licht auf meine Fähigkeiten und mein Urteilsvermögen. Das weiß ich alles, man muss es mir nicht sagen. Aber ich dulde nicht, dass sie sich zu meinem Gewissen und meiner unablässigen Kritikerin aufspielt und mir immer wieder meine Schuld vor Augen hält; und ich werde ganz bestimmt nicht dulden, dass sie durch ihre tollkühnen Abenteuer absichtlich die Sicherheit meines Landes gefährdet. Sie ist weder so klug noch so stark wie sie selbst glaubt. Aber genug davon, Julianne. Sie ist deine Freundin, ich weiß, aber ich hoffe, dass ich auch dein Freund bin. Erweise mir die Barmherzigkeit einer guten Freundin und stell mir keine weiteren Fragen mehr.«

Und dennoch liebst du sie, dachte Julianne, als sie sah, wie er den neugierigen Kopf eines Kamels fester als nötig wegstieß, *und daher folgst du ihr, wenn sie ihre tollkühnen Ausflüge unter-*

nimmt; und darum hältst du sie in deiner Nähe, wenn du kannst, obwohl sie dir Schmerzen bereitet. Und darum machst du dir Sorgen um sie, wenn sie aus deiner Obhut entschwindet, so wie jetzt, da sie sich mit einem gefährlichen Begleiter in einem gefährlichen Land befindet ...

Wie viel hatte es ihn gekostet, fragte sie sich, dieses Kamel zu schlachten und ihr Bild in dessen Blut zu betrachten, wo er nicht wissen konnte, ob sie am Leben oder tot war? Manchmal musste es besser sein, so etwas nicht zu wissen, sich die Hoffnung gönnen zu können; das wusste er besser als sie, er musste die Erinnerung daran ständig mit sich herumschleppen, die Erinnerung an seine Frau, die in seiner Abwesenheit dahinwelkte, die Erinnerung an seine Unwissenheit ...

Nun verstand sie ihn besser, und ihre Freundin ebenfalls. Sie fragte sich, ob Elisande mehr als einen Grund hatte, sich das Haar kurz wie ein Knabe zu schneiden. Sicher, es war ihr bei ihren Reisen nützlich, wenn sie auf die Ferne als Junge galt; aber es stimmte auch, dass sie nicht nach ihrem Vater geraten war. Vielleicht hatte sie Ähnlichkeit mit ihrer Mutter, wenn sie das Haar lang wachsen ließ. Wenn ja, konnte das eine unerwartete Freundlichkeit ihm gegenüber sein, dass sie es so kurz trug, um ihn nicht an die verlorene Cireille zu erinnern; oder es konnte eine andere Strafe sein, subtiler und grausamer, *du hast sie getötet und mir weggenommen, daher werde ich nicht als ihr Ebenbild durch die Welt gehen, nicht einmal diese Befriedigung werde ich dir gönnen ...*

Sie seufzte, schubste Sildana von dem kostbaren Wasser weg und dachte gerade noch rechtzeitig daran, sich zu ducken, als lange, gelbe Zähne mit einer Wolke übel riechenden Atems nach ihr schnappten.

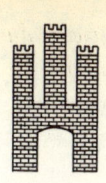

Wasser des Lebens

Albernerweise hatte Elisande doch tatsächlich geglaubt, dieses Land würde keine Überraschungen mehr bereit halten.

Sie sah kaum mehr als den goldenen, schimmernden Glanz, der über allem lag, vom Himmel über ihnen bis zum Staub unter ihren Füßen; ihre Augen hatten sich so sehr daran gewöhnt, dass er ihr inzwischen ganz normal vorkam. Dasselbe galt für die konstante Wärme von Luft, Steinen und Staub – sie bemerkte das alles gar nicht mehr, höchstens beim Brotbacken, und selbst da machte sie kein Aufhebens mehr darum.

Während sie sich zwangsläufig immer mehr der Spiegelung oder Quelle näherten, die in ihrer Welt die Toten Gewässer genannt wurde, stellte sie sich das stets in den Begriffen ihrer Welt vor, als das Gewässer nahe Rhabat, das sie kannte. Hätte man ihr die Frage gestellt, hätte sie darüber nachdenken müssen, so hätte sie vermutlich geantwortet, dass das Wasser in dieser Welt ebenfalls golden sein müsste, ja, natürlich, wie alles in dieser Welt; außerdem, dass es warm sein würde, mehr als körperwarm, angenehm zum Baden, aber gefährlich zum Trinken.

Hätte man sie weiter bedrängt, hätte sie der Liste wahrscheinlich noch »tot« hinzugefügt. Golden, warm und tot, wie es das ganze Land war. Wenn die Toten Gewässer ihren Namen zu Recht trugen – und sie trugen ihn zu Recht: Sie hatte kühn am Ufer gestanden, den Finger in die warmen Fluten gehalten und anschließend abgeleckt, und sie hatte Bittersalz und Dunkelheit geschmeckt, was ihrer Vorstellung vom Tod entsprach –, dann mussten Gewässer hier, wo nichts lebte, das wuchs oder aß oder einen Körper hatte, auf jeden Fall tot sein ...

Sie hätte nie erwartet, dass das Wasser dampfen würde, dass es brodeln und zischen und Blasen werfen würde, als wäre es selbst etwas Lebendiges, auch wenn es kein Leben beherbergen konnte.

Sie stand auf der Kuppe einer flachen Anhöhe, die das Meer bis zu diesem Augenblick verdeckt hatte, mit Ausnahme der Dampfschwaden, die darüber schwebten; sie musste sich anstrengen, dass sie ihre Stimme überhaupt fand, und dann wieder, damit sie unbekümmert und heiter klang.

»Nun ja«, sagte sie schließlich, »ich glaube nicht, dass man sie hier Tote Gewässer nennen kann, du?«

»Glaubst du, du würdest in diesem Wasser überleben?«, konterte Marron leise.

»Ich nicht, nein«, *und möglicherweise nicht einmal du,* »aber ganz gewiss sollte doch etwas leben können, nicht? Es muss etwas darin leben. Es sei denn, es wäre das Wasser selbst, das lebt«, womit sie den Gedanken aussprach, der sie am meisten beunruhigte.

»Nein«, sagte er und sie hatte fast den Eindruck, als würde sie ausgelacht werden. »Es ist heiß, das ist alles. Wie die Felsen, es wird von unten beheizt. Ich nehme an, dass jedes offene Gewässer hier dampft. Das hier reicht aber tief hinunter, und darum kocht es. Mehr ist nicht dran an der ganzen Sache.«

Sie sah über das weite Meer, das keinen Horizont hatte, jedenfalls konnte sie in keiner Richtung einen erkennen, und kein anderes Ufer; sie versuchte sich vorzustellen, wie heiß es sein musste, wie tief es unter der ständig brodelnden Oberfläche sein musste, damit eine derart enorme Wassermasse konstant am Sieden gehalten werden konnte. Und konnte es nicht, wollte es nicht glauben; lieber glaubte sie an ihre Vorstellung, dass etwas Lebendiges und Monströses unter dem Dampf lauerte. Sie kannte die Mythen des Toten Gewässers im Gegensatz zu ihm; gewiss mussten sie doch ihre Entsprechung in dieser Spiegelwelt haben? Es sei denn, die Spiegelung verlief tatsächlich in die andere Richtung und was in ihrer Welt ein Mythos war, das entsprach hier der Wahrheit ...

Lisan von den Toten Gewässern, hatte der Dschinn sie genannt. Nun wollte sie diesen Titel wirklich schleunigst ablegen; hiermit wollte sie nichts zu tun haben.

»Glaubst du, wir sollten jetzt zurückkehren?«, fragte sie, hörte ihre flehentliche Stimme und fühlte sich selbst davon abgestoßen. Aber sie hatte wirklich und wahrhaftig genug; das Wunder, hier zu sein, war reichlich schal geworden – sogar das Wunder, dass sie Marron ganz für sich allein hatte, dass sie sich jede Nacht an seinen Körper schmiegen konnte und doch nicht mehr tat als sich festklammern wie ein Insekt mit Sekreten – und dieser letzte Schock war zu düster, um ihn nochmals aufzufrischen.

»Vermutlich«, sagte Marron. Aber sein Blick wurde leer, und sie dachte, er war nicht so versessen darauf zu gehen wie sie. Was alles auf einen Nenner zu bringen schien, was zwischen ihnen lag, und das gab den Ausschlag für sie.

»Wir sollten Jemel und die anderen suchen«, sagte sie, köderte ihn mit einer Verlockung und dachte, er würde danach schnappen.

»Wir müssten großes Glück haben«, entgegnete er, »so viele Tage auseinander und so weit entfernt – wir müssen diesen Ort viel schneller erreicht haben als sie.«

»Vielleicht. Wenn unsere Tage nicht länger sind.« Sie hatten nur drei Nächte hier gehabt, dabei hatte Morakh eine Reise von einer Woche versprochen; aber sie hatte kein Gefühl mehr für die normale Zeit. »Wir werden es erst erfahren, wenn wir nachsehen gehen.«

»Und wenn wir gehen und sie nicht finden – was dann?«

»Wir können warten. Sie werden kommen.«

»Wir haben nicht genügend Essen. Oder Wasser. Es wäre klüger, hier weiterzugehen, wo wir nichts davon brauchen. Wir könnten ganz bis nach Rhabat gehen und dort auf sie warten ...«

Er hatte natürlich Recht, aber: »Marron, ich möchte Rhabat nicht mit dir, aber ohne sie betreten.« Das wollte sie wirklich nicht. Hasan hatte ein Konzil in Rhabat einberufen, um die Scharaistämme zum Krieg gegen Outremer aufzurufen. Sie wollte sich die Folgen gar nicht ausmalen, wenn sie ihnen den wandelnden Geist brachte, aber keine beschwichtigende Stimme, auf die sie hören würden, und auf ihre würden sie ganz bestimmt nicht hören. Marron war die Waffe ihrer Prophezeiung, auf die sie so lange gewartet hatten; und er empfand kaum noch Loyalität für sein eigenes Volk. Er weigerte sich vielleicht, zu töten, doch das spielte kaum eine Rolle. Er war und blieb dennoch ein Symbol, das die Stämme fester als Hasan zusammenhalten konnte ...

Er sah sie an, als könnte er das alles in ihrem Gesicht lesen, und womöglich noch mehr, das sie lieber für sich behalten hätte; und er sagte: »Vielleicht hast du Recht. Das will ich auch nicht. Aber wir könnten noch einen oder zwei Tage hier warten. Ruhen wir auf jeden Fall eine Weile aus und denken darüber nach.«

Das war eine Verzögerung, nichts weiter; sie wollte nicht ausruhen und musste es auch ganz sicher nicht. Und sie wollte nicht länger als unbedingt nötig an diesem siedenden Wasser verweilen. Sie nickte dennoch zustimmend, da sie dachte, im Augenblick hatte sie ihn so weit gedrängt, wie sie konnte.

»Ich könnte Brot backen ...«

»Nein. Heben wir uns auf, was wir noch haben. Es sei denn, du hast Hunger.«

Sie hatte keinen, und das wusste er auch. Sie wollte sich nur beschäftigen und nicht herumsitzen und dieses brodelnde Meer betrachten.

Stattdessen drehte sie sich um und schaute zurück, wie weit sie durch diesen endlosen Staub gekommen waren, der außer den ihren keine Fußspuren trug, zwei Fährten, die einen schmalen

Weg bildeten, vielleicht den ersten, den dieses Land je gesehen hatte. Sie fragte sich, wie lange diese Spuren erhalten bleiben würden: in einem Land ohne Wind und Wetter möglicherweise Jahrtausende. Jedenfalls bis lange nach ihrem Tod. Damit konnte sie fast zufrieden sein, überlegte sie sich, dass sie so eine deutliche Erinnerung an ihren Weg durchs Leben hinterließ, an ihre wenigen Tage mit Marron hier.

Fast ...

Etwas fiel ihr ins Auge, ehe sie sich ganz ihrer Melancholie ergeben konnte. Etwas wie ein Insekt in der Luft, aber hier gab es keine Insekten ...

Sie versuchte, es wiederzufinden, konnte es jedoch nicht, aber da war plötzlich ein anderes. Nein, es war kein Insekt. Es war ein Haar aus Dunkelheit, das fast auf Höhe ihrer Augen schwebte und sich wie ein Faden auf einer Spindel drehte: drehte und vor ihren Augen dicker wurde, ein Faden aus Rauch, dann noch einer dahinter, und da drüben noch einer ...

»Marron«, rief sie leise und drängend. »Ich glaube nicht, dass wir hier einen Moment ausruhen sollten. Siehst du das?«

Sie wandte den Blick nicht von dem ab, was sie sah, hörte ihn aber den Kopf drehen und zischend Luft holen, und sie ahnte seine Frage, bevor er sie stellte.

»Was ist das?«

»Ich glaube, das sind `ifrit. Nimm dein Messer, Marron, und lass uns gehen.«

Die Dschinni waren Fäden aus Licht und Luft und höchstens in der Dunkelheit zu sehen – sie erinnerte sich an das goldene Flackern, das den Himmel in ihrer ersten Nacht hier erhellt hatte, und dachte, dass das ein Dschinn gewesen sein musste – da schien es nicht unwahrscheinlich, dass die `ifrit das Gegenteil davon sein könnten. Sie dachte, dass sie gerade einen ganzen Schwarm `ifrit vor sich sah, die ihnen viel zu nahe gekommen waren.

Sie hörte das Zischen, als Marron seinen Dolch zückte, hörte seinen Schmerzenslaut, als er sich den Arm aufschnitt. Dann sah sie ein rotes Flimmern neben sich: die Tochter, die sich zu einem höchst willkommenen Portal aufspannte.

Es juckte ihr in den Füßen, einfach hindurchzuspringen, aber sie hielt sich zurück und wartete auf Marron; sie wollte ihn zuerst in Sicherheit wissen, bevor sie sich rettete.

Doch er war zu langsam, offenbar ihretwegen. Sie waren alle beide zu langsam.

Die `ifrit streckten sich länger und länger; wie schwarze Seile, die von einer unsichtbaren Winde gezogen wurden, dehnten sie sich, und diese Winde befand sich auf der anderen Seite des Portals der Tochter. Es war zu spät, den Sprung zu riskieren: Sie packte Marrons Arm, um ihn zurückzuhalten, und merkte erst, als er vor Schmerzen aufschrie, dass es der linke Arm war, den sie festhielt.

Eine ganze Masse dieser rauchigen Seile ergossen sich nun durch die Tochter und strömten von dieser Welt in ihre. Sie versuchte, sie zu zählen, doch es gelang ihr nicht; sie zuckten in Strömen, aber es waren ganz sicher Dutzende. Wenn ein Schwanz durch war und jenseits des Flimmerns verschwand, folgte schon der nächste Kopf. Als sie sich überlegt hatte, wie man sie aufhalten konnte, und Marron zurief, dass er die Tochter wieder in sich holen sollte, auch wenn sie auf dieser Seite gestrandet waren und sich den Verbliebenen stellen mussten, war es selbst dafür zu spät. Sie waren fort, sie hatten alle den Übergang geschafft.

Sie sah Marron bestürzt an. »Das, das wollten sie. Sie wollten gar nicht uns, sie wollten nur einen Weg in unsere Welt und wir haben ihn ihnen geebnet ...«

»Nicht wir«, sagte er hohlwangig. »Ich. Ich habe es getan. Selbst wenn ich es nicht will, begehe ich Verrat. Diesmal an meiner ganzen Welt ...«

»Unserer Welt«, entgegnete sie wütend. »Und es war meine Idee, ich habe dich dazu aufgefordert. Du kannst die Schuld nicht allein auf dich nehmen. Aber – Oh, Marron! Julianne, Jemel ...«

»Sie sind vielleicht noch nicht hier. Das haben wir selbst gesagt, weißt du nicht mehr? Sie dürften noch nicht hier sein.«

Vielleicht nicht. Aber dennoch hatten sie die Brut des Bösen hindurchgelassen, und zwar eigenhändig. Welche Absicht diese Brut verfolgte, das konnte und wollte sie sich nicht vorstellen. Sie erinnerte sich an den einen ʿifrit, den Julianne durch Zufall in ihre Welt geholt hatte – vielleicht durch Zufall, doch plötzlich bezweifelte sie das –, und wie tödlich er gewesen war, wie ein eigens gesegneter Pfeil erforderlich gewesen war, das Ding zu töten.

»Wir müssen ihnen folgen«, sagte sie benommen. Und sei es nur, um dort zu sein, um allein oder mit ihren Freunden zu sterben; wahrscheinlich als Erste von vielen, als Erste von wirklich sehr vielen ...

»Ja«, sagte er, zückte sein Schwert, trat durch das flimmernde Portal, und weg war er.

Sie sputete sich, ihm zu folgen, da sie fürchtete, er könnte sofort in einen Kampf verwickelt werden und das Tor hinter sich schließen, damit sie als Gestrandete hier zurückblieb und nicht sterben musste.

Es war, als würde sie gegen eine Mauer laufen, eine Mauer aus Feuer: Sie dachte im ersten Moment, er hätte schon begonnen, das Tor zu schließen und sie wäre gegen die halb zurückgekehrte Tochter gelaufen und das wäre wirklich ihr Tod, die Tochter würde sie hinübersaugen und töten oder töten und dann hinübersaugen oder sie vielleicht zwischen zwei Welten zurücklassen, im Nichts. Wenn Fleisch mit der Tochter in Berührung kam, dann zerriss das Fleisch, es wurde zerfetzt, als würde jedes auch noch so kleine Fragment zwischen ungeheuren Kräften zermalmt werden ...

Aber wenn sie so klar denken konnte, konnte sie unmöglich im Sterben liegen, oder?

Und sie starb auch nicht. Sie war jedenfalls nicht zerfetzt worden, wie Männer durch den Kuss der Tochter zerfetzt worden waren. Die Feuerhitze hüllte sie ganz ein – wie sie es bei der Tochter gesehen hatte, ehe sie ihre Opfer auseinander nahm –, aber nun kannte sie sie in- und auswendig. Sie hatte nur vergessen, welche brutale Wirkung diese Hitze haben konnte, wenn man aus dem Schatten einer Höhle oder einem kühlen Teich – oder sogar aus der goldenen Wärme am Ufer eines kochenden Meeres – in die sengende Wüste trat.

Sie machte die Augen auf und merkte erst da, dass sie sie zugekniffen haben musste, als sie hektisch hinter Marron hergesprungen war. So viel zur tapferen Heldin, die kühn das Schicksal an der Seite ihres Mannes erwartete ...

Aber er war ohnehin nicht ihr Mann; und er stand einige Schritte von ihr entfernt und schien fasziniert auf seine Füße zu starren, während das Schwert Dard achtlos in seiner Hand herabhing.

Sie hielt ihr verbliebenes Messer in der Hand, konnte sich aber nicht erinnern, dass sie es gezückt hatte; sie lief hastig zu seinem ungeschützten Rücken, um auf ihn aufzupassen, da er nicht auf sich selbst aufzupassen schien.

Von den `ifrit selbst war im Moment nichts zu sehen, aber sie konnten von jeder Seite oder von allen auf einmal kommen. Sie sagte: »Marron, hast du gesehen, wohin sie verschwunden sind?«

»Mmm? Oh. Ja. Na ja, ich habe es nicht gesehen, aber schau her ...«

Sie riskierte einen raschen Blick nach unten auf die Stelle, wohin er zeigte; dann einen längeren Blick, da an keinem Horizont pechschwarze Schatten zu sehen waren, die sich bewegten. Marron entfernte sich ein kleines Stück und nahm die Tochter wieder in seinem Blut auf. Elisande erhob keine Einwände.

Hier fiel der Boden, genau wie in jenem anderen Land, aus dem sie so überstürzt geflohen waren, als ebenes Ufer zu den trägen Wassern dieser Wüstenküste hin ab. Hier jedoch war der Sand grobkörnig und stumpf und wirkte wie beschlagen nach dem Funkeln und Glitzern auf der anderen Seite; hier war das Wasser dunkel und schmutzig und Gott sei Dank reglos ...

Fast reglos, verbesserte sie sich, als sie ein Stück draußen blubbernde Blasen bemerkte, die sich rasch entfernten. Als würde ein Fischschwarm dicht unter der Oberfläche kämpfen, dachte sie – aber es gab keine Fische in den Toten Gewässern, und auch nichts Lebendiges, höchstens vielleicht ein Monster.

Von dem Punkt an, wo die Tochter sich befunden und einen Weg zwischen den Welten geöffnet hatte, war der vom Wind geglättete Sand aufgewühlt, als wäre eine Viehherde durchgezogen; und die Spur dieser Viehherde führte bis hin zum Wasser. Würde man der Linie weiter in das Wasser hinein folgen, würde sie direkt zu dieser brodelnden Stelle führen, doch als sie wieder hinsah, wurde dieses Brodeln zu wenig mehr als einem Schimmern unter der Sonne und verschwand dann völlig.

Sie schaute wieder auf den Sand und ging in die Hocke, um ganz sicher zu sein. Keine Spuren führten in eine andere Richtung – aber `ifrit konnten in dieser Welt fliegen, wie auch in ihrer eigenen, wenn sie eine Gestalt mit Flügeln wählten –, und die wenigen individuellen Spuren, die sie lesen konnte, waren mehr Pockennarben als Abdrücke, winzige Vertiefungen, die von Dornen oder Nadeln zu stammen schienen ...

Ein `ifrit konnte in dieser Welt jede beliebige Gestalt annehmen; soweit sie gehört hatte, bevorzugten sie stets die Gestalt von Ungeheuern. Derjenige, den Julianne herübergezogen und welchen Jemel getötet hatte, der hatte sich in einen Riesenkäfer mit dem Kopf eines Dämons verwandelt.

Sie schaute zu Marron auf und sagte: »Krabben?«

»Etwas Krabbenartiges, ja«, bestätigte er. »Etwas mit vielen

Beinen, spitzen kleinen Beinen, die auf Sand, aber auch unter Wasser laufen können.«

»Ich frage mich, warum?«

»Ich nehme an, das ist eine nützliche Gestalt unter Wasser.«

»Ja, aber wieso sollten sie hier durchkommen, nur um sofort in der Tiefe der Toten Gewässer zu verschwinden?« Es musste geplant gewesen sein, das ließ sich nicht mehr leugnen. Wahrscheinlich hatten die `ifrit sie einen großen Teil der Reise über beschattet und auf diesen Ort gewartet, um sich dann zu zeigen und die Öffnung eines Durchgangs zu erzwingen, den die Kreaturen selbst nicht öffnen konnten – aber warum? Was lag hier unter der Wasseroberfläche, das sie brauchen konnten?

»Vielleicht suchen sie Schutz?«, beantwortete Marron die Frage, die sie ausgesprochen hatte, aber seine Antwort passte auch zu der unausgesprochenen. »Sie sind nicht immun gegen die Waffen der Menschen. Die Scharai würden sie mit Vergnügen jagen und töten, wie viele Leben sie die Jagd auch kosten könnte; aber nicht einmal die Scharai können ihnen etwas anhaben, solange sie da unten sind. Und mit der Schale und den Scheren einer Krabbe können sie sich gegen alles verteidigen, das sie im Wasser verfolgen könnte ...«

»Nichts wird sie verfolgen. Hast du nicht gehört: Das Wasser hier ist tot, nichts Lebendes stört seine Ruhe.« Nur Geister, doch sie ging nicht davon aus, dass die `ifrit empfänglich für Spuk waren. Sie betrachtete die trübe Oberfläche finster, blinzelte im grellen Sonnenlicht, das davon reflektiert wurde, und sagte: »Das glaube ich nicht. Warum sollten sie sich die ganze Mühe machen, nur um sich dann hinterher zu verstecken?«

»Ich sage nicht, nur um sich zu verstecken. Sie müssen ein anderes Ziel gehabt haben. Aber in der Zwischenzeit, bis sie bereit sind, sind sie dort ganz sicher.«

»Möglich. Schon möglich. Sind wir sicher?«

Er lächelte. »Nein, natürlich nicht. Sie könnten wiederkommen; wenn sie langsam und leise oder in einer anderen Gestalt kämen, würden wir nicht einmal eine Bewegung im Wasser erkennen.«

Sie warf nervöse Blicke zum Ufer und ging hastig auf Marrons andere Seite. Darüber musste er lächeln, und genau das war ihre Absicht gewesen. Sie hakte sich bei ihm unter und lächelte ebenfalls. »Aber du machst dir keine Gedanken. Nicht ihretwegen. Richtig?«

»Richtig. Im Moment nicht. Wenn sie uns töten wollten, hätten sie auf uns gewartet und es schnell getan, bevor ich die Tochter wieder in mir aufgenommen habe. Jetzt wäre es schwerer für sie, ganz egal, in welcher Gestalt sie kommen. Vielleicht denken sie, der Heimweg wird leichter sein, wenn ich noch lebe; vielleicht kann ich sie immer noch überraschen.«

»Wir«, sagte sie, »wir werden sie beide überraschen. Schließlich haben sie uns auch beide überrascht. Das sind wir ihnen schuldig, und ich zahle meine Schulden immer zurück.«

Diesmal erntete sie kein Lächeln, sondern ein regelrechtes Grinsen, wie sie es schon lange nicht mehr zu sehen bekommen hatte. »Also gut, wir«, sagte er, »wenn du diesen Dolch segnen lassen kannst. Welche Gebete sprechen die Imams über Waffen, weißt du das?«

»Ich werde fragen, wenn ich je einen Imam zu Gesicht bekomme. Sie sind selten in der Wüste, die Scharai haben keine Zeit für sie; darum sind gesegnete Waffen so kostbar.«

»Na gut.« Er sah sich um und entfernte sich ein Stück von ihr, zur Kuppe der Anhöhe, wo er besser sehen konnte; sie folgte jedem seiner Schritte wie eine wohlerzogene Dienerin oder ein wohlerzogener Hund und konnte sich nicht einmal selbst böse sein, weil sie so handelte.

Vom Rest ihrer Gruppe war keine Spur zu sehen, überhaupt ließ sich keine Menschenseele blicken; nicht einmal eine Fährte zeigte, dass Menschen über diesen einsamen Sand geschritten waren. Sie erinnerte sich, dass keine Straßen nahe an den Toten Gewässern vorbeiführten. Rhabat wurde gut geschützt von den umliegenden Hügeln und Jahrhunderte alten Bräuchen; entweder Aberglaube oder echte Vorsicht hielten die Stämme von der Küste fern.

»Wir sind hier«, sagte Marron, »genau wie die ʿifrit; und um uns mache ich mir im Moment mehr Sorgen. Wir brauchen Nahrung und Unterschlupf und ganz besonders Wasser. Wasser, das wir trinken können«, mit einem abfälligen Blick zu dem trägen Meer hinter ihnen. »Und dabei muss ich mich auf dich verlassen. Ich bin nicht vertraut mit der Wüste und wüsste nicht, wo ich suchen sollte oder es finden könnte ...«

Ich mache mir mehr Sorgen um dich, wollte er sagen; sie verstand ihn genau und ihr Herz schlug als Reaktion darauf schneller. Er würde die lange Reise an der Küste entlang bis nach Rhabat vielleicht überleben, aber sie ganz bestimmt nicht ...

»Ich finde Wasser«, sagte sie zuversichtlich. »Und Essen. Wir können jagen; es gibt immer Leben im Sand, wenn man wachsam genug ist, es zu sehen.«

Die Suche führte sie vielleicht weit weg von ihren Freunden, aber das musste sie nicht eigens betonen; er wusste es bereits.

»Und Unterschlupf? Diese Sonne wird dich verbrennen ...«

Marron, sie wird uns beide verbrennen. Seine Brust und sein Rücken waren entblößt; die Tochter würde ihn nicht vor den Sonnenstrahlen beschützen, sondern nur verhindern, dass er den Sonnenbrand spürte. Er war dumm, wenn es um seinen Körper ging; das war er schon früher gewesen, aber jetzt war es noch schlimmer geworden. Wenn sie nicht auf ihn Acht gab, würde er seinen Körper ganz und gar vernachlässigen. Aber es gefiel ihr, wie besorgt er um sie war, und dass sie das erwidern konnte.

»Hier gibt es keinen Unterschlupf«, sagte sie und sprach das Offensichtliche aus, »wir müssen uns schon selbst einen machen. Wir könnten uns ein wenig in die Seite einer Düne eingraben und kühleren Sand finden, in dem wir uns verstecken können; es gibt Eidechsen, die graben sich vollständig ein, an denen sollten wir uns ein Beispiel nehmen. Wir reisen bei Nacht, ruhen tagsüber und hoffen, dass wir unsere Freunde rasch finden. Die Wunde ist so gut wie verheilt, aber du kannst nicht so durch die Wüste laufen; niemand könnte das ...«

Ihre Finger zitterten nur ein klein wenig, als sie seine narbige Schulter berührte, und das war albern; hatten sie gestern Nacht nicht dicht nebeneinander geschlafen, und die Nächte davor auch? Aber das war in einem anderen Land gewesen, in ihrer Einsamkeit, unbeobachtet, es sei denn von vorbeiziehenden Geistern, die diesem Tun keinerlei Bedeutung beigemessen hätten, wie er offensichtlich auch. Hier war Jemel nicht weit; auch Julianne und die anderen nicht; die Berührung durch eine Hand war ein Zeichen, das nicht einmal er falsch interpretieren konnte.

Sie nahm die Hand weg und schirmte damit die Augen ab, während sie den fernen und flachen Horizont absuchte und versuchte, so auszusehen, als wäre sie mit dem Leben in der Wüste vertraut. In Wirklichkeit spielte es so gut wie gar keine Rolle, in welche Richtung sie ihn führte; genauer gesagt, es spielte eine enorme Rolle, aber sie sah keine Anhaltspunkte, in welcher Richtung sie Wasser finden konnten, und daher musste sie raten. Die Straßen, die sie kannte, waren zu weit entfernt; dort hätten sie allen zugängliche Brunnen finden können.

»Wir gehen nach Westen«, entschied sie. »Die anderen müssen aus dieser Richtung kommen, wenn sie die Gewässer erst einmal erreicht haben; Rhabat liegt am Südufer, der Weg um es herum ist zu bergig. Ich sage nicht, dass wir auf sie warten sollten, falls wir nicht Wasser und einen besseren Unterschlupf finden, als wir von hier aus sehen können, aber wir können Zeichen hinterlassen, die sie vielleicht finden, damit sie uns folgen können ...«

Solche Zeichen gab es viele, man konnte sie in Fels ritzen oder in kleineren Steinen liegen lassen, man konnte sie sogar in den Sand trampeln, wenn keine anderen Mittel zur Verfügung standen. Jeder Stamm hatte sein eigenes, aber manche wurden von allen verstanden: *Du darfst aus diesem Brunnen trinken,* oder: *Du darfst es nicht, gute Jagdgründe, hüte dich vor Treibsand voraus...*

Hier auf der Anhöhe war es gut; sie sammelte Kieselsteine und ordnete sie in einem einfachen Muster an, das nicht mehr sagte als: *Wir sind hier und nach Westen gegangen.* Nicht einmal das wäre vermutlich nötig gewesen; Jemel oder die Tänzer würden die Spuren sehen, die aus dem Nichts kamen, und wissen, von wem sie stammten und wohin sie führten. Die Spuren der `ifrit verwirrten aber vielleicht sogar die Tänzer; sie überlegte einen Moment und fügte dann ein Zeichen hinzu, das *Hüte dich vor dem Wasser* bedeutete. Normalerweise wurde es benutzt, um Reisende vor einem Brunnen zu warnen, der von Krankheiten verseucht war, aber auf die Schnelle fiel ihr nichts Besseres ein. Vielleicht gab es welche in der Gruppe, die sich den Sinn zusammenreimen konnten, wenn sie die Spuren sahen, die ins Wasser führten.

Möglicherweise fanden sie diese Stelle ja auch gar nicht. Aber sie hatte getan, was sie konnte; sie richtete sich auf und ließ den Blick noch einmal über den Horizont schweifen, ob sie nicht doch einen winzigen Schatten sah. Sie sah keinen, daher führte sie Marron auf einer Linie ein klein wenig nördlich vom Pfad der Sonne im Westen, um etwas Abstand von den Gewässern zu bekommen.

Und so fand sie etwas, womit sie am wenigsten gerechnet hätte, nämlich Spuren, die sie selbst lesen konnte, auch wenn sie sie nicht verstand.

Sie kamen aus Norden, aus der Richtung, von wo ihre Freunde gekommen sein mussten; und es waren Kamelspuren und Fußspuren, was auf die Gruppe hindeutete, Reiter und Tänzer. Die Kamelspuren waren frisch, möglicherweise von heute Morgen, die leichte Brise hatte sie kaum verweht; aber die Füße waren später gekommen. Ihre Abdrücke waren gestochen scharf und klar, vielleicht zwei Stunden alt, mehr nicht.

Sie zählte fünf Kamele und drei Männer zu Fuß. Das wahren von beiden nicht genug, wenn sich ihre Hoffnung wider jede Vernunft tatsächlich erfüllen sollte.

»Sie können nicht vor uns sein«, sagte sie, »wie ist das möglich?«

Marron schüttelte den Kopf. »Entweder die Tänzer haben sich geirrt, was die Dauer der Reise anbelangt, was ich nicht glaube –«

»Nein«, sagte sie fest. »Ich habe den Weg gesehen, jedenfalls zum Teil, bevor wir geflohen sind. Gut und gerne eine Woche auf dem Boden, und ich konnte die Gewässer nicht erkennen.«

»– oder wir haben Recht, die Zeit vergeht in dieser anderen Welt anders. Warum nicht? Die Dschinni haben es nicht nötig, die Zeit zu messen. Aber bist du sicher, dass das unsere Kamele sind?«

»Meins kann ich nicht sehen. Es hatte eine Schwäre an einem Huf und ist, glaube ich, nicht dabei. Aber Juliannes weißes, das ist so stolz, es geht mit ausgreifendem Gang. Sieh her ... ich bin nicht völlig überzeugt, nein – aber genug. Aber es sind auch nicht genügend Tänzer, nur drei, und Stunden hinterher. Das verstehe ich nicht.«

»Vielleicht wurden sie aufgehalten, während die Reiter weiterzogen; vielleicht gab es unterwegs Ärger oder sie haben Neuigkeiten erhalten und beschlossen, getrennte Wege zu gehen. Hier werden wir keine Antworten finden. Was sollen wir tun, den Spuren folgen? Oder nach Wasser suchen?«

»Wer diese Spuren hinterlassen hat, ob es unsere Leute sind oder nicht, sie kommen aus dem Sand; sie werden auch nach

Wasser suchen. Folgen wir ihnen. Wir werden die Kamele nicht vor Einbruch der Dunkelheit einholen, wenn sie keinen Brunnen gefunden und beschlossen haben, den Tag über zu rasten; aber wenn sie einen Brunnen gefunden haben und weitergezogen sind, werden uns die Spuren zu ihm führen. Mit etwas Glück finden wir wenigstens die Fußgänger. Komm mit ...«

Sie war besorgter als sie zugeben wollte; wenn die Kamelspuren von ihrer Gruppe stammten und die Fußspuren nicht von den Tänzern waren, dann wurden ihre Freunde verfolgt, und wahrscheinlich von jemandem mit bösen Absichten. Sie konnte sich nicht erinnern, welcher Stamm das Land um das Nordende der Toten Gewässer für sich beanspruchte, aber dies war eine tödliche Zeit; wenige Scharai würden Fremde willkommen heißen. In isolierten Gegenden, wohin keine Straßen führten, im Hochsommer, wenn das Wasser knapp und kostbar war, wirklich nur wenige ...

Sie achtete geflissentlich darauf, Marron nicht zu erschrecken, er kämpfte so ungern und beharrte so eisern darauf, niemanden mehr zu töten. Sie hatte keine Ahnung, was er anstellen würde, wenn er glaubte, dass ihnen ein Kampf bevorstand. Vielleicht die Tochter wecken und in das Land der Dschinni zurückkehren? Vielleicht würde er sie mitnehmen oder sie zurücklassen, damit sie allein mit möglichen Gefahrensituationen fertig wurde? Jede Möglichkeit machte sie nervöser, daher hielt sie den Mund und hoffte nur, dass seine Gedanken um andere, hoffnungsvollere Alternativen kreisten als ihre.

Das Land war zerklüftet hier, eine Schotterebene mit verstreuten Dünen, die unvorhersehbar aufragten; man konnte in keine Richtung weit sehen, jede Dünenkuppe bot lediglich Ausblick bis zur nächsten. Aber den Fährten konnte man mühelos folgen, und die ganze Strecke über hatten Zehen die Hufspuren der Kamele niedergetreten. Ihre Tiefe und die scharfen Konturen verschärften Elisandes Unbehagen wieder; vielleicht wurde sie ein Opfer der Legenden, aber sie war überrascht, dass die Tänzer eine so deutliche Spur hinterließen. Sie hätte gedacht, dass die Tänzer über Staub gingen, ohne einen Abdruck zu hinterlassen. Demnach waren sie vielleicht gar keine Tänzer, diese drei Männer. Wo aber steckten in dem Fall die Tänzer? Hatten sie die Gruppe nach Marrons Verschwinden verlassen, weil ihr wandelnder Geist nicht mehr dabei war? Das wäre gewiss eine Möglichkeit gewesen; andererseits, wenn sie ihn wiederfinden wollten, wäre es am besten gewesen, zu bleiben.

Zu bleiben oder ihnen zu folgen. Das konnte es sein, dass sie sich völlig abgeschottet hatten, aber immer noch derselben Route folgten und sich abseits hielten. Es passte, aber wenn es stimmte, wohin waren sie so eilig unterwegs? In der Wüste legte niemand übertriebene Hast an den Tag, diese Männer aber schon. Sie sah Zehen und Ballen, aber kaum je eine Ferse. Sie gingen mit kurzen Schritten, also rannten sie nicht, aber sie gingen mit Sicherheit im Laufschritt. Hatten sie die Gruppe einfach weiter vorausreiten lassen, als ihnen lieb war? Oder hatten sie eine Eingebung, möglicherweise eine Vision gehabt: Erwarteten sie Marron heute Nacht zurück und hatten es deshalb so eilig?

Fragen, Fragen. Sie bemühte sich, das Beste zu glauben, doch es gelang ihr nicht; als Marron schließlich doch dunkle Gestalten im Sand erblickte, war sie nicht überrascht, als er ihr bedeutete, still zu sein und sich an seiner Seite zu ducken.

Sie schirmte die Augen vor der gleißenden, sinkenden Sonne ab und strengte die Augen an. Da waren sie, jetzt konnte sie sie auch erkennen, drei Männer lagen bäuchlings im Windschatten einer Düne, die in westlicher Richtung verlief, so dass nicht einmal ihre Schatten über die Kuppe fielen.

Vor ihren Augen schlängelte sich einer rückwärts herunter und stand auf, als sicher war, dass ihn auf der anderen Seite der Düne bestimmt niemand entdecken konnte. Er rannte nach Westen und sie glaubte, einen Bogen in seiner Hand zu sehen; für einen Reitstock war der Gegenstand eindeutig zu lang und zu dünn, außerdem hatten diese Männer ohnehin keine Kamele.

Wer außer den Tänzern würde ohne Kamele durch die Wüste ziehen? Niemand, von dem sie je gehört hätte. Sie konnte nicht erkennen, ob ihre Kleidung blau oder schwarz war, war aber trotzdem sicher, auch wenn sie es nicht verstand.

»Marron? Kannst du mehr sehen als ich?«

»Einer der Männer ist Morakh; die beiden anderen waren auch bei uns, aber ich habe nie ihre Namen erfahren.«

Nein, sie auch nicht. Morakh war immer derjenige gewesen, der mit ihnen gesprochen hatte. »Sie, äh, sie sehen nicht besonders freundlich aus, was?«

»Nein.«

»Und es müssen unsere Freunde sein, hinter dieser Düne ...«

»Sie sind es. Ich kann ihre Stimmen hören, und die Kamele. Ich glaube, sie haben Wasser gefunden.«

Sie konnte nichts hören, gewöhnte sich aber allmählich an Marrons Wahrnehmung, die weitaus besser war als die ihre.

»Was haben die Tänzer zueinander gesagt, als der eine aufgebrochen ist? Konntest du das hören?«

»Sie haben nicht gesprochen. Ich glaube, sie haben Zeichensprache benutzt, um nicht gehört zu werden, aber ich konnte ihre Hände nicht sehen. Was sollen wir tun?«

»Du könntest sie rufen, ihnen Einhalt gebieten, was immer sie auch vorhaben ...«

»Einer ist so weit gegangen, dass er meine Stimme nicht hören würde; die anderen – glaubst du, Morakh würde seine Pläne ändern, weil ich ihn darum bitte? Es ihm womöglich befehle? Sie haben geschworen, mir zu dienen; ich glaube aber nicht, dass seine Vorstellung vom Dienen beinhaltet, sich einem anderen Willen unterzuordnen.«

Das war ein Makel, mit dem er, seiner tonlosen Stimme nach

zu urteilen, durchaus vertraut war; sie erinnerte sich an Marron und seinen Herrn, Sieur Anton, und wie schwer es dem Jungen gefallen war, diesen Mann zu verlassen. Und wie er dennoch gegangen war, auch daran erinnerte sie sich. Nein, gebrochene Schwüre waren nichts Neues für Marron.

»Aber Julianne und die anderen wären gewarnt. Jemel wäre gewarnt. Wenn du rufen würdest ...«

»Und die Tänzer würden sich vielleicht zu einer Bluttat veranlasst sehen, die wir andernfalls vermeiden könnten. Ein hastiger Feind ist ein gefährlicher Feind, Elisande; er tötet für seine eigene Sicherheit.«

»Ein gewarnter Freund ist so gut wie ein überraschter Feind«, konterte sie seine aufgeschnappte Weisheit mit einer eigenen. Keiner von ihnen wusste es aus der Praxis. »Und warum sollten sie überhaupt Feinde sein? Sie waren Gefährten, als wir sie verließen, wenn auch nicht gerade Freunde ...«

»Alles andere als Freunde. Und wir sind gegangen. Sie waren meinetwegen da, und ich bin fortgegangen. Mit dir, ohne sie. Was nach unserem Verschwinden passiert ist – nun, das können wir später erfahren.«

»Was möchtest du dann tun?«

»Im Augenblick nichts. Beobachten und abwarten. In einer Stunde ist es dunkel. Wenn die Tänzer vor Einbruch der Dunkelheit handeln, ja, dann muss ich sie wahrscheinlich aufhalten; aber ich schätze, sie warten ab, bis es dunkel ist. Das können wir auch.«

»Marron, derjenige, der sich davongeschlichen hat, das war ein Bogenschütze, er hatte einen Bogen dabei ...«

»Ich habe es gesehen. Und?«

»Und wenn er Julianne erschießt? Oder Jemel? Jetzt, solange er die Sonne im Rücken hat und die Lichtverhältnisse noch gut sind? Wir können ihn von hier nicht einmal sehen und hätten keine Zeit mehr, einzugreifen ...«

»Wenn er aufsteht, um seinen Bogen zu benutzen«, sagte Marron langsam, bedächtig, nervtötend, »macht er sich selbst zur Zielscheibe; die Sonne würde ihn nicht verstecken, sie würde ihn deutlich machen. Sein Schatten würde schneller als jeder Pfeil, den er abschießen könnte, über das ganze Land fallen. Selbst wenn das ihre Absicht ist, werden sie bis zum Einbruch der Dunkelheit warten.«

»Und wie kann er dann sehen, um zu zielen?«

»Jemel wird Feuer machen. Das ist vielleicht ein Grund, warum sie Rast gemacht haben; nicht nur wegen Wasser, sondern auch, um Brennstoff zu sammeln. Am Ufer liegt Treibholz. Jemel wird ein Feuer machen und der Bogenschütze wird ihre Umrisse vor dem Feuer sehen, sie ihn hingegen gar nicht ...«

»Nein. Und wie wollen wir es verhindern, um Regen beten?«

»Sobald es dunkel ist, kann ich dich zu dem Brunnen bringen. Das könnte ich jetzt schon, aber dann würde Morakh uns sehen.«

»Er sieht auch in der Dunkelheit. Er braucht kein Feuer, er hat Eulenaugen, genau wie du.«

»Nein, nicht wie ich. Wenn er uns am Feuer sieht, ist es zu spät für ihn. Und er wird nicht mitbekommen, wie wir über den Sand gehen; wir nehmen den anderen Weg.«

»Welchen anderen Weg?«, wollte sie wissen und kam sich dumm vor, kaum dass sie die Worte ausgesprochen hatte; sie musste gar nicht mehr sehen, wie er sich auf den Arm klopfte, um es ihr zu zeigen.

Und so warteten und beobachteten sie; und wie er vorhergesagt hatte, machten die Tänzer genau dasselbe. Die Sonne ging in einem Sturm von Rot und Purpur unter; für ihre an das Gold gewöhnten Augen wirkte es dennoch blass; sie sagte: »Jetzt?«

»Warte«, antwortete er. »Du kennst Jemels Feuer. In der nächsten Stunde wird es ein rauchender Fleck sein, er wird es erst richtig entfachen, wenn die Wärme aus dem Sand verschwindet.

Sie werden noch nicht handeln, also müssen wir es auch nicht. Erst wenn es ganz dunkel geworden ist.«

Das stimmte, aber sie war rastlos vor Ungeduld und Nervosität und wollte ihre Freunde mit aller Verzweiflung warnen. Dunkelheit schlich sich von hinten an sie heran, während vor ihnen die Sonne verschwand; sie wollte sofort los und glaubte, ihr Wunsch würde in Erfüllung gehen, als Marron sich plötzlich wachsam neben ihr aufrichtete. Sie berührte ihn fragend an der Schulter, aber er schüttelte den Kopf und bedeutete ihr, still zu sein. Er schien etwas zu lauschen, das weit außerhalb ihrer Hörweite lag; so sehr sie sich auch anstrengen mochte und anstrengte, sie konnte nichts außer dem fernen Rauschen des Meeres hören.

Sie zappelte an Marrons Seite, während er horchte, den Kopf drehte und wieder horchte. Schließlich hielt er sie am Handgelenk und zog sie behutsam in den Sternenschatten einer Düne zurück, in sichere Entfernung von der Sichtlinie. Sie wollte ihn fragen, wonach er so aufmerksam gehorcht hatte, aber er gab ihr keine Gelegenheit dazu; er ritzte sich mit dem Messer den Arm und die Tochter strömte heraus.

Sie war nur dunkelrot in der Finsternis, aber als sie sich zu einer Tür formte, erstrahlte ihr Zentrum hell; als sie hindurchtraten, war der Schock schlimmer, als wären sie aus der feuchten Hitze eines Dampfbads in eine eiskalte Wanne gesprungen.

Sie traten von der Nacht in den Tag, von Dunkelheit in perlmuttfarbene Helligkeit, die nicht einmal den Streifen Halbdunkel am Horizont aufwies, der anzeigte, dass die Nacht näher rückte. Ein eindeutiger Beweis, dass die Nächte der Dschinni länger waren oder die Zeit hier nach vollkommen anderen Gesetzmäßigkeiten verlief; sie hoffte nur, dass keiner der Tänzer das Leuchten der Tochter bemerkt hatte, als sie hindurchgegangen waren.

Marron schien dieselbe Befürchtung zu hegen; er machte das Portal hinter sich zu, während sein Blut noch in den Sand tropfte, während er vor Schmerzen taumelte.

»Nimm sie zurück«, drängte Elisande ihn, stützte ihn mit der Schulter und schlang ihm den Arm fest um die Taille.

»Was, wegen eines Fußmarsches von hundert Schritten, nur damit ich dann an der Tür kratzen und sie wieder herauslassen kann?«

»Marron, bitte ... für mich, wenn schon nicht für dich! Ich kann ... kann dich nicht so weit tragen ...«

Da war natürlich gelogen; sie hätte ihn zum Mond tragen können, wenn es erforderlich gewesen wäre. Er glaubte ihr aber oder ließ sie in der Überzeugung, dass er ihr glaubte; in jedem Fall wallte die Tochter wieder unter seiner Haut, die Blutung hörte auf und die Last wurde von Elisandes Körper genommen.

Einen langen Moment später löste sie ihren Arm und trat zurück.

»Wenigstens dürfte es leichter sein, die Stelle im Hellen zu finden«, sagte sie entschlossen, »auch wenn das Land so anders ist. Welche Richtung?«

»Da rüber.« Sie standen wieder in Dünen, aber Dünen aus Staub, der ganz anders beschaffen war als der Sand, aus dem Elisande und Marron gekommen waren; aber sein Zeigefinger ließ keine Zweifel aufkommen und sie stimmte mit ihm überein. Sie hatten keine Sonne, die sie leitete, und keinen Blick auf das Meer, aber dennoch hatte sie den Eindruck, dass sie nach Westen und ein ganz klein wenig nach Süden gingen; es schien absolut die richtige Richtung zu sein.

Und es war die richtige Richtung; sie waren ganz sicher, als sie Dampf von einer kleinen Vertiefung im Staub aufsteigen sahen. Als sie näher kamen, sahen sie eine Lache sanft sprudelnden Wassers auf dem Grund der Vertiefung.

»Nicht zu nahe«, sagte er und führte sie nach Süden. »Ich will nicht riskieren, jemanden zu berühren. Nicht einmal eines der Kamele ...«

Mit der Tochter zu berühren, meinte er; sie erschauerte angesichts der Erinnerung an eine andere Nacht, als er in den Ställen des Roq ein Gemetzel entfesselt hatte, das kein Ende mehr nehmen wollte.

Als es ihm sicher schien, ritzte er sich wieder den Arm auf. Elisande dachte, dass selbst die Farbe der Tochter hier kräftiger war, voller und nicht so rauchig, auch wenn sie sich nach wie vor wie Rauch verhielt und in Schwaden durch die Luft quoll. Rauch mit einem Willen, dachte Elisande, der bis zu einem gewissen Grad ein eigener Wille war und nur von Marron dirigiert wurde; aber wenigstens übte sich die Tochter noch in Gehorsam. Der Tag, wenn sie das nicht mehr tun würde, würde ein Tag des Schreckens werden ...

Elisande trat durch das Portal, das die Tochter bildete, und geriet in plötzliche Dunkelheit; im Gehen hörte sie Marron murmeln: »Elisande, hüte dich vor dem Süden, hüte dich vor dem, was aus dem Wasser kommt.«

Sie antwortete nicht sofort; ihre blinden Augen hatten Vorrang und sie stand hilflos blinzelnd in vollkommener Schwärze, bis ihr Sehvermögen wenigstens teilweise wieder zurückkehrte. Dann sah sie das schwache Leuchten von Jemels Feuer und die Schatten ihrer Freunde und der zugehörigen Reittiere.

Eine Stimme rief eine Warnung, Waffen wurden klirrend aus den Scheiden gezogen, und da hatte sie keine Zeit mehr, Marron zu fragen; sie stolperte vorwärts, und eine andere Stimme rief ihren Namen.

»Psst, Julianne!«, zischte sie hektisch. »Ihr alle, hört mir zu! Ihr werdet beobachtet, Morakh versteckt sich hinter dieser Düne«, mit einem Nicken nach Norden, »er folgt euch schon den ganzen Tag. Wir haben ihn verfolgt. Er hat andere Tänzer bei sich. Aber nur insgesamt drei, ich weiß nicht, wohin die anderen verschwunden sind, sie sind vielleicht im Kreis gegangen, um sich von vorn anzuschleichen ...«

»Sie sind tot«, sagte Rudel knapp. »Was noch?«

»Einer der Tänzer hat einen Bogen und ist nach Westen gegangen, hinter jenen Grat dort. Ich dachte, er würde versuchen, euch in der Sonne zu erwischen, aber Marron meinte nein, er sagte, er würde euch im Licht des Feuers anvisieren und hatte Recht, also lösch dieses Feuer, Jemel ...«

Ein plötzlicher Tritt mit bloßen Füßen, ein Aufschrei, als das schwelende Feuer selbst durch schwielige Scharaisohlen drang, das Prasseln von Sand und dann war das schwache Leuchten erloschen.

»Wo ist Marron?«, wollte Elisandes Vater wissen, eine Stimme in der Dunkelheit.

»Na hier –«

Aber sie drehte sich um, als sie es sagte, und spürte endlich die Leere, wo ein anderer menschlicher Körper sein sollte.

Da war nichts: kein Marron und keine Spur von der Tochter, kein offenes oder geschlossenes Portal ...

»Ist er nicht mit durchgekommen?«

»Nein«, sagte Julianne leise und legte ihr einen Arm um die Schultern. »Nur du. Und du bist kaum du selbst, Mädchen. Was hast du dir angetan? Du bist so dünn ...«

War sie das? Sie hatte Hunger, das wurde ihr ebenso plötzlich wie unangemessen bewusst; nein, sie hatte Heißhunger, wie sie ihn seit Tagen nicht mehr verspürt hatte. Dschinn-Tagen ...

»Knappe Vorräte«, sagte sie kurz angebunden. Sie würde später Zeit haben, zu essen und zu reden, oder beides; oder sie würde zu keinem von beiden mehr kommen. Aber selbst in ihrer Hektik fand sie einen Moment Zeit, sich verraten zu fühlen. Er war zurückgekehrt, oder besser gesagt geblieben, und hatte sie allein gehen lassen – um dem Kampf aus dem Weg zu gehen, den er vorhersah, die Möglichkeit, dass er töten musste. Er hatte sie und alle anderen dem Schicksal oder Zufall überlassen, um seinem eigenen Gewissen Genüge zu tun; oh, das war so bitter für sie. Er hatte es ja selbst gesagt, dass er verriet, was er berührte.

Sie hätte seinem Urteil vertrauen müssen und hatte es nicht getan.

»Wir können weiterziehen«, sagte Jemel. »Es dürfte schwer werden, die Kamele lautlos zum Aufstehen zu bewegen, aber wir können ihnen die Mäuler zubinden. Vielleicht sieht man auch nicht, wohin wir gehen, wenn wir die Horizontlinie meiden ...«

Aber in seiner Stimme klangen Zweifel mit und Elisande wusste, es war die falsche Entscheidung. Es stand kein Mond am Himmel, aber die Sterne funkelten; jetzt, wo sich ihre Augen angepasst hatten, kam es ihr gar nicht mehr so dunkel vor. Mehr Licht würden die Tänzer nicht brauchen, um sie aufbrechen zu sehen oder ihnen zu folgen. Vielleicht konnte der Bogenschütze sogar bei diesem Licht zielen, auch wenn sie es nicht konnte; sie hätte vielleicht einen Messerwurf riskiert, aber bestimmt nicht besonders zielsicher.

»Nein«, kam es nachdrücklich von Rudel. »Es ist sicherer, wenn wir bleiben, wo wir sind; eine Gruppe in Bewegung ist immer verwundbar. Wir können die Kamele als Schutz gegen Pfeile benutzen. Im Nahkampf haben wir eine Chance; wir haben die Tänzer schon einmal geschlagen, und da waren sie noch mehr und wir waren nicht vorbereitet. Rasch, kommt ...«

»Wir brauchen die Kamele«, wandte Jemel ein.

»Jemel, wir müssen überleben. Wenn die Kamele sterben, sterben wir vielleicht auch, zugegeben; aber wenn sie an unserer Stelle sterben, gibt uns ihr Tod vielleicht wenigstens eine Überlebenschance. Eine andere haben wir nicht.«

Kein weiterer Widerspruch; sie drängten sich dicht an die sandigen Leiber der Tiere. Fünf Kamele und vier Menschen; bei jedem Durchzählen fehlte eines. Damit sie nicht an Marron denken musste, flüsterte Elisande: »Julianne, wo ist mein Kamel?«

»Oh. Ähem, das erzähle ich dir später, daran kann ich jetzt nicht denken ...«

Dann ist es tot, irgendwo im Sand gestorben; das tat ihr Leid.

Und dem Sultan würde es auch Leid tun. Aber Julianne hatte Recht, dies war nicht der geeignete Zeitpunkt. Elisande hob vorsichtig den Kopf und spähte über ihr warmes, schützendes Bollwerk hinweg.

Was in der Welt der Dschinni eine offene Lache gewesen war, war hier ein Brunnen, oder zumindest ein von einem Steinkreis gesäumtes Loch, das einen Brunnen darstellen sollte, daneben ein zusammengerolltes Lederseil. Kein Licht wurde aus der schwarzen Öffnung reflektiert; in diesem Land musste das Wasser tief unten liegen. Wenn es denn Wasser gab. Wenn die Schläuche ihrer Freunde nicht nur Staub heraufbefördert hatten ...

Die Dünen umgaben den Brunnen in geringem Abstand; zu gering, fand Elisande. Dies war kein gutes Gelände zur Verteidigung, wie es bei isolierten Brunnen stets der Fall war. Rudel hätte das wissen müssen. Wüstenweisheit gebot, dass ein Lager stets in einiger Entfernung aufgeschlagen wurde, auf einer Dünenkuppe, wo man sehen und gesehen werden konnte; das war nicht so aggressiv und taktisch viel sicherer. Bei so einem Brunnen wehte der Wind Sand auf die Steine, die ihn schützten, und jede Gruppe, die vorüber kam, legte ihn frei; auf diese Weise entstand im Lauf der Jahre ein Wall aus Erdaushub und angehäuftem Sand rings um den Brunnen herum. Mehr Wind, mehr Nomaden und viel mehr Zeit, und dies war das Ergebnis, ein Brunnen auf dem Grund einer breiten, hohen Schüssel. So breit, dass eine kleine Gruppe ihn nicht verteidigen konnte, und so gut wie ein Horizont; Elisande konnte kaum weiter sehen, als sie ein Messer werfen könnte. Und sie könnte sich glücklich schätzen, wenn sie Zeit für diesen Wurf haben würde; ein Mann, der an diesem knappen Horizont auftauchte, ein laufender Mann, wäre unten bei ihnen, ehe sie richtig Zeit haben würde, einen Warnruf auszustoßen.

Mit dem Messer in der Hand sondierte sie grimmig ihr Viertel der Horizontlinie und war fest entschlossen, zu werfen, bevor sie rief.

Als der Mann auftauchte, kam er nicht in ihren Quadranten; und er war auch nicht in Wurfweite. Sie sah ihn gerade noch aus dem Augenwinkel, einen von Sternenlicht umkränzten Schatten, der sich im Quadranten ihres Vaters erhob. Sie sollte ihren Horizont beobachten und nicht seinen; aber das war der Bogenschütze, dessen Bogen eine zu dünne Linie bildete, um wahrgenommen zu werden. Nur an seiner Körperhaltung war er für sie erkennbar. Und ihr Vater jonglierte Messer mit atemberaubendem Geschick, bis er es mit zu vielen versuchte, aber sie hatte ihn nie eines werfen gesehen. Er hatte ihr das nicht beigebracht.

Hatte sie gezweifelt, dass der Bogenschütze bei Nacht schießen konnte? Auf die Entfernung hätte er mit verbundenen Augen schießen und treffen können. Sie duckte sich hinter den Höcker des Kamels und dachte, sie hätten doch fliehen sollen; sie hatten keine Chance hier, keine. Fische in einem Teich, ein Kind hätte sie erwischen können …

Ein Zischen und Poltern, der gequälte Aufschrei eines Kamels; das Tier, das Elisandes Vater Deckung bot, erhob sich stolpernd auf halbe Höhe und fiel grunzend wieder hin. Tot würde es keine schlechtere Deckung abgeben, aber Rudel stand plötzlich auf, ein deutliches Ziel für den nächsten Pfeil.

Sie machte den Mund auf, um ihn anzuschreien, *das ist dumm! geh runter!* – und schluckte die Worte unausgesprochen, als sie sah, wie er den Arm anwinkelte und warf. Sie hielt nach dem Funkeln eines wirbelnden Messers Ausschau und sah es nicht; stattdessen schien er einen Ball im hohen Bogen geworfen zu haben.

Das verstand sie nicht und bekam die Zeit gewährt, verwirrt darüber nachzudenken. Der Bogenschütze legte an und schoss; sie sah ihren Vater fallen.

Und da schrie sie stumm und sprang auf die Füße, so dumm, wie er gewesen war; denn so machte sie sich selbst zum Ziel, und zu einem besseren Ziel obendrein: Die Kamele, ihre Freunde, der Leichnam ihres Vaters und alles, was sich in der breiten Senke befand, erstrahlte plötzlich in einem grellen Licht. Jenseits der Mauern aus Sand rannten schroffe, scharf umrissene Schatten in die Nacht.

Erschrocken wirbelte sie herum – nicht auf den Boden, auch jetzt wurde sie nicht schlauer und blieb ungeschützt stehen – und sah den Ball, den ihr Vater geworfen hatte, in Windeseile fallen. Fallen und brennen, lodern, in einem grellen blaugrünen Flammenschweif, während der Kern weiß wie ein glühender Stern war.

Er sauste so schnell abwärts, dass sie ihm kaum mit ihren Blicken folgen konnte; und mit Sicherheit so schnell, dass kein Mensch ihm ausweichen konnte. Der Bogenschütze schien es nicht einmal zu versuchen. Sie sah ihn wie angewurzelt stehen und zu dem Feuerball hinaufstarren, der ihm entgegenraste.

Flammen und Schütze prallten zusammen und verschmolzen. Der Ball verlor seine solide Form und schien zu zerfließen, nicht auf dem Leib oder der Kleidung des Mannes zu schmelzen, sondern in ihn hinein, in das empfindliche Fleisch und das fließende Blut. Er fing nicht Feuer, wie man es bei einem Mann erwarten sollte, Haar und Kleidung in Flammen, Hände zuckend, sinnlos um sich schlagend, einen Schrei des Entsetzens auf den Lippen; er verbrannte von innen heraus und leuchtete wie eine Lampe, als würden seine Knochen selbst in Flammen stehen.

Als er den Kopf in den Nacken legte und den Mund aufriss, kam kein Ton heraus: überhaupt keine Stimme, nur eine Fackel, ein lodernder Lichtstoß.

Elisande hatte schon oft Feuerschlucker gesehen; sie hatte Knaben schreien gehört, die bei lebendigem Leibe verbrannten. Eines war ein Jahrmarktskunststück gewesen, das andere schauerliche Realität, eine Erinnerung, die sich tief in ihr Gedächtnis eingebrannt hatte. Aber sie hatte noch nie gesehen, wie ein Mann von Feuer verzehrt, aus seinem Innersten aufgefressen wurde; sie hatte so etwas in Geschichten gehört, sie aber nie für wahr gehalten. Lügenmärchen, nichts weiter ...

Aber dieser Mann brannte, Flammen tanzten auf seiner Zunge und Schatten tanzten; und die Sandtänzer steuerten ihre eigenen Schatten zu dem Tanz bei, Elisande sah sie, zwei Männer, die aufsprangen und durch das flackernde Licht herunterrannten.

So stand sie vor der Wahl zwischen Grauen einerseits und Gefahr andererseits und mochte beides nicht wählen. Solange das grauenvolle Licht noch anhielt, wandte sie ihren Freunden den Rücken zu und rannte zu ihrem Vater, ohne auch nur einen Gedanken daran zu verlieren, wie seltsam diese Entscheidung war.

Rudel lag auf dem Rücken und ein Pfeil ragte aus seiner Brust. Sie ließ sich neben ihm auf die Knie nieder, streckte die Arme aus und legte die Hände auf seinen Körper, eine neben den Pfeil, die andere auf seine Stirn. Er war nicht tot, sie konnte sein flaches und gequältes Atmen spüren; ihr eigenes Atmen erstickte sie kurz, ein rasches Schluchzen der Erleichterung.

Er hatte die Augen offen und schaute zu ihr auf; er bewegte die Lippen, aber nur ein Schwall dunkler Flüssigkeit tropfte in seinen Bart. Er ertrank, dachte sie, weil seine Lungen und Atemwege sich mit Blut füllten. Sie machte die Augen zu, damit sie den verzweifelten Anblick nicht mehr sehen musste, und versuchte, Ohren und Geist gleichermaßen vor dem Lärm zu verschließen, dem keuchenden Grunzen und Klirren von Stahl, dem Plärren ängstlicher Kamele, die an ihren Fesseln zerrten. Ganz gleich, dass er ihr Vater war, mit allem, was das bedeutete; ganz gleich, dass ihre Freunde um das eigene Leben und auch das ihre kämpften. Sie schottete sich von allem ab, was rings um sie herum und in ihr passierte, und bemühte sich, sich einzig und allein auf seinen verwundeten Körper zu konzentrieren, den sie, wie man es sie gelehrt hatte, mit ihrem inneren Auge sondierte.

Sie spürte ein Kribbeln in ihren Fingern, als sie ihre eigene Kraft anzapfte und an ihn weitergab. Nach kurzer Zeit schien ihm das Atmen leichter zu fallen; das war eine Linderung, aber es genügte nicht. Es war längst nicht das, was er brauchte. Ihre Gedanken schienen durch ihre Arme zu fließen, durch ihre Hände, durch ihre Haut und seine; ihr Geist schien auf den Pfaden seines Körpers zu wandeln, bis sie das zerrissene und zerfetzte Gewebe gefunden hatte, wo Metallspitze und Holzschaft eingedrungen waren.

Gegen den Pfeil konnte sie jetzt nichts tun, aber sie konnte verhindern, dass das Blut so rasch ausströmte, konnte alle kleineren Blutgefäße heilen und die größte Ader verschließen. Das war nur Flickwerk, aber es würde genügen. Später würde sie noch genügend Zeit für die langsame Kunst des wahren Heilens haben. Wenn sie die Zeit bekam und die Möglichkeit noch hatte, sie auch anzuwenden ...

Sie konnte nicht sagen, ob das, was sie sah, real war, ob sie tatsächlich in seinen Körper hineingriff und mit ihren Gedanken sein Fleisch berührte. Vielleicht arbeiteten nur Phantasie und Wissen Hand in Hand, während die unbestrittene Kraft, die sie besaß, den Weg dorthin fand, wo sie gebraucht wurde. Ihr kam es jedenfalls so vor, als würde sie sehen und berühren, genau wie bei Marron im Lande der Dschinni; sie sah, wie das Blut ihres Vaters um den schrecklichen Pfeil herum gerann, um den Blutverlust zu stillen, der ihn andernfalls umgebracht hätte.

Schließlich nahm sie die Hände weg und drehte ihn schnell auf die Seite. Ein wenig Blut floss noch aus seinem Mund; sie beobachtete ihn ängstlich im erlöschenden Licht – erlöschend, weil das Feuer im Körper des Tänzers niederbrennen musste, aber sie drehte sich nicht um, um nachzusehen –, bis sie sah, dass er atmen konnte und nicht ersticken würde, bis sie wusste, dass sie ihn gefahrlos eine Weile allein lassen konnte.

Dann stand sie auf und sah sich um, auch wenn es sie Anstrengung kostete, es zu tun. Jemel befand sich im Zweikampf mit Morakh; er wurde heftig bedrängt, hielt aber noch stand. Julianne stand einem anderen Tänzer gegenüber, und zwischen den beiden befand sich nur ein scheuendes, festgezurrtes Kamel; sie hielt ihre Messer in den Händen, aber er schlug über den Höcker des Kamels hinweg immer wieder nach ihr, so dass sie nichts weiter tun konnte, als sich zu ducken und auszuweichen. Elisande zog ein Messer aus dem Gürtel ihres Vaters und winkelte den Arm an, um es zu werfen, doch ausgerechnet in diesem Augenblick erlosch das Licht, da die Flammen im verkohlten Leichnam des Tänzers keine Nahrung mehr fanden, und es herrschte Dunkelheit.

Es würde Zeit kosten, zu viel Zeit, bis ihre Augen im Licht der Sterne sehen konnten. So ausgelaugt sie sich fühlte, rannte sie mit einem Messer in jeder Hand los. Sie sah einen zuckenden Schatten, zwei, einen dritten zwischen ihnen am Boden: Das war Julianne, dies war das Kamel, also musste das der Tänzer sein. Sie warf sich mit ausgestreckten Messern auf ihn, da sie im Nahkampf, wo sein Schwert ihr nichts anhaben konnte, mit ihm ringen und ihn durchbohren wollte.

In dem Moment, als ihr Körper mit seinem zusammenstoßen musste, war er plötzlich nicht mehr da. Sie stolperte ins Leere, fiel hin und prallte gegen den zuckenden Leib des Kamels. Bestürzt rappelte sie sich wieder auf und sah ihn nun auf der anderen Seite des Tiers, Angesicht zu Angesicht mit Julianne.

Ihre Freundin ging dasselbe verzweifelte Risiko wie Elisande ein und stürzte sich einen Sekundenbruchteil, ehe die Schwertspitze sie fand, auf den Mann; die Klinge verfehlte ihren Rücken um Haaresbreite. Julianne stieß so heftig gegen den Tänzer, dass der Mann stolperte, aber sie hatte im Sprung die Arme ausgebreitet und nun keine Wucht mehr hinter den Messern. Sie hieb hektisch nach seinem Gesicht, zielte dabei aber nicht einmal auf die Augen, wie es Elisande gemacht hätte. Er zuckte vor den tanzenden, funkelnden Klingen zurück, fand aber wieder Halt und stieß sie von sich.

Julianne kam aus dem Tritt und fiel der Länge nach hin. Und

wäre gestorben, da der Tänzer endlich genug Bewegungsfreiheit hatte, um sie aufzuspießen; aber in diesem Augenblick warf Elisande ihr Messer, sprang im nächsten über das Kamel, indem sie sich mit einer Hand auf seinem Rücken abstützte, und wirbelte mit den Füßen herum, um den Mann an den Knien zu erwischen und zu Fall zu bringen.

Sie landete auf ihm. Das eine Messer hatte ihn an der Schulter getroffen; das andere rammte sie ihm in die Seite, zog es heraus und stieß wieder zu. Er zappelte immer noch, leistete immer noch heftige Gegenwehr unter ihr, aber dann stürzte sich noch jemand auf ihn, und weitere Messer blitzten auf und fanden ihr Ziel.

Elisande spürte sein letztes Aufbäumen und dann die Stille des Todes. Sie atmete einmal tief durch, schaute auf und sah Julianne direkt in die Augen. Ihre Freundin hatte Blutspritzer im Gesicht und einen irren Blick, die Augen waren weit aufgerissen und weiß hinter dem zerzausten Haar; es war absurd, aber Elisande wollte ihr das Gesicht säubern und wieder die adrette und ruhige Hofdame aus ihr machen, die sie kannte. Julianne war für eine ganz andere Form von Krieg geschaffen worden, nicht diese verzweifelten Handgemenge im Dunkeln ...

Aber das Klirren von Stahl und keuchende Atemzüge holten sie in die Wirklichkeit zurück, und sie befanden sich immer noch in tödlicher Gefahr. Sie fuhr ruckartig hoch und sah Jemel rückwärts taumeln. Inzwischen führte er das Schwert mit zwei Händen und ohne jede Anmut, wehrte nur noch ab, hieb die Klinge seines Gegners zur Seite und fand immer gerade noch Zeit, den nächsten Hieb zu parieren. Das konnte nicht mehr lange gut gehen; Morakh trieb ihn gnadenlos und tödlich über den Sand. Parieren und stoßen, parieren und zustechen: Bald würde einer dieser Hiebe sein Ziel finden, das musste zwangsläufig so kommen. Dann musste er nur noch die Mädchen töten, und das würde er schaffen, auch wenn er jetzt allein war. Bei so einem Kampf bestimmte der Kopf so sehr wie die Hände den Ausgang, und in beidem war er ihnen überlegen. Das wusste er, und sie auch. Und Jemel.

Aber Jemel hatte ihn schon länger, viel länger hingehalten, als Elisande für möglich gehalten hätte; und dank seiner heldenhaften Anstrengung waren sie immer noch zu dritt und hatten damit vielleicht eine Chance ...

Elisande suchte nach ihren Messern und fand eines; stand auf und sah Julianne an ihrer Seite, auch sie mit nur einem Messer.

»Werfen oder springen?«, keuchte sie.

»Ich werfe«, sagte Elisande, *und dann nehme ich dein Messer und springe, meine Süße, du bist für so etwas nicht geschaffen ...*

Sie ging in Wurfhaltung, und die beiden kämpfenden Männer schienen ihr förmlich zuzuarbeiten, denn sie tänzelten so umeinander herum, dass Morakh ihr den breiten Rücken zudrehte. Sie konnte ihn gar nicht verfehlen ...

Aber gerade spannte sie den Arm, da verdeckte ein monströser Schatten über Jemels Kopf die Sterne, als sich etwas über die Kuppe der Düne hinter ihm erhob. Sie konnte nur den Umriss des Ungeheuers, Klauen und einen Furcht einflößenden Kopf sehen, aber der kurze Augenblick reichte, dass sie *Ghûl* dachte und ein neues Ziel anvisierte. Morakh mochte Jemel mit dem nächsten oder übernächsten Hieb töten; der Ghûl würde es mit Sicherheit sofort von hinten erledigen.

Sie konnte nicht auf einen Treffer hoffen, da sie es sich zu schnell anders überlegt hatte. Die einzige Möglichkeit, einen Ghûl auf die Entfernung mit einem Messer zu töten, war die, ihn direkt in der Kehle zu treffen; sie sah, wie sich das Messer eine Armeslänge tiefer, als sie gezielt hatte, in die Brust bohrte.

Die Bestie zischte und brüllte, übertönte Juliannes warnenden Ruf. Jemel hörte möglicherweise beides, konnte aber keines davon verstanden haben. Doch er begriff, in welcher Gefahr er schwebte, und stürzte sich rollend die Düne hinab, unter Morakhs tödlichem Schlag hindurch.

Der Tänzer war nicht dumm genug, einem verwundeten Ghûl den Rücken zuzudrehen; aber auch nicht dumm genug, ihn anzugreifen. Stattdessen verschwand er einfach, mit dieser legendären Fähigkeit seiner Art. Elisande hatte davon in Geschichten gehört, es aber vor heute Nacht erst einmal gesehen. Sie nahm sich Zeit für einen raschen Blick hinter sich, konnte ihn aber nirgendwo in der Mulde sehen. Stattdessen lief sie an Jemels Seite und Julianne folgte ihnen mit gebotener Eile; die drei sahen dem Ghûl entgegen, der langsam auf sie zukam.

Hinter ihm tauchten zwei weitere am Dünenkamm auf.

Hüte dich vor dem Süden, hatte Marron gesagt, *hüte dich vor dem, was aus dem Wasser kommt.* Er hatte es irgendwie gewusst, hatte sie vielleicht gehört oder besser verstanden, was sie beide gehört hatten, das Geräusch enormer Leiber, die sich aus dem Meer wälzten. Er hatte in jedem Falle nach etwas gehorcht. Und trotzdem war er verschwunden ...

»Was sollen wir tun?«, flüsterte Julianne.

Schweren Herzens machte Elisande hastig Pläne, die jeder rege Verstand als Unsinn abgetan hätte, als Phantastereien eines dummen und ängstlichen Mädchens. »Dieser hier ist verwundet, ein zweiter Treffer macht ihn wieder gesund. Also müssen wir schnell handeln. Gib mir dein Messer, Julianne. Ich werfe; er wird genesen, aber dann kannst du ihn töten, Jemel. Danach liegt unser Schicksal in deinen Händen, du musst die anderen selbst töten oder sie wenigstens aufhalten, bis Julianne und ich den Gefallenen die Schwerter abnehmen können ...«

Das würde nicht funktionieren, es konnte nicht funktionieren; der erste Ghûl ragte schon über ihnen auf. Ein übler Geruch ging ihm voraus, Salz und Schmutz auf feuchtem Fell. Julianne raunte ihr zu: »Wirf, um alles in der Welt ...!« Aber er musste noch näher herankommen, damit Jemel die Möglichkeit hatte, ihn im Augenblick seiner Genesung zu töten. Sie wartete, wartete –

– und warf gar nicht, weil es nicht nötig war. Ein tiefer Basston brachte die Luft zum Vibrieren und sie hörte den Ton, als ein Pfeil sein Ziel traf. Im nächsten Moment bäumte sich der Ghûl auf und hob die grauenhaften Klauen; und im nächsten Augenblick zerschmetterte ihm ein zweiter Pfeil den Kopf und so starb er.

Und dann hörten sie die Rufe von Männern und den leiseren Hufschlag von Kamelen, die zu höchster Eile angespornt wurden und im Galopp ritten. Sie blickten sich staunend um und sahen eine Schar Scharai, die mit gezückten Krummsäbeln in die Mulde geritten kamen.

Sie konnten die Ghûle erledigen, wie viele auch immer noch jenseits der Düne lauern mochten. Elisande ließ sich plötzlich erschöpft auf ein Knie niedersinken, sprang aber ebenso schnell wie neu belebt wieder auf, als ein Junge zu Fuß hinter den Reitern hergelaufen kam, den am Brunnen liegenden Kamelen auswich und zu ihnen eilte.

»Marron ... ich dachte, ich dachte, du hättest uns verlassen, weil du Angst hattest, du müsstest wieder töten ...«

»Ich werde nicht wieder töten, wenn es nicht unbedingt sein muss«, gestand er leise. »Aber ich habe die Ghûle im Wasser gehört, und weiter entfernt die Reiter; und so bin ich die Reiter holen gegangen, damit sie sich den Ghûlen entgegenstellen. Ich dachte mir, dass ihr Morakh standhalten könntet«, fügte er hinzu.

Elisande glaubte, dass er spöttelte, fast scherzte, was er nie tat; und sie überraschte sich selbst und alle anderen, indem sie in Tränen ausbrach und das Gesicht an seiner Schulter vergrub, als sie ihn umarmte.

Das war leicht getan, aber nur sehr schwer wieder zu beenden; und noch schwerer war es, ihren Freunden danach gleich wieder in die Augen zu sehen. Jemels Miene ...

Aber da war ihr Vater, der verletzt und hilfsbedürftig am Boden lag. Und wieder eine Überraschung: dass sie so froh war, Marron wegzustoßen und an Rudels Seite eilen zu können, obwohl allem Anschein nach Marron noch viel froher war, was sie nun wiederum nicht im Geringsten überraschte.

Es ging ihm nicht besser, schien ihm aber auch nicht schlechter zu gehen; das war das, was sie erwarten konnte, vielleicht sogar noch mehr. Sie glaubte nicht, dass sie noch vor einer Woche überhaupt eine tödliche Wunde hätte behandeln können: Es war etwas, das sie im Lande der Dschinni bekommen, das sie mitgebracht hatte; vielleicht war ein wenig von der Kraft, die sie dort gespürt hatte, auf sie übergegangen, oder sie hatte nur ein wenig mehr Wissen gefunden.

Sie sah, dass er bei Bewusstsein war. Er sagte kein Wort, betrachtete sie aber mit glänzenden Augen.

»Was denn?«, murmelte sie schroff. »Hätte ich dich sterben lassen sollen, ist es das? Vielleicht wäre es besser gewesen. Aber ich dachte mir, Outremer könnte dich brauchen. Damit du sein Fürsprecher sein kannst, wenn Redmond es nicht bis nach Rhabat schafft. Mir ist allerdings schleierhaft, warum du das tun willst. Rette Surayon und lass den Rest verbrennen, sie sind es nicht wert, gerettet zu werden ...«

Während ihrer Tirade legte sie ihm eine Hand auf die Stirn und fühlte nach dem kalten Schweiß des Fiebers oder der Unterkühlung, die nach einer schweren Verletzung auftreten und den Patienten töten kann, obwohl die Wunde heilt. Für beides fand sie keinerlei Anzeichen; er war kühl, ja, aber die Nacht hatte die Hitze des Tages bereits verschlungen und wurde bitter, Elisande fing selbst an zu schlottern ...

»Jemel!«, rief sie. »Mach das Feuer wieder an – und zwar kräftig, Rudel braucht Wärme ...«

»Ich glaube, die brauchen wir alle«, sagte Julianne und rieb sich die Arme, während sie herübergelaufen kam. Marron konnte natürlich nicht zu ihnen kommen, da die Kamele da waren;

und so war auch Jemel nicht gekommen. Die beiden Jungs standen zusammen auf einer Dünenkuppe und sahen vermutlich zu, wie die Ghûle zur Strecke gebracht wurden. Vielleicht hatte sie Jemel deshalb gerufen, weil die beiden zusammen waren und sie ihren Vater nicht im Stich lassen konnte. Sie hoffte es nicht, aber denkbar wäre es ...

Vielleicht würde Julianne das Feuer nicht entfacht bringen und Jemel holen müssen; Dungfladen anzuzünden war vielleicht eine Gabe, die sie nicht besaß.

Vielleicht würde Elisande zu einer neidischen und verbitterten Seele werden und bis ins Mark eifersüchtig auf sie sein. Vielleicht war sie das schon.

»Erzähl«, sagte sie hastig. »Sag mir, was mit euch geschehen ist, warum Morakh uns alle umbringen will ...«

Julianne erzählte ihr alles, während sie Feuer machte, indem sie von irgendwo etwas Holz beschaffte und keine Hilfe brauchte; und dann fragte sie nur: »Wie geht es Rudel?«

»Er wird überleben.« Jetzt schlief er, aber es war richtiger Schlaf, heilsamer Schlaf, dachte sie. Dank ihrer Hilfe würde er überleben. Das war etwas, worüber sie später nachdenken, das sie mit ihrem Gewissen und ihrer unstillbaren Wut auf ihn vereinbaren musste. Sie hatte ihm niemals wirklich den Tod gewünscht, nicht einmal auf dem Höhepunkt ihres Zorns; er war zu wichtig, zu wertvoll für ihr geliebtes Land und ihr Volk. Dennoch hätte sie nie gedacht, dass sie ihm einmal das Leben retten würde.

Nun endlich tauchten weitere Gestalten auf dem Dünenkamm auf, die berittenen Scharai; sie machten eine Pause und sprachen mit Jemel, während Marron sich zurückzog, und kamen dann langsam zu dem Brunnen herunter. Ein Dutzend, und die Hälfte davon hatten den Kopf eines Ghûls am Sattel baumeln.

Der Mann, der die Scharai anführte, hatte keine Trophäen; er brauchte keine, dachte Elisande, als sie sein beiläufiges Selbstbewusstsein spürte, mit dem er sein Kamel niederknien ließ und abstieg.

Er warf die Kapuze zurück, damit man ihn im Licht des Feuers deutlich sehen konnte: ein Mann von vielleicht Anfang dreißig mit Hakennase und kurz geschnittenem Bart. Dann verbeugte er sich nach Art der Scharai vor ihnen, ein knappes Kopfnicken und komplizierte Gesten mit den Händen.

»Lady Elisande d'Albery, vermute ich, und Lady Julianne de Rance?« Er hatte sie richtig identifiziert; Elisande verbeugte sich so anmutig sie konnte vor ihm, da sie nach wie vor an ihres Vaters Seite kauerte; Julianne erhob sich nur zu einem vollständigen Hofknicks, womit sie seine Förmlichkeit mit dem gebührenden förmlichen Verhalten erwiderte. »Man nennt mich Hasan von den Beni Rus«, fuhr er mit leiser und melodischer Stimme fort. Sein Akzent war so fließend wie seine Sprechweise. »Und dies ist Rudel?«

Es dauerte einen Moment, bis beide antworten konnten, so verblüfft waren sie, dann stammelte Elisande: »Er, er ist es …« Sie hätte ihn vielleicht mit einem Titel anreden sollen, war aber nicht sicher, ob er einen führte. Er brauchte ganz gewiss keinen; Hasan war Hasan, alle Stämme kannten diesen Namen.

»Euer Vater, und er ist verletzt? Wie schlimm?«

Er trat vor, um sich selbst zu vergewissern, und blieb unvermittelt stehen, als er den Pfeil aus Rudels Brust ragen sah. Das war die erste Begegnung ohne Anmut, die er gemacht hatte; Elisande war froh, zu sehen, dass er ein Mensch und nicht gefeit gegen Schock war.

»Er müsste tot sein«, sagte Hasan nur. »Mit so einer Verletzung hätten wir ihn den Geiern überlassen.«

»Er muss leben«, entgegnete Elisande ebenso schlicht.

»Vielleicht. Ich hätte nicht gedacht, dass Gott es für ihn vorgesehen hätte, aber Ihr seid selbstverständlich aus Surayon.«

»Das bin ich. Doch vieles von dem, was wir wissen, haben wir von Eurem Volk gelernt, Fürst.« Schmeicheln konnte nicht schaden, ihm und seinem Volk. Außerdem sagte sie in beiden Fällen nichts als die Wahrheit. Ohne die Scharai wäre ihr Land noch so unwissend wie seine Nachbarländer; und in einem Land, das keine Titel kannte – was hier allerdings nicht zutraf –, wäre er immer noch ein Fürst unter Menschen gewesen.

»Das nicht«, sagte er zerstreut. »Nicht, einen Mann am Leben und frei von Schmerzen zu halten, wiewohl er längst Eingang ins Paradies gefunden haben sollte.«

Nein – aber ich bin eine Surayonnaise und damit eine Hexe. Willst du mich deshalb verbrennen?

Nein, natürlich würde er das nicht. Ihr eigenes Volk hatte Scheiterhaufen für ihresgleichen reserviert.

»Der Pfeil muss dennoch entfernt werden«, sagte sie leise.

»Das können meine Männer, wenn Ihr nicht fähig seid …?«

»Habt Dank, Fürst. Ich wäre sehr froh darüber.« Sie war fähig, hatte aber jetzt, wo kein dringender Bedarf mehr bestand, keine große Lust dazu.

Wenn es jemals ein Mann verdient hatte, eine Klinge im Herzen stecken zu haben, dann war es Rudel; sie würde sie ganz bestimmt nicht entfernen. Auch wenn es keine Klinge war und sie nicht in seinem Herzen steckte, bedeutete ihr der Symbolgehalt sehr viel. »Je früher, desto besser, wenn Ihr gestattet. Ich kann dafür sorgen, dass er dabei schläft, das dürfte es für alle leichter machen.«

Er nickte, winkte einige seiner Leute hinzu und redete hastig in Catari auf sie ein: Der Mann lebte wegen der Fähigkeiten der Lady, aber der Pfeil musste schnellstens herausgezogen werden …

Es kostete wenig Anstrengung ihrerseits, Rudel bewusstlos zu halten, während sie ihm mit ihren Messern zu Leibe rückten; sie hielt seinen Kopf im Schoß, streichelte ihm sanft die Schläfen und flüsterte dabei leise. Dies war eine subtilere Version des *Sodar*, ein Teil ihres Geistes flüsterte zu einem Teil von seinem. Auch gut: Sie war nach der ersten hastigen Heilung ausgelaugt gewesen und hatte anschließend noch kämpfen müssen. Jetzt war sie erschöpft und wäre trotz ihres brüllenden Hungers fast eingeschlafen, während sie den Geist ihres Vaters einlullte und die Schmerzen von seinem Leib fernhielt.

Fast – aber nicht ganz. Erschöpfung hatte nie Auswirkungen auf ihre Neugier.

Hasan unterhielt sich hinter ihr mit Julianne, und sie konnte zuhören, auch wenn sie besänftigen musste und ihr der Kopf so schwer war.

»Herrin, es war eine große Überraschung für mich, als Euer Gefährte mir Euren Namen nannte. Ich glaube, ich war nur einmal in meinem Leben verblüffter.«

»Ach? Und wann war das, äh, Fürst?«

»Ihr müsst mich nicht so nennen«, mit einem Kichern. »Es ist eine Höflichkeit der Lady Elisande, aber ich bin kein Fürst. Mein Name ist Hasan, nur Hasan. Wann das war? Vor kurzer Zeit erst, als der wandelnde Geist halb nackt direkt aus dem Märchen spaziert kam und mein Kamel erschreckte.«

»Ah. Ja, das kann er gut. Ich hoffe, die Überraschung, mich hier zu finden, war nicht ähnlich Furcht einflößend? Für Euch oder Euer Kamel?«

»Ganz und gar nicht. Es ist normalerweise ein ruhiges Tier und nimmt alles hin, wie es kommt, wie es einem Diener Gottes geziemt. Wohlan, im Angesicht solcher Schönheit kann ich nicht gelassen bleiben. Die Überraschung ist so angenehm wie bemerkenswert. Dass Euer Vater zu meinem Konzil kam, das war nicht vorhergesehen, aber in Wahrheit auch nicht undenkbar; er hat schon früher ähnlich unkonventionell gehandelt. Dass Ihr Euch ebenso entschieden habt, kommt hingegen ziemlich überraschend.«

»Mein Vater, Hasan?«

»Ja. Habt Ihr es nicht gewusst?«

»Ich, äh, man hatte es mir gesagt. Geht es ihm gut?«

»Ziemlich gut, soweit ich weiß. Jedenfalls schien es heute Morgen noch so zu sein. Er hat allerdings mit keinem Wort erwähnt, dass er Euch erwartet.«

»Nein. Ich glaube, ich werde ihn auch überraschen, wenn ich wohlbehalten nach Rhabat gelange.«

»Vertraut mir, Herrin, ich werde Euch hinbringen.«

»Mein Name ist Julianne, Fürst. Aber es gibt Gefahren, von denen Ihr vielleicht nichts wisst ...«

»Nicht in diesem Land, Julianne. Ihr befindet Euch hier in meinem Reich; ich kenne jeden Stein und jedes Insekt darin.«

»Ach ja? Wie viele Ghûle habt ihr heute Nacht getötet – und wie viele vor heute Nacht?«

»Ein paar vorher – aber niemals in einem Rudel, so wie heute, das muss ich zugeben.«

»Schneidet in ihre Zungen, Hasan, und seht nach, was Ihr dort findet.«

Er erteilte den Befehl und wartete schweigend, bis es geschehen war und man ihm die Ergebnisse gezeigt hatte; dann: »Was ist das? Und woher habt Ihr es gewusst ...?«

»Sie sind etwas, das die `ifrit benutzen, das ihnen Macht über die Ghûle gibt. Man sagte mir, dass es Steine aus dem Land der Dschinni sind; ich selbst habe dieses Land nicht gesehen, glaube es aber.«

»Genau wie ich; ihre Wärme spricht dafür. Ihr überrascht mich nach wie vor, Julianne – aber die größere Überraschung ist, dass es etwas gibt, das Ihr nicht wisst.«

»Oh, vieles. Ich bin nur ein Mädchen ...«

»Dann würde ich gern sehen, wie Ihr zur Frau heranwachst. Würdet Ihr mich heiraten, Julianne? Wenn Euer Vater der Verbindung seinen Segen gibt?«

Eine Pause, dann ein Lachen, aber mehr atemlos als erheitert: »Leider, Hasan, bin ich schon verheiratet.«

»Na und? Ich auch, mehrere Male. Aber natürlich sind Eure Bräuche anders und Ihr seid kein Mann. Dann nennt mir seinen Namen, damit ich ihn töten kann.«

»O nein. Würdet Ihr mich zur Witwe machen, bevor ich zur Frau gemacht wurde?«

Nun machte er eine Pause, und als er fortfuhr, war das Unbeschwerte aus seiner Stimme verschwunden. »Nein, Julianne, das würde ich nicht tun. Vielleicht muss ich es gar nicht. Ich werde mit Eurem Vater über dieses Thema sprechen. Nun aber ist es Zeit, zu ruhen. Ihr bekommt den Brunnen; wir schlagen unser Lager hinter jener Anhöhe auf.«

»Stellt unbedingt Wachen auf, Hasan. Wir vermissen einen Sandtänzer, der seine Brüder zu rächen hat; er trachtete nach unserem Blut, er könnte auch nach dem Euren trachten, ob Ihr nun einen Zwist mit ihm habt oder nicht. Ich persönlich finde, er ist verrückt.«

»Alle Sandtänzer sind verrückt; doch Euer wandelnder Geist hat ihnen vielleicht einen Grund geliefert. Er macht selbst mich nervös. Aber danke für die Warnung; wir werden Euer Lager so sicher hüten wie unseres. Schlaft gut, Herrin.«

»Das werde ich, Fürst …«

Aber es kam anders. Elisande stand mehrmals in der Nacht auf, um nach ihrem Vater zu sehen und ihn im Tiefschlaf zu halten. Jedes Mal bemerkte sie Juliannes Rastlosigkeit, jedes Mal glaubte sie, ihre Freundin würde sich ebenfalls aufrichten und ihr mitteilen, was sie so aufwühlte; und jedes Mal wurde sie enttäuscht.

Am Morgen, als sie das Lager räumten, überraschte Elisande Hasan ebenfalls, als sie ihm von den `ifrit in den Toten Gewässern erzählte. Er bestand darauf, dass sie ihm die Spuren zeigte. Sie fanden auch Hufspuren, wo die Ghûle aus dem Meer gekommen waren; und sie fanden noch etwas, die Fußabdrücke eines barfüßigen Mannes über denen des Ghûls. Elisande konnte sie nicht mit Sicherheit identifizieren, aber Jemel schon. Er sagte, es seien die von Morakh.

BLANVALET

ROBIN HOBB · ZAUBERSCHIFFE

Ein außergewöhnliches Epos um lebendige Schiffe, Händler und Piraten von einer der populärsten Fantasy-Autorinnen.

Der Ring der Händler
24920

Viviaces Erwachen
24921

Der blinde Krieger
24922

Die Stunde des Piraten
24933

GOLDMANN

*Das Gesamtverzeichnis aller lieferbaren Titel erhalten Sie
im Buchhandel oder direkt beim Verlag.
Nähere Informationen über unser Programm erhalten Sie auch im Internet unter:*
www.goldmann-verlag.de

★

Taschenbuch-Bestseller zu Taschenbuchpreisen
– Monat für Monat interessante und fesselnde Titel –

★

Literatur deutschsprachiger und internationaler Autoren

★

Unterhaltung, Kriminalromane, Thriller
und Historische Romane

★

Aktuelle Sachbücher, Ratgeber, Handbücher und
Nachschlagewerke

★

Bücher zu Politik, Gesellschaft, Naturwissenschaft und Umwelt

★

Das Neueste aus den Bereichen
Esoterik, Persönliches Wachstum und Ganzheitliches Heilen

★

Klassiker mit Anmerkungen, Anthologien und Lesebücher

★

Kalender und Popbiographien

★

Die ganze Welt des Taschenbuchs

★

Goldmann Verlag • Neumarkter Str. 18 • 81673 München

Bitte senden Sie mir das neue kostenlose Gesamtverzeichnis

Name: _____

Straße: _____

PLZ / Ort: _____